Inger Madsen
Falkenjagd
Kriminalroman

Inger Gammelgaard Madsen arbeitete lange Zeit als Grafikdesignerin in verschiedenen Werbeagenturen. 2008 debütierte sie mit ihrem Kriminalroman *Dukkebarnet,* der bei Osburg unter dem Titel „Der Schrei der Kröte“ erschien. Sowohl der erste als auch der zweite Band ihrer Krimireihe um den Ermittler Roland Benito wurden von Kritik und Publikum begeistert aufgenommen. 2010 gründete Madsen ihren eigenen Verlag *Farfalla* und seit 2014 konzentriert sie sich ganz auf das Schreiben. Die *Roland Benito*-Reihe umfasst inzwischen elf Bände. Inger Madsen lebt in Aarhus.

Inger G. Madsen

Falkenjagd

Kriminalroman

Aus dem Dänischen von
Kirsten Vesper

Osburg Verlag

Titel der dänischen Originalausgabe:
Falkejagt

Erste Auflage 2019

www.osburgverlag.de

Lektorat: Mandy Kirchner
Umschlaggestaltung: Judith Hilgenstöhler, Hamburg
Satz: Hans-Jürgen Paasch, Oeste
Druck und Bindung: CPI books GmbH, Leck
Printed in Germany
ISBN 978-3-95510-185-5

»Menschen vergessen nicht.
Sie vergessen nicht, dass ihre Nächsten sterben.
Sie vergessen Folter oder Verstümmelung nicht.
Sie vergessen Unrecht nicht.
Sie vergessen Unterdrückung nicht.
Sie vergessen den Terrorismus nicht,
der von der Übermacht ausgeübt wird.
Nicht nur, dass sie nicht vergessen.
Sie schlagen zurück.«

Harold Pinter

1

Die Tür glitt mit einem sachten Zischen zu und brachte einen schwachen Dieselgeruch mit hinein. Die Leute rückten dichter zusammen, sodass Platz für die neuen Passagiere war.

Sie wich zurück für einen jungen Mann mit einem riesigen Rucksack, durch den er doppelt so viel Platz beanspruchte. Er stieß gegen alle anderen um ihn herum. Der Mann auf dem Sitz neben ihr zog die Beine an, als ob sie ihm einen Stromschlag verpasst hätte, als sie sich an ihn gelehnt hatte. Sie klammerte sich fest und rückte etwas für eine junge Frau, die nach der Haltestange dicht an ihrer Hand griff, als sich der Bus mit einem Ruck in Bewegung setzte und sie beinahe umkippte. Die junge Frau kaute Kaugummi. Ihr langer, blonder Pony fiel über die stark geschminkten Augen. Sie lächelte ein wenig unsicher und schaute schnell wieder weg, konzentrierte sich auf ihr Smartphone in der anderen Hand. Mit dem Daumen scrollte sie geübt durchs Menü. Sah nach Facebook aus. Diskret wurde die Hand an der Stange weiter hoch geschoben, sodass sie ihre nicht berührte. Sie betrachtete die langen, schlanken Finger, die das graue Rohr direkt vor ihren Augen umklammerten. Die polierten French Nails. Den Ring mit einem funkelnden Stein in Form eines kleinen Sterns. Die glatte, weiße Haut. Heute sah sie mehr Details als sonst. Alles war plötzlich so präsent und intensiv. Sie atmete tief ein und fing den weichen, blumigen Duft einer Handcreme auf, oder vielleicht war es das Parfüm der jungen Frau oder das Shampoo, das sich mit dem Duft von Minz-Kaugummi mischte. Wie in Trance starrte sie auf ihre eigene Hand im Vergleich zu dieser weißen. Die Haut war dunkel und rau, die Nägel gelblich.

Schnell blickte sie wieder auf. Ein Fahrgast hatte den Stoppknopf gedrückt und eine Mutter mühte sich damit ab, einen Kinderwagen mit einem schlafenden Kind in Richtung Ausgang zu schieben, wo der runde, blaue Punkt des elektronischen Ticketlesegeräts aufleuchtete. Sie wurden alle im Bus nach vorn geschleudert, als der

Fahrer unnötig scharf bremste. Er hatte sie diskret im Rückspiegel gegrüßt, als er sie einsteigen sah. Sie wunderte sich immer noch darüber, dass er den Job als Busfahrer bekommen hatte. Soweit sie wusste, sprach er nicht besonders gut Dänisch. Vielleicht war das egal, wenn die Namen aller Haltestellen von einer Computerstimme durch den Lautsprecher angesagt wurden, und die Dänen waren ja auch nicht besonders redselig. Anders als zu Hause, wo es unmöglich war, Bus zu fahren, ohne sich mit anderen lautstark zu unterhalten. Auf jeden Fall wäre der Fahrer den größten Teil der Fahrt an den Gesprächen und Diskussionen beteiligt.

Sie schaffte es nicht, sich auf einen der Sitze zu setzen, die plötzlich neben ihr frei wurden. Eine Frau mit einem Kind an der Hand war schneller. Wenn der Bus so voll war, wäre es nur natürlich, das Kind auf den Schoß zu nehmen, sodass es einen zusätzlichen Platz gab, aber das kleine Mädchen nahm den anderen Sitz sofort in Beschlag. Es war wohl ungefähr sechs oder sieben. Nun sah es sie unverwandt an mit von blonden Wimpern umkränzten blassen, blauen Augen. Die Augenbrauen waren auf der weißen Haut fast unsichtbar. Es sah aus, als hätte sie geweint. Die roten Lippen waren nass von Spucke und die Nase lief. Wie so viele andere dänische Kinder erinnerte sie an einen Albino.

»Hör auf zu starren, Schätzchen«, flüsterte die Mutter. Sie glaubte selbstverständlich nicht, dass sie Dänisch verstünde. Die unangenehmen Kommentare oder Fragen, die manchmal von Kindern kamen, blieben jedoch aus. Das Schätzchen starrte weiter. Sie hingegen schaute weg, in die Zeitung, die der Mann im Anzug vor ihr las, während er sich an der Deckenschlaufe festhielt.

»Die Dänen haben gesprochen!«, lautete die Überschrift. »Fremdenfeindliche *DFD* nach der Wahl im Aufwind.« *DFD* stand für *Dänemark Für Dänen*. Aber wann war man Däne? Offenbar nicht mal, wenn man fließend Dänisch sprach, im Großen und Ganzen nur in Dänemark aufgewachsen war und einen Job hatte. Auch nicht, wenn man selbst sich als Däne fühlte. Sie war ausgegrenzt und fremd, besonders, wenn sie wie heute die Kleidung trug, die ihr Glaube und ihre Familie ihr zu tragen gebot. Sie beobachtete die anderen Passagiere. Zwei Teenagermädchen kicherten, während sie sich gegenseitig Fotos auf ihren Handys zeigten. Die eine trug einen kurzen Rock und so, wie sie saß, konnte man den Rand ihrer Unterhose sehen. Ein paar Jungs war das ebenfalls aufgefallen und sie warfen sich verschwörerische Blicke zu. Sie machten einem dritten mit Abiturientenmütze und roten Pickeln auf der Stirn, der schwankend neben ihr stand, unanständige Zeichen. Er roch nach Bier. Die Flasche hielt er in der Hand, halb unter der offen stehenden Jacke versteckt, damit der Fahrer sie nicht bemerkte. Als der Bus erneut bremste, wurde der junge Mann gegen sie geschleudert. Er musste um sich greifen, um das Gleichgewicht zu halten, und hätte beinahe ihren Niqab abgerissen.

»Pfui Teufel. Ab nach Hause mit dir«, murmelte der nach Bier Stinkende und wischte die Hand an seiner Jeans ab, als hätte er etwas Ekliges angefasst. Die anderen lachten. Er selbst grunzte triumphierend, als er mitbekam, wie sich die anderen amüsierten. Das Schätzchen starrte sie intensiv an und flüsterte ihrer Mutter etwas zu, die zurückflüsterte. Das Kind glotzte noch mehr, nun mit halb offenem Mund.

An der nächsten Haltestelle quetschten sich weitere Personen hinein. Sie drehte den Kopf weg und sah zu Boden, als einer aus der Buchhaltung den Bus betrat. Er würde sie kaum wiedererkennen, aber sie wollte kein Risiko eingehen. Vielleicht verrieten ihre Augen sie. Neulich hatte er nämlich in der Kantine mit ihr geflirtet und gesagt, sie habe die schönsten braunen Augen, die er je gesehen habe. Sie wandte ihm den Rücken zu, aber das war unnötig. Er sah direkt an ihr vorbei und versuchte sich drum herumzuschlängeln, ohne mit ihr in Berührung zu kommen, obwohl das unmöglich war. Sie standen so dicht, dass sie kaum atmen konnte. Als er vorbei war, ergriff er eine Schlaufe an der Decke weiter hinten im Bus und schaute in die *Metroexpress*.

Sie atmete erleichtert auf, ließ die Haltestange los und bahnte sich den Weg nach vorn. Jetzt war es so weit.

Einige vor ihr, die sich nicht bewegten, musste sie ein wenig schieben. Sie spürte die Panik, als der untere Teil ihrer Abaya in dem Rad eines Buggys hängen blieb. Als sie sich vorbeugte, um sie loszumachen, sah sie ins Gesicht eines kleinen Kindes von ungefähr einem halben Jahr. Große, blaue Augen studierten sie neugierig; dann kam ein spontanes Lächeln und der Kleine fuchtelte begeistert mit den Armen. Die Frau, die neben dem Buggy stand, beugte sich herunter. Sie lächelte freundlich. Ihre Augen waren auch schön und blau. Nett anzusehen. Sie half ihr, den schwarzen Stoff aus dem Rad zu befreien. Plötzlich verspürte sie Zweifel und es gelang ihr nicht, das Lächeln zu erwidern.

»Verschwinde, du schwarzes Gespenst! Du gehörst nicht hierher!«

Sie bekam einen brutalen Stoß von hinten. Es war ein aufgepumpter Mann mittleren Alters mit Halbglatze und einer hässlichen Tätowierung am Hals. Er starrte sie böse an mit kleinen Schweinsäuglein, die fast im Gesichtsfett verschwanden. Sie richtete sich auf und drängte weiter in Richtung des vorderen Ausgangs, wo sie sich an der Wand zum Fahrersitz abstützte. Niemand durfte mitbekommen, dass sie ihre Hand zu ihm öffnete. Der Fahrer las die Nachricht und nickte ihr zu. Seine Augen waren dunkel und zornig und der Schweiß glänzte auf seiner Stirn. Sie verstand ihn gut. Das Ganze hing jetzt von ihm ab. Abdul-Jabaar hieß er, erinnerte sie sich nun, und nickte zurück. Sie warf einen letzten Blick auf das Kind im Buggy, die Frau lächelte ihr wieder zu und es schmerzte tief unten in der Brust. Es war noch nicht lange her, dass ihr eigener Sohn in diesem Alter gewesen war. Aber jetzt gab es keinen Weg zurück. Sobald der Bus hielt, eilte sie hinaus.

Die Sonne schien auf den regennassen schwarzen Asphalt. Sie lief über die Straße, als die Autos bei rot stehen blieben, wurde aber beinahe von einem Radfahrer angefahren, als sie den Radweg kreuzte. Sie eilte ins Bushäuschen, während sie die Handfläche an der Abaya abwischte, sodass der Text, den sie darauf geschrieben hatte, verschwand. Der Plan im Häuschen zeigte, dass es eine Weile dauern würde, bis der Bus in die Gegenrichtung kam. Der Schweiß lief unter dem Niqab. Sie sah Abdul-Jabaars Bus nach, der zurück in den Verkehr glitt und weiterfuhr, nachdem sich noch mehr Menschen hineingezwängt hatten. Der Bus war brechend voll.

Jetzt war es vorbei. Sie hatte getan, was sie tun sollte. Die Beine gaben unter ihr nach und sie musste sich auf die Bank im Bushäuschen setzen. Dort wartete bereits ein weißhaariges Rentnerpärchen in beigefarbenen Windjacken. Sie rutschten etwas beiseite, taten aber sonst, als ob sie sie nicht sahen.

Plötzlich wurde der Verkehrslärm von schneidendem Sirenengeheul übertönt.

»Was zur Hölle ist da los?«, rief der Mann und deutete mit dem Stock auf die Fahrbahn, wo ein Polizeiauto in rasantem Tempo vorbeidüste und vor den Bus fuhr, aus dem sie gerade gestiegen war, sodass er zum Anhalten gezwungen war.

Die Frau umklammerte die Tasche auf ihrem Schoß, antwortete nicht und starrte dem Bus nach. Sie standen beide auf. Sie tat das Gleiche, da sie wegen des Paares sonst nichts sehen konnte, und schirmte mit der Hand die Augen gegen die Sonne ab. Der Bus hielt und zwei Beamte stiegen ein.

Völlig unvermittelt gab es einen ohrenbetäubenden Knall, der sie alle drei zusammenzucken ließ. Der Mann legte den Arm um die Schultern der Frau, um sie zu beschützen.

»Verdammt, die schießen!«, rief er.

»Wer schießt?«, jammerte die Frau.

War Abdul-Jabaar bewaffnet gewesen? Was war passiert?

Ihr Hals schnürte sich zusammen und der Puls pochte in den Ohren.

Ein Bus hielt in der Haltebucht vor ihr, sie sprang schnell hinein, obwohl es nicht der war, auf den sie gewartet hatte. Sie wollte nur weg. Der Fahrer war von dem Szenario hinter ihnen auf der Gegenfahrbahn gefesselt, beschloss aber, seinen Fahrplan einzuhalten. Kurz darauf ertönten die Sirenen erneut und Krankenwagen rasten vorbei in die entgegengesetzte Richtung. Versteinert starrte sie vor sich hin und fing an zu zittern.

2

Die Stimmung war die gleiche wie auf dem Weg zu einem Fußballspiel im Park.

Anne Larsen beobachtete die kleine Gruppe Aarhuser, die mit nach Kopenhagen fahren sollte. Obwohl es kein Kriminalstoff war, hatte sie sich freiwillig als Reporterin gemeldet. Der Kameramann, den sie Flash nannten, war im *TV2 Ostjütland*-Auto mit der Kameraausrüstung gefahren und würde sich mit ihnen am Hauptbahnhof treffen, sodass sie gemeinsam zum Schlossplatz von Schloss Christiansborg fahren konnten, wo die Demonstration stattfinden sollte. Anne hatte darauf bestanden, mit den Demonstranten mit der Bahn zu fahren, damit sie unterwegs Interviews führen konnte. Nun gestand sie sich ein, dass der wahre Grund war, dass sie das Prickeln noch mal erleben wollte von damals, als sie als Teenager selbst aktive Demonstrantin und Hausbesetzerin in Nørrebro gewesen war. Es war viele Jahre her, seit sie zuletzt an einer Demonstration teilgenommen hatte, aber es dauerte nicht lange, bis sie wieder den Kick spürte und das Gefühl, die Ungerechtigkeit der Gesellschaft ändern zu können. Einen Unterschied zu machen und wenigstens ihre Meinungsfreiheit zu nutzen, auch wenn sie jetzt klüger war als damals. Es war doch super, dass man sich äußern konnte, aber was half es, wenn niemand zuhören wollte? Wenn die Politiker einen Beschluss gefasst hatten, war der beinahe unmöglich zu kippen. Doch es änderte nichts daran, dass die Dänen ihre Meinung zu Gehör bringen konnten und sie dachte, dass viele dieser jungen Teilnehmer heute sicher immer noch glaubten, dass es die Fahrt und den Kampf wert war. Diesen Glauben wollte sie ihnen nicht nehmen. Mit den Jahren würden sie es selbst merken und es war nur gut, dass es immer noch jemanden gab, der versuchte, Widerstand zu leisten.

Wenn sie auf den bunten Haufen sah, hatte sie keinerlei Zweifel, dass die meisten politisch der sozialistischen Linken angehörten. Als Journalistin bei *TV2 Ostjütland* durfte sie ihre eigene politische Haltung nicht äußern. Sie sollte neutral auftreten, daher beteiligte sie nicht an der heftigen Debatte, die immer intensiver geworden war, je näher sie dem Kopenhagener Hauptbahnhof kamen. Wie eine Sportmannschaft, die sich hochschaukelte, um ein wichtiges Spiel zu gewinnen. Die Transparente waren zusammengerollt und ragten aus ein paar Rucksäcken heraus, die die Hälfte des Mittelgangs ausfüllten. Sie lächelte beim Anblick eines ausgefransten, alten *Atomkraft?–Nein danke*-Aufnähers auf einer der Taschen. Der gelbe Sticker mit der viel zu glücklichen roten Sonne in der Mitte war auch mal auf alle ihre Besitztümer geklebt gewesen – und hinten auf der Jeansjacke hatte sie einen riesigen Aufnäher gehabt. Es wunderte sie, dass es die Dinger noch gab.

Sie saß bei dem älteren Teil der Teilnehmer, die nicht ganz so viel diskutierten. Sie lasen Zeitung oder schauten aus dem Fenster. Für sie war es nicht so aufregend, dass *TV2 Ostjütland* sie begleiten würde. Einige hatten sich sogar woandershin gesetzt, da sie es nicht an die große Glocke hängen wollten, dass sie auf dem Weg zu einer Demonstration waren. Die Jungen saßen weiter vorn. Anne beobachtete sie.

»Es gibt echt bald keine Mitmenschlichkeit mehr«, sagte ein junger, schlaksiger Kerl mit Ponyfransen, die über dem Brillenrand unter einer grauen Mütze hervorguckten, die bei der Sommerhitze fehl am Platz wirkte.

»Nein, diese verfickten Rassisten, die bald alles in diesem Scheißland bestimmen, sprechen ja überhaupt nicht für die gesamte dänische Bevölkerung!«, widersprach ein anderer, der seine staubigen Adidas-Schuhe auf den Sitz gegenüber geknallt hatte.

Eines der Mädchen, das mit seinem Smartphone dasaß, fing an zu lachen. »Aber jetzt werden die sehen, was wir anderen meinen. Es haben sich schon fast tausend Teilnehmer bei Facebook angemeldet!«

Die anderen lachten mit.

Es war das große Interesse für den Facebook-Beitrag, der zur Demonstration gegen Asylverschärfung aufrief, das den Nachrichtenchef auf die Idee gebracht hatte, *TV2 Ostjütland* über das Ereignis berichten zu lassen, wo doch der Veranstalter eine Gruppierung aus Aarhus war.

Anne wusste aus Erfahrung, dass die Anzahl der angemeldeten Teilnehmer nicht immer mit der tatsächlichen übereinstimmte. Einige hielten es für glorreich, auf der Liste zu stehen, aber wenn es darauf ankam, waren sie dann doch nicht willens, zu erscheinen und für ihre Haltungen einzustehen. Sie war gespannt, wie viele letztendlich mit Bannern und Sprechchören bei den Politikern vor der »Burg« stehen würden.

»Dann werden sie ihre Politik halt ändern müssen. Wenn wir nicht den Menschen helfen, die vor Krieg und Armut fliehen, wer dann?«

Sie nickten alle in einhelligem Schweigen.

»Mein Vater ist einer von denen. Den Rassisten. Er sagt, dass wir es uns nicht leisten können, sie hier im Land zu haben, dass sie zu viel Geld kosten. Gleichzeitig sagt er, dass er viel zu viel Steuern bezahlt, also wie passt das denn bitte zusammen?« Das Mädchen schüttelte den Kopf und hob gleichzeitig die gezupften Augenbrauen, während das Kaugummi mehrmals mit der Zunge umgedreht wurde. Sie war die Jüngste und Anne dachte, dass sie sicher von zu Hause abgehauen war, wie sie selbst mit vierzehn.

»Das sagen meine Alten auch. Die meinen, dass eine multikulturelle Gesellschaft nie funktionieren wird und nennen England, Frankreich und Schweden als Beispiele.«

Der Sitznachbar schnaubte. »Ich habe auch gehört, dass einige die Terroristen als Grund für ihre rassistischen Haltungen benutzen. Dass die Krieger des Islamischen Staats als Flüchtlinge getarnt nach Europa kommen, um uns zu bombardieren. Größeren Quatsch habe ich ja selten gehört. Es gibt doch selbstverständlich Kontrollen.« Trotzdem sah er von einem zum anderen, als ob er nach Bestätigung für seine Behauptung suchte.

»Zum Glück sind meine Eltern nicht solche Nazis«, meinte eines der Mädchen. »Sie wären gerne mitgekommen, konnten heute aber nicht. Meine Mutter hat eine Flüchtlingsfamilie nach Schweden gefahren, weil sie lieber dort als hier in Dänemark wohnen wollten.«

»Kann ich total verstehen. Die *DFD* macht alles kaputt. Jetzt glaubt die ganze Welt, dass alle Dänen fucking fremdenfeindlich sind. Ich hoffe, die verstehen unsere Botschaft heute und sehen ein, dass wir nicht alle so sind.«

»Ja, es ist traurig, dass die *DFD* so viel Macht bekommen hat«, seufzte ein anderes Mädchen, das auf seinem Handy ebenfalls die Facebook-Anmeldungen mitverfolgte. Ihre Jacke hatte sie um den Bauch gebunden. »Gut, dass das Fernsehen dabei ist!«

»Wisst ihr, wofür *DFD* steht?«, fragte ein dicker Junge mit roten Wangen und Doppelkinn.

»Das steht für *Dänemark Für Dänen*«, belehrte ihn das Mädchen mit der Jacke.

»Nee, das steht für *Die Fucking Dummen*«, gab der Junge zurück und lachte selbst am lautesten über seinen Witz.

Anne hatte sie bereits dazu interviewt, was ihre Begründung für die Fahrt nach Kopenhagen und die Teilnahme an der Demonstration war, daher kannte sie die Meinung der meisten. Einer revolutionärer als der andere. Sie wünschte, Flash wäre dabei und könnte sie filmen, wie sie dasaßen und die Welt unter die Lupe nahmen. Das hatte etwas Erhebendes. Vielleicht waren das hier die sozialistischen Politiker der Zukunft, die dann herausfinden würden, dass es letzten Endes darum ging, Kompromisse einzugehen, wenn sie an die Macht kamen. Es ging nicht nur um eine einzelne Kernfrage wie Flüchtlinge, sondern um das Wohlergehen des ganzen Landes. In einer Demokratie konnte niemand allein entscheiden und im Parlament würde kaum die gleiche Einigkeit herrschen wie hier an dem kleinen Klapptisch, der vor Süßigkeitentüten, Butterbrotpapier, Handys, Zeitschriften und leeren Cola-Bechern überquoll.

Sie näherten sich der Endstation. Anne stand auf und half ihnen beim Tragen der Banner. Alle stöhnten ungehalten, als sie erfuhren, dass es angefangen hatte, heftig zu regnen. Bis nach Christiansborg war es eine Viertelstunde Fußweg und sie würden klitschnass sein.

Anne hielt vor dem Bahnhof vergeblich nach Flash und dem *TV2 Ostjütland*-Auto Ausschau. Die Leute verkrochen sich unter die bunten Sonnenschirme vor dem Eingang zum Tivoli. Die Gruppe der Demonstranten drängte sich beim Ausgang des Hauptbahnhofs dicht zusammen. Einige hatten die Transparente entfaltet, sodass Botschaften wie *Ein gastfreundliches Dänemark – Danke!*, *ALLE Flüchtlinge willkommen!* und *Schämt euch, DFD!* signalisierten, weswegen sie gekommen waren.

Es dauerte etwas, bis Anne die Stimme aus den Lautsprechern wahrnahm und viel Polizei im Gebäude und davor registrierte. Ein paar Beamte verscheuchten die Leute vor dem Tivoli und es entstand Panik. Sie sah sich wieder nach Flash um. Die Stimme bat in mehreren Sprachen, sich zum Ausgang zu begeben und das Gebäude ruhig zu verlassen. Der Hauptbahnhof wurde gerade evakuiert. Ein Beamter nahm Anne am Arm und wollte sie mit sich ziehen.

»Folgen Sie mir!«, befahl er.

»Nein! Ich warte auf meinen Kameramann. Ich bin Journalistin bei *TV2 Ostjütland*«, protestierte sie.

»Sie müssen raus! Und zwar sofort«, beharrte der Beamte.

»Warum? Was ist los?«

»Es gibt eine Bombendrohung. Folgen Sie den anderen. Da stehen Busse, die Sie von hier wegbringen werden.«

Anne entdeckte zwei Busse, in die die Demonstranten einstiegen. Die Transparente ließen sie auf dem Boden liegen. Eine Frau hatte ihres mitgenommen, doch ein Beamter nahm es ihr weg und trieb sie in den Bus zu den anderen eingeschüchterten Passagieren.

»Aber ich muss meinen Kameramann finden!«, insistierte Anne und riss sich aus dem festen Griff des Beamten los. Sie funkelte ihn an. Dann entdeckte sie das *TV2*-Auto, das Flash gerade vor dem Bahnhof parkte. Er stieg aus und sah sich nach ihr um. Die

Beamten bedeuteten ihm hektisch, wieder einzusteigen und wegzufahren. Andere Beamte sperrten im strömenden Regen das Gebiet ab. Anne rannte zu Flash und riss die Beifahrertür auf.

»Was zum Teufel ist denn hier los?«, rief er.

»Es gibt wohl eine Bombendrohung. Die evakuieren den Bahnhof.« Sie schaffte es nicht, sich anzuschnallen, bevor Flash einen scharfen U-Turn machte und den wegfahrenden Bussen nachfuhr.

»Sind alle Demonstranten mit dem Bus gekommen?«

»Weiß ich nicht. Einige sind trotz des Regens sicher auch zu Fuß gegangen.«

Einige Polizeiautos kamen ihnen mit Blaulicht und Sirene entgegen, dahinter ein paar Krankenwagen.

»Die ergreifen offenbar echt alle Maßnahmen«, murmelte Flash und folgte ihnen mit dem Blick im Rückspiegel. Er war nur vom kurzen Aussteigen aus dem Auto völlig durchnässt und seine Haare hingen ihm feucht in die Stirn. Anne zitterte vor Kälte in ihren durchweichten Klamotten. Sie erahnte das Gebäude der Kopenhagener Polizei hinter Flash, bevor sie in hohem Tempo auf die Kalvebod Brücke abbogen. Ein Speedboot sauste auf dem Wasser vorbei ins Meer, sodass es hinter ihm spritzte.

»Wo sind die Busse hin?«, fragte sie und wunderte sich über die Ruhe des Kameramanns. Dann erinnerte sie sich, dass Flash mal für *Information* gearbeitet hatte und an einigen der Brennpunkte der Welt gewesen war. Für ihn war eine Bombendrohung in einem Bahnhof sicher nichts allzu Ernstes. Konnte auch falscher Alarm sein. Das war schon vorgekommen.

»Irgendwo vor uns«, sagte er und schaltete.

Anne begriff nicht, was passierte. Urplötzlich gab es draußen einen unnatürlich lauten, klirrenden und grollenden Knall, gefolgt von einem riesigen Blitz. Vielleicht geschah das gleichzeitig. So einen, wie man ihn sonst nur in Katastrophenfilmen im Kino sieht. Sie wurde im Gurt nach vorn geschleudert, als Flash scharf bremste, um nicht in das Auto vor ihnen zu krachen, das auch bremste, genau wie der Rest der Schlange vor ihnen. Mit offenem Mund verfolgte

Anne einen PKW mit den Augen. Er drehte sich einmal in der Luft ein Stück vor ihrem Auto und landete nicht weit davon. Dann ging ein Regen aus Glas und Metallteilen über dem Auto nieder. Sie duckte sich ganz unwillkürlich und hielt sich die Ohren zu, obwohl nach dem Knall alle Geräusche verschwunden waren. Vor ihren Augen spielte sich alles in unwirklicher, lautloser Zeitlupe ab.

Eine schwarze Rauchwolke rollte auf das Auto zu und hüllte es ein, sodass sie nicht aus dem Fenster schauen konnte. Sie hörte Leute hysterisch schreien.

3

In dem Raum war es still. Nur die Lüftungsanlage summte leise. Oder vielleicht war es auch eine der Thermoskannen mit Kaffee auf einem der Tische, die nicht ganz zu war. Es war dunkel, weil die Gardinen vor den Fenstern zugezogen waren. Die anderen an den Tischen um ihn herum wirkten wie dunkle Silhouetten. Nur die Lampe des Beamers leuchtete auf.

Roland Benito hob seine Tasse und nahm einen kleinen Schluck des seiner Meinung nach viel zu dünnen Kaffees. Neues Personal in der Kantine des Polizeipräsidiums? Oder waren das Sparmaßnahmen?

Er sah hoch zu der weißen Leinwand, wo Jørgen Lindt vom *PET*, dem dänischen *Inlandsnachrichten- und Sicherheitsdienst,* gerade mit der Fernbedienung zum nächsten Bild weitersprang.

»Diese Grafik zeigt, wie das *Zentrum für Terroranalyse, CTA,* die Terrorgefahr in Dänemark im Verhältnis zu verschiedenen Gruppierungen einschätzt«, erklärte Jørgen Lindt und ließ den kleinen, roten Lichtpunkt der Fernbedienung um die höchste Säule kreisen, unter der *Militanter Islamismus* stand. Sein ohnehin schon markantes, mageres Gesicht mit der hohen Stirn und den hervorstehenden Wangenknochen wurde durch das grelle Seitenlicht des Beamers, das auch in den Brillengläsern aufblitzte, noch schärfer.

»Wie daraus hervorgeht, schätzt man, dass die Terrorgefahr typischerweise von Personen und kleineren Gruppen mit einem militant islamistischen Hintergrund ausgeht. Nach deren Überzeugung steht der Islam unter starkem Angriff des Westens. Die Mohammed-Karikaturen, die Außen- und Sicherheitspolitik Dänemarks und das dänische Engagement in der internationalen Koalition gegen die militant islamistische Gruppe *IS* im Irak haben Dänemark in den Fokus gerückt, sie in ihrem Glauben bestärkt und den Hass und die Rachsucht weiter geschürt.«

»Wie verhält es sich mit Neu-Dänen mit dänischer Staatsbürgerschaft?«, fragte ein Teilnehmer, der am Tisch hinter Roland saß.

Jørgen Lindt richtete den Blick auf den Fragenden und wurde für einen kurzen Moment von dem Licht des Beamers geblendet. Er trat zur Seite.

»Neu-Dänen und Einwanderer der zweiten Generation, die im militant islamistischen Milieu verkehren und Propaganda ausgesetzt werden, stellen eine große Gefahr dar, da man davon ausgeht, dass sie gut in die dänische Gesellschaft integriert sind und sich überall aufhalten können. Wenn sie gleichzeitig Verbindungen zu kriminellen Milieus mit einer hohen Gewaltbereitschaft und Zugang zu Waffen haben, wird die Bedrohung natürlich verstärkt.«

»Wie verbreitet ist dieser Umstand?«

»Schwer zu sagen. Wir schätzen, dass die Propaganda besonders auf sozial ausgegrenzte Jugendliche, denen ein Platz in der Gesellschaft fehlt und die eine Identität suchen, einen radikalisierenden Effekt haben kann. Auch einige Gruppierungen können radikalisierend wirken, das kann ein Gefängnisaufenthalt sein oder Konfliktzonen und kriminelle Bandenmilieus. Radikalisierung findet nicht nur in den Moscheen statt. Sie geschieht überall. In Jugendclubs, Fitnessstudios, auf der Straße und in Cafés. Netzwerke wie die sozialen Medien sind das probateste Mittel, um Sympathisanten und Dschihadisten zu werben. Der *IS* benutzt das Internet in hohem Maße für seine Propaganda.«

»Gibt es einen Überblick darüber, wie viele ausreisen, um für sie zu kämpfen?«, fragte die weinerliche Stimme einer Frau, die vor Roland saß. Ihre Haare waren rotblond und wuschelig geschnitten. Er hatte sie bei mehreren Gelegenheiten getroffen, als er noch bei der Ostjütländischen Polizei angestellt gewesen war, aber sie hatte ihn heute nicht gegrüßt, sondern ignoriert. Viele der Anwesenden wunderten sich sicher darüber, weshalb Angestellte der Unabhängigen Polizeibehörde überhaupt zu der *PET*-Besprechung wegen der akuten Terrordrohung gegen Aarhus eingeladen waren. Tatsächlich wunderte Roland sich selbst. Die meisten wussten natürlich, dass die *DUP* im Falle des Beamten ermittelte, der die tödlichen Schüsse auf den Busfahrer in Aarhus abgegeben hatte. Obwohl noch nicht klar war, was an der Sache dran war, wurde der Beamte nach dem, was in Kopenhagen passiert war, als Held und nicht als Krimineller, gegen den man ermitteln musste, betrachtet. Wieder fühlte Roland sich als Feind abgestempelt und nicht wie ein ehemaliger, gleichwertiger Kollege, der immer noch für die Gerechtigkeit arbeitete.

»Wir schätzen, dass mindestens 115 Personen ausgereist sind, um zu kämpfen. Vielleicht mehr. Circa die Hälfte, meinen wir, schließt sich dem *IS* an. Meistens handelt es sich um junge, sunnitische Männer.«

»Nur Männer?«

Lindt schüttelte den Kopf und trank aus einem Glas Wasser, ehe er antwortete. »Eine geringere Anzahl Frauen ist ebenfalls aus Dänemark in das Krisengebiet gereist. Leider ist die Tendenz in den letzten paar Jahren gestiegen.«

»Wie viele kommen aus der Umgebung von Aarhus?«

»Wir nehmen an, dass es sich um knapp über dreißig Personen handelt, aber es kann auch jemand sein, den wir nicht kennen. Einige kehren nie zurück. Sie werden im Krieg getötet oder sie schließen sich wie gesagt dem *IS* an. Unseren Informationen zufolge wurden mindestens neunzehn dieser aus Dänemark Ausgereisten in Syrien oder dem Irak getötet. Die, die nach Hause kommen, behalten wir im Auge, da sie aufgrund des Kampftrainings, das sie möglicherweise absolviert haben, eine besonders große Terrorbedrohung für Dänemark ausmachen und äußerst radikalisierend sein können. Die Terrorgefahr steigt mutmaßlich mit der Anzahl von Personen, die mit Kampferfahrung aus dem Krisengebiet nach Dänemark zurückkehren.«

»Gibt es eine Zahl, um wie viele es geht?«

Jørgen Lindt wandte sich aufmerksam dem Fragenden zu.

»Man geht davon aus, dass sich ungefähr die Hälfte der Personen, die ausgereist waren, jetzt gerade in Dänemark befindet.«

»Und wo halten die sich dann auf?«

Die Fragen kamen von verschiedenen Zuhörern. Roland schielte zu seinem Chef, Viktor Enevoldsen, der neben ihm saß, doch der war in das Gespräch vertieft und wartete, die Arme vor der Brust verschränkt, offensichtlich auf die Antwort. Er hatte seinen mittelgrauen, sportlich-eleganten Blazer mit Fischgrätmuster über die Stuhllehne gehängt. Roland hatte Lust, das Gleiche mit seinem nicht ganz so sportlichen zu tun. In dem Raum war es schwül. Er löste den Schlips.

Vor Viktor saßen der Chef für organisierte Kriminalität, Thor Dam, und Vizepolizeidirektor Anker Dahl vom Polizeipräsidium in Aarhus, dessen Gesicht im Licht des Beamers düster aussah. Die kalten, blauen Augen leuchteten. Er zeigte die gleiche reservierte Haltung wie Viktor Enevoldsen mit verschränkten Armen und heruntergezogenen Mundwinkeln. Roland hatte das Gefühl, dass er der Anlass für die Einladung der *DUP* war. Der Hintergrund könnte sein, dass sie nach den Informationen durch den *PET,* der vor der erhöhten Terrorgefahr warnte, von gewissen Details bei der Schießerei im Stadtbus absehen und zu dem Schluss kommen sollten, dass es keinen Grund gab, gegen ihren Beamten zu ermitteln. Zum Beispiel das Detail, dass der Busfahrer weder bedrohlich aussah noch bewaffnet gewesen war und Zeugen im Bus berichteten, der Beamte habe ohne Grund geschossen, sobald er eingestiegen war. Sein Kollege, der sich außerhalb des Busses befunden hatte, behauptete, nicht gesehen zu haben, was sich drinnen abspielte. Vielleicht stimmte es. Es half dem Beamten auch nicht gerade, dass er sich auf Facebook hasserfüllt gegen Einwanderer geäußert hatte und kundtat, die neue nationalistische Partei *DFD* zu unterstützen.

Vielleicht war es angesichts der Umstände nur natürlich, dass sie an der Besprechung teilnahmen. Roland dachte, dass es Anker Dahl dennoch irritiert haben musste, dass Viktor Enevoldsen entschieden hatte, ausgerechnet ihn mitzunehmen, da er sich aufgrund seiner früheren Verbindung zum Polizeipräsidium in Aarhus nicht an der Ermittlung gegen den Beamten beteiligen durfte. Ob es eine bewusste Provokation von Viktors Seite war oder die Tatsache, dass Roland der Einzige war, der im Augenblick keine anderen wichtigen Aufgaben hatte, war schwer zu sagen.

Jørgen Lindt schaltete den Projektor aus, und jemand zog die Vorhänge zurück, sodass das Tageslicht hineinströmte und die, die am nächsten an den Fenstern saßen, blendete. Lindt sah auf den Fragenden herab, der immer noch auf eine Antwort wartete.

»Sie fragen, wo sich die aufhalten, die mit Kampferfahrung zurück nach Hause gekommen sind? Leider geht man davon aus, dass mindestens die Hälfte in militant islamistische Milieus gehen, was eine größere Bedrohung ausmacht, da sie dort einen Sonderstatus erreichen können, der ausgenutzt werden kann, um Radikalisierung und Rekrutierung voranzutreiben. Aber wie gesagt behalten wir sie im Auge.«

»Aber war das dann nicht in Kopenhagen der Fall? Den Gerüchten in der Presse zufolge waren es ja zurückgekehrte Krieger, die die Bomben in den Bussen platziert haben.«

Jørgen Lindt räusperte sich und zog die Blicke auf sich.

»Die Ermittlungen des Vorfalls in Kopenhagen sind noch nicht abgeschlossen. Wir sind uns noch nicht vollständig darüber im Klaren, wer die Bomben gelegt hat und um welche Sprengstoffe es sich überhaupt handelt. Vielleicht war es ein Sprengstoffgürtel, aber wir haben noch nicht alle identifiziert und bisher keinen Täter gefunden. Aber ja, es handelte sich um professionell hergestellte Bomben, meinen unsere Experten.«

»Wie wurden sie in den Bussen platziert, die ja gerade Leute in Sicherheit bringen sollten?«, fragte eine andere barsche Stimme.

»Ich kann mich zu dem konkreten Fall nicht äußern. Wie gesagt sind die Ermittlungen noch nicht abgeschlossen.«

»Hat die erhöhte Terrorgefahr konkret in Aarhus etwas mit heimgekehrten Kriegern zu tun?«, fragte Anker Dahl. Die blonden Augenbrauen waren zusammengezogen, sodass sie ihm in Kombination mit dem harten, eisblauen Blick einen bestimmten, beinahe grimmigen Ausdruck verliehen.

Ein Stück vor ihm saß der Bürgermeister. Roland konnte sein Gesicht nicht sehen, aber er vermutete, es war mindestens genauso verkniffen wie das des Vizepolizeidirektors. Sie überlegten sicher beide, wie sie das hier der Bevölkerung erklären sollten. Da hatten sie jede Gelegenheit in den Medien genutzt, hervorzuheben und zu betonen, dass die Situation vollständig unter Kontrolle war, dass es einen guten Dialog mit dem muslimischen Milieu und den Imamen gab, und jetzt das. Ein Terroranschlag wie der in Kopenhagen, mit zehn Toten und sechsmal so vielen Verletzten war vielleicht kurz davor, auch in ihrer Stadt Wirklichkeit zu werden. Die Gefahr eines Terroranschlags auf die Stadt war erhöht. Das Aarhuser Modell bröckelte. Falls die Aarhuser etwas erfahren sollten. Die Besprechung mit dem *PET* ging in aller Heimlichkeit vonstatten, eben genau damit die Presse nicht davon Wind bekam und das Ganze zu etwas aufbauschte, was es vielleicht überhaupt nicht war. Die Panik war ohnehin schon groß genug. Der Anschlag in Kopenhagen und das, was im Aarhuser Stadtbus passiert war, hatten die Titelseiten erobert und das Thema ersetzt, das bisher für längere Zeit die Schlagzeilen beherrscht hatte. Was war schon ein gestohlener Kinderwagen mit einem Baby gegen einen möglichen Terroranschlag in einem proppenvollen Stadtbus mitten im schlimmsten Berufsverkehr in Aarhus?

»Wir wissen noch nicht, was in dem Stadtbus passiert ist und ob überhaupt die Rede von einem versuchten Terroranschlag sein kann. Aber falls es sich als ein solcher herausstellt, ist es doch naheliegend zu glauben, dass es einen Zusammenhang mit dem gibt, der zur selben Zeit in Kopenhagen verübt wurde. Terroranschläge und Angriffspläne in Europa wurden in den vergangenen Jahren typischerweise von ein bis zwei Personen ohne Erfahrung aus einem Kampfgebiet durchgeführt, die aus eigener Initiative planen, ein symbolträchtiges Ziel mit Schusswaffen anzugreifen. Aber jetzt haben wir ja in letzter Zeit gesehen, dass es Kapazitäten in Dänemark gibt, Terroranschläge mit leicht zugänglichen Waffen wie Stichwaffen, Brandbomben und selbst gemachten Bomben durchzuführen.«

Lindt setzte sich an den Tisch, der vor denen der anderen stand. Daran saß bereits John Stadil, Sektionschef für Terroranalyse beim *FE*, dem Militärischen Abschirmdienst. Er war während Jørgen Lindts Vortrag schweigsam gewesen und Roland dachte darüber nach, ob er aufgrund seiner militanten Erscheinung hier war, die ihn zu einer guten Rückendeckung machte, oder ob es für seine Anwesenheit in Wirklichkeit einen anderen Grund gab. Er wusste, dass der *FE* eng mit dem *PET* an den aktuellen Fällen zusammenarbeitete. Lindt schenkte Kaffee in seine Tasse ein.

»Die Anschläge können spontan oder nach nur kurzer Planungszeit durchgeführt werden. Quellen besagen jedoch, dass etwas Größeres und weitaus Professionelleres im Anzug ist und bald Dänemarks drei größte Städte, Kopenhagen, Odense und Aarhus treffen soll, vielleicht gleichzeitig«, fuhr er fort und stellte die Thermoskanne zurück auf den Tisch. »Ob das, was wir gesehen haben, nur ein einzelner Anschlag oder der Beginn von etwas Größerem war, ist eines der Dinge, die der *PET* untersucht.«

»Was ist mit chemischen Waffen?«, fragte der Bürgermeister.

»Es gibt Personen, die die Möglichkeit haben, simple Angriffe mit chemischen Stoffen auszuführen, das gilt auch für biologische. Die kann man ja leicht im Internet erwerben. Wir vermuten jedoch, dass Terrorgruppen nicht die Kapazität haben, Anschläge mit radioaktivem oder nuklearem Material in Dänemark durchzuführen.« Es war John Stadil, der antwortete. Er saß unbeweglich in der gleichen Haltung wie die ganze Zeit. Wie aus Stein gemeißelt.

Eine heisere Stimme ganz hinten im Raum räusperte sich. Roland drehte sich um. Ein junger Mann mit dünnem, rötlichem Spitzbart und rotkariertem Holzfällerhemd mit hochgekrempelten Ärmeln hatte sich gemeldet, als ob er auf der Schulbank säße. Was sie im Augenblick selbstverständlich alle taten. Ein Lederarmband baumelte locker um sein Handgelenk.

»Sie haben vorhin erwähnt, dass fundamentalistische Milieus in steigendem Grad soziale Medien nutzen und gute IT-Kenntnisse haben. Ist unsere IT- und Telefoninfrastruktur in Gefahr? Ein Hackerangriff kann gesellschaftliche Konsequenzen für Dänemark haben.«

Der junge Mann war für eine ganz neu geschaffene Stelle als IT-Experte im Polizeipräsidium angestellt worden, kurz bevor Roland von dort weggegangen war. Es war eine klare Frage ausgerechnet von demjenigen, der im Nationalen Cyber Crime Center, kurz *NC3*, arbeitete. Sie beschäftigten sich mit Cyberkriminalität und waren eine Einheit der Reichspolizei. Es waren mehrere neue Stellen eingerichtet worden, als beschlossen worden war, dass aufgrund der ständig steigenden IT-Kriminalität jeder Polizeibezirk seinen eigenen lokalen IT-Experten haben sollte. Roland überlegte, ob der junge Mann früher wohl Hacker von Beruf gewesen war. Diese Art Leute brauchte die Polizei am allermeisten. Jemanden, der das Milieu kannte.

»Auch wenn militante islamistische Gruppen versuchen, sich Cyberkapazitäten anzueignen, gehen wir nicht davon aus, dass es Dänemark treffen wird«, beteuerte Jørgen Lindt und sah schnell nach unten, um aus seiner Kaffeetasse zu trinken.

Roland schielte wieder zu Viktor Enevoldsen. Wie konnte sich der *PET* da so sicher sein nach dem Skandal mit dem größten Hackerfall in der Geschichte Dänemarks letztes Jahr, wo das

IT-System der staatlichen Polizei gehackt worden war, was Zugang zu Tausenden von Passwörtern und Login-Daten von Polizisten und den Informationen des Schengen-Systems über gesuchte Personen ermöglicht hatte. Doch Viktor verzog immer noch keine Miene. Eine Weile war es wieder still.

»Haben wir irgendwelche Anhaltspunkte?«, unterbrach Anker Dahl das gleichmäßige Summen der Lüftungsanlage.

»Wir haben einen Namen, aber ob es eine Person, eine Terrorzelle oder etwas völlig anderes ist, konnten wir leider noch nicht ermitteln. Es wird über ein geheimes Netzwerk kommuniziert. Der Name ist SAQR, und beim *PET* tun wir natürlich, was wir können, um herauszufinden, welche Verbindung zwischen dem Namen und der erhöhten Terrorgefahr besteht. Hierbei können alle Behörden behilflich sein. Wir wollen Sie jedoch alle bitten, aufmerksam zu sein und uns zu informieren, wenn Sie etwas Verdächtiges beobachten. Wir haben Maulwürfe im Milieu, und falls Sie ohne unser Wissen eingreifen, kann das die gesamte Operation gefährden.«

»Wir müssen das hier also ernst nehmen?«, fragte der Bürgermeister.

Jørgen Lindt nickte. »Leider. Wir haben ja bereits gesehen, wozu die Terroristen imstande sind.«

Der Bürgermeister begegnete Anker Dahls Blick und man konnte deutlich die Panik in seinen Augen erkennen.

Roland wollte aufstehen, da die Besprechung vorbei war und die anderen den Raum verließen, aber Viktor Enevoldsen legte eine Hand auf seinen Oberarm und hielt ihn zurück.

»Warte einen Moment, Roland«, flüsterte er und blieb selbst sitzen. Roland setzte sich verwundert.

Als alle anderen draußen waren, schloss Jørgen Lindt die Tür und bat sie, sich oben an den Tisch vor der Leinwand zu setzen, wo auch John Stadil, Thor Dam und Anker Dahl Platz nahmen.

»Na, das ist also der Mann deines Vertrauens«, stellte Lindt fest und reichte Roland die Hand. Stadil tat es ihm gleich. Er erwiderte die schnellen, festen Händedrücke und sah Anker Dahl fragend an, der ihm lediglich ein reserviertes Nicken schenkte.

Lindt setzte sich ihm gegenüber und leitete mit einer kurzen Pause ein, in der er aus seiner Kaffeetasse trank.

»Im Lichte dessen, was in Kopenhagen passiert ist, müssen wir abteilungsübergreifend eng zusammenarbeiten. Die *Unabhängige Polizeibehörde* bekommt einen Sonderauftrag, der selbstverständlich äußerster Geheimhaltung unterliegt. Während der Terroranschläge in Kopenhagen haben zwei Beamte die Passagiere nach draußen in die Busse dirigiert. Niemand, weder bei der Polizei noch bei der Gemeinde, weiß von der Aktion, und die betreffenden Beamten haben wir anschließend nicht identifizieren können.«

»Vielleicht waren es falsche Beamte?«, schlug Roland vor.

Lindt nickte und kratzte sich über dem Krawattenknoten am Hals.

»Das ist, was wir herausfinden müssen.«

»Das Busunternehmen muss doch wissen, wer sie angeheuert hat, um bei der Evakuierung zu helfen«, meinte Viktor Enevoldsen.

Jørgen Lindt zuckte bedauernd die Schultern.

»Keiner weiß davon. Wir untersuchen, wo die Busse hergekommen sind. Sie sind natürlich durch die Explosion beide sehr zerstört, aber die Rede ist von Touristenbussen älteren Modells mit Platz für ungefähr 53 Personen pro Bus. Glücklicherweise war keiner der Busse ganz voll. Sie haben wahrscheinlich zum Verkauf gestanden, nachdem sie beim TÜV beanstandet worden waren. Wer sie gekauft hat und von wem, wird immer noch untersucht. Aber dass Polizisten – echte oder falsche – vor Ort waren und den Leuten in die Busse halfen, hat dazu beigetragen, dass mehrere sich freiwillig in den Tod haben transportieren lassen.«

Roland und Viktor Enevoldsen sahen sich lange an.

»Ja, Sie verstehen wohl, wie wichtig es ist, dass das nicht in die Medien kommt, solange wir nicht mehr wissen. Wenn niemand mehr wagt, der Polizei zu trauen, dann …«

Roland wurde an den Albtraum Norwegens im Sommer auf Utøya erinnert, wo der Täter eine Polizeiuniform getragen hatte, um Zugang zu der Insel zu erhalten, dicht an seine Opfer heranzukommen und es geschafft hatte, 69 unschuldige junge Menschen zu töten. Wenn es gang und gäbe wurde, Polizeiuniformen für Terror zu benutzen, würde das sowohl die Polizei als auch die Bevölkerung in ein fürchterliches Dilemma bringen.

»Aber wieso einige verhältnismäßig wenige Menschen in Busse führen und sie in die Luft jagen statt direkt in den Bahnhof zu gehen?«, fragte Anker Dahl.

»Gute Frage. Es ist ja jetzt nicht zur Stoßzeit am Hauptbahnhof passiert, aber mein Tipp ist, dass uns die Terroristen zeigen wollen, welche Macht sie haben. Sie haben es nicht eilig. Nächstes Mal wird es vielleicht direkt der Bahnhof oder der Flughafen sein. In Kopenhagen gibt es viele Ziele. Die Bombenexplosionen haben Schäden in Millionenhöhe verursacht. In den umliegenden Gebäuden auf der Kalvebod Brücke wurden mehrere Scheiben eingedrückt und es gab – außer den Verletzten und Toten in den Bussen – auch mehrere Verletzte in den Autos in der Nähe und unter den Passanten.«

John Stadil nickte zu jedem von Jørgen Lindts Worten.

»Diese Bedrohung zu bekämpfen, erfordert eine enge Zusammenarbeit«, fügte er hinzu.

4

»Ich habe Jørgen Lindt aus dem Polizeipräsidium kommen sehen«, informierte Flash und setzte sich neben Anne mit einer Zwei-Liter-Flasche Coca-Cola Zero, die ihn laut anzischte, als er den Deckel abschraubte.

»Den vom *PET?*«, nuschelte Ninna. Sie kaute auf einem Stück Orange, die die ganze Redaktion mehr nach Weihnachten als nach Juli duften ließ. »Was macht der denn in Aarhus?«

»Das ist wohl nicht so verwunderlich, dass er hier ist, genau nachdem das im Stadtbus passiert ist.« Anne schaute von ihrem Computerbildschirm auf.

Das Erlebnis, so dicht an den gesprengten Bussen in Kopenhagen gewesen zu sein und nicht zuletzt der Gedanke, dass sie selbst in einem davon hätte sitzen können, hatte sie längst noch nicht abgeschüttelt. Selbst am helllichten Tag verursachte es ihr Albträume.

»Es ist ja nicht mal sicher, dass das etwas war«, meinte Flash mit einem schiefen Grinsen.

»Aber jetzt haben sie Kopenhagen zweimal angegriffen, daher ist es wohl nicht ganz abwegig zu glauben, dass es Terror sein könnte«, nuschelte Ninna weiter mit einem herausfordernden Blick zu Flash und einem besorgten zu Anne, während sie mit dem Kugelschreiber auf den Block tippte, auf dem sie gerade mögliche Locations für die Aufnahmen des nächsten Programms *Samstagsthemen aus Ostjütland* notierte, das den Bürgermeister im Fokus hatte.

»*Sie* haben Kopenhagen einmal angegriffen, Ninna. Ein einziges Mal. Ansonsten hat Dänemark bisher noch keinen richtigen, koordinierten Terroranschlag erlebt. Das beim Kulturcafé *Krudttønden* und bei der Synagoge war vielleicht nur das Werk eines Verrückten.« Flash trank direkt aus der Colaflasche. »Wir wissen es ja nicht, da der mutmaßliche Täter von der Polizei erschossen wurde – genau wie unser Busfahrer. Keine Terrororganisation hat die Verantwortung übernommen, normalerweise sind die ja sehr schnell damit, ihre schwarze Flagge zu zeigen.«

»Ja, auch wenn sie es überhaupt nicht waren, sondern nur einer ihrer sogenannten Soldaten und die Organisation vielleicht nichts damit zu tun hat. Furcht schafft Macht! Hast du herausgefunden, wer dich kontaktiert hat?«, fragte Ninna und schaute Anne neugierig an.

Ninna war an dem Tag, als sie nach Kopenhagen mussten, mit im Auto, als Anne angerufen wurde. Die Stimme war verzerrt gewesen, sie hatte nicht einmal hören können, ob es ein Mann oder eine Frau war.

»Ich habe nicht mehr erfahren, seit ich darüber informiert wurde, dass es gefährlich sei, in Aarhus Bus zu fahren und dass sich derjenige noch mal melden wollte.«

Annes Stimme und Unterlippe zitterten. Wenn sie an die jungen Menschen dachte, die in der Bahn am Klapptisch gesessen und einen Schlachtplan für die Demonstration – und die Zukunft – geschmiedet hatten, bekam sie solche Bauchschmerzen, dass sie es nicht aushalten konnte. Vier von ihnen waren unter den Toten.

»Das war doch bloß ein Freak, der sich interessant machen wollte!« Ninna schüttelte verärgert den Kopf. »Das ist echt ein übler Scherz! Stell dir mal vor, wie viele Einheiten unnötig ausrücken, wenn jemand mit einer falschen Bombendrohung kommt. Solche Menschen sind komplett krank im Kopf.«

»Aber was, wenn es kein Scherz war? Die Verzerrung klang ziemlich professionell, da hat sich einer nicht nur die Nase zugehalten.«

»Was hat die Polizei zu der Warnung gesagt?«, fragte Flash, der sich bequem auf dem Stuhl zurücklehnte, die Hände im Nacken verschränkt und die Füße auf der Tischkante. »Denn du hast ihnen ja sicher Bescheid gegeben?«

Anne schubste unsanft seine Füße vom Tisch und nickte.

»Selbstverständlich. Der Diensthabende hat es aufgenommen und sagte, er würde es weiterleiten, aber was können die tun? Alle Busse überwachen? Die Polizei ist so unterbesetzt, dass sie nicht mal Zeit hat, sich um Routineaufgaben zu kümmern.«

»Ja, wegen der Terrorgefahr wurden wohl alle Beamten nach Kopenhagen beordert«, nuschelte Ninna, die sich wieder ein Stück Orange in den Mund gesteckt hatte.

»Ja, oder an die Grenze«, meinte Flash. »Aber Aarhus ist doch genauso wichtig wie Kopenhagen, daher …«

»Ja, sind wir das wirklich? Wir haben ja nicht die Regierung und all die ›wichtigen‹ Minister in der Stadt.«

»Wer hat eigentlich der Polizei den Tipp mit dem Bus gegeben, sodass er angehalten wurde?«, fragte Ninna.

»Soviel ich weiß, war es anonym.«

»Aber vielleicht war es doch deine Warnung, die die Polizei hat ausrücken lassen«, sagte Ninna eifrig.

»Habt ihr gehört, dass der *PET* im Polizeipräsidium war? Wisst ihr, worum es ging?«, unterbrach die Moderatorin Jytte Thomsen, die gerade von einer Besprechung im Büro des Nachrichtenchefs zurückgehuscht kam.

»Ja, Flash hat Jørgen Lindt von dort weggehen sehen. Aber nein, wir haben nichts darüber erfahren.«

»Ein geheimes Treffen, von dem nicht mal die Presse wissen soll, das klingt ernst.«

»Es geht natürlich um die Terrorgefahr. Und außerdem ist doch alles, was der *PET* macht, geheim«, schlussfolgerte Flash.

»Trotzdem.« Jytte legte die Mappe, die sie unter dem Arm hatte, auf den Tisch und massierte ihre Schläfen. »Oh, zu viel Rotwein gestern Abend«, seufzte sie, als sie bemerkte, wie sie angeschaut wurde. »Ich rede mal mit Anker Dahl, der kann uns sicher irgendetwas sagen.«

Anne grinste hinter Jyttes Rücken besserwisserisch. Vizepolizeidirektor Anker Dahl sagte nichts, davon war sie überzeugt. Aber vielleicht konnte sie mit Roland Benito sprechen, der musste auf jeden Fall wenigstens etwas darüber wissen, was sich im Fall des Beamten tat, der den Busfahrer erschossen hatte, auch wenn er selbst nicht an den Ermittlungen bei der *DUP* teilnehmen durfte.

Nach ihrem gemeinsamen einschneidenden Erlebnis letzten Sommer, wo er sie ein weiteres Mal gerettet hatte, war er sehr umgänglich gewesen. Hatte sogar angerufen, als sie aus dem Krankenhaus entlassen wurde, um zu hören, ob es ihr gut ging. Er hatte fürsorglich gewirkt. Ohne darüber nachzudenken, führte sie diskret den Handrücken unter die Nasenlöcher und starrte anschließend darauf. Eine Zwangshandlung, die sie nicht ablegen konnte. Die Ärzte wussten nicht, wie lange sie noch spontanes

Nasenbluten bekommen würde, aber das sei völlig ungefährlich, versicherten sie. Trotzdem war sie erleichtert, dass kein Blut zu sehen war, und machte mit ihrem Nachrichtenbeitrag über den Terroranschlag weiter.

Sie schaute auf, als der Nachrichtenchef an ihren Tisch geeilt kam. Er bremste und kratzte sich am Nacken.

»Bist du gerade sehr beschäftigt, Anne?«

»Ich muss noch den Beitrag über den Busfahrer fertig machen.«

»Es ist schon wieder ein Kinderwagen mit einem Baby verschwunden«, unterbrach der Nachrichtenchef sie. »Dieses Mal aus einem Garten in der Risvang Allé. Nimmst du Flash mit? Ninna muss zu Außenaufnahmen mit Noa Marie.«

»Ja, aber …«

»Jytte kümmert sich um den Terroranschlag.«

Jetzt verstand Anne, worum es bei Jyttes Besprechung mit dem Nachrichtenchef gegangen war.

»Noch ein Baby?!« Flash erhob sich einsatzbereit und Anne tat es ihm zögerlich gleich. Die Sache mit dem verschwundenen Baby, das in seinem Kinderwagen vor einem Gebäude im Åpark entführt worden war, war vor dem Terroranschlag in Kopenhagen die Topstory gewesen, aber es hatte keine Fortschritte in der Aufklärung gegeben, seit der Kindesvater in Untersuchungshaft genommen worden war. Er stand unter Verdacht aufgrund eines Scheidungsfalls, in dem die Mutter selbstverständlich das Kind haben sollte, was er mit allen Mitteln zu verhindern versucht hatte. Die Mutter des Kindes hatte ihn angezeigt. Er beteuerte seine Unschuld und seitdem war nichts weiter von Bedeutung herausgekommen. Doch nun war also ein weiteres Baby auf die gleiche Weise verschwunden.

Anne nahm ihre Jacke und folgte Flash in die Tiefgarage. Das Auto, mit dem er nach Kopenhagen gefahren war, befand sich wegen der Beulen von den Bombenexplosionen noch in der Werkstatt. Granatsplitter, wie Flash mit einem unpassenden schiefen Grinsen sagte. Er hatte ja auch nicht fast drei Stunden mit den

Jugendlichen im Zug gesessen. Anne schauderte, wenn sie daran dachte, wie knapp sie der Katastrophe entronnen waren. Wäre das Auto näher an den Bussen gewesen, dann … Sie hatte Gerüchte gehört, dass sie Hautfetzen und Knochenteile im Kühlergrill des Autos gefunden hatten, wusste aber nicht, ob das stimmte. Sie wollte lieber nicht darüber nachdenken, was sich wie eine rostfarbene Schicht auf die Windschutzscheibe gelegt hatte, bevor der Rauch sie eingehüllt hatte.

»Wo in aller Welt sind diese Babys abgeblieben?«, murmelte Flash heiser, als sie aus dem Randersvej mit der Baustelle für die neue Stadtbahn abbogen und den Vejlby Ringvej entlangfuhren. Es klang, als ob er nur irgendetwas sagen wollte, um die Stille zu durchbrechen. Es war das erste Mal, dass sie seit Kopenhagen wieder zusammen fuhren und Anne vermutete, dass sie an das Gleiche dachten. Sie behielt den Stadtbus vor ihnen jedenfalls genau im Auge, als ob das helfen würde; falls er explodierte, würden sie nichts ausrichten können. Sie spürte die Angst wie einen wachsenden Eisklumpen im Magen und hasste sie und die Unsicherheit.

»Vielleicht ist es Zufall, dass jetzt auch ein anderes Baby verschwunden ist.«

»Aber man weiß ja nicht, ob der Vater des ersten schuldig ist. Was, wenn nicht? Wenn nun ein Baby-Kidnapper unterwegs ist?«

Flash hielt vor einem Haus mit gelben Mauersteinen und rotem Ziegeldach, das im Gegensatz zu den beiden Dachbalken älteren Datums neu aussah. In den Fenstern spiegelten sich die Bahnen der weißen Wolken am blauen Himmel.

»Wofür in aller Welt sollte jemand kleine Babys brauchen?«

»Erpressung? Eine Frau, die selbst keine Kinder bekommen kann? Oder eine Familie vielleicht? Pädophile oder dergleichen mit abwegigen Fantasien und Vorlieben?«

Anne schnallte sich ab und stieg aus. Sie zuckte als Antwort die Schultern und öffnete das Gartentor, das in den Angeln quietschte, und hielt es für Flash auf. Sie stellte fest, dass keine Polizei da war. Die war sicher schon hier gewesen. Journalisten waren auch nicht zu sehen. Sie überlegte, wie lange es wohl her sein mochte, dass das Baby verschwunden war, und schaute in den Garten. Ein Ball mit gelben Punkten lag im Gras neben einem einsamen Schaukelgestell. Sie hatten offenbar mehrere Kinder. In dem Beet entlang des Gartenwegs steckten Fahnen und hellblaue Ballons, die mit Schnüren am Treppengeländer festgebunden waren, wehten leicht im Wind.

Eine festlich gekleidete Frau mit einer Brille in den glatten, grau melierten Haaren machte auf und musterte sie mit einem kritischen Blick. Er wurde nicht milder, als Anne sie vorstellte.

»Meine Tochter hat keine Kraft mehr. Also lassen Sie sie jetzt in Ruhe! Das Telefon hat ununterbrochen geklingelt, sodass wir den Stecker herausziehen und die Handys ausschalten mussten, und mein Schwiegersohn hat gerade einen Haufen aufdringliche Journalisten weggeschickt. Und das ausgerechnet heute! Gehen Sie jetzt bitte und nehmen Sie ein bisschen Rücksicht, ja!«

Die Frau wollte die Tür wieder schließen, aber ein kleines Mädchen stand wie aus dem Nichts im Weg. Es war ungefähr fünf, schätzte Anne. Ein hübsches, helllila Kleid mit Tutu ließ an eine kleine Prinzessin erinnern. Es krümmte die kleinen Zehen in der weißen Strumpfhose und schaute verlegen zu ihr hoch.

»Habt ihr meinen kleinen Bruder gefunden?«, fragte es altklug mit betretener Stimme und gerunzelter Stirn. Die Augen unter den feinen Augenbrauen waren tiefblau und ausdrucksvoll.

»Das ist nicht die Polizei, Schätzchen«, sagte die Frau und versuchte, das kleine Mädchen von der Tür wegzuziehen, aber Anne war in die Hocke gegangen und hatte die volle Aufmerksamkeit des Mädchens.

»Vielleicht können wir dabei helfen, deinen kleinen Bruder zu finden. Wenn wir im Fernsehen von ihm erzählen, kann sich vielleicht jemand daran erinnern, ihn gesehen zu haben.«

Die Frau zog das kleine Mädchen weg. Anne stand auf und begegnete ihrem vorwurfsvollen Blick.

»Wir bekommen genug Hilfe von der Polizei.«

»Vielleicht ist es eine gute Idee, das Fernsehen mit einzubeziehen«, unterbrach eine Stimme und eine junge, kräftige Frau mit wilden roten Haaren, die sie in einem buschigen Pferdeschwanz zu zähmen versuchte, kam heraus und reichte Anne die Hand.

»Ich heiße Karen und bin von der freiwilligen Organisation *MCD, Missing Children Denmark*. Wir helfen der Familie – und der Polizei natürlich – den kleinen Emil zu finden.«

»Ich habe von *Missing People* gehört, aber nicht *Missing Children*«, lächelte Anne und erwiderte den Händedruck.

Die Frau mit der Brille im Haar nahm das kleine Mädchen am Arm und zog sich einige Schritte zurück.

»Das ist auch eine relativ neue Organisation. Um verschwundene Kinder zu finden, bedarf es anderer Werkzeuge als bei Erwachsenen. Ich habe zum Beispiel eine pädagogische Ausbildung und das ist ein großer Vorteil, um – ja, wie soll ich das ausdrücken –« Karen schielte zu der Oma des verschwundenen Babys, die den ganzen Sermon sicher schon gehört hatte. »Ja, dass ich ein bisschen in den gleichen Bahnen denken kann wie das verschwundene Kind. Auf die Weise haben wir schon Kinder gefunden, die an Orten gelandet sind, die niemand vermutet hat.«

Anne sah zu Flash, der hinter ihr auf der Treppe immer noch von einem Bein aufs andere trat. Er hatte die Kamera nicht mitgenommen, da es wichtig war, vorher immer die Zustimmung der Betreffenden einzuholen. Ganz anders als damals, als sie bei der Zeitung gearbeitet hatte, wo fast das Gegenteil der Fall war. Dann wandte sie sich schnell wieder Karen zu.

»Dürfen wir Sie zu Ihrer Arbeit interviewen?«

Karen schaute zu der Frau, die immer noch mit dem Mädchen am Arm hinter ihr stand. Zögernd nickte sie. »Wenn Sie meinen, dass das helfen kann, meinen Enkel zu finden.«

Flash holte die Kamera und machte sie bereit, während Anne mit den anderen ins Wohnzimmer ging. Sie stoppte abrupt, als sie den geschmückten Esstisch mit hellblauen Tauben, kleinen Teddybären, Servietten und blauen Ballons passend zu denen im Garten sah. Es stand auch ein Foto von Emil auf dem Tisch. Er trug ein weißes Taufkleid und ein blaues Band mit seinem silbergestickten Namen. Er lag auf einem weißen Lammfell und sah ein wenig verdutzt aus.

»Emil wurde heute Vormittag getauft. Wir haben die Gäste nach Hause geschickt, als es passierte. Wenn sie ihn nur bald finden«, sagte die Großmutter resignierend, setzte das Mädchen auf dem Boden bei einigen Spielsachen ab und sich selbst an den Tisch neben eine dort sitzende Frau. Sie legte die Arme um ihre Schultern und drückte sie. Anne hatte keinerlei Zweifel, dass dies die Mutter der Kinder war. Es war so deutlich zu sehen an ihrem versteinerten, roten und geschwollenen Gesicht. Der Mann, der aus dem Fenster in den Garten starrte, musste der Vater sein. Er hatte sich nicht umgedreht, als sie hereingekommen waren, sondern stand nur da und starrte, als wartete er darauf, dass der, der seinen Sohn genommen hatte, bald mit ihm zurückkam.

Karen setzte sich an den Tisch den beiden Frauen gegenüber, wo schon eine hagere Frau mittleren Alters mit kurzen Haaren, beinahe einem Bürstenschnitt, saß. Wie Karen trug sie ein Sweatshirt mit dem *Missing Children Denmark*-Logo auf dem Rücken.

»Emil wurde draußen zum Schlafen hingelegt, als die Familie von der Kirche kam. Jemand hat wohl vergessen, das Tor zu schließen, sodass es freien Zugang zum Garten gab«, teilte sie Anne mit.

»Wir waren nicht aufmerksam genug!«, ertönte es zornig vom Fenster. Der Mann drehte sich um. Sein Gesicht wirkte älter, als Anne aufgrund der Frisur vermutet hatte. Oder vielleicht ließen auch die Umstände es so alt aussehen.

»Sie dürfen sich keine Vorwürfe machen, wie ich bereits sagte. Sie haben nichts falsch gemacht, sondern diejenigen, die auf die Idee kommen, ein Baby zu entführen«, sagte Karen mit sanfter Pädagogenstimme.

Der Mann kam eilig an den Tisch. Trotz seiner Machtlosigkeit wirkte er beinahe drohend.

»Ja, das sagen Sie! Aber wie habt ihr euch denn vorgestellt, ihn zu finden? Woher wisst ihr, wie Emil denkt? Und was bringt das? Er ist ja verdammt noch mal nicht selbst gelaufen, oder?«

»Nein, natürlich wissen wir nicht, wie Emil denkt, das ist klar. Bei größeren Kindern, die von zu Hause weggelaufen sind, ist das selbstverständlich leichter, aber es ist nicht so einfach, mit einem Kinderwagen zu verschwinden. Wir werden ihn schon finden.«

»Peder, jetzt sei nicht so unhöflich. Sie wollen doch nur helfen«, bat seine Frau ebenso verzweifelt und streckte eine zitternde Hand nach ihm aus. Er nahm sie und setzte sich neben sie.

»Entschuldigung, Tara, aber ...« Er schüttelte vor Hoffnungslosigkeit den Kopf.

Flash war startklar mit der Kamera und Anne setzte sich neben Karen. Zum ersten Mal sah sie der Mutter des Babys in die Augen. Sie schauten sie betrübt und flehend an. »Was können Sie im Fernsehen senden, das unseren kleinen Emil wieder zu uns nach Hause bringt?«, fragte sie, und es war deutlich zu sehen, dass sie sich gewaltig zusammenriss, um nicht wieder zu weinen.

Karen ergriff sofort das Wort: »Es gibt jetzt mehrere Möglichkeiten. Wir können an den Entführer appellieren, indem wir zeigen, dass Emil ein geliebter und vermisster kleiner Junge ist. Vielleicht können Sie als Eltern direkt zu dem Entführer sprechen und ihn darum bitten, dass Sie Ihren Sohn zurückbekommen.«

»Wirkt das nicht ein bisschen amerikanisch?«, fragte Peder skeptisch. »Wurden entführte Kinder je auf dieser Grundlage wieder zurückgebracht? Also außer in amerikanischen Filmen.«

Karen nickte überzeugt. »Es gibt mehrere Fälle. Zum Beispiel wurde mal ein Auto von einem Parkplatz gestohlen, wo der Dieb nicht wusste, dass ein Kind in einer Babyschale auf dem Rücksitz lag. Das Kind wurde zurückgebracht.« Sie suchte nach weiteren Beispielen, aber offenbar fielen ihr gerade keine ein.

»Kann sein, dass der Dieb es nur auf den Kinderwagen abgesehen hat. Der war ja ganz neu, sagten Sie«, half die Frau mittleren Alters aus. »Vielleicht haben die gedacht, er sei leer, und wenn sie merken, dass ein kleines Kind drinliegt, kommen sie mit ihm zurück. Oder vielleicht finden wir Emil und den Kinderwagen irgendwo zurückgelassen …«

»Zurückgelassen …«, wiederholte Peder mit einem Ausdruck, als ob das Wort widerlich schmeckte.

»Sidse hat recht, das könnte sein«, pflichtete Karen bei.

»Hat die Polizei das andere entführte Baby gefunden?«, fragte Tara und wischte sich die Augen mit einer hellblauen Bärchen-Serviette trocken. Sie schaute wieder zu Anne.

Die schüttelte den Kopf. »Leider nicht. Soviel wir wissen gibt es nichts Neues.«

»Kann es der gleiche Entführer sein?«, fragte Peder ängstlich. »Was will diese perverse Person mit unseren Kindern?«

»Sind Sie auch an diesem Fall dran?«, erkundigte Anne sich an die beiden von *Missing Children* gewandt.

Karen schüttelte den Kopf. »Die Familie hat unsere Hilfe nicht gewünscht, und dann greifen wir selbstverständlich nicht ein.«

»Das war sicher der Vater«, murmelte Sidse und sah entschuldigend zu Peder, in dessen Augen wieder der Zorn aufloderte, als ob er glaubte, sie meinte, dass das wohl auch ihm galt. Er sah aus, als könnte er jeden Moment zusammenbrechen.

Flash räusperte sich wieder. Er schaute auf die Uhr. Es war der Tag in der Woche, an dem er seine Kinder abholen sollte, erinnerte Anne sich, daher wurde er sicher allmählich ungeduldig.

»Ist es in Ordnung, wenn wir den Tisch filmen? Und wer von Ihnen möchte der Kamera erzählen, was passiert ist?« Anne schaute von Tara zu Peder, aber beide schüttelten den Kopf.

Karen erhob sich bereitwillig. »Sie können mich interviewen. Es ist doch wohl okay, wenn Sie im Hintergrund am Tisch sitzen, oder?«

Die Eltern nickten.

»Die große Schwester soll auch ins Bild. Können Sie sie auf den Schoß nehmen?«

Die Großmutter hob das Mädchen, das gerade auf dem Boden mit einem der Ballons spielte, hoch und setzte es auf den Schoß seiner Mutter.

Anne nickte zufrieden. Sonst bestimmte sie normalerweise den Inhalt ihrer Beiträge und der Kameramann organisierte die Motive, doch Karen agierte sehr bestimmt und wusste sicher, was in so einer Situation wirkte. Jetzt ging es darum, Kontakt zum Zuschauer – oder dem Entführer – zu bekommen, und sie wirkte auch professionell, als sie sich vor der Kamera aufstellte und von der Taufe erzählte, die jäh abgebrochen worden war, als jemand entdeckte, dass der Kinderwagen mit dem Täufling aus dem Garten verschwunden war.

»Wir von *Missing Children* haben die erste Runde im Viertel übernommen und nach Spuren gesucht, später erweitern wir den Radius.«

»Falls der Entführer im Auto geflohen ist, gibt es doch nicht viel zu finden, oder?«, fragte Anne.

»In dem Fall können immer noch Spuren hinterlassen worden sein, die vielleicht zeigen, wo das Auto geparkt war und vielleicht hat irgendwo eine Überwachungskamera etwas Brauchbares eingefangen, sodass wir davon ausgehend leichter Zeugen finden.«

Anne nickte und war dankbar, dass sie selbst nicht mit im Bild war, damit die Leute ihre Skepsis nicht sahen. In diesem Viertel gab es sicher nicht viele Überwachungskameras und auch keine Tankstellen, Banken oder Supermärkte in der Nähe. Als sie fertig waren, dankte sie der betroffenen Familie und gab ihnen die Hand. Der Händedruck der Mutter war schlaff und kraftlos, aber sie zwang sich zu einem Lächeln, als Anne sie damit aufmunterte, dass die Sendung bestimmt einige dazu bringen würde, sich zu melden, wenn sie etwas gesehen hatten. Die Großmutter hatte ihre Enkelin wieder auf dem Arm und drückte das Mädchen fest an sich.

»Wenn Sie Lust haben, können Sie heute Abend mit suchen. Dann können Sie sehen, was wir machen«, bot Karen an, als Anne sich auf der Treppe von ihr verabschiedete.

Anne nickte eifrig. Das wollte sie sehr gerne.

5

Die weitere Meldung über ein vermisstes Baby war in der Notrufzentrale eingegangen. Außer der drei Monate alten Josefine Nørregaard war nun auch der gleichaltrige Emil Sønderskov verschwunden.

Anker Dahl musste sich einen Weg durch den Haufen Freiwilliger von der Organisation *Missing Children* bahnen, die den Eingang zum Polizeipräsidium blockierten. Sie sollten Bericht erstatten, wenn sie etwas fanden. Er hatte nichts gegen solche freiwilligen Organisationen, trotzdem war es irritierend, dass Amateure Ermittler spielten, und einige von ihnen waren zweifelsohne der Meinung, dass sie besser als die Polizei waren. Freundlich, aber bestimmt schob er einen von ihnen, der den Aufzug blockierte, zur Seite und eilte hinein, sobald die Tür aufglitt.

Er war dankbar, dass der Fall der verschwundenen Babys nicht zu seiner Abteilung gehörte. Anscheinend hatte der Vater eines der Kinder entführt und irgendwann verriet er sicher, wo er es versteckte. Solche elterlichen Streitigkeiten um das Sorgerecht in Scheidungsfällen waren immer häufiger geworden und in der Regel gingen sie gut aus – für einen der Partner jedenfalls. Er konnte es nicht ausstehen, wenn Kinder für diese Art Unstimmigkeiten benutzt wurden und hatte keine Ahnung, was er machen würde, wenn ihm das passierte. Falls Ann-Marie plötzlich die Scheidung und ihm Robin wegnehmen wollte. Glücklicherweise war das nicht zu befürchten.

Es war eine Erleichterung, in die Abteilung zu kommen, wo seine Mitarbeiter schweigend in ihre Arbeit vertieft waren. Nach dem Vorfall im Stadtbus war viel zu tun. Wie es ausgesehen hätte, wenn tatsächlich die Rede von einem Terroranschlag gewesen wäre, wagte er nicht mal zu denken. Er beneidete die Polizei und Rechtsmediziner in Kopenhagen nicht, die dabei waren, die Toten zu identifizieren, was bei einer Explosion eine furchtbare Aufgabe war, bei der die Leichenteile zusammengestückelt werden mussten. In der Regel mussten bei Katastrophen alle Leichenteile über fünf Zentimeter oder mit besonderen Kennzeichen registriert, untersucht und, wenn nötig, einer DNA-Analyse unterzogen werden. Sie erstellten DNA-Profile aller Leichen und größerer Leichenteile, um sich einen Überblick zu verschaffen, von wie vielen verschiedenen Opfern die Rede war und welche Leichenteile zusammengehörten. Teile eines Kiefers mit Zähnen oder ein Finger mit identifizierbaren Fingerabdrücken konnten die notwendige Information liefern. Die Angehörigen mussten informiert werden oder vielleicht ihre DNA abgeben, damit die Rechtsmediziner feststellen konnten, ob eines der Opfer ein Familienmitglied war. Gleichzeitig wurde ermittelt, wer die Bombe gezündet hatte, ob eine Terrororganisation dahintersteckte und ob andere Terroristen involviert und vielleicht entkommen waren; in diesem Fall eilte es, sie zu finden, um einen neuen Anschlag zu verhindern. Das war auch eine der Aufgaben, die gerade für die *Ostjütländische Polizei* wichtig war. Neue Anschläge zu verhindern. Ungeachtet dessen, wie der Bus-Fall ausging, befand sich die Terrorgefahr auf ihrem Höhepunkt. Er war irritiert darüber gewesen, zu der Besprechung mit dem *PET* gehen zu müssen. Hatte das Gefühl, die Situation unter Kontrolle zu haben, musste nun aber zugeben, dass sie ihnen einiges mehr an die Hand gegeben hatte, mit dem sie arbeiten konnten. Es gab einen Namen. *Saqr.* Wie auch immer man den aussprach und was auch immer er bedeutete.

»Kommst du mal einen Augenblick rein«, sagte er an Kim Ansager gewandt, als er auf dem Weg zu seinem eigenen Büro an dessen Tisch vorbeikam.

Kim nickte, ohne aufzuschauen. Wie gewöhnlich den Blick auf den Computerbildschirm gerichtet. Er war der Experte für Datenbanken, Analysen und Internet, insbesondere die sozialen Medien.

»Mach die Tür zu«, sagte er, als Kim eintrat, nachdem er selbst gerade in dem kalten Leder des Bürostuhls Platz genommen hatte. Er holte seine Notizen von der Besprechung hervor und legte sie vor sich auf den Tisch.

»Kam bei der Besprechung mit dem *PET* etwas Vernünftiges heraus?«, fragte Kim und setzte sich auf den Stuhl vor dem Schreibtisch. Er suchte immer das Gespräch, als ob er sich für alles engagieren wollte oder Stille einfach nicht mochte, jedenfalls, wenn er nicht am Computer saß.

»Es war eine vertrauliche Besprechung, aber es kam etwas dabei heraus, womit wir weitermachen können.«

Er schrieb den Namen auf und reichte Kim den Zettel.

»*Saqr*? Ist das der Name einer Person?«, fragte er und sah seinen Chef durch die Brillengläser an, die das Sonnenlicht vom Fenster reflektierten.

»Wir wissen es nicht. Ich möchte dich bitten, das herauszufinden. Der Name kann mit dem Terroranschlag in Kopenhagen in Verbindung stehen und wir müssen auch untersuchen, ob es eine Beziehung zu dem getöteten Busfahrer gibt. Aber ob Saqr eine Person, eine Terrorzelle oder etwas ganz anderes ist, wissen wir nicht.«

»Aber sollte dann nicht der *PET* ...«

»Doch, doch, aber es schadet ja nichts, wenn wir uns die Sache ebenfalls anschauen. Die haben sicher auch genug mit dem Terroranschlag in Kopenhagen zu tun. Vielleicht ist Saqr ein Name, der in den sozialen Medien benutzt wird.«

Kim blinzelte ein paarmal. »Dann fange ich da an.«

»Gut.« Anker Dahl schenkte ihm ein kurzes Lächeln. »Sag den anderen Bescheid, dass wir eine Besprechung abhalten. Ich will über alles informiert werden, was bei den Zeugenvernehmungen herausgekommen ist. Gibt es schon eine Rückmeldung aus der Rechtsmedizin wegen des Fahrers?«

Kim nickte und erhob sich wieder, als er realisierte, dass es kein längerer Besuch im Büro des Chefs werden würde. »Ja, aber der Bericht wurde an den *DUP* weitergeleitet.«

Anker Dahl biss die Zähne zusammen. Natürlich musste der Fall des Beamten untersucht werden, bevor die Polizei mit ihrer Ermittlung weiterkommen konnte. Nicht nur der *PET* mischte sich ein. Es hatte ihn überrascht, Roland Benito bei der Besprechung zu sehen. Er hätte nicht gedacht, dass ausgerechnet Benito Viktor Enevoldsens bester Mann wäre.

»Sonst noch was?«, unterbrach Kim Ansagers etwas mädchenhafte Stimme seine Gedanken.

»Nein, alles weitere bei der Besprechung.« Er schaute auf seine Uhr. »In zehn Minuten.«

Kim Ansager schlug scherzhaft die Hacken zusammen, wie ein Offizier in der Armee, und grinste schelmisch. Er musste wissen, dass diese Art Witz an seinem Chef abprallte, der ihn stattdessen irritiert ansah. Hätte er auch salutiert, hätte Anker Dahl es als Beleidigung aufgefasst, doch Kim spürte die Stimmung, drehte sich um und ging zurück ins Nachbarbüro.

Zehn Minuten später saßen sie alle mit ihren Kaffeetassen vor Anker Dahl an dem kleinen, runden Konferenztisch. Yazmin tippte mit den Nägeln gegen ihren Becher. Es sah nicht aus, als ob sie selbst bemerkte, dass es das einzige Geräusch in Anker Dahls Büro war. Sie starrte auf die Bilder des getöteten Busfahrers an der Tafel. Anker Dahl dachte, dass der Mann sympathisch aussah. Sie hatten das Foto in seinem Portemonnaie gefunden. Abdul-Jabaar hatte ein freundliches, rundes Gesicht. Nur wenn man näher heranging, meinte er, einen Funken Hass in seinen schwarzen Augen zu erahnen. Er schwelte in ihnen, aber wer wusste, wogegen der Hass gerichtet war? Wer hatte das Foto gemacht? Eindeutig jemand aus seinem Heimatland. Das Bild zeigte einen etwas jüngeren Mann als den, der in der eiskalten Leichenhalle der Rechtsmedizin lag. Er war vor einem gelben, alten Mauerwerk und der

Hälfte eines Schildes mit arabisch aussehenden Zeichen fotografiert worden. Anker Dahl hatte herausgefunden, dass es beim Eingang zum Khyber Pass bei Peshawar aufgenommen worden war, der Hauptstadt in der Khyber Pakhtunkhwa-Provinz in Pakistan.

Er erhob sich von seinem Stuhl, um sich auf die Ecke seines Schreibtisches zu setzen. Er beobachtete Yazmin.

»Kanntest du ihn?«, fragte er.

Sie kehrte in die Gegenwart zurück, hörte mit dem Trommeln gegen den Becher auf und richtete ihren dunklen, überraschten Blick auf ihn. Schüttelte den Kopf. »Nein, warum sollte ich?«

»Vielleicht aus deinem Bekanntenkreis?«

»Ich kenne ihn nicht. Er kommt ja auch aus einem anderen Stadtteil als ich. Außerdem ist er Pakistaner«, unterstrich sie, als ob das jegliche Bekanntschaft ausschloss.

»Und du, Hafid? Kanntest du ihn?«

Hafid Ahmed sah ihn beinahe beleidigt an mit genauso dunklen Augen wie Yazmins. Seine Mutter war Dänin, sein Vater Marokkaner. Anker Dahl war stolz, zwei der sonst wenigen Beamten mit Migrationshintergrund in seiner Abteilung zu haben. Das passte zu seinem Ziel einer Polizei der Zukunft, obwohl er sich damit abfinden musste, dass sie ab und zu den Dienst verließen, um in den Gebetsraum zu gehen, der für sie im Polizeipräsidium eingerichtet worden war, um muslimischen Mitarbeitern entgegenzukommen. Er wusste, dass sie es nicht leicht hatten. Es war nicht von allen in ihrem Umfeld gern gesehen, dass sie für die Polizei arbeiteten, die in ihren Herkunftsländern oft der Feind war. Auch die Dänen akzeptierten sie nicht immer. Einige baten um einen weißen Beamten anstelle eines Fremden. Es bedeutete nichts, dass sie schon so lange in Dänemark wohnten, dass sie sich mit Recht Dänen nennen konnten. Jetzt mussten sie auch für die extremistischen Handlungen anderer Muslime büßen, da heutzutage viel zu viele alle über einen Kamm schoren. War man dunkelhäutig, war man Moslem, und wenn man Moslem war, war man Terrorist. In den letzten Jahren hatte sich die Tendenz verschlechtert. Die europaweiten Terroranschläge machten es nicht besser, aber das hinderte ihn nicht daran, weiter daran zu arbeiten, dass Beamte mit einer anderen ethnischen Herkunft als dänisch den gleichen Anteil im Polizeikorps ausmachen sollten wie in der Bevölkerung.

»Nein, ich kenne ihn auch nicht«, antwortete Hafid. »Aber wir haben mit seiner Familie gesprochen. Niels und ich. Sie bestreiten, dass er irgendetwas mit Terrorismus zu tun hat.«

»Seine Frau hat die ganze Zeit geweint und wollte nicht mit uns sprechen, aus ihr haben wir also nichts herausbekommen. Aber zwei Töchter, die hier in Dänemark geboren sind, erzählten, dass ihr Vater so etwas niemals tun würde. Er war voll in die dänische Gesellschaft integriert und hatte seit vielen Jahren als Busfahrer gearbeitet. Sie berichteten, die Mutter meine, es sei Mord. Polizeigewalt. Dass ihr Mann aus Hass getötet wurde«, fuhr Niels fort und zuckte die Schultern, als ob das eine Möglichkeit sein könnte.

»Siljas hat mit seiner Meinung über Flüchtlinge und Migranten ja auch nicht hinterm Berg gehalten. Sein Facebook-Profil ist voll davon. Er ist gerade der *DFD* beigetreten, habe ich gesehen«, sagte Yazmin zornig.

»Das macht ihn ja nicht zum Täter!«, protestierte Isabella.

Sie hatte recht, doch die Presse schwelgte im Facebook-Profil des Beamten. Er hoffte, dass die *DUP* während ihrer Ermittlung nicht die gleiche Brille aufhatte. Mehrfach hatte er seinen Mitarbeitern gegenüber unterstrichen, dass sie darüber nachdenken sollten, was sie in den sozialen Medien einstellten. Er selbst benutzte sie nie.

»Wieso haben wir diesen Bus eigentlich überhaupt gestoppt?«, fragte Niels.

»Es gab einen anonymen Tipp. Der Fahrer sollte gestoppt werden, bevor er das Zentrum erreichte, wo er angeblich eine Bombe zünden wollte.«

»Anonymer Tipp?«, wiederholte Hafid verständnislos.

»Ja. Zu dem Zeitpunkt war gerade der Anschlag in Kopenhagen passiert und man ist kein Risiko eingegangen.«

»Aber warum den Fahrer erschießen? Er saß doch nicht mit nem Sprengstoffgürtel da?«, meinte Hafid sarkastisch.

»Es ist unklar, warum Siljas Byskov den Schuss abgefeuert hat. Der Fall liegt bei der *DUP.* Wir sollen nur prüfen, ob die Rede von Terror ist. Der *PET* ist auch an der Sache dran. Falls es Terror ist, meinen sie, könnte es zu dem in Verbindung stehen, was in Kopenhagen passiert ist. Aber wir dürfen nur beobachten und Informationen weitergeben und alles muss über mich laufen. Es ist ungeheuer wichtig, dass das alle verstehen.«

Er sah schnell nach unten und bürstete einen imaginären Fussel von seiner Hose. Niemand wusste, dass er seit bald einem Jahr in aller Heimlichkeit nach einem mutmaßlichen Terroristen und Schleuser fahndete, der sich immer noch in Aarhus aufhalten sollte. Der Mann mit dem weißen Glasauge, der im vergangenen Sommer in einem Kaffeehaus in Ägypten fotografiert worden war. Er musste die Reportagefotografin wieder kontaktieren. Kamilla Holm hieß sie. Die Fotoreportage, die sie von Flüchtlingslagern in Nordafrika und auf Lampedusa gemacht hatte, hatte ihr einen ehrenvollen Preis eingebracht. Er wusste, dass sie selbst nach dem Mann suchte. Sie hatten eine Weile Kontakt gehalten, nachdem eine Zeitungsredaktion in Kairo bei einem Bombenanschlag in die Luft geflogen war und einige Journalisten dabei ums Leben kamen. Sie hatte Stiffeye im Verdacht, wie der Mann wegen seines Auges genannt wurde. Er hatte Verbindungen zu mehreren Terrororganisationen gehabt, unter anderem *Al-Qaida* und *Boko Haram.* Es waren ihre Freunde in Kairo – die, die getötet worden waren –, die entdeckt hatten, dass eine neue Terrorzelle, die Stiffeye gebildet haben sollte, einen Anschlag irgendwo in Europa plante. Kamilla vermutete, dass das der Grund für den Anschlag auf die Redaktion gewesen war. Stiffeye hatte herausgefunden, was sie wussten. Als Kamilla Holm Anker Dahl zum ersten Mal kontaktierte, fürchtete sie, selbst in Gefahr zu sein, falls Stiffeye auch wusste, dass sie im Café Bilder von ihm gemacht hatte. Nach wie vor behauptete sie, ihn bei ihrer Rückkehr am Aarhuser Flughafen gesehen zu haben. Vielleicht war der missglückte Terroranschlag im Stadtbus sein Werk. Falls es überhaupt ein Anschlag war. Aber warum hatte er in diesem Fall so lange gewartet? Es war Monate her, seit Anker Dahl zuletzt von der Fotografin gehört hatte. Er wusste nicht, ob sie ihre Suche aufgegeben hatte oder ihn einfach nicht mehr brauchte. Damals hatte er den *PET* kontaktiert, um zu hören, ob sie etwas über den Mann wussten. Er hatte ihnen das Bild des leicht wiederzuerkennenden Gesichts geschickt, das die Fotografin gemacht hatte. Das Glasauge steckte verkehrt in der Augenhöhle, sodass es steif, weiß und starrend aussah. Doch der *PET* behauptete, ihn nicht zu kennen.

»Dürfen wir denn in der Sache überhaupt etwas unternehmen, wenn sie dem *PET* gehört?«, fragte Isabella verwundert.

Er war froh, sie zurückzuhaben. Sie war aufgrund ihrer Stresssymptome eine Weile krankgemeldet gewesen. Ihr Mann und früherer Kollege war verhaftet worden, saß nun versehrt im Rollstuhl im Staatsgefängnis Ostjütland und wollte weder sie noch andere seiner Kollegen von der Ostjütländischen Polizei sehen – nicht einmal Anker Dahl. Danach hatte sie versucht, ihren teuren Bauernhof in Skåde zu verkaufen, den sie sich allein mit nur einem Beamtengehalt nicht leisten konnte. Es war ihr nicht gelungen; darüber hinaus hatte sie andere, ihm unbekannte Probleme gehabt und war schließlich unter dem Druck zusammengebrochen. Vor ein paar Wochen war sie zurückgekommen und hatte anscheinend ihr Gleichgewicht wiedergefunden. Der psychologische Dienst der Polizei hatte ihr geholfen, obwohl sie sich zuerst geweigert hatte, diese Hilfe anzunehmen.

»Ja, wir sind bei der Ermittlung dabei, aber wie gesagt: kein Eingreifen. Wir verhören Zeugen wie bei einer normalen Ermittlung und, wenn es etwas gibt, das für den *PET* relevant ist, erstatten wir Bericht.«

Anker Dahl kniff irritiert die Augenbrauen zusammen und stierte wütend auf das Telefon, als es zu läuten begann. Er ließ es klingeln und hoffte, die Rezeptionistin verstünde, dass er in einer Besprechung saß.

»Dann waren also keine Zeugen mit etwas Brauchbaren dabei?«

»Doch. Mehrere erwähnten eine Frau in einer Burka, die den Bus an der Haltestelle verließ, kurz bevor der Streifenwagen sie einholte. Es sah aus, als flüchtete sie, und einer meinte, sie kannte den Fahrer. Sie haben Blicke gewechselt.«

»Burka?«, wiederholte Hafid. »Die muss doch leicht zu finden sein, in Aarhus gibt es nicht viele Frauen mit Burka.«

»Nein, die Regierung hat doch vor ein paar Jahren eine Studie in Auftrag gegeben, die die Anzahl von Burka-Trägerinnen in Dänemark feststellen sollte und fast nur Frauen fand, die Kopftuch und Niqab trugen, die die Augen freilassen. Wie sich herausstellte, ließen sich die mit Burka bekleideten Frauen an einer Hand abzählen«, wandte Isabella ein.

Yazmin nickte. »Viele Dänen verwechseln Niqab und Tschador mit einer Burka. Ich kenne auch niemanden, der mit einer Burka herumläuft, da sind ja die Augen durch ein Netz verschleiert.«

Sie sah Hafid fragend an, der den Kopf schüttelte.

»Ich auch nicht.«

»Dann können wir die Personenbeschreibung also zu nichts gebrauchen«, seufzte Anker Dahl. »Andere Kennzeichen außer schwarzer Kleidung?«

Das Telefon klingelte erneut und dieses Mal gab es nicht auf. Anker Dahl drückte mit dem kleinen Finger auf den Gesprächsknopf und nahm mit verkniffener Miene den Hörer. Er wollte der Rezeptionistin die Leviten lesen, doch sie kam ihm zuvor.

»Entschuldigung, aber Jørgen Lindt möchte Sie sprechen. Er sagt, es sei sehr wichtig«, beeilte sie sich hinzuzufügen. Ihre Stimme zitterte leicht. Sie wusste nur zu gut, dass sie dabei war, Anker Dahls Geduldsgrenze zu überschreiten.

»Okay, dann stellen Sie ihn halt durch.«

Er erhob sich vom Tisch und kehrte seinen Mitarbeitern, die ihn verwundert ansahen, den Rücken. Sie waren es nicht gewohnt, dass er während einer Besprechung Anrufe entgegennahm. Er schaute aus dem Fenster und sah vor dem Gebäude einen Streifenwagen in die Garage fahren. Gleichzeitig hob ein Vogel vom Dach ab. Er kam so nah ans Fenster, dass er die Schwungfedern sehen konnte. Er hörte, dass Jørgen Lindt Auto fuhr. Anker Dahl sah rasch auf seine Armbanduhr. Lindt war sicher noch nicht wieder zurück in Søborg.

»Die Analyse der Bombe ist gekommen. Ich habe sie gerade per Telefon erhalten. Es war *die Mutter des Satans*«, sagte Jørgen Lindt ohne Umschweife.

»TATP?«

»Ja, Triacetontriperoxid. Das ist einfach herzustellen und wird von Terroristen oft benutzt. Die Zutaten sind leicht zu beschaffen und das Rezept steht im Internet, wenn es nicht sogar im Chemieunterricht gelehrt wird. Das Schlimmste ist die Methode, die sie verwendet haben. Deshalb habe ich Sie sofort angerufen. Die Untersuchungen der Wrackteile zeigen, dass die Feuerlöscher in den Bussen mit TATP gefüllt waren und Metallteile wie Nägel, Schrauben und Bolzen hinzugefügt wurden, um den Effekt zu verstärken.«

Anker Dahl löste die Krawatte. »Die Feuerlöscher? Aber wie – und wie sind sie detoniert?«

»Die Theorie der Experten ist, dass die Feuerlöscher oben mit einem Zünder von einer gewöhnlichen Handgranate bestückt wurden. Das Zünden erfolgt mechanisch mit einer Verzögerung von drei Sekunden, von dem Zeitpunkt, wo der Splint entfernt wird bis der Zünder explodiert und die Ladung sprengt.«

»Dann könnten es die Terroristen vor der Explosion rausgeschafft haben?«

»Im Prinzip ja, aber wir gehen nicht davon aus, dass das passiert ist. Die Rede ist von Selbstmordattentätern. Einen haben wir identifiziert.«

»War das wirklich möglich?«

»Ja. Er war nicht ganz pulverisiert. Der Körper war gesprengt, aber wir haben seinen Kopf fast intakt gefunden und er war dem *PET* bekannt. Aber der Punkt ist, Dahl, Sie haben ja keinen

Sprengstoff in Ihrem Stadtbus gefunden. Wenn an diesem anonymen Tipp nun etwas dran war und dieser Bus in die Luft gesprengt werden sollte, kann es ja sein, dass der Sprengstoff im Feuerlöscher war. Und falls der auch TATP enthält, ist vermutlich die Rede von der gleichen Terrororganisation. Bisher hat noch niemand die Verantwortung für den Anschlag in Kopenhagen übernommen.«

Anker Dahl nickte. »Und falls TATP gefunden würde, wäre das der Beweis, dass unser Beamter tatsächlich einen Terroranschlag verhindert hat und das wäre seinem Fall zweifelsohne dienlich …«, murmelte er vor sich hin, doch Lindt hörte ihn.

»Genau, und noch etwas: Sorgen Sie dafür, dass Ihre Techniker das sofort untersuchen. TATP ist ein gefährlicher Stoff, daher der Name *Mutter des Satans*. Der Scheiß kann explodieren, selbst ohne dass der Splint gezogen wird.«

6

»Es ist nichts Neues – oder in diesem Fall Verkehrtes – daran, dass wir Fremden gegenüber skeptisch sind, die in unser Land kommen. Im Gegenteil. Es liegt seit dem Steinzeitmenschen in unseren Genen. Das ist ein Instinkt. Der Grund dafür, dass der Mensch überlebt hat.«

Tobias Holmetoft sprach langsam und wohlformuliert mit passenden Pausen zwischen den Sätzen, sodass alle sie aufnehmen konnten und mitkamen. Er war ein gut aussehender und sympathischer Mann, der alle Zuhörer in seinen Bann zog, insbesondere die weiblichen. Fasziniert starrten sie ihn an, wie er da in seinem legeren Anzug hinter dem rötlichen Kirschbaumholz des Rednerpults stand und wie ein Hollywood-Star aussah, der sie mit seinem Besuch beehrte. Und er stand nicht einfach nur da. Er bewegte sich auch vom Pult weg und stolzierte umher. An seinem Gang und seinen Bewegungen sah man deutlich, dass er auch Kontrolle über seinen Körper hatte. Er war garantiert Sportler. Hinter ihm strahlte ein riesiges hinterleuchtetes Whiteboard. Es war in zwei Bilder aufgeteilt. Auf der einen Seite sah man eine blasse und runzelige alte Frau mit tränenden Augen, die Hände zu einer Schale geformt wie ein Bettler, der um Geld bat. Auf der anderen eine Frau in Niqab mit unverhohlener Freude und gierigen Augen, die Hände in gleicher Weise geformt, doch hier lag ein großer Stapel Geldscheine darin. Oben auf dem Plakat war das rote Logo der *DFD*, unten der Text: Dänemark für Dänen – unsere Alten verdienen mehr als *die*! Es bestand kein Zweifel, wer mit *die* gemeint war. Die Kampagne war stark kritisiert worden, da sie als ganzseitige Annonce in mehreren Tageblättern erschienen war. Sie wurde als geschmacklos und rassistisch bezeichnet.

Normalerweise ging Roland Benito nicht zu solchen politischen Versammlungen, aber als er gesehen hatte, dass der Gründer der kontroversen Partei einen Vortrag hielt oder Mitgliederwerbung betrieb oder was auch immer das nun war, weckte das seine Neugierde. Siljas Byskov hatte auf Facebook verbreitet, dass er selbst Mitglied der Partei sei und ihre Ansichten unterstütze. Rolands Kollege, Mark Haldbjerg, der im Fall Siljas Byskov ermittelte, erwähnte Gerüchte über rassistische Motive, den Busfahrer zu erschießen, sodass es im Augenblick für Byskov nicht gut aussah. Roland musste nicht daran erinnert werden, dass es nicht sein Fall war, dass er stattdessen die wahrscheinlich falschen Beamten in Kopenhagen überprüfen sollte, aber er und seine Kollegin Karina fuhren erst morgen gen Osten. Und was er privat unternahm, ging niemanden etwas an.

Es eilte nicht, nach Hause zu kommen. Irene war bei einem Treffen der Dänischen Flüchtlingshilfe. Nach der Wahl und der neuen Regierung hatte es neue Regelungen gegeben, mit denen sie sich als ehrenamtliche Beraterin vertraut machen musste. Unter anderem betrafen Änderungen die Familienzusammenführungen. Anschließend sollte sie als Sozialarbeiterin zwei Stunden lang bis mindestens 19:00 Uhr in den Räumlichkeiten der Dänischen Flüchtlingshilfe im Paludan-Müllers Vej vor Ort sein, wo er sie abholen würde. Es war nur einmal pro Woche und passte gut, um rauszukommen. Omar und Majak aus dem Südsudan, die bei ihnen wohnten, bis die Gemeinde eine andere Unterkunft fand, waren beim Fußball, wie es für zwei Jungs von 11 und 13 Jahren normal war. Hier in Dänemark jedenfalls. Glücklicherweise sprachen sie beide Englisch, was die offizielle Sprache des Südsudans war, und sie waren Christen, dieses Mal also kein Gebetsraum und keine Gebetsteppiche. Angolo musste daher auch nicht weggeschickt worden, weil der Hund als unreines Tier galt, und die beiden Jungs schienen ihn zu lieben. Das war eine große Erleichterung für Roland. Die schrecklichen Erlebnisse des letzten Sommers hatten ihre Spuren hinterlassen. Auch bei Irene.

»Wenn der Urmensch einen Fremden traf, der ihm nicht ähnelte und mit dem er nicht kommunizieren konnte, wurde er unruhig, denn wie kann man etwas gemeinsam haben und sich gegenseitig helfen, wenn man nicht die gleiche Sprache spricht und eine völlig unterschiedliche Kultur und Religion hat? Der Steinzeitmensch würde nach seiner Keule oder einem großen Stein greifen und die Fremden töten«, schloss Tobias Holmetoft.

»Sind wir dann nicht bei den Neandertalern angelangt?«, fragte einer der Zuhörer, von dem Roland sofort dachte, er müsse Journalist sein.

»Na, da sitzt wohl ein Skeptiker«, lachte Tobias Holmetoft mit einem beschwichtigendem Lachen. »Doch, Sie haben recht, aber weiter ist unser Gehirn dann auch nicht wirklich gekommen.«

»*Seins* auf jeden Fall nicht«, hörte Roland eine Frau vor sich ihrem Nachbarn zuflüstern. Offenbar hatte Holmetoft nicht alle Frauen im Saal betört.

»Die Entwicklung des Menschen wurde doch wohl dadurch vorangetrieben, dass wir anderen Kulturen gegenüber aufgeschlossen waren und begannen, mit ihnen zu handeln und Erfahrungen auszutauschen«, machte der Journalist eisern weiter.

Tobias Holmetoft nickte mit aufgesetzt nachdenklicher Miene. »Ja, da haben Sie recht, aber ich sage ja auch nicht, dass wir nicht mit anderen zusammenarbeiten sollen. Und hier ist wichtig zu betonen, dass diese Entwicklung nur stattfand, weil wir gegenseitig die Kultur respektierten und …«

»Ja, aber ist das nicht genau das, was ihr in der *DFD* nicht macht?«

»Lassen Sie mich erst ausreden!« Holmetoft verlor nicht die Fassung, sondern lächelte dem Journalisten verständnisvoll zu. »Doch, wir respektieren die Kulturen in anderen Ländern. Jedes Land darf seine Kultur haben, aber wir sollen auch unsere haben. Wir sind ja nicht diejenigen, die die Kultur der Migranten ändern wollen, es ist umgekehrt. Wenn man Gast in einem anderen Land ist, muss man sich nach deren Lebensweise richten, wie wir es auch tun, wenn wir andere Länder besuchen, und will man sogar in Dänemark wohnen, ja, dann muss man auch wie die Dänen leben.«

Im Saal entstand ein leises Gemurmel. Es klang wie ein Ausdruck der Zustimmung. Der Journalist schwieg und Tobias Holmetoft fuhr fort.

»Als Herdentier geht es darum, sich selbst, seine Familie und sein Territorium zu beschützen, um zu überleben. Und ich sage ganz bewusst Herdentier, denn wir dürfen nicht vergessen, dass wir das sind. Tiere. Es sind die Instinkte, die in Kraft treten, wenn man in unser Territorium einfällt.«

Tobias Holmetoft hielt in seiner Wanderung vor dem Publikum inne und stellte sich frontal hin. Er wurde ernst.

»Unsere Alten und Schwachen in der Gesellschaft werden im Stich gelassen.« Er deutete auf das umstrittene Werbeplakat. »Es könnte auch eine Obdachlose sein, die hier zusammen mit der Migrantin steht. Wie können vom Volk gewählte Politiker in Christiansborg akzeptieren, dass Dänen auf der Straße leben ohne ein Dach über dem Kopf, während Flüchtlinge und Migranten Hilfe für Wohnung und Arbeit bekommen, sobald sie dänischen Boden betreten? Ja, sie setzen sogar leere Wohnungen für die Flüchtlinge instand. Es gibt eine Spendenaktion nach der anderen für diese Fremden. Warum machen wir das nicht für unsere eigenen Landsleute?«

Er machte eine Pause und stand da, als wartete er auf eine Antwort, die nicht kam. Die Zuhörer im Saal wagten kaum zu atmen.

»Unser Gesundheitssystem hat sich verschlechtert und die Schulen unserer Kinder schließen, weil es nicht genug Geld für das Gemeinwohl gibt. Und warum nicht?«

Die Frage hing in der Luft. Sein ruhiger und stahlharter Blick glitt über die ganze Versammlung.

»Weil das Geld an die Migranten und Flüchtlinge geht, und beachten Sie darüber hinaus ein paar Zahlen. Die Migranten aus nicht-westlichen Ländern belasten die öffentlichen Kassen mit 16,6 Milliarden Kronen pro Jahr, wie eine Analyse vom letzten Jahr zeigt. Das ist eine Menge, finden Sie nicht?«

Roland rutschte unruhig hin und her, da er spürte, dass der Blick zu lange auf ihm ruhte. Vielleicht bildete er sich das auch nur ein. Er fiel in der Gruppe mit seinem südländischen Äußeren auf. Jeder konnte sehen, dass er kein gebürtiger Däne war, aber konnten sie auch sehen, dass er Italiener war? Dass er zu den westlichen Migranten gehörte – falls er sich so nennen konnte –, die, wie er gerade in der Zeitung gelesen hatte, mit 3,8 Milliarden Kronen zu den öffentlichen Kassen beitrugen? Er versuchte ein Lächeln, und Tobias Holmetofts Blick glitt weiter. Natürlich widersprach ihm niemand. Er machte auf dem Absatz kehrt und ging zurück zum Rednerpult.

»Aber es geht nicht nur um Geld. Es geht vielmehr um Kultur, Glauben und Sprache, durch die wir Dänen miteinander verbunden sind. Wir stehen nicht für das Köpfen von Menschen mit anderem Glauben als dem unseren, wir stehen nicht dafür, dass Frauen nicht arbeiten dürfen, nicht von anderen Männern angesehen werden dürfen und unter schwarzer Kleidung versteckt werden müssen. Wir stehen nicht für die Unterdrückung von Frauen. Wir stehen dafür, dass wir frei sprechen und uns äußern können, dass alle gleichgestellt sind und das Recht auf Ausbildung und

Arbeit haben. Diese Fremden bringen ihre unheimliche Kultur mit hierher und wollen uns ändern, anstelle unsere Gastfreundschaft anzunehmen und nach unseren demokratischen Normen zu leben. Mehrere haben über das Furchtbare in dem *uns* und *die* geredet, aber nein, das ist nicht so furchtbar und verkehrt, so ist das! Es gibt entweder uns oder die, so wie sie selbst es darstellen. Sie rotten uns aus, wenn wir nicht wie sie sind. Der Islam ist nicht mit unserer Kultur vereinbar. Wir müssen Dänemark für die Dänen zurückgewinnen. Die Terroranschläge zeigen deutlich, was uns erwartet, wenn wir jetzt nicht Stopp sagen. *DFD* will dafür arbeiten, dass die dänischen Werte bewahrt werden, dass wir es uns leisten können, uns gut um die Alten zu kümmern, die unseren Wohlstand aufgebaut haben, und die Schwachen, die Hilfe benötigen, und nicht zuletzt, dass unsere Kinder in eine Schule gehen können, ohne sich den Traditionen anderer Kulturen anpassen zu müssen, sondern zusammen mit anderen dänischen Kindern ausgebildet werden. Gleiche Kinder spielen am besten, so ist das nun mal.«

Die Versammlung begann zu klatschen. Einige standen auf, nach und nach folgten weitere. Die Klatschsalven wurden lauter und rhythmischer. Roland stand ebenfalls auf, doch er klatschte nicht. Er schaute auf die Uhr. In einer halben Stunde sollte er Irene und die Jungs abholen.

»Danke schön. Denken Sie daran, am Ausgang einen Flyer mitzunehmen. Darin steht noch viel mehr über unsere Politik«, schloss Tobias Holmetoft. Einige sammelten sich um ihn mit eifrigen Fragen, als Roland den Raum verließ. Er wusste nicht, was er davon halten sollte. Soweit er es beurteilen konnte, war nichts Rassistisches gesagt worden. Aber das war ja auch ein weiter Begriff.

Er musste sich an einem Haufen Skinheads vorbeiquetschen, die vor dem Ausgang rauchten. Sie waren nicht unter den Zuhörern gewesen, denn das hätte er bemerkt. Glücklicherweise erkannten sie ihn nicht. Zwei von ihnen waren, was man »polizeibekannt« nannte, aber soviel er wusste, war keiner von ihnen vorbestraft.

Falls doch, war das nach seiner Zeit im Polizeipräsidium passiert. Aber er bezweifelte es. Dem rechtsextremen Flügel anzugehören war ja auch nicht strafbar und für die Gewalt und die Ausschreitungen bei diversen Fußballspielen im Stadion konnte man sie nicht verurteilen, da es nicht genug Beweise gegen sie gab. Sie nannten sich *WPD*, eine Kurzform von *White Power Dänemark*. Roland wandte ihnen den Rücken zu, als ihn der eine in zerschlissener, brauner Lederjacke prüfend ansah, als überlegte er, woher er ihn kannte, während er mit zusammengekniffenen Augen einen Zigarettenstummel rauchte, den man zwischen seinem Daumen und Zeigefinger kaum erahnen konnte. Roland beeilte sich, zu seinem Auto zu kommen, und stieg ein. Er warf einen Blick zurück, während er sich anschnallte. In dem Moment trat gerade Tobias Holmetoft aus der Tür. Sie riefen nach ihm und er drehte sich sofort um, lächelte jovial und ging zu ihnen hinüber. Der Typ mit der Lederjacke schlug ihm kameradschaftlich auf die Schulter und schnipste die Kippe auf den Bürgersteig. Sie unterhielten sich. War das bloß die sympathische und offene Art des *DFD*-Gründers oder hatte er etwas anderes mit der *WPD* zu tun?

7

Das Rauschen der großen Flügel erreichte sie, obwohl sie Abstand wahrte, wie ihr Vater es ihr immer eingebläut hatte.

Es zog in der Brust, eine bittersüße,nostalgische Sehnsucht nach etwas, von dem sie nicht wusste, was es war. Die Düfte des Landes ihrer Kindheit. Die Geräusche. Aber das konnte nicht sein, da sie damals, als sie flüchten mussten, erst zweieinhalb gewesen war. Vielleicht war es allein der Klang des Flügelschlags und die Proteste des Falken, die dieses sentimentale Gefühl auslösten. Aber an die Flugzeuge und Bomber, den stechenden Schwefelgeruch, erinnerte sie sich. Ihre Mutter, die nicht mehr auf dieser Welt war.

Das, was sie so oft in ihren Albträumen erlebte, waren nicht nur Fantasie und Träume. Da war sie sich ganz sicher.

Ihr Bruder, Rabir, wickelte den Falken behutsam in ein Tuch, um die Federn zu schonen. Er war gerade angekommen, neu und untrainiert. Nun sollte er an die neue Umgebung gewöhnt und für die Jagd trainiert werden. Falkenjagd war in Dänemark verboten, aber wie viele andere seltsame Gesetze hier – wie zum Beispiel, dass es erlaubt war, Prostituierte zu sein, die Prostitution aber nicht als legaler Beruf anerkannt wurde – war es nicht verboten, Falken zu züchten, solange es unter geordneten Verhältnissen geschah, und das tat es. Ihr Vater wäre selbst gern Falkner gewesen, wie damals in ihrem Heimatland, aber nun musste er sich damit begnügen, für einen dänischen Falkner zu arbeiten, der ganz sicher deutscher Herkunft war. In Deutschland war Falkenjagd erlaubt und daher fand die Jagd auch dort statt. Aber der dänische Falkner war ein guter Arbeitgeber, und er hatte schnell die Qualifikationen und Fähigkeiten des Vaters erkannt und ihm die volle Verantwortung für die Falken übertragen. Ihr Bruder half oft aus, besonders beim Training neuer Vögel, wo es am besten war, zu zweit zu sein. Er wohnte immer noch auf dem Falkenhof in einigen Zimmern im zweiten Stock, die er von dem Falkner mietete.

Während Rabir vorsichtig den Falken hielt, schnitt der Vater den äußersten Millimeter jeder Klaue. Das musste gemacht werden um zu verhindern, dass der Falke sich selbst verletzte, wenn er die Füße zusammenkrallte. Anschließend fing er an, das Geschüh zu montieren, wie man die Lederriemen um die Beine des Falken nennt. Darüber befestigte er Glöckchen, sodass sie hören konnten, wo der Falke war, falls er wegfliegen sollte, und die Drahle, eine Art Karabiner mit Wirbel, die verhindern sollte, dass sich die Riemen zuschnürten. Die Langfessel wurde durch die Drahle am Geschüh gezogen. Sie war aus Leder und an den Pfahl angepasst, auf dem der Falke während des Trainings sitzen sollte. Dieser sogenannte Block war oben breit und unten schmal, damit der Vogel ihn nicht so leicht verschmutzen konnte. Unter dem Block war ein Spieß montiert, der in die Erde gesteckt und mit einem Ring versehen war, an den der Riemen gebunden wurde. Das ermöglichte es dem Falken, sich umherzubewegen, da der Riemen seinen Bewegungen folgte.

Sie war jedes Mal aufs Neue von der Szenerie ergriffen. Es war gleichzeitig etwas Elegantes, Wildes und Erschreckendes an diesen Raubvögeln, die die gleichen grimmigen Augen hatten wie Rabir. Wenn diese Augen einen ansahen, wusste man auch nicht, was er fühlte. Es faszinierte sie, dass man die Vögel zähmen und dem Menschen gefügig machen konnte. Ihre Mutter hatte sie ihren kleinen Falken genannt, weil sie schnell war und immer kämpfte. Daran erinnerte sie sich selbstverständlich nicht, aber Rabir hatte es ihr erzählt. Vater hatte seine Falken, aber Mutter hatte dich, sagte er.

Sie schaute auf die Haube, die sie bereithielt. Vater nähte sie selbst, wodurch sie jedem einzelnen Falken auf dem Hof wie angegossen passten. Er nähte sie aus Leder und verwendete feine Sattlerstiche. Die Riemen waren aus weicher Känguruhaut, und der Verschluss an der Spitze der Haube war mit zwei Perlen, die eine aus Elfenbein, die andere aus Edelholz. Der Abschluss war eine Quaste aus Leder, die zusammen mit den Perlen eine hübsche Dekoration ausmachte. Vater erzählte, dass die Araber die Hauben der Falken mit Diamanten besetzten. In ihrer Heimat war es ein Sport für die Reichen. Jetzt war es sein Lebensunterhalt, machte ihn aber nicht reich. Dafür gab es ihm und seiner Familie Schutz und ein Dach über dem Kopf. Sie war hier auf dem Hof in friedlicher und ländlicher Umgebung aufgewachsen, wo man keinen Hass und keine Kriminalität kannte wie in der Stadt, wo sie später hingezogen war, um zu studieren und zu arbeiten. Zu der Zeit wurde sie vom Rest ihrer Geschwister getrennt, außer von Rabir, der die Ausbildung zum Mechaniker machte und Arbeit in einer Autowerkstatt in Aarhus fand, wo sie selbst später hinzog. Sie kamen gut zurecht. Das hatte der Vater von ihnen verlangt. »Ich habe euch nicht mit hierhergenommen, damit ihr euer Leben vergeudet, sondern um euch ein besseres Leben zu ermöglichen als in unserem Heimatland«, waren Worte, die er fortwährend wiederholt hatte, bis sie sie verstanden hatten. Ihr Vater war ein strenger, aber guter Mann. Doch wie konnte er die Augen vor dem verschließen, was mit ihrer Mutter, ihrer Familie und ihrem Land passiert war? Wie schaffte er es nur, nicht zu hassen?

»Haube!«, wiederholte ihr Vater lauter, als sie nicht reagierte. Sie war völlig in ihre Gedanken versunken gewesen und beeilte sich, sie ihm zu reichen. Rabir entfernte das Tuch um den Falken. Grimmig starrte dieser auf ihre Hand, als ob er sie angreifen wollte, doch der Vater nahm ihr die Haube ab, hielt sie mit den beiden Perlen voran und stülpte sie in einer leicht gleitenden Bewegung über den Kopf des Vogels. Als Kind hatte sie geglaubt, nur die Weibchen bekämen Hauben und dass man das damit vergleichen könnte, dass Frauen ihren Kopf bedecken sollten. Sie verstand nicht, warum die Augen in der Lederhaube nicht frei waren, nur der Schnabel. Der Vogel konnte ja nichts sehen. Jetzt wusste sie, dass sie benutzt wurde, um den Falken zu beruhigen und er sie aufhaben musste, während er beim täglichen Training daran gewöhnt wurde, auf der behandschuhten Hand des Falkners zu sitzen, und wenn er transportiert wurde.

Die Lederquaste baumelte um seinen Kopf, als er ihn wild schüttelte. Er versuchte vom Handschuh wegzufliegen und sie spürte wieder das Rauschen der großen Flügel. Rabir wich ebenfalls ein Stück zurück, bis der Vater den Falken wieder auf dem Handschuh platziert hatte und sich ein wenig zu beruhigen schien.

»Wird wohl schnell mit ihm gehen«, lächelte er. Das Lächeln entspannte sein hochkonzentriertes und etwas verkniffenes Gesicht. Sie entspannte sich jetzt auch mehr. Ihr Vater war zufrieden mit dem Verhalten des neuen Vogels und würde seinem Arbeitgeber wieder seinen Wert beweisen können. Das bedeutete ihm viel. Die nächsten Tage würden nun mit Haubentraining und Vertrauensaufbau vergehen.

Sie hörte ein Glucksen aus dem Kinderwagen, der im Schatten einer Eiche an der Mauer stand. Fadi war wach.

»Geh rein und mach euch was zu essen, ich komme gleich«, sagte ihr Vater.

Er sah majestätisch aus mit dem tollen, großen Vogel auf dem Arm. Hätte er weiße Kleidung und keine olivgrünen Cargoshorts und ein kariertes Arbeitshemd getragen, sähe er aus wie ein arabischer Ölscheich. Die Klauen des Falken bohrten sich tief in das Leder des kräftigen Handschuhs, als ob er sich ihm bereits ergeben hätte und ehrerbietig seine Hand drückte.

Sie hob Fadi aus dem Kinderwagen. Seine kleinen Hände griffen nach ihrem Niqab und die dunklen Augen wurden groß vor Staunen, als er den Vogel entdeckte. Dann lächelte er begeistert. Ihr fiel wieder das Kind im Bus ein und Abdul-Jabaar, die jetzt tot waren.

Drinnen setzte sie Fadi in den Hochstuhl in der Küche und gab ihm einen Keks. Danach holte sie Khubz-Brot aus dem Kühlschrank und stellte es auf den Tisch. Draußen vor dem Fenster sprach ihr Vater mit Rabir. Ihr Bruder ähnelte ihrer Mutter sehr, mehr als sie selbst, und jedes Mal, wenn sie ihn sah, kam es ihr vor, als könnte sie sich an sie erinnern. So war es auch, wenn sie das Foto an der Wand ansah. Ihre Mutter saß auf einem braunen Sofa mit ihr auf dem Schoß und daneben hielt ihr Vater Rabir an der Hand. Ihr Bruder und ihre Schwester standen im Hintergrund und sahen für sie fremd aus. Ihr Anblick rief einen plötzlichen Schluckauf bei ihr hervor, der Fadi zu ihr aufschauen ließ. Sie streichelte ihm leicht über die Wange und betrachte wieder das Foto. Sie sahen nicht wie eine glückliche Familie aus. Bereits damals stand eine Menge auf dem Spiel. Es musste gewesen sein, kurz bevor ihre Mutter getötet wurde und ihr Vater sie mit auf die lange Reise nach Europa nahm.

Rabir tätschelte Fadi den Kopf, als er in die Küche kam und sich an den Tisch setzte. Er schenkte sich Kaffee ein.

»Was zum Teufel war da los?«, knurrte er gedämpft auf Arabisch.

Sie hatte seinen Zorn erwartet und befürchtet.

»Ich weiß nicht, wie sie es erfahren haben, Rabir«, raunte sie ebenso gedämpft und lächelte Fadi beruhigend zu, damit er nicht von dem harten Ton erschrak.

»Wenn du das versaut hast, dann …«

Sie mochte die unverhohlene Drohung nicht, die in den Worten des Bruders lag und in seinen Augen zu lesen war. Trotzig erwiderte sie seinen Blick, doch ihr Herz hämmerte so heftig, dass sie fürchtete, er würde es hören und sehen. Durchs Fenster sah sie ihren Vater mit den Vögeln in der Voliere herumlaufen, so wie er es sein Leben lang getan hatte.

»Das war ich nicht. Ich habe getan, was ich sollte.«

»Und wie? Hat das vielleicht Verdacht erregt? Vielleicht hat jemand die Polizei gerufen.«

Rabir schnitt seinem Neffen eine lustige Grimasse. Fadi lachte und griff nach seinem Gesicht.

»Niemand hat es gesehen. Ich habe den neuen Zeitpunkt auf meine Handfläche geschrieben und es Abdul-Jabaar gezeigt, als ich ausgestiegen bin. Niemand hat es gesehen«, wiederholte sie mit Sicherheit, denn sie war selbst davon überzeugt.

»Wir mussten es tun und du warst die Einzige, die die Möglichkeit hatte, schnell in den Bus zu steigen und ihm Bescheid zu geben. Per Handy ist es zu gefährlich, der Anruf kann zurückverfolgt werden und das war zu riskant.«

»Es war sehr unangenehm, in diesem Bus zu sein. Jemand hat mich geschubst, ein schwarzes Gespenst genannt und sagte, ich gehörte nicht hierher, und ein blasses Mädchen starrte mich an, als sei ich *wirklich* ein Gespenst. Sie sah eher wie eins aus.« Ihre Worte wurden immer härter, wenn sie mit ihrem Bruder sprach. Sie musste ihm zeigen, dass sie stark war und das hier regeln konnte.

»Sag ich doch. Das, was passiert, ist ihre eigene Schuld. *Die* wollen uns nicht.«

Sie schaute wieder aus dem Fenster und schwieg. Ihr Vater hatte gerade die Voliere verlassen und war auf dem Weg zum Haus.

»Wie läuft es sonst mit der Planung?«, fragte Rabir, immer noch auf Arabisch. Das würde sich ändern, wenn der Vater hereinkam. Er hatte immer streng verlangt, dass sie Dänisch sprachen, selbst zu Hause, womit sie integriert wirkten, falls jemand ihre Gespräche hörte. Der Falkner konnte plötzlich unerwartet zu Besuch kommen. Das war sein Haus, der Vater hatte es nur gemietet.

Sie vergewisserte sich, dass ihr Vater nicht in der Nähe war und sie hören konnte. Es würde ihm nicht gefallen, dass seine Tochter beteiligt war. Seiner Meinung nach sollten Frauen ihren Platz kennen und der war zu Hause und bei den Kindern.

»Gut, alles ist so weit vorbereitet.«

»Dieses Mal dürfen keine Fehler passieren!«

Sie schüttelte den Kopf und wollte nicht in die harten Augen ihres Bruders sehen. Stattdessen sah sie in Fadis unschuldige und sagte sich wieder selbst, dass sie es für ihn tat. Sie durfte nicht im Glauben schwanken.

Rabir brach ein Stück Brot ab und stippte es ins Olivenöl. Er sah sie lange an, bevor er es in den Mund stopfte.

»Das Verbrechen an Abdul-Jabaar hat euch nicht erschreckt, oder? Er ist ein Märtyrer, denk daran. Damit kann seine Familie sich trösten«, sagte er mit vollem Mund.

Sie nickte wieder und zuckte zusammen, als das Handy in ihrer Tasche mit lautem Ton eine eingehende SMS ankündigte. Sie las die Nachricht und begegnete dem Blick ihres Bruders.

»Das sind sie. Wir müssen los.«

Sie stand auf und hob Fadi aus dem Stuhl. Er strampelte und machte ein unzufriedenes Gesicht kurz vor dem Weinen, bis sie den Schnuller in der Tasche fand und ihm in den Mund steckte.

»Sag Vater, ich musste gehen«, bat sie, ihren Sohn auf dem Arm.

Rabir nickte.

8

Anne Larsen war verblüfft, wie viele unter der großen Blutbuche erschienen waren. Die mit gelben Westen bekleidete Gruppe füllte die komplette Rasenfläche.

»Hey, haben Sie Ihren Kameramann nicht dabei?«, fragte Karen, die mit ausgestrecktem Arm eine Zigarette hielt, um den Rauch zu vermeiden, den sie wegen des Windes trotzdem ins Gesicht bekam.

»Der kommt später. Er musste heute seine Kinder aus dem Kindergarten abholen.«

Karen nickte und beobachtete ein paar Leute, die gerade an der Haltestelle direkt gegenüber aus dem Bus gestiegen waren. Sofort wurde ihnen in gelbe Warnwesten mit dem *Missing Children*-Logo auf dem Rücken geholfen.

»Sie müssen auch so eine anziehen und sich dann registrieren lassen«, sagte Karen und deutete mit der Zigarette auf den, der die Westen austeilte.

»Registrieren?«

»Ja, das müssen alle Freiwilligen, die zu einer Suchaktion kommen, damit wir wissen, wer mit draußen ist, und uns so vergewissern können, dass alle wieder mit nach Hause kommen.« Karen ließ die Zigarettenasche auf den Bürgersteig rieseln und nahm mit zusammengekniffenen Augen einen weiteren Zug.

Anne bekam auch Lust auf eine Zigarette. Auf dem Weg zu dem Typen mit den Westen fand sie die Schachtel in der Hosentasche. Er war damit beschäftigt, auszuteilen und Leute aufzuschreiben.

»Du bist über achtzehn«, stellte er mit einem kurzen Blick auf sie fest.

»Ja, das kann ich sicher nicht leugnen. Muss man das sein?«

Er schrieb ihren Namen, ihre Adresse und Telefonnummer unter die anderen auf den Block.

»Ja, um an der Suche teilnehmen zu können schon.«

Er reichte ihr eine Weste, ohne sie noch mal anzusehen.

»Hast du keine kleinere?«, fragte sie und versuchte Blickkontakt herzustellen, aber er war bereits dabei, die Daten des nächsten Freiwilligen aufzunehmen.

»Nee, die sind One Size«, antwortete er mit einem schnellen Seitenblick auf sie. Er konnte sicher auch sofort sehen, dass ihre kleine, dünne Gestalt vollständig in dieser großen Weste verschwinden würde, aber da er bedauernd die Schultern zuckte, schlüpfte sie in die Weste, klopfte eine Zigarette aus dem Päckchen und zündete sie an.

»Was ist der Plan? Wo sollen wir suchen?«, fragte sie Karen.

Ein korpulenter, glatzköpfiger Mann mittleren Alters mit Unterbiss, dessen Kopf an einen Seewolf erinnern ließ, faltete eine Karte der Umgebung auf; ein anderer half ihm dabei, sie auf der Bank im Buswartehäuschen ausgebreitet zu halten. Sie unterhielten sich gedämpft.

»Die Polizei hat uns einen Sektor zugeteilt, in dem wir suchen sollen. Wir sollen den Riis Wald durchsuchen.«

Anne sah sie skeptisch an. Machte die Polizei so etwas wirklich?

»Den ganzen Wald? Aber können wir das schaffen, bevor es dunkel wird?«

»Mit der Anzahl Freiwilliger, die erschienen ist, gehe ich fest davon aus«, sagte Karen und lächelte stolz.

»Aber warum ausgerechnet dort?«

Karen sah nach unten auf die Asche ihrer Zigarette und wieder zu Anne. »Zeugen haben gesehen, wie eine Frau mit einem Kinderwagen den Grenåvej überquerte, in den Wald und dann den Marienlundsvej entlangging.«

Anne konnte nicht umhin, ein wenig zu lächeln, und verfolgte mit den Augen den aufsteigenden Zigarettenrauch. Ein Flugzeug zeichnete einen weißen Streifen an den blauen Himmel. »Aber das könnte ja auch einfach jemand gewesen sein, der einfach nur gerade mit einem Kinderwagen spazieren war, oder nicht?«

»Doch, wenn die Beschreibung des Kinderwagens nicht so präzise gewesen wäre. An Emils hing ein total niedlicher Plüschelefant. Der vierjährige Sohn der Zeugin war davon ganz hingerissen und wollte ihn näher anschauen, als sie vorbeigingen, aber die Frau – die übrigens eine Burka trug – hatte sie wütend angesehen und war weggeeilt. Eine sehr unnatürliche Reaktion gegenüber einer anderen Mutter.«

»Wie konnte die Zeugin erkennen, dass die Frau sie wütend angeschaut hat, wenn sie eine Burka trug? Die Augen sind da doch verborgen.«

»Tja, dann war es wohl doch keine Burka.«

»Aber wir suchen also nach einer Frau mit muslimischer Kleidung und einem Kinderwagen mit einem blauen Elefanten?«

Karen schüttelte den Kopf. »Wir suchen in erster Linie nach dem Kinderwagen und Emil. Die Polizei sucht nach dieser muslimischen Frau. Eine weitere Zeugin hat sie nämlich auf dem Parkplatz beim Restaurant *Sjette Frederiks Kro* gesehen. Ohne Kinderwagen. Sie ist die Treppe zum Tunnel in Richtung Strandbad *Den Permanente* hinuntergehastet. Ab da wissen wir nicht, wo sie abgeblieben ist.«

»Dann hat die Frau möglicherweise Emil in seinem Kinderwagen im Wald stehen lassen?«

»Vielleicht nur den Kinderwagen.«

»Hatte sie Emil denn dabei?«

Anne bekam keine Antwort, weil der Seewolf unterbrach, als er mit der Karte zu ihnen kam. Er grüßte Anne mit einem freundlichen Nicken. Karen bekam ein schnelles Briefing, während der Mann mit seinem Zeigefinger auf der Karte herumdeutete. Das Summen von Stimmen stoppte schlagartig, als Karen das Wort ergriff und mit lauter Stimme den Verkehrslärm vom Grenåvej, der Nördlichen Ringstraße, dem Skovfaldet und der Marienlunds Allé zu übertönen versuchte. Der Treffpunkt lag wie eine kleine Oase inmitten der vier vielbefahrenen Straßen. Anne entdeckte Flash und winkte ihn zu sich heran. Er unterhielt sich mit Emils Eltern, die auch gekommen waren. Peder starrte beinahe manisch vor sich hin, während Tara sich gefasst zu haben schien und kerzengrade stand.

Karen begann damit, von Emils Entführung zu berichten und was das Ziel der Suche war. Sie sollten den Kinderwagen mit dem blauen Elefanten und dem drei Monate alten Emil finden. Anschließend berichtete sie von dem Terrain, in dem sie suchen sollten und von der Rechtslage, die ihnen in Ausnahmefällen erlaubte, private Grundstücke und Gebäude zu betreten, wenn ein hinreichender Verdacht bestand, dass der Vermisste in Lebensgefahr war, wenn sie nicht hineingingen.

Anne begegnete Flashs Blick. Er runzelte die Stirn und schien sich zu wundern. Obwohl sie als Journalistin ab und zu selbst mal das Gesetz übertrat, war ihr eine solche Ausnahmeregel nicht bekannt. Sie musterte die Freiwilligen, die alle aufmerksam zuhörten, und überlegte, was ihre jeweiligen Beweggründe für die Teilnahme sein mochten. War es aus dem gleichen Antrieb wie dem ihren? Neugier? Der Drang, Verbrechen aufzuklären? Oder war es die bloße Spannung und Lust, die eigenen Grenzen zu überschreiten oder sah mancher es als ein Spiel, Räuber und Gendarm, wie damals als Kinder? War der Entführer vielleicht unter ihnen, nur, um Spuren zu verwischen, falls sie welche fanden? Es war nur ein Einziger mit dunkler Hautfarbe dabei, aber das war ein junger Mann. Vielleicht hatte er einen Niqab und ein schwarzes Kleid getragen, als er Emil entführte. Wer wusste, was sich unter der Kleidung verbarg? Sie bremste ihre überschäumende Fantasie. Was war überhaupt das Motiv, ein drei Monate altes Baby zu entführen?

Zum Schluss erklärte Karen, wie sie sich in Formation durch den Wald bewegen sollten.

»Wir fangen damit an, hier auf dem Bürgersteig entlang des Dronning Margrethes Vej eine Kette zu bilden. Tara und Peder gehen in die Mitte. Danach bewegen wir uns langsam nach vorn zwischen die Bäume und durchsuchen den Wald mit einem passenden Abstand zwischen uns, damit wir möglichst nichts übersehen. Ich bin die Leiterin dieser Gruppe und meine Aufgabe ist es, den Suchtrupp zu führen und sicherzustellen, dass alle Verhaltensregeln eingehalten werden. Ich laufe ganz hinten. Diejenigen, die am weitesten in den Wald hineingehen, binden ungefähr alle zehn Meter rot-gelbes Markierungsband an die Bäume. Wenn der Wald dichter wird, rücken wir näher zusammen, wenn er offener wird, können wir uns mehr verteilen.«

Karen legte eine Pause ein und blickte über die Versammlung.

»Spuren, Gegenstände und ähnliches, die wir unterwegs finden, müssen an den Ermittlungsleiter der Polizei übergeben werden, der zur genaueren Untersuchung damit weiterarbeiten kann. Denkt daran, sie mit Absperrband abzusichern, falls ihr etwas findet.«

Sie drückte die Zigarette auf dem Bürgersteig aus und warf den Stummel in den Mülleimer neben dem Bushäuschen. Anne tat es ihr gleich.

»Sind alle bereit? In erster Linie konzentrieren wir uns auf den südlichsten Teil des Waldes. Beobachtet alles aufmerksam. Untersucht das Unterholz und schaut auch nach oben in die Bäume, auch wenn wir es nicht mit einer Selbstmorddrohung zu tun haben. Nach der Suche treffen wir uns vor dem Strandbad *Den Permanente*.«

»Laufen wir einfach mit?«, flüsterte Flash hinter Anne. Er trug die Kamera auf der Schulter.

»Wir laufen einfach mit, ja. Film alles, was du kannst, dann schneiden wir es hinterher zusammen«, meinte sie.

Sie gingen los.

»Warum sollen Tara und Peder ausgerechnet in der Mitte gehen?«, fragte sie hinter Karen.

»Normalerweise empfehlen wir nicht, dass die Angehörigen bei der Suche dabei sind. Wir wissen ja nie, was wir finden. Typischerweise sind es die Leute ganz vorn oder hinten in der Kette, die etwas finden. Um zu vermeiden, dass die Angehörigen auf eigene Faust losziehen, nehmen wir sie in einem erfahrenen Suchtrupp mit, wo sie dann in der Mitte gehen dürfen. Einigen Angehörigen hilft es, etwas Aktives zu tun, statt nur zu Hause zu sitzen und auf Nachrichten zu warten.«

»Was sagt die Polizei dazu, dass ihr euch in die Suche einmischt?«, wollte Anne wissen und sah sich nach Flash um, der anfing, die gelbe Gruppe zu filmen, die zwischen den Bäumen verschwand, während sie wie Spürhunde auf den Waldboden starrten. Das Logo auf ihren Rücken signalisierte klar, dass sie für *Missing Children Denmark* arbeiteten.

»Wir haben eine sehr gute Kooperation mit der Ostjütländischen Polizei.« Karen bog einen Zweig zur Seite und lächelte Anne zu. »Eigentlich dürfen wir es nicht Kooperation nennen. Öffentliche Instanzen dürfen nicht mit einer privaten Vereinigung oder Organisation zusammenarbeiten, daher haben die Juristen bei der Polizei dafür gesorgt, dass wir zusammenarbeiten können ohne zusammenzuarbeiten. Das machen wir auch in den Fällen, wenn uns die Angehörigen kontaktieren und es wünschen. Wir vergewissern uns immer, dass sie zuerst die Polizei kontaktiert haben.«

Anne stolperte über etwas und stützte sich an einem Baumstamm ab, um nicht hinzufallen. Sie beeilte sich nachzusehen, ob es etwas Wichtiges war, das ihr ein Bein gestellt hatte, aber es war bloß eine Baumwurzel, die unter trockenen Blättern verborgen war.

»Aber ihr dürft doch sicher nicht alle Fälle annehmen?«

Karen schüttelte den Kopf. »Nein, auch da gibt es klare Regeln. Wir führen immer zuerst ein kleines Interview mit den Angehörigen für unsere Überprüfung des Falles, bevor wir ihn annehmen. Damit sind wir heute Nachmittag gerade fertig geworden, als ihr kamt. Während der Überprüfung kontaktieren wir die Polizei, um zu hören, ob es irgendwelche Gründe gibt, warum wir uns nicht einmischen sollten. Das kann zum Beispiel bei offensichtlichen Mordfällen sein, oder falls der Vermisste in einem Prozess ausgesagt hat und seitdem im Zeugenschutzprogramm ist, oder falls die Polizei in anderen Zusammenhängen eine Ermittlung gegen den Vermissten anstellt, die sie nicht dadurch gefährden will, dass freiwillige Amateure Spuren und Beweise zerstören. Aber das gilt ja in der Regel nicht für Kinder«, lächelte sie, bückte sich und bürstete einige Blätter von einer zerdrückten Coladose, die sie aufhob und in eine Tüte steckte.

»Glaubst du, die hat eine Verbindung zu Emil?«, fragte Anne zweifelnd.

»Nee, aber wo wir schon mal hier sind, können wir ja auch genauso gut aufräumen. Wir finden viele Dinge: im Wald verstecktes Diebesgut, Drogen und Haschpflanzen, Unmengen von benutzten Kondomen, aufblasbare Gummipuppen, Fahrräder und Mofas, Unterwäsche, Hosen, Jacken, Mützen und Handschuhe.« Karen wischte sich irritiert Spinnweben aus dem Gesicht. »An einem Tag haben wir 24 verschiedene Schuhe gefunden. Die Leute sind solche Schweine, wenn sie in der Natur unterwegs sind.

»Ja, das kann ich mir vorstellen.« Anne grinste. »Ihr benutzt also Absperrband wie das der Polizei, wenn ihr Spuren findet?«

Anne war an ein schnelleres Tempo gewöhnt, aber wenn man es schaffen sollte, jedes einzelne Detail um sich herum zu untersuchen, ohne draufzutreten oder es zu übersehen, konnte es nicht schneller gehen. Außerdem war der Wald an manchen Stellen schwer zu durchdringen aufgrund von Büschen und Gestrüpp. Flash war nicht zu sehen und ging sicher bei denen mit, die weiter vorne in der Kette liefen.

»Ja, aber nicht ganz wie das der Polizei. Wir haben unser eigenes. Es ist rot-gelb-gestreift, nicht rot-weiß wie das der Polizei. Es ist selbstauflösend und natürlich biologisch abbaubar, sollten wir also mal vergessen, es wieder zu entfernen, verschwindet es nach circa einer Woche von allein.«

»Clever«, nickte Anne. Eine Weile gingen sie schweigend. Die Vögel zwitscherten und wäre da nicht die Befürchtung, eine Babyleiche im Unterholz zu finden, hätte es ein ganz normaler gemütlicher Abendspaziergang sein können.

»Wenn Emil nun nach einer Weile immer noch nicht gefunden wird, wenn er nun tot ist, was passiert dann?«

Sie zuckten beide vor Schreck zusammen, als eine Waldtaube plötzlich abhob und sie bei ihrer Flucht beinahe traf.

»Wenn die Sache jetzt von einem Hot Case, das heißt, dass wir vermuten, dass Emil am Leben ist, zu einem Cold Case wird, was bedeutet, dass man glaubt, er sei tot – jetzt im Sommer typischerweise nach vier bis fünf Tagen – dann drosselt die Polizei stark. Sie suchen nicht länger aktiv draußen im Terrain, aber die Ermittlungsabteilung bei der Polizei führt den Fall fort und dann stimmen wir uns mit dem Ermittlungsleiter ab.«

»Dann müsst ihr euch wohl zurückziehen?«

»Nein, tatsächlich übernimmt *Missing Children* dann auch die anderen Sektoren, da wir weitersuchen, bis Emil gefunden wird. Tot oder lebendig.«

»Aber was ist, falls es sich wirklich als ein Mordfall entpuppt?«

»Wenn wir die Sache untersucht haben und die Polizei grünes Licht gegeben hat, dann hat unsere Einsatzgruppe täglich Kontakt mit dem Ermittlungsleiter bei der Polizei. Die meisten Fälle sind Gott sei Dank verhältnismäßig unschuldig, aber wir haben immer vor Augen, dass ein Verbrechen passiert sein kann und wir deswegen innerhalb weniger Sekunden eine Suche abbrechen können müssen, wenn wir bemerken, dass sich der Charakter der Sache ändert. Darin sind wir gut. Nachdem die Polizei erlebt hat, wie wir kommunizieren und mehrere Hundert freiwillige Sucher koordinieren, vielleicht sogar ein paar Tausend – bezeichnen sie uns nicht mehr als Amateure.«

»Dann hat das also jemand gemacht?«

»Natürlich. Einige Beamte sehen uns als Bedrohung für ihren Job. Jedenfalls, bis sie herausfinden, wie wir arbeiten. Unser Einsatztrupp beziehungsweise Team besteht aus mindestens drei Personen, die jeweils verschiedene besondere Fähigkeiten haben. Wir haben einen Leiter, der den Überblick über die ganze Sache und sein Team hat.« Karen deutete auf sich selbst. »Ich bin auch diejenige, die mit der Presse und der Polizei kommuniziert. Dann gibt es einen Assistenten, der alles über Karten und das Terrain, Erkundung, Wasserabfluss, Drän, Salzgehalt im Hafenbecken, Verwesungszeit des Körpers, Blutgerinnung und all das Technische weiß. Das ist Valde Storm, den du vorhin begrüßt hast, als er mit der Karte kam. Auf diesem Gebiet ist er Experte. Dann gibt es einen weiteren Assistenten, der der Angehörigenkontakt ist und die Verantwortung dafür trägt, aus den Informationen, die wir bekommen, ein Phantombild des Vermissten zu zeichnen. Das ist Sidse, die du auch getroffen hast. Es wird ein Zeitstrahl erstellt, der von dem Zeitpunkt, an dem der Verschwundene zuletzt gesehen wurde, zwanzig Tage zurückgeht. Auf diese Weise können wir das Verhaltensmuster der Person sehen. Bei Emil mit erst drei Monaten bringt das natürlich nichts, aber bei einem größeren Kind wäre es sehr nützlich gewesen. Der Betreffende ist auch dafür verantwortlich, die Angehörigen in jeder Hinsicht zu unterstützen. Sidse ist ausgebildete Psychologin. Sie begleitet Tara und Peder in der Mitte der Kette, damit sie sofort da ist, falls etwas Unangenehmes passiert. Während der Suchen können weitere Assistenten nötig sein, je nach Umfang des Falls, Anzahl der Suchenden etc.«

»Das klingt ja fast wie professionelle Polizeiarbeit«, sagte Anne ein wenig außer Atem.

Sie hatten die Spielwiese mitten im Riis Wald erreicht. Der Platz wurde besonders von Vereinen und Schulen genutzt. Jetzt saßen ein paar Kinder an einem der Tische, aßen Pizza und wirkten verblüfft, als die Helfer in alle Mülleimer schauten. Anschließend gingen die Kinder in die Grillhütte und spielten dort. Die Hütte ähnelte einem Pavillon und und enthielt außer der Feuerstelle in der Mitte Holztische und -bänke.

In der Grillhütte war nichts, das mit einem kleinen Baby zu tun haben konnte, und Anne merkte, wie die Hoffnung, etwas Brauchbares zu finden, das sie auf Emils Spur brachte, langsam schwand. Sie blieb jedoch abrupt stehen, als eine Stimme in der Kette weiter vorne »STOPP!« rief und Karen es an den Rest der Kette weitergab, sodass alle anhielten.

»Hier ist was!«, sagte das Mädchen, das gerufen hatte. Sie deutete auf das Gras neben dem Kiesweg. Dort lag ein blauer Schnuller, auf dem »Emil« eingraviert war. Karen machte mit ihrem Handy ein Foto davon und legte den Schnuller in eine Tüte. Tara und Peder kamen zu ihnen hinübergelaufen und Tara schlug panisch die Hände vor den Mund, als sie den Schnuller in der durchsichtigen Tüte sah.

»Das ist Emils! Den hatte er im Mund, als wir ihn draußen schlafen gelegt haben. Das ist ein Taufgeschenk von meiner Mutter!«, schluchzte sie zu Peder, als ob ihm das nicht klar wäre.

»Vielleicht hat der Entführer die Waldwege genommen, um nicht auf der Straße gesehen zu werden. Jetzt wissen wir, dass sie hier gewesen sind«, stellte Karen fest und nickte Sidse zu, die sich um die weinende Mutter kümmerte.

»Sie muss Emil dabeigehabt haben, aber wo ist dann der Kinderwagen?«, murmelte Anne halblaut, als sich die Kette wieder durch den Wald bewegte.

Karen antwortete nicht. Sie sah unter die Büsche und ging langsam weiter. Anne konnte andere direkt in der Nähe reden hören. Die ganze Kette freiwilliger Sucher in gelben Westen bildete eine Linie auf dem Weg zur Bahn und zum Meer, wo sie nicht weiterkommen würden.

»Sucht die Polizei auch – in einem anderen Gebiet?«, fragte sie.

Karen hustete und verscheuchte ein Insekt von ihrem Gesicht. Sie nickte. »In Dänemark ist es immer die Verantwortung der Polizei, verschwundene Personen zu finden. Das heißt, wenn es sich um einen Hot Case handelt, bestimmt die Polizei, wo *Missing Children* suchen soll, wo die Reservisten, wo die Bereitschaft und so weiter, und stellt somit sicher, dass alle Akteure einen Zuständigkeitsbereich bekommen, damit wir nicht an der gleichen Stelle suchen und uns gegenseitig auf die Füße treten.«

»Dann kommuniziert ihr also viel miteinander?«

»Ja, je nach dem Charakter des Falles kommunizieren wir mit verschiedenen Verantwortlichen bei der Polizei. Wenn es ein Cold Case ist, informieren wir die Polizei ein paarmal pro Tag über unseren Fortschritt und *Missing Children* bestimmt selbst, wie wir die Sache anpacken. Das Einsatzteam arbeitet in diesen Fällen nach einer Methode, die man *Induktionsmethode* nennt. Das bedeutet, dass wir durch die Prämissen, die wir in Form von Zeugenaussagen, Tipps, Spuren, Zeitstrahlen, Erkundungen und so weiter gesammelt haben, herausfinden, in welcher Umgebung man den Vermissten mit der größten Wahrscheinlichkeit finden wird.«

»Aber nun ist es ja glücklicherweise ein Hot Case. Dann hat also die Polizei bestimmt, dass wir hier suchen sollen?«, fragte Anne.

»Ja, das ist der Sektor, den sie uns zum Suchen zugeteilt haben.«

»Okay, ich hätte nur nicht gedacht, dass sie so was machen.«

»Die Polizei hat gerade keine Mittel für diese Art Arbeit, deswegen machen wir uns nützlich. Sie haben genug damit zu tun, an der Grenze und in Kopenhagen Wache zu schieben. Wegen des Terroranschlags mussten sie Leute abstellen und haben nun Personalmangel.«

»Aber sollte es völlig schiefgehen und wir finden ihn nicht, nehmen wir die Spürhunde zur Hilfe«, fuhr Karen fort.

»Ihr habt auch Hunde?« Anne blieb stehen und wischte sich mit dem nackten Oberarm über die Stirn. Sie schwitzte in der schwülen, feuchten Luft. Sie konnte das Meer riechen. Sie waren bald durch den Wald durch.

»Ja, zu dem Einsatzteam gehören speziell trainierte Suchhunde. Die Hälfte ist zertifiziert, der Rest befindet sich in der Ausbildung. Diese Hunde und Hundeführer arbeiten nach der *Deduktionsmethode.* Das heißt, dass die Hunde in einem gewissen Radius um die Stelle, wo der Vermisste zuletzt gesehen wurde, losgeschickt werden. Falls – oder wenn – die Hunde eine Fährte aufnehmen, ist es unsere Aufgabe, herauszufinden, wo die Fährte herkommt und wohin sie führt. Wird der Wind von Gebäuden zurückgeworfen oder geht sie durch den Wald, kann das ziemlich kompliziert werden. Wenn sich die Stelle, wo die Hunde die Fährte aufgenommen haben, und die vom Einsatzteam priorisierten Bereiche kreuzen, sind wir höchstwahrscheinlich auf der richtigen Spur.«

Das Rattern des Zuges, der auf den Schienen direkt vor ihnen vorbeifuhr, übertönte Karens Worte. Sie blieb stehen und sah sich nach beiden Seiten um. Sie konnten nicht weiter und die gelben Westen der anderen Suchenden kamen eine nach der anderen am Waldrand zum Vorschein. Die Sonne ging am Horizont des Meeres langsam unter und färbte das Wasser orange. Es war ein schöner Anblick, doch Anne fühlte sich verloren. Sah der kleine Emil diesen Sonnenuntergang irgendwo? Schlief er friedlich oder war er in Gefahr? Vielleicht war er bereits tot. Sie schluckte einen Kloß im Hals, als Tara und Peder zu ihnen herübergelaufen kamen.

»Habt ihr noch was gefunden?«

»Nichts.«

Peder nahm Taras Hand.

»Kommt«, sagte Karen. »Wir gehen zum *Den Permanente* und sammeln uns da, bevor wir zurückgehen, und suchen danach mit einer neuen Linie Markierungsband und machen das alte ab.«

Sie gingen den Fahrradweg an den Bahnschienen entlang. Einige andere folgten ihnen. Passiv wichen sie einem Radfahrer aus, der hinter ihnen klingelte, um vorbeizukommen.

Karen blieb stehen, als ihr Handy eine Melodie in ihrer Hosentasche spielte. Alle hielten an und starrten sie angespannt an, während sie ranging. Ihr Blick fiel ernst auf Tara und Peder, während sie zuhörte.

»Wo?«, fragte sie dann mit belegter und zitternder Stimme.

9

Sie fuhren in den morgendlichen Berufsverkehr Kopenhagens, und sofort wirkte Aarhus im Vergleich harmlos. Radfahrer überquerten vor dem Auto die Straße, sodass er die Bremse reinhauen musste. Das Taxi hinter ihm fuhr so dicht auf, dass sich die Stoßstangen fast berührten. Roland begegnete dem Blick des Fahrers im Rückspiegel. Er war genauso panisch und hitzig wie sein eigener. Es wirkte, als ob sich die Verkehrszustände verschlimmert hatten, seit er hier zur Polizeischule gegangen war. Vielleicht lag es daran, dass einige Teile Kopenhagens wegen der Aufräumarbeiten nach dem Terroranschlag gesperrt waren. Die Kalvebod Brücke war geschlossen, weshalb sie auf einem anderen Weg als sonst zum Kopenhagener Polizeipräsidium geleitet worden waren. Anscheinend auf dem gleichen Weg wie alle, die im Zentrum arbeiteten.

Karina Ottesen saß neben ihm auf dem Beifahrersitz völlig in Gedanken versunken, ohne das Chaos zu bemerken, durch das er sie heil durchzubringen versuchte. Der Bericht über den Terroranschlag lag auf ihrem Schoß. Sie hatte ihn unterwegs gelesen und es hatte Roland ausgezeichnet gepasst, dass er sich ohne viel Gespräche aufs Fahren konzentrieren konnte. Karina war normalerweise nicht die Gesprächigste. Sie redete selten von sich und ihrem Privatleben, was er auch nicht machte, und worüber konnte man sich auf der ungefähr dreistündigen Fahrt sonst unterhalten? Erst, als er endlich einen Parkplatz direkt gegenüber dem roten Gebäude der Reichspolizei fand und parkte, lebte sie auf und schaute ihn an.

»Ich kann nicht glauben, dass es echte Beamte waren, die die Passagiere zu den Bussen geführt haben«, sagte sie, als ob es ihr wichtig wäre, dass er ihre Haltung kannte, bevor sie ins Präsidium gingen.

Er hatte den Bericht am Abend zuvor ebenfalls gelesen und war der gleichen Meinung.

»Das ist das, was wir klären müssen«, sagte er mit einem kleinen Lächeln und befreite sich von dem Gurt.

Die Luft roch nach Diesel durch einen gelben Bus, der an der Haltestelle weitere Passagiere aufnahm. Der Alltag war zurück. Das Leben musste weitergehen, auch wenn die Drohung neuen Terrors immer noch über Kopenhagen lag. Es war beschlossen worden, es nicht an die große Glocke zu hängen, um jetzt während der Touristensaison keine Panik auszulösen. Die Polizei hatte durch die Medien die Leute lediglich dazu aufgerufen, besonders aufmerksam zu sein, was Gegenstände wie vergessene Taschen und Rucksäcke und Menschen, die sich verdächtig aufführten, betraf, was den ohnehin schon überlasteten Polizeikräften noch mehr Arbeit bescherte.

Sie überquerten die Mitchellsgade beim Zebrastreifen, wundersamerweise, ohne von Autos oder Radfahrern getroffen auf die Hörner genommen zu werden, und gingen ins Polizeipräsidium, einen Koloss von Gebäude. Wie immer war es, als käme man in eine andere Welt, in dem runden Marmorsäulenhof, der ihn sich in eine italienische Arena versetzt fühlen ließ. Er schaute hinauf zu dem blauen Himmel.

»Wow!«, entfuhr es Karina hinter ihm.

»Warst du noch nie hier?« Verblüfft sah er sie an.

Sie nickte. »Doch, aber das ist lange her. Man ist jedes Mal wieder aufs Neue beeindruckt, oder?«

»Ja.«

Roland erinnerte sich an ein Jahr, wo zu Weihnachten ein hübscher Weihnachtsbaum mitten in dem runden Hof gestanden hatte, und in einem Sommer hatte er Irene mit zum *Copenhagen Summer Dance* genommen, der ebenfalls in dem Hof stattfand und der Polizei und dem Gefängnis eine völlig neue Bedeutung verlieh.

Polizeidirektor Ulf Faaborg, mit dem Roland den Besuch abgesprochen hatte, kam ihnen mit ausgestreckter Hand entgegen. Das Lächeln war einen Hauch gezwungen, aber das waren Roland und Karina gewohnt, wenn sie Polizisten trafen. Besonders die aus der Chefetage, die hauptsächlich über ihre Positionen wachten und die übrigen Polizisten nicht zu nah haben wollten.

In dem großen Gebäude mit all den Säulen und Gängen konnte man sich leicht verlaufen, deswegen hatte Ulf Faaborg freundlich darauf bestanden, sie im Säulenhof in Empfang zu nehmen. Der Polizeidirektor gab ihnen die Hand und hieß sie willkommen – trotz allem – mit deutlichem Østerbro-Dialekt.

»Wie ich sehe, bewundern Sie unser hübsches denkmalgeschütztes Gebäude«, sagte er voller Stolz. Um die Aufmerksamkeit von ihrem eigentlichen Anliegen abzulenken und es ein wenig aufzuschieben, war Rolands Gedanke.

»Wir sind noch nicht fertig mit einer durchgreifenden Erneuerung«, fuhr er fort, während sie ihm die lange Treppe hinauf zu den Büroflruen folgten. »Der Hof wurde 1924 erbaut und mit natürlicher Ventilation mit Lüftungsschächten bei jedem einzelnen

Büro ausgestattet«, fuhr er fort, ohne durch das Treppensteigen auch nur im Geringsten atemlos zu klingen.

»Dann sind Sie also dabei zu modernisieren?«, vermutete Roland und bereute, sich nicht ebenso gut in Form gehalten zu haben wie der Polizeidirektor. Er schätzte, sie waren gleich alt. Auch Karina erklomm die vielen Stufen ziemlich gelassen.

»Nein, tatsächlich werden wir keine moderne Technologie und mechanische Ventilation haben. Das Gebäude soll weiterhin selbst atmen können, wie die Architekten sagen.« Das zauberte ein kleines Lächeln auf seine schmalen, spröden Lippen. »Sie sind dabei, die natürliche Ventilation wiederherzustellen, die während einer Renovierung 2000 zerstört wurde, wo die Klimaschächte abgedichtet wurden. Ein großer Fehler seitens der Architekten. Sie sind sozusagen dabei, auf eine kontrollierte Weise die Fenster undicht zu machen, um ein besseres Raumklima zu schaffen.«

Der Besprechungsraum schien auch vor Kurzem renoviert worden zu sein. Er hatte speziell designte Glaswände in Alurahmen und ein Schließsystem. Er ließ sie ein.

»Bitte setzen Sie sich. Nehmen Sie sich einen Kaffee.«

Er reichte Karina die Kanne und schob einen Stapel Becher in die Tischmitte. Karina schenkte für jeden von ihnen ein. Roland genoss den Duft und brauchte plötzlich das Koffein. Er war früh auf gewesen und es war eine lange Fahrt in einem ungewohnten Auto. Er lieh den schwarzen Mazda CX-5 der *DUP* nur, wenn er Bereitschaftsdienst hatte und es war glücklicherweise selten, dass so lange Fahrten anstanden.

Sie schauten alle drei auf, als es an der Glastür klopfte. Draußen stand ein blonder Herr im Anzug. Ulf Faaborg winkte ihn hinein und schenkte Kaffee in einen weiteren Becher ein.

»Ich habe Kenny Bergström von der Auswertungsgruppe des Nachrichtendienstes gebeten teilzunehmen, da sie neue Erkenntnisse haben, die für Ihre Ermittlung gegen Beamte von Nutzen sein können. Tja, vielleicht macht es Sie sogar ganz überflüssig.«

Diese Vermutung passte dem Polizeidirektor ausgezeichnet, das war deutlich zu sehen.

Kenny Bergström grüßte und setzte sich an den Tisch. Der Dialekt war schwedisch. Er legte eine Aktenmappe vor sich, nahm den Kaffeebecher entgegen und trank einen Schluck, während er Roland und Karina über den Becherrand hinweg musterte, als wolle er einschätzen, was für ein paar komische Käuze aus dem dunklen Jütland sie waren. Dann stellte er den Becher auf den Tisch und klappte die Mappe auf. Die Uhr an seinem Arm hatte ein *Blancpain*-Logo, bemerkte Roland ohne Überraschung und ein angenehmer, ein wenig zu femininer Parfümduft umwogte ihn. Er nahm ein paar Bilder aus der Mappe und legte sie auf den Tisch. Anders als der Polizeidirektor kam er direkt zur Sache, als ob es etwas war, das er schnell hinter sich bringen wollte.

»Die stammen von den Überwachungskameras am Hauptbahnhof. Keiner der Beamten kann als Angehöriger einer der Polizeibezirke des Landes identifiziert werden. Daher vermuten wir, dass die Rede von zwei falschen Beamten ist, was dann ja bedeutet, dass …«

»Wir sind nicht mehr an dem Fall dran«, vollendete Roland seinen Satz, hob die Fotos hoch und studierte sie näher. Das Gesicht unter der Polizeimütze des einen Beamten war deutlich genug, dass man den Mann würde identifizieren können. Bei dem anderen war das zweifelhafter. Roland wusste, dass der *PET* zusätzliche Mittel bewilligt bekommen hatte – wie nach jedem Terroranschlag in Europa in den letzten Jahren – und in einem sogenannten »Sicherheitspaket« vor Kurzem einen dreistelligen Millionenbetrag erhalten hatten für den Einkauf verbesserter Ausstattung wie diverse moderne Kameras zur Überwachung und Software zur Gesichtserkennung, Zugang zu diversen Datenbanken und so weiter. Sie könnten ohne Weiteres die zur Identifikation erforderliche Technologie haben, aber egal.

»Wir würden gerne die Videoüberwachungsaufnahmen sehen. Also die Originale«, sagte er und reichte die Bilder an Karina weiter.

Kenny Bergström und Ulf Faaborg tauschten einen schnellen Blick.

»Das dürfte wohl nicht notwendig sein, wenn der *PET* die beiden Beamten nicht identifizieren konnte. Der Fall liegt nun bei uns und wir werden die Betreffenden selbstverständlich finden«, behauptete Ulf Faaborg mit einem dünnen, begütigenden Lächeln.

»Es ist allein die Polizeibehörde, die ermitteln und entscheiden soll, ob es sich um falsche Beamte handelt oder nicht«, sagte Karina bestimmt.

Roland vernahm deutlich, dass sie das arrogante Auftreten der beiden Herren nicht mochte.

»Wir haben die Vernehmung der Beamten, die vor und während des Anschlags Dienst am Hauptbahnhof hatten, doch abgesprochen.« Roland sah demonstrativ auf seine verkratzte Uhr, die nicht mal an eine *Blancpain* erinnerte. »10:30 Uhr. Also in einer knappen halben Stunde.«

Ulf Faaborg sah wieder zu Kenny Bergström.

»Ja, aber wie die Sache sich nun entwickelt hat, habe ich doch nicht damit gerechnet, dass Sie … Okay, aber einige von ihnen sind heute nicht hier, sie feiern Überstunden ab, und …«

»Bestellen Sie sie hierher. Wir warten gerne auf ihre Ankunft«, unterbrach Roland. Deswegen hatten sie die lange Fahrt von Seeland gemacht.

Ulf Faaborg fuhr hartnäckig fort:

»… und die Videoaufnahmen vom Hauptbahnhof befinden sich im Augenblick beim *PET*, da sie dabei sind, zu …«

»Wir fahren gerne nach Søborg und sichten die Videos nach der Vernehmung der Beamten«, entschied Roland und registrierte ein kleines, flüchtiges Lächeln auf Karinas maskulinem Gesicht, aber es war wieder weg, als sie Bergström die Bilder reichte, die sie angeschaut hatte, und seinem Blick begegnete.

»Nun gut. Ich sorge dafür, dass die Beamten einberufen werden. Aber das kann gut eine Stunde dauern. Mindestens.«

Ulf Faaborg richtete sich im Stuhl auf, schlug entschlossen die Fingerspitzen auf die Tischplatte und schaute sie an um abzuschätzen, ob sie ernst meinten, dass sie so lange warten wollten.

Kenny Bergström sammelte die Bilder ein und legte sie zurück in die Mappe.

»Die nehmen wir mit«, sagte Karina und streckte die Hand aus. Widerstrebend lieferte Bergström die Mappe ab.

Karina war auf dem Weg die Treppe runter still. Dann schnaubte sie plötzlich.

»Was zum Teufel bilden die sich ein! Und dann laden sie uns nicht mal zum Mittagessen ein, mein Magen knurrt.«

Roland lächelte. »Wir finden einfach einen Platz, wo wir was essen können, während wir warten. Was sagst du zu Mittagessen bei *Midtown Grill* mit Aussicht auf den Kopenhagener Hafen? Das ist circa fünf Minuten zu Fuß von hier.«

»Klingt gut!«, seufzte Karina laut und lächelte endlich auch.

Sie setzten sich in den Schatten unter einen Sonnenschirm, nachdem sie sich darauf geeinigt hatten, Pasta Vongole zu bestellen, frische Nudeln mit Venusmuscheln, Tomaten, Knoblauch in Petersilie und dazu eine Kanne Wasser. Das half, einen klaren Kopf zu behalten, wenn sie später auf die Videoüberwachung in Søborg starren sollten.

»Schön hier«, sagte Karina und kniff die Augen zusammen, als sie über das glitzernde Wasser schaute. Der Wind erfasste ihre kurzen, jungenhaft geschnittenen Haare und Roland fiel wieder auf, wie sehr sie einem Mann ähnelte.

»Ja, lass es uns genießen, jetzt, wo wir hier sind. Wir Jütländer.«

Sie sah ihn an und lächelte. »Die halten uns wohl für Bauern vom Arsch der Welt, oder was?« Das Letzte sagte sie in ihrem breiten westjütländischen Thyborøn-Dialekt, den sie sonst so gut wie möglich zu verbergen versuchte.

»Gut möglich.«

Der Kellner kam mit ihrem Essen. Karina aß wortlos, schaute ab und zu aufs Meer, wenn ein Speedboot vorbeisauste und Kielwasser und Dünungen im Wasser hinterließ.

Schließlich wurde es Roland zu viel. Für einen Italiener waren die Mahlzeiten dazu da, sich zu unterhalten und es sich gemütlich zu machen. Das war tief in ihm verwurzelt.

»Wie läuft's mit Oscar?«, erkundigte er sich und realisierte, dass er vielleicht zu privat geworden war, da sie ihn schnell ansah und aufhörte zu kauen.

»Was meinst du?«

»Ja, wie geht es ihm? Es ist lange her, seit ich ihn gesehen habe.«

Sie aß weiter, und zuerst glaubte er nicht, dass sie antworten würde.

»Du weißt doch, dass Alexander, mein Ex-Mann, den Prozess gewonnen hat? Er hat das Sorgerecht bekommen, zusammen mit seiner neuen ...«

Tränen stiegen ihr in die Augen und Roland bereute sofort, dass er ausgerechnet danach gefragt hatte und nicht, wie sie das Sommerwetter in den letzten Tagen fand.

»Entschuldigung, Karina. Nein, das wusste ich nicht.«

Sie zuckte die Schultern und versuchte zu lächeln. Stocherte in ihrem Essen.

»Oscar wollte nicht umziehen, er mochte seinen Kindergarten, aber das Gericht hielt es für das Beste wegen meines Jobs und ...«

»Deines Jobs? Was hat der denn damit zu tun?«

»Die meinten wohl meine Arbeitszeiten.«

»Du gehst doch meistens nicht spät und du hast Oscar doch nie in irgendeiner Weise vernachlässigt!«

»Vielleicht war es auch mehr, dass sie ihm eine Familie bieten können. Eine richtige Familie mit einem Vater und einer ... Mutter.«

»Und wer hat das heutzutage? Deine Arbeitssituation ist wohl nicht schlimmer als die vieler anderer!«, sagte Roland mit echtem Zorn.

»Trotzdem, Roland. Nimm nur mal heute. Ich müsste Oscar in einer Stunde vom Kindergarten abholen, das würde ich nicht schaffen, daher … vielleicht haben sie recht damit, dass Oscar es bei ihnen besser hat.«

Roland schüttelte den Kopf, das glaubte er nicht. Er hatte Oscar und Karina ein paarmal zusammen gesehen, wenn er mit ihr im Büro gewesen war, während sie einige Aufgaben abschloss. Er war ein fröhlicher kleiner Junge und sah bestimmt nicht aus, als schien es ihm bei seiner alleinerziehenden Mutter an irgendetwas zu fehlen. Außerdem war die biologische Mutter wohl immer vorzuziehen und es war am besten für ein Kind, bei ihr aufzuwachsen. Mit gewissen Ausnahmen natürlich. Sicher, er hatte Karinas Ex-Mann und dessen neue Frau nie getroffen, aber dennoch.

»Wo wohnen sie denn?«

»Tja, tatsächlich wohnen sie hier auf Seeland. Weiter nördlich. In Hillerød.«

»Er ist so weit weg gezogen?!« Wieder bereute Roland seine Worte und Karina antwortete nicht.

»Hat seine neue Frau denn auch Kinder aus einer früheren Ehe?«

»Nach dem, was ich gehört habe, kann sie keine Kinder bekommen. Deswegen ist Oscar wohl so interessant für sie. Alexander liebt Kinder und hätte gerne mehr gehabt.«

Karina lehnte sich auf dem Stuhl zurück und rückte ihn ein wenig heraus, dass ihr die Sonne ins Gesicht schien. Sie schloss die Augen. Es wirkte wie eine Abweisung. Er war genug ins Fettnäpfchen getreten und wollte nicht fragen, warum sie dann nicht mehr Kinder bekommen hatten.

Ihr Teller war leer und er beeilte sich, seinen letzten Bissen zu schlucken.

»Alexander erinnert mich an diesen *PET*-Kerl. Kenny Bergström. Der gleiche arrogante Typ«, murmelte Karina.

Roland sah nachdenklich auf ihr Gesicht. Die Augen waren immer noch geschlossen und die Haut leuchtete weiß im Sonnenlicht, aber die Wimpern waren sehr lang und schwarz. Dann war das der Grund, weswegen sie eine so starke Abneigung gegen ihn gezeigt hatte. Einiges deutete darauf hin, dass sie, obwohl sie selbst sich dessen vielleicht nicht bewusst war, ihr Privatleben ihre Arbeit beeinflussen ließ. Aber auch das würde er nicht kommentieren.

»Vertraust du ihm?«, fragte sie.

»Kenny Bergström? Tja, das tue ich wohl.«

»Ich glaube, sie verschweigen irgendetwas. Alle beide. Stell dir mal vor, wie es aussehen würde, wenn sich herausstellte, dass es Beamte der Kopenhagener Polizei waren, die bei den Bussen gestanden haben.«

»Dann glaubst du, sie wollen uns aus dem Weg haben«

Sie öffnete die Augen und sah ihn an. »Ja. Ist das nicht denkbar?«

»Kann schon sein. Aber wir finden es ja trotzdem heraus.«

»Nicht, wenn wir kuschen und uns wieder ins dunkle Jütland verziehen.«

»Die müssen doch wissen, dass wir das nicht tun, sie kennen uns ja vom letzten Mal, als die *DUP* gegen ihren damaligen Chef ermittelt hat. In letzter Zeit hat der *PET* genug schlechte Presse gehabt, ob sie wohl daher versuchen, ihre Weste rein zu halten?«

»Ja, genau!«

»Möchten Sie ein Dessert?«, unterbrach der Kellner freundlich, als er mit einem Tablett mit leeren Gläsern vom Nachbartisch an ihnen vorbeiging.

Roland sah auf die Uhr und anschließend zu Karina, die den Kopf schüttelte.

»Das schaffen wir leider zeitlich nicht mehr, aber vielen Dank. Wir müssen jetzt los, daher hätten wir bitte gerne die Rechnung.«

Die Vernehmung der Beamten, die sich während des Terroranschlags am Hauptbahnhof befunden hatten, lieferte keine neuen Erkenntnisse. Sie konnten alle einhellig berichten, dass es ganz sicher Kollegen gewesen seien, die ihnen fremd vorkamen, aber dass sie sich nichts weiter dabei gedacht hätten, da ohnehin viele Beamte vor Ort gewesen seien, die aus verschiedenen Polizeibezirken ausgeliehen worden waren, um beim Terrorschutz zu helfen. Drei der Beamten, die Dienst am Hauptbahnhof gehabt hatten, konnten nicht kommen, deshalb entschieden sie, sich später per Videovernehmung darum zu kümmern, wenn sie wieder zurück in Aarhus waren.

Es war Spätnachmittag, als sie nach Søborg fuhren. Roland fand eine Lücke im Parkhaus direkt gegenüber dem *PET*-Gebäude im Klausdalsbrovej.

Man ging nicht damit hausieren, wer man war. Keine großen Firmenschilder verrieten, dass hier der Inlandsnachrichtendienst *PET* ansässig war und das gelbe Gebäude war von einem hohen Zaun umgeben mit Zugangsschleuse, Videoüberwachung und Code am Eingang.

Kenny Bergström saß hinter ihnen, ein wenig auf Abstand und mit verschränkten Armen, während sie die Videos durchgingen.

»Haben Sie mit den Personen gesprochen, bei denen man sieht, dass sie sich an die Beamten wenden?«, fragte Roland, ohne sich umzudrehen.

»Nein. Als Erstes haben wir versucht, die Beamten zu identifizieren. Da das nicht gelang, ist es Sache der Kopenhagener Polizei zu ermitteln, wer die falschen Beamten sind«, lautete die abweisende Antwort.

Roland beugte sich vor, da ein Clip sein Interesse weckte. Eine Gruppe Demonstranten mit Bannern war gerade an der Kamera vorbeigegangen, als sie von einem der Beamten gestoppt und zu dem Ausgang mit den wartenden Bussen geleitet wurden. Ein paar ließen die Banner auf dem Boden liegen. Es sah aus, als wären sie dazu angewiesen worden. Sein Zwerchfell zog sich zusammen, als er sie in die Busse steigen sah.

»STOPP! Spulen Sie etwas zurück«, sagte er zu dem *PET*-Mitarbeiter, der ihnen bei der Vorführung des Videos half. »Zoomen Sie auf diese Person«, bat er und deutete auf den Bildschirm.

Als das Bild vergrößert wurde, lehnte sich Roland verblüfft auf dem Stuhl zurück und schüttelte den Kopf. Karina sah ihn an und runzelte verständnislos die Stirn.

Er hatte keinerlei Zweifel. Die Person, die der Beamte am Arm gepackt hatte und die sich hitzig wieder losriss, war ganz sicher

Anne Larsen. Er hatte natürlich in den Nachrichten gesehen, dass sie sich in einem *TV2-Ostjütland*-Auto hinter den beiden Bussen befunden hatte, als die Explosion passierte – sicher in Verbindung mit einem Bericht über einige Demonstranten, die gegen die neuen Verschärfungen der Asylpolitik protestierten – aber er wusste nicht, dass sie kurz davor gewesen war, in einen der Busse gezwungen zu werden, oder dass sie kurz nahen Kontakt mit einem der nicht identifizierten Beamten hatte.

Den Gedanken, dass Anne Larsen vielleicht eine Personenbeschreibungen des Beamten vom Hauptbahnhof liefern konnte, ließ ihn nicht los. Auf dem Weg zurück nach Aarhus dachte er an nichts anderes. Sie mussten sie zu einer Vernehmung holen.

»Wo ist Angolo?«, fragte er Irene, kaum dass er zur Tür hereinkam, da der Hund nicht wartend im Flur stand wie sonst, sobald er sein Auto hörte.

»Hallo, Schatz. Guck aus dem Fenster«, sagte Irene, ohne von der Kanne aufzusehen, die sie mit Wasser füllte.

»Wer ist denn dieser Kleine?«, fragte Roland überrascht, als er hinausschaute und Angolo mit Majak, Omar und einem dritten schwarzen Jungen auf dem Rasen spielen sah.

»Das ist Sylvestre. Er ist heute gekommen. Willst du nicht mit raus und ein Glas Limonade haben? Wie war's in Kopenhagen?« Irene stand bereits unschuldig in der Terrassentür auf dem Weg nach draußen.

»Nein, jetzt warte mal kurz, Irene. Du hast es versprochen – nur die beiden Jungs. Nur Majak und Omar.«

Irene kam mit der Kanne in der Hand zu ihm zurück.

»Ich weiß, Rolando, aber Sylvestre ist noch ein unbegleitetes Flüchtlingskind. Wir werden ihn nur ganz kurz haben.«

»Wie lange ist denn *ganz kurz*?«

Die Ausländerbehörde ist dabei, ein Familienmitglied zu prüfen, bei dem er wohnen könnte. Sie müssen ihn nur erst anerkennen. Ein Onkel väterlicherseits, soviel ich weiß.«

»Weißt du noch, was letztes Mal passiert ist?«

Der somalische Teenagerjunge, Rashid, der im vergangenen Sommer bei ihnen gewohnt hatte, war nie gefunden wurde. Er gehörte in die Statistik verschwundener minderjähriger Flüchtlinge, die eine steigende Anzahl von mehreren Hundert umfasste. Die Behörden hatten nicht die Möglichkeit, das zu verhindern, da es den Kindern laut Schengener Abkommen freistand, weiterzureisen, daher kümmerte sich niemand darum.

»Natürlich. Wir müssen einfach davon ausgehen, dass es Rashid gut geht und er irgendwo bei Verwandten wohnt, die er gefunden hat.«

Roland wusste es besser. Er hatte Irene nie von seiner Begegnung mit Rashid erzählt. Er hatte beschlossen, sie damit zu verschonen. Sie war lange niedergeschlagen gewesen, als er verschwunden war, und hatte es als ihre persönliche Verantwortung und Schuld empfunden.

»Aber wenn es nur ›ganz kurz‹ ist, warum kann er dann nicht bis dahin im Asylzentrum wohnen?«, fragte er und hörte selbst, dass er wie ein trotziges Kind klang.

»Weil ich seine persönliche Betreuerin bin und angeboten habe, dass er für die kurze Zeit hier bei uns wohnen kann. Sylvestre wurde aus seinem Dorf in Burundi vertrieben, seine ganze Familie wurde im Kampf zwischen *Hutu* und *Tutsi* getötet. Er ist ganz allein auf der Welt.«

»Dann hat er also hier in Dänemark Asyl bekommen?«

»Ja, gewissermaßen. Die Ausländerbehörde hat entschieden, dass er für einen Asylantrag nicht reif genug ist und daher können sie ihm eine Aufenthaltserlaubnis geben, wenn er in seinem Heimatland kein familiäres Netzwerk hat.«

»Wer hat ihn hierhergebracht? Er ist ja wohl nicht mutterseelenallein gekommen?«

»Nach dem, was ich weiß, hat ihn eine andere Familie verlassen gefunden, mit auf die Flucht genommen und ihn dann selbst einfach verlassen. Aber jetzt komm mit raus in die Sonne, Rolando.«

Er ging widerwillig mit und setzte sein Netter-Onkel-Gesicht auf, sobald ein fröhlicher, kläffender Angolo zusammen mit Majak und Omar auf ihn zugerannt kam. Irene sagte, dass die beiden ihn vergötterten und er fand es auch ganz lustig, Jungs im Haus zu haben. Seine beiden Mädchen, Rikke und Olivia, waren nie wild darauf gewesen, Fußball zu spielen. Seine Enkelin Marianna auch nicht und Olivias Zwillinge waren noch zu klein. Außerdem wohnten sie zusammen mit ihren Eltern in Rom.

Sylvestre hielt sich ein wenig zurück, und erst, als Irene den kleinen Jungen an der Hand nahm, konnte sie ihn mit an den Tisch bringen. Er hatte kurze schwarze Locken auf dem Kopf, die Haut war vernarbt und tiefschwarz und das Weiße in den Augen schien daher umso weißer. Die Augen waren kohlschwarz und furchtsam. Roland schenkte ihm sein wärmstes Lächeln, aber es half nicht richtig. Er trank seine Limonade, während er Roland fest im Auge behielt. Danach lief er zusammen mit den anderen beiden Jungen und einem eifrigen Angolo, der es gerade geschafft hatte, lautstark aus seiner Wasserschüssel zu schlabbern, auf den Rasen.

»Wie reden wir mit ihm?«, wollte Roland wissen und nippte an der Limonade, die Irene für seinen Geschmack immer zu sauer machte.

»Er spricht Kirundi. Es kommt ein Dolmetscher, aber Sylvestre ist ziemlich gut darin, Gesten zu verstehen. Er versteht auch ein bisschen Französisch.«

Das half Roland nicht viel. Er beobachtete den Jungen, dachte an die vielen Schicksale und Tragödien, die sich auf der Welt abspielten. In denen es meistens um die große Politik ging und die Politiker weltweit taten, als würden sie etwas an den Zuständen ändern, obwohl sie alle wussten, dass nie Besserung eintreten würde, solange es Geldmächte gab, die nur ihre eigenen Interessen verfolgten. Waffenhandel, Kampf um die Schätze der Erde und die Weltmacht. Er seufzte.

»Hattest du einen harten Tag, Rolando? Der Terroranschlag und das alles. Habt ihr die beiden Beamten in Kopenhagen gefunden?« Irene legte ihre warme Hand auf seine.

»Nee, da ist nicht viel passiert. Vielleicht sind es zwei falsche Beamte, daher bekomme ich eventuell bald einen neuen Fall.«

Sie nickte verständnisvoll.

»Was ist denn mit dem Beamten passiert, der den Busfahrer erschossen hat? Ich weiß, dass du nicht an dem Fall dran bist, aber hast du was gehört?«

»Es wird immer noch ermittelt. Sieht nicht gut aus für Siljas Byskov. Seine politischen Ansichten in den sozialen Medien haben es nicht besser gemacht.«

»Aber die sozialen Medien sind doch genau dazu da, seine Meinung offiziell zu diskutieren und zu äußern.«

Roland lächelte zahm. »Ja, aber es gibt welche, die die Informationen missbrauchen können und wollen. Darüber sollte man meiner Meinung nach nachdenken.«

Irene nickte.

Roland sah immer noch zu Sylvestre, der zwischen Majak und Omar vergeblich um den Ball kämpfte. Warum ließen sie ihn denn den kleinen Jungen nicht ab und zu mal bekommen? Er lauschte ihrem Lachen und empfand eine Verantwortung für sie und gleichzeitig Hoffnungslosigkeit. Er konnte nicht allen helfen. Das konnte Irene auch nicht.

»Wenn sie diesen Onkel finden, werde ich ihn überprüfen, bevor Sylvestre ihm überlassen wird«, erklärte er entschlossen.

»Ja, aber die Ausländerbehörde wird ihn doch überprüfen, Rolando«, lächelte Irene.

»Du weißt ja, wie es bei Rashid war. Ich will diesem Mann in die Augen sehen. Ich will den Jungen persönlich abliefern.«

Dankbar verstärkte Irene den Griff um seine Hand.

10

Dann passierte es doch. Das, was er befürchtet hatte. Die Entführungssache landete bei ihm. Es war zu einer Mordermittlung geworden und einer der fürchterlichsten Art. Unfassbar.

»Wer hat … es gefunden?«, fragte Isabella, die auch keine Worte für das finden konnte, was die Rechtsmediziner als Kinderleiche identifiziert hatten. Ein Baby. Oder Teile davon …

»Eine Frau namens Anja Lundbeck, die im Ostwaldweg wohnt. Das heißt, sie hat den Kinderwagen gefunden. Sie geht täglich im Wald spazieren und hatte sich darüber gewundert, dass er einfach zwischen den Bäumen stand, als wäre er verlassen – oder versteckt. Sie stellte fest, dass er leer war und dachte, er sei wohl ausrangiert worden, obwohl er ganz neu aussah. Daher hat sie ihn mit nach Hause genommen, in der Absicht, irgendwie die Besitzer zu finden, ansonsten hätte ihre Tochter ihn gebrauchen können, wie sie sagte. Aber dann erkannte sie den blauen Elefanten von der Suche nach Emil aus dem Lokalfernsehen und hat den Diensthabenden kontaktiert.«

»Er wurde also im Riis Wald gefunden?«

Anker Dahl nickte und musste sich setzen, obwohl er gerade erst aufgestanden war und am offenen Fenster gestanden hatte, um ein bisschen Luft zu bekommen, die bei Übelkeit helfen sollte.

»Ich dachte, der Wald wäre durchsucht worden. *Missing Children* hat doch angeblich vorgestern dort herumgestöbert«, sagte Hafid.

»Ja, aber sie wurden gestoppt, als der Kinderwagen gefunden wurde. Wir warten jedoch immer noch auf eine Nachricht aus der Rechtsmedizin, ob es wirklich Emil ist, der gefunden wurde.«

Unter anderen Umständen hätte er triumphiert, dass *Missing Children* von ihrem Vorhaben abgebracht worden waren. Nun übernahmen er und sein Team, und die freiwillige Organisation musste sich heraushalten und sich um ihre eigene Arbeit kümmern.

»Aber wer hat … die Körperteile gefunden?« Isabellas Augenbrauen zogen sich irritiert zusammen, als sie keine Antwort auf ihre Frage bekam.

»Die Spürhunde wurden sofort eingesetzt, als die Eltern bestätigten, dass es der Kinderwagen war, in dem ihr Sohn entführt wurde. Die Hunde schnüffelten bis zu einem Gartenhäuschen in der Nähe, wo sie anfingen, im Vorgarten zu graben. Da haben sie die Körperteile gefunden, die nun identifiziert werden.«

Niemand sagte etwas, doch ihre Gesichter zeigten deutlich, was sie fühlten und dachten. Kriminalfälle, bei denen es um Kinder ging, waren immer die schlimmsten. Anker Dahl war einmal ein Job bei der Reichspolizei in der *Sonderabteilung für IT-Kriminalität* angeboten worden, die Übergriffe auf Kinder ermittelte, aber er hatte dieses an sich interessante Angebot dankend abgelehnt. Er wusste, er würde es psychisch nicht verkraften. Schon der Gedanke daran, ansehen zu müssen, was Pädophile miteinander an widerlichen Bildern und Filmen von oft grausamer Tortur und Misshandlung von Kindern teilten, löste heftige Übelkeit bei ihm aus. Er kannte keinen Kollegen, der sich um diesen Job riss. Natürlich war es notwendig, dass jemand die Arbeit machte. Nur nicht er. Wenn das hier das Werk eines Pädophilen war, war es von der widerlichsten Sorte.

Er hängte die Fotos, die er von der Rechtsmedizin bekommen hatte, an die Tafel, nachdem er den Mitarbeitern ein wenig Zeit gegeben hatte sich zu sammeln. Es war unangenehm, die Bilder aus der Rechtsmedizin neben Fotos von Emils und Josefines süßen, kleinen Gesichtern zu sehen und sich vorzustellen, dass die Leichenteile zu einem von ihnen gehören konnten. Nur Kim sah für einen Augenblick weg, aber die Augen aller drückten aus, welches Unbehagen die Bilder in ihnen hervorrief. Niels sprach es aus:

»Verdammte Scheiße! Was zum Teufel ist das Motiv, dass jemand … Das muss eine sehr kranke Person sein«, er schloss die Augen und fuhr mit der Hand übers Gesicht, wie um die Bilder von der Netzhaut zu wischen. Aber als er die Augen wieder öffnete, waren sie immer noch da.

»Wurden Fingerabdrücke auf dem Kinderwagen gefunden oder DNA?«

»Wir haben noch nichts aus der Kriminaltechnik gehört.«

»Wem gehört das Häuschen?« Isabellas Stimme war schwer.

»Es steht einige Zeit leer und zum Verkauf da Der Besitzer ist tot.«

»Ich dachte, es gibt lange Wartelisten«, wunderte sich Kim.

»Es ist ziemlich verfallen und es muss eine Menge daran gemacht werden, daher lehnten mehrere auf der Warteliste dankend ab und warten auf bessere Angebote. Wir müssen herausfinden, wer in diesem Garten gewesen sein kann.«

Er deutete auf das Bild des Gartenhauses. Sowohl dieses als auch der Garten brauchten dringend eine liebevolle Hand. Die Farbe blätterte von den Fensterrahmen und den durchgefaulten Holzwänden ab. Ein verrosteter Grill und Gitterrost lehnten an der Mauer. Die Hecke war hoch, Unkraut wucherte und der Rasen war lange nicht gemäht worden. Die Leichenteile waren in einem Beet mit toten Rhabarberpflanzen gefunden worden.

»Es gibt keine Anzeichen dafür, dass in dem Haus ein Mord begangen wurde. Der Besitzer ist vor zwei Monaten gestorben und die Kinder, die es zum Verkauf gestellt haben, wohnen in Norwegen. Die müssen wir erreichen.«

»Es konnte wohl jeder in den Garten rein«, meinte Isabella.

»Ja, deswegen müssen wir auch alle befragen, die sich in den Nachbarhäusern aufgehalten haben. Irgendjemand könnte gesehen haben, dass in dem Garten eines Hauses gegraben wurde, das eigentlich leer stand.«

Kim setzte seine Harry-Potter-Brille ab und legte sie auf den Tisch. Vielleicht bewusst, um die Bilder nicht zu sehen, überlegte Anker Dahl. Er wusste nicht, wie schlecht der Beamte eigentlich sah, nur, dass er ohne die Brille ganz anders aussah.

Er drehte sich zu der Karte von Aarhus, die den Großteil der einen Wand in seinem Büro einnahm, und benutzte den Kugelschreiber als Zeigestab.

»Hier wurde der Kinderwagen gefunden!« Er tippte ein paarmal auf die Stelle und bewegte den Stift zu dem Haus, das in der äußersten Reihe am Waldrand lag. »Und hier ist das Haus, in dem der Fund gemacht wurde. Aber wie gesagt wissen wir noch nicht, ob die Leichenteile von einem der vermissten Kinder stammen.«

»Ist es nicht merkwürdig, dass sie nicht in einer Tüte lagen?«, fragte Niels. Es sah aus, als ob er Schluckbeschwerden hatte.

»Doch«, pflichtete Anker Dahl ihm bei. Es war eine ungewöhnliche Methode, eine Leiche loszuwerden. Eine Leiche zu zerstückeln war natürlich nicht ungewöhnlich, das hatte es schon gegeben, aber dass nur einige wenige Teile in einem Garten in so geringer Tiefe vergraben wurden, dass die Spürhunde schnell die Fährte aufnahmen – das hatte er noch nie erlebt.

»Wo wir wohl den Rest der Leiche finden werden?« Es klang, als ob Kim laut dachte. Er setzte die Brille wieder auf.

Das war eine gute Frage. Anker Dahl wagte es nicht, darüber nachzudenken, und ließ Kims Frage unbeantwortet. Es gab keine Antwort, nur unheimliche Spekulationen, mit denen alle zu kämpfen schienen.

»Zweifelsohne haben wir es mit einem bestialischen Mord zu tun, der all unsere Ressourcen erfordern wird.«

»Was ist mit der Terrorsache?«, fragte Yazmin.

»Wir sollten die beiden Dinge nicht vermischen. Es ist mir gelungen, einige zusätzliche Männer dranzusetzen. Gerade sollten wir uns auf die Aufklärung dieses grauenvollen Kindesmordes hier konzentrieren.«

»Die Presse wird zum Selbstläufer«, seufzte Niels.

»Die Presse soll bis auf Weiteres rausgehalten werden. Wir haben Anja Lundbeck gebeten, nicht über den Fund des Kinderwagens zu sprechen.«

Die Journalisten würden genug damit zu tun haben, gleichzeitig über einen möglichen Terroranschlag und einen Kindesmord zu berichten. Was würde wohl den ersten Preis als Topstory auf den Titelseiten gewinnen?

»Das geht ja schnell heutzutage, wenn bloß einer die Hunde und die Rechtsmediziner im Garten gesehen hat.«

»Es wurde schnell abgesperrt. Während der Suche hatte niemand Zutritt zu der Umgebung«, beruhigte Anker Dahl sie, obwohl er selbst keine Spur ruhig war.

»Aber die Nachbarn? War niemand in den Häusern, der es gesehen hat?«

»Es war ja mitten in der Nacht und das Haus liegt einsam am Rand«, er nickte zu der Karte. »Der Gartenverein ist aus dem 20. Jahrhundert und die Hecke ist an manchen Stellen sehr hoch gewachsen, daher lasst uns hoffen, dass niemand der Nachbarn etwas ...«

Anker Dahl hielt in seinem Satz inne. Diese Tatsache konnte auch bedeuten, dass sie auch keine Zeugen für das Verbrechen fanden.

»Ich glaube schon, dass die sich gegenseitig im Auge behalten – auch nachts – daher hat natürlich jemand gesehen, dass Hunde und Polizei vor Ort waren. Es waren doch sicher auch Scheinwerfer aufgestellt. Die Gerüchte kursieren garantiert bereits über die Hecken hinweg und auf Facebook«, schätzte Niels.

»Hat sich niemand wegen der Suche nach dieser muslimischen Frau gemeldet, die beim Grenåvej und Marienlundsvej gesehen wurde?« Isabella wechselte die Spur. Sie mussten vorankommen.

»Es gab ein paar brauchbare Meldungen, die werden wir auch nachverfolgen. Isabella und Niels, ihr kontaktiert die Zeugen. Es ist selbstverständlich nicht leicht zu identifizieren, wer diese muslimische Kleidung getragen hat. Aber vielleicht könnt ihr herausfinden, wo sie hergekommen sein kann?«

Isabella und Niels sahen sich an und nickten gleichzeitig.

Anker Dahl realisierte, wie angespannt und emotional die Situation in Wirklichkeit war. Einige könnten es als ethnische Verfolgung sehen, wenn es mit der Bussache zusammengebracht würde, wo sie ebenfalls eine muslimische Frau suchten. Es machte es auch nicht besser, dass es eine Zivilistin von *Missing Children* war, die die Zeugin ausfindig gemacht hatte. Es war äußerst unglücklich, dass die Zeugin ausgerechnet eine muslimische Frau mit dem Kinderwagen gesehen hatte. Einige ergingen sich in Vermutungen, welcher Partei die Zeugin wohl angehörte, und weitere linksorientierte Gruppen waren bereits in den sozialen Medien aktiv geworden mit Posts, dass die Migranten für alles beschuldigt wurden und gaben der *DFD* die Schuld für die Hetze. Umgekehrt riefen die Rechtsextremisten prompt: »Was haben wir gesagt!« Aber von all dem mussten sie absehen. Dass *Missing Children* später Emils Schnuller im Riis Wald gefunden hatte, konnten sie auch nicht ignorieren. Falls es also seiner war – es gab sicher mehrere Jungen dieses Namens in der Stadt. Aber sie hatten vorläufig nur die wenigen Spuren, denen sie nachgehen konnten.

Als ein Gespräch auf sein Telefon durchgestellt wurde, nachdem er die Anweisung gegeben hatte, dass er während der Besprechung mit seinen Mitarbeitern von niemandem außer Natalie Davidsen gestört werden wollte, nahm er den Anruf zögernd an.

»Entschuldige die Störung, Dahl.« Die Rechtsmedizinerin nannte ihn in der Regel nur beim Nachnamen.

»Wir warten auf dich, Natalie«, beruhigte er.

»Okay, leider habe ich keine guten Neuigkeiten. Oder vielleicht doch. Je nachdem, wie man's nimmt.« Sie zögerte. »Ich will jetzt nicht zu sehr ins Detail gehen, ich weiß ja, dass du das nicht magst.« Wieder eine Pause.

Anker Dahl räusperte sich irritiert.

»Ja?«

»Die Leichenteile sind ganz sicher nicht von den entführten Babys. Die DNA-Analyse zeigt, dass sie von einem afrikanischen Baby stammen. Das Alter kann ich nicht genau sagen, aber ich schätze etwas über ein Jahr. Das Problem ist, dass wir nur Teile der Leiche haben. Ihr habt den Rest nicht gefunden, oder?«

»Leider nein. Noch nicht. Afrikanisch? Wie sicher bist du, dass es ein afrikanisches Kind ist, Natalie?«

»Mit mindestens 83-prozentiger Sicherheit. Es ist eine ziemlich neue Methode. Forscher der *University of Sheffield* haben einen

Algorithmus namens Geographic Population Structure, kurz: GPS, entwickelt, den man verwenden kann, um anhand eines DNA-Test den geografischen Ursprung zu bestimmen. Aber damit nicht genug; ich möchte noch unterstreichen, dass das Ergebnis in die Gerichtsgenetik geschickt wurde und erst, wenn sie es bestätigen, sind wir ganz sicher, dass ich mit meinen Annahmen richtigliege. Aber das Erste, was ich bemerkt habe, war ein Zeichen für eine genetische Mutation. Eine Zelle namens Melanozyt ist für die Pigmentierung von Haut, Haaren und Augen verantwortlich. In manchen Fällen sind die Melanozyten vorhanden, aber genetische Mutationen können die Pigmentproduktion oder ihre Fähigkeit, diese Keratinozyten zu verteilen, stören …

Natalie geriet ins Stocken. Ihr fiel es immer schwer, nicht zu technisch zu werden, wenn sie Ergebnisse vorlegte, und in den schriftlichen Berichten war es nicht anders. Deswegen bevorzugte er es, zuerst die mündliche Version zu bekommen, sodass er sie bremsen konnte und weitschweifige Erklärungen vermied, die er ohnehin nicht verstand.

»Ich wollte nur die Umstände bei Albinismus erklären, um meine Vermutung zu dokumentieren. Die gängigsten genetischen Typen sind die okulär-kutanen Typ 1 und Typ 2. In meinen Untersuchungen habe ich Typ 2 beobachtet, das ist die verbreitetste Form von Albinismus in Afrika.«

»Was ist die Schlussfolgerung, Natalie?«

»Ihr habt es mit einem afrikanischen Albino-Baby zu tun, das zerstückelt wurde.«

»Albino-Baby?«

Die Wiederholung schien ein Echo in seinem Kopf zu erzeugen, und er beobachtete aus dem Augenwinkel, dass die Mitarbeiter am Tisch überraschte Blicke wechselten.

»Die Gerichtsgenetik wird es bestätigen, sobald sie ihre Analysen abgeschlossen haben. Ich kontaktiere dich natürlich sofort.«

Anker Dahl kämpfte mit einer Menge Fragen, die ihm im Moment durch den Kopf gingen.

»Die Leichenteile wurden abgehackt und da sie an den Rändern ausgefranst sind, deutet das darauf hin, dass es keine professionelle Chirurgenarbeit ist. Vielleicht wurde ein ganz normales Fleischmesser oder eine Axt benutzt«, fuhr Natalie fort und beantwortete damit eine seiner Fragen.

»Wie würdest du erklären, dass es Spuren von Emils Kinderwagen waren, die die Hunde zum Gartenhaus geführt, dort aber einen afrikanischen Albino gefunden haben?«

»Es gibt wohl nur die Erklärung, dass Emil etwas mit diesem getöteten Baby zu tun gehabt hat. Vielleicht haben sie einfach im gleichen Kinderwagen gelegen.«

»Ja, aber das war doch Emils Kinderwagen.«

»Das herauszufinden ist dein Job, Dahl. Nicht meiner«, schloss Natalie.

»Kann es nicht das eigene Kind dieser muslimischen Frau gewesen sein und nicht Emil, mit dem die Zeugen sie im Grenåvej gesehen haben?«, war Isabellas Tipp, als Anker Dahl über die vorläufige Analyse der Rechtsmedizinerin informiert hatte.

»Aber sie ist doch mit Emils Kinderwagen spazieren gegangen«, wandte Hafid ein.

»Ja, das sagt die Zeugin, aber wer weiß, ob das stimmt? Das ist ja nur eine Spur, die *Missing Children* gefunden hat.« Isabella wandte sich Hafid zu.

»Das mit diesem blauen Elefanten hat doch gepasst.

»Sie haben auch seinen Schnuller auf der Spielwiese gefunden«, fügte Yazmin hinzu.

Isabella zuckte die Schultern wie um noch ein »Wer weiß« auszudrücken.

»Es gibt viel zu tun«, unterbrach Anker Dahl. »Hafid, du kümmerst dich um den Gartenverein und sprichst mit den Nachbarn und Kim, du versuchst die Verkäufer des Gartenhäuschens ausfindig zu machen. Die müssen wir erreichen. Es kann ja sein, dass es verkauft wurde und das Schild nur noch nicht abgenommen wurde. Zwei kleine Kinder müssen gefunden werden. Gibt es eine

Verbindung zwischen ihnen oder ist es Zufall, dass ausgerechnet Emil und Josefine entführt wurden? Das untersuchst du auch.«

Sie standen auf, einverstanden mit der Arbeitsverteilung, und nahmen die Kaffeebecher mit an ihre Plätze. Yazmin warf einen letzten bekümmerten Blick auf die Tafel, bevor sie ging.

Anker Dahl sah ebenfalls auf die Bilder. Es war, als könnte er seinen Blick nicht davon lassen, als ob er sein Hirn immer wieder davon überzeugen musste, dass das, was er sah, wirklich wahr war. Es könnten die Arme und Beine einer Babypuppe sein, die vom Rest des Körpers abgeschraubt und in der Mulde versteckt worden waren, aber hier gab es kein Gewinde. Es war ein Fleischmesser benutzt worden, schätzte Natalie. Vielleicht eine Axt. Ein schneller Hieb, stellte er sich vor, wie wenn ein Schlachter Schenkel und Flügel eines Hähnchens abtrennt. Sein Gesicht verzog sich vor Ekel. Er riss das Fenster weit auf und drehte die Tafel mit der Rückseite nach außen, bevor er sich wieder setzte.

11

Kamilla bereute, Anne nicht angerufen zu haben, jetzt, wo sie in Aarhus war. Sie hätte sie an Bord des Bootes einladen können, sie hätten in der Sonne ein Glas Wein trinken und alte Erinnerungen auffrischen können, aber irgendetwas hatte sie zurückgehalten.

Eigentlich hatten sie letzten Sommer verabredet, in Kontakt zu bleiben, als das Schicksal sie erneut in tragische Ereignisse hineingezogen hatte, wie es in der Regel passierte, wenn sie zusammen waren. Vielleicht war das der Grund, der sie davon abgehalten hatte, sie anzurufen. Ganz unbewusst. Sie entschuldigte es tief im Inneren damit, dass das Ganze so schnell gegangen war. Es war keine Zeit gewesen, etwas mit Anne zu arrangieren.

Das Boot hatte sie von ihrem Vater geliehen, der Fischer war und dessen großes Hobby Schiffe waren. Das Motorboot war eigentlich ein Geschenk an ihn und seine Frau Alice zu ihrer Silberhochzeit gewesen, aber letzten Endes wollte Alice nicht damit fahren. Es war ein älteres 21 Fuß-Glasfiber-Motorboot von 1985, das er gebraucht gekauft und selbst instand gesetzt hatte. Alice sagte, es sei zu klein und sie würde seekrank. Das schmerzte Kamillas Vater natürlich, aber *sie* liebte es, damit zu fahren. Er hatte es ihr beigebracht, und schließlich war es fast ihr Boot geworden. Sie nannte es *Black Pearl*, weil es schwarz gestrichen war, was ihren Halbbruder, Mathias, sehr amüsierte. Er liebte *Fluch der Karibik* und sie hatten zusammen alle Filme mehrmals gesehen. Nur mit Müh und Not hatte sie verhindert, dass er mit auf den Segeltörn vom Bønneruper Jachthafen nach Aarhus kam. Mathias war an sich mittlerweile ein geschickter Segler und sehr viel seefester als seine Mutter, aber Kamilla hatte keine Lust, auf einem Ausflug wie diesem, einen Teenager dabeizuhaben. Auch nicht, wenn es Mathias war, den sie wie ihren eigenen Sohn liebte. Oder vielleicht gerade deswegen. Bisher wäre es kein Problem gewesen, wenn Mathias so lange still sitzen und es einfach hätte genießen können, die Wärme der Sonne im Gesicht zu spüren und wie das Boot sich träge in der Nachmittagsstille wiegte. Dem Knirschen und Knacken des Holzes und Tauwerks zu lauschen. Sie verstand die starke Leidenschaft ihres Vaters für das Segeln voll und ganz. Aber Mathias hätte nicht still sitzen können, das wusste sie. Es musste immer irgendetwas los sein bei diesem Jungen. Außerdem durfte keiner wissen, was sie vorhatte. Erst recht nicht ihr Vater. Er würde es nicht erlauben. Auch das wusste sie mit Sicherheit.

Sie setzte sich schnell aus ihrer halb liegenden Position auf und richtete das Fernglas auf das Schiff auf der anderen Seite der zweiten Bootsbrücke. Er war wieder an Deck gekommen und rauchte eine Zigarette, während er über den Wald aus weißen Schiffsmasten spähte, die in den blauen Himmel ragten und auf dem blanken Wasser an Cocktailhäppchen auf einem Silbertablett erinnerten. Die Frau war nicht da. Kamilla behielt sein Gesicht durch das Fernglas im Auge. Auch das hatte sie sich von ihrem Vater »geliehen«. Sie rechnete nicht damit, dass er es in den nächsten Tagen brauchte. Sie wusste, es war ein sehr teures Modell, und er hat sich lange gescheut, bevor er sich dazu durchgerungen hatte, es zu kaufen. Ein *Burris* Ballistic-Laserfernglas. Das Bild war messerscharf. Es war unheimlich, sich so nah dran zu fühlen. In die Privatsphäre einzudringen. Wie an Deck zu stehen so dicht bei ihm, dass er bloß nach ihr greifen musste. Sie wagte es kaum zu atmen und schien die Zigarette riechen zu können, aber das musste von einem der anderen umliegenden Boote kommen, denn es war ein ordentlicher Abstand zu seinem Boot. Sie ließ das Fernglas sinken, als sein Blick in ihre Richtung glitt, aus Frucht, er würde sie entdecken, wenn die Sonne im Glas reflektierte. Was tat er? Worauf wartete er?

Ein Bekannter ihres Vaters hatte eines Abends während seines Besuchs den bemerkenswerten arabischen Seebären mit dem weißen Glasauge im Aarhuser Jachthafen erwähnt. Sie hatten im Garten ihres Vaters in Bønnerup gesessen und auf den Kaffee gewartet, den Alice gerade drinnen machte. Kamilla fühlte sich entspannt und es war ihr tatsächlich gelungen, nicht an all das Schreckliche zu denken, was im vergangenen Sommer passiert war. Sie hatte endlich ein bisschen Abstand zu der Sache bekommen. Eine neue Fotoreportage von weniger gefährlichem Charakter würde eventuell realisiert, und sie hatte entschieden, das Ganze hinter sich zu lassen und nach vorne zu schauen.

»Mein Boot lag direkt neben seinem und es war klar, dass wir uns grüßten, da wir beide frühmorgens an Deck waren, das machen wir Seeleute ja normalerweise so«, hatte er gesagt und sie angeschaut, wie um zu sehen, ob sie mit ihm einer Meinung waren. »Aber der Mann konnte anscheinend kein Dänisch und ist ins Steuerhaus gegangen, als ich ihn angesprochen habe. Vielleicht ist das seine Frau, die er dabeihat. Ich habe sie an Bord Arabisch sprechen hören und den Schatten einer schwarz gekleideten Frau hinter dem Fenster der Kombüse gesehen, aber nie oben an Deck. Ein Kind war, glaube ich, auch noch da. Meine Frau sagt jedenfalls, dass sie es ab und zu hat weinen hören. Man sieht ja wahrhaftig nicht alle Tage eine Araberin mit Burka im Jachthafen.«

Kamilla hatte zugehört, ohne etwas zu sagen. Danach hatte sie ihren Vater um Erlaubnis gebeten, für ein paar Tage das Motorboot leihen zu dürfen. Er glaubte, es sei wegen eines Fotoauftrags. Sie musste sicher sein und das war sie jetzt. Er war es ganz sicher. Stiffeye.

Sie beobachtete ihn wieder. Er war an die Reling getreten und schaute ins Wasser, bevor er die Zigarettenasche hineinschnippte. Sie schrak zusammen, als er gegen eine Plane trat, die an Deck lag. Dann atmete sie erleichtert auf, als ihr einfiel, dass das Diktiergerät, das verborgen genau da gelegen hatte, nicht mehr dort war. Aber er starrte weiterhin auf diese Stelle. Sie richtete das Fernglas auf das, was er ansah und musste ranzoomen, um zu erkennen, was es war. Sie biss sich vor Ärger auf die Unterlippe. Es war ein feiner, viereckiger Abdruck. Ein trockener Fleck auf dem Holzboden des Decks, wo es gelegen hatte. Die Feuchtigkeit musste unter die Plane gesickert sein. Warum hatte sie das nicht gemerkt, als sie heute Morgen das Diktiergerät geholt hatte, bevor der Hafen erwachte? Stiffeye sah sich misstrauisch um, wandte ihr den Rücken zu, sodass sein schwarzer behaarter Nacken direkt im Fokus war, und ging ins Steuerhaus.

Wieder zuckte sie zusammen und fühlte sich auf frischer Tat ertappt, als sich jemand in der Nähe räusperte. Schnell legte sie das Fernglas weg und schirmte mit der Hand die Augen vor der Sonne ab um zu sehen, wer auf dem Steg neben dem Boot stand.

»Bist du Kamilla Holm?«, fragte eine kecke Mädchenstimme. Dann dämmerte ihr, wer es war. Sie stand auf und reichte dem Mädchen, das im Gegenlicht stand, wodurch sie dessen Gesicht nicht sehen konnte, die Hand.

»Ja, das bin ich, und du bist sicher Line?«

»Jep. Du hast gesagt, wir sollten uns hier treffen? Es ging um arabische Übersetzung?«

Das Mädchen sprang zu ihr ins Boot. Es sah jünger aus als Kamilla sich vorgestellt hatte. Die Haare waren genauso blond und sonnengebleicht wie ihre eigenen und mit Haargummis zu

Rattenschwänzchen links und rechts eines runden Kopfes gebunden, in dem die Augen ein wenig zu dicht um eine kleine Stupsnase saßen. Sie schielte ein bisschen, aber auf eine charmante Art. Der Mund war klein, herzförmig und blutrot angemalt. Die Oberschenkel waren braun in kurzen Jeans. Kamilla lächelte bei dem Gedanken, dass Mathias dabei gewesen wäre. Er hatte angefangen sich für Mädchen zu interessieren, hatte sie bemerkt, und Line Kjær könnte genau sein Typ sein.

»Ja, toll, dass du helfen willst. Wenn ich das richtig verstanden habe, studierst du Arabisch an der Uni?«

»Ja, ich bin bald fertig mit meinem Bachelor in Arabistik und Islamwissenschaft. Was soll ich tun? Das klang mega-spannend.«

Kamilla kamen wieder Bedenken bezüglich ihres Vorhabens. Sie müsste Vizepolizeidirektor Anker Dahl kontaktieren, das wusste sie genau. Tatsächlich hatte sie es ihm versprochen, falls sie etwas Wichtiges über Stiffeye herausfinden sollte, aber war es das? War sie sich ganz sicher? War er der Terrorist, der für die Autobombe in Kairo verantwortlich gewesen war, der die beiden ägyptischen Journalisten Abubakar und Hafez getötet hatte? Er war Menschenschmuggler, dafür lagen Beweise auf ihrem Computer, Bilder, von denen auch Anker Dahl Kopien hatte. Aber gab es hier mehr zu holen? Was hatte er so lange in Aarhus gemacht? Wer war die schwarz gekleidete Frau, die sich anscheinend ebenfalls auf dem Boot aufhielt, auf die sie jedoch nur einen flüchtigen Blick erhascht hatte? Es gab so viele Fragen.

»Wie ich am Telefon gesagt habe, ist es streng vertraulich. Egal, was du hörst, es darf nicht weitergegeben werden, aber damit bist du einverstanden, oder?«

»Ja, natürlich«, sagte Line und sah sich auf dem Boot um. »Du bist Journalistin?«, riet sie und nahm den Blick von der Kamera und dem Fernglas, das auf der Bank lag.

»Ja«, log Kamilla. »Komm mit rein und setz dich. Möchtest du was trinken? Kaffee, Tee, Limo?«

»Hast du Cola?«

Kamilla nickte und holte eine Dose aus dem kleinen Kühlschrank, in dem sonst kein Platz für viel anderes war außer einer Packung Schwarzbrot und etwas Aufschnitt. Sie reichte Line die Dose und ein Glas, bevor sie sich setzte und das Diktiergerät zwischen sie auf den kleinen Klapptisch legte. Line legte ihr iPhone daneben, als ob sie es nicht aus den Augen lassen wollte.

»Kannst du übersetzen, worüber hier geredet wird?«, fragte Kamilla und schaltete das Diktiergerät an.

Line nahm einen Schluck aus der Coladose und hörte konzentriert zu, während die arabischen Worte aus dem Lautsprecher des Apparats kamen. Es waren lange Pausen zwischen den kurzen, hart klingenden Sätzen, und man hörte es poltern und Geräusche, die schwer einzuordnen waren. Einige davon übertönten die Stimme, andere Male verschwand sie, wenn er sich vom Mikrofon entfernte. Das Geräusch eines Messers, das schnell irgendetwas Hartes schnitt, vielleicht Gemüse, war leicht wiederzuerkennen. Und ein Brutzeln von etwas, das in eine heiße Bratpfanne gelegt wurde. Andere Male wurde es ganz still, sie hörten nur das Wasser gegen die Schiffsseite schlagen und irgendwo in der Ferne Möwen schreien. Es gab auch schwache dänische Stimmen von Leuten, die an der Mole vorbeigingen. Die Stimmen kamen in Wellen von langem Abstand und verschwanden wieder. Als sie dahin kamen, wo eine Frau jammerte und kurz darauf weinte, sah Kamilla angespannt zu Line hinüber, die die Stirn runzelte, dass ihre Augen noch dichter zusammenzustehen schienen. Das Geräusch eines Motors übertönte danach alles. Kamilla hatte es selbst ein paarmal gehört, um zu versuchen, eventuelle Namen aufzufangen, aber sie hatte nichts verstanden.

»Was hast du herausgehört?«

Line sah sie lange misstrauisch an. »Wer sind die? Das hier ist doch wohl legal?«

»Ich kann dir nicht erzählen, wer sie sind, aber es ist legal.«

Das war das zweite Mal, dass sie die junge Frau belog, und sie begann sich wie Anne zu fühlen. Sie war oft Zeugin ihrer schmutzigen Tricks und Lügen geworden, die sie benutzte, um die Informationen zu bekommen, die sie brauchte, damals, als sie als Journalistin und Pressefotografin zusammengearbeitet hatten. Heute verstand sie, dass es manchmal nötig war zu lügen.

»Okay. Ein Mann und eine Frau unterhalten sich …

Kamilla nickte ein wenig irritiert, so weit war sie auch selbst schon gekommen. Auffordernd sah sie Line an. »Ja, aber was sagen sie?«

»Hauptsächlich redet der Mann. Er fragt nach den Zutaten?«

»Den Zutaten? Wofür?«

»Wohl für das Essen. Es klingt doch, als ob sie in der Kombüse sind, oder?«

»Ja, ja, aber bist du dir sicher, dass er über Essen spricht?«

»Ja, er sagt, er benutzt normalerweise Sesam.«

»Sesam? Okay. Was sagt er noch? Erwähnt er den Namen der Frau? Worum bittet sie ihn?«

»Kannst du den letzten Teil bitte noch mal abspielen, ich habe das Ende gerade nicht gehört, als der Motor so laut wurde.«

Geduldig schaltete Kamilla das Diktiergerät an und spulte ein Stück zurück. Lange wurde nichts gesagt, hier hörte man etwas beim Anbraten brutzeln.

Dann kam die flehende Stimme. Line lauschte.

»Sie klingt ziemlich unglücklich, oder?«

»Ja, aber wieso? Worum bittet sie ihn?«

»Irgendwas mit einem Kind. Ich glaube, sie redet von ihrem Kind.«

»Sie hat ein Kind?!«

»Klingt so. Der Mann schimpft mit ihr, weil sie den Kinderwagen oder Buggy stehen gelassen hat, ich weiß nicht ganz, welches Wort da präzise passt, aber dann sagt sie, sie hätte gedacht, es wäre Kianga. Hier sagt der Mann, dass sie sie genommen haben.«

»Wer hat sie genommen?«

Line zuckte die Schultern. »Das erwähnt er nicht, hier fängt sie an zu weinen.«

»Was noch? Was sagt er zum Schluss?«

»Das wird von diesem Motorengeräusch übertönt, oder was auch immer das ist, aber es ist irgendwas mit …, dass das bloß zeigt, wer sie sind, und dass sie es deswegen tun müssen.«

»Was tun müssen?«

»Das sagt er nicht. Das ist sicher implizit, glaube ich. Es scheint, als hätten sie Probleme mit ihrem Kind. Morgen kommt jemand und hilft ihnen. Vielleicht ein Babysitter?«

Kamilla wunderte sich. War es wirklich nur eine ganz normale Unterhaltung eines arabischen Ehepaares, das Unstimmigkeiten wegen des Kindes hatte?

»Sagte er, dass ein Babysitter kommt?«

»Nein, aber dass jemand kommt und ihnen hilft. Dann unterbricht das Motorengeräusch sie.«

Kamilla nickte mutlos und holte sich auch eine Cola aus dem Kühlschrank, hauptsächlich, um ihre Enttäuschung zu verbergen. Sie nahm das Glas, das Line nicht benutzt hatte. Der Abdruck ihres roten Lippenstifts saß am Aluminiumrand der leeren Dose.

»Darf ich fragen, warum du das aufgenommen hast? Es klingt, als wäre es auf einem Boot. Ist das hier in der Nähe? Jemand, den du kennst?«

»Nein, und du musst mir versprechen, das niemandem gegenüber zu erwähnen.«

Line richtete sich auf und sah sie mit großen Augen an.

»Du bist keine Journalistin, oder? Arbeitest du für eine Versicherungsgesellschaft?«

Kamilla schüttelte den Kopf.

»Bist du Privatdetektivin?«

»Nein, und du hast versichert, es wäre nicht notwendig, dass ich ins Detail gehe.«

»Nein, aber ich bin ja trotzdem neugierig.« Line zwinkerte mit einem schiefen, listigen Lächeln und nickte wissend. »Du arbeitest, glaube ich, für die Polizei?«

Kamilla wollte einfach Ruhe haben und griff zu der dritten Lüge.

»Ja, gewissermaßen.«

»Wow, dann helfe ich vielleicht dabei, ein Verbrechen aufzuklären? Die sind doch wohl keine Terroristen?«, lachte sie.

»Du warst eine große Hilfe«, wich Kamilla aus.

Das war dann die vierte Lüge. Sie fühlte sich ein wenig unwohl. Der Dieselgeruch eines Motorbootes, das gerade anlegte, kroch an Bord und auf dem Nachbarboot lachte jemand laut.

»Wann bist du mit deinem Studium fertig?«

»Nächstes Jahr.«

»Was willst du dann machen?«

»Ich hoffe, ich kriege einen Job als Beraterin in einem internationalen Unternehmen mit Kontakt zu den arabischsprachigen Ländern. Am liebsten mit einer Menge Reisen in die arabischen Länder.«

»Das klingt auch spannend. Aber ist das nicht schwer zu bekommen?«

»Vielleicht. Ich könnte auch im Bereich der Integration oder Entwicklungsarbeit tätig sein, das ist egal, Hauptsache, es hat etwas mit dem Nahen Osten zu tun. Mein Freund kommt aus Jordanien, daher kann er mir vielleicht dabei helfen, dort irgendetwas zu ergattern, falls es gar nicht klappen sollte.« Line stand schnell auf, schaute auf die Uhr und schnappte ihr iPhone vom Tisch. »Apropros, ich bin gleich mit ihm verabredet, daher sollte ich lieber gehen. Er mag es nicht, wenn ich zu spät komme.«

Kamilla stand ebenfalls auf. »Das ist okay, wir sind ja auch fertig. Ich würde dich also wirklich sehr gerne hierfür bezahlen.«

»Nein, danke. Ich sehe das als Teil meines Studiums. Sag einfach Bescheid, falls ich noch mal helfen kann.«

Line sprang schnell auf den Steg und winkte ihr zu, bevor sie weiterging und sich in ihr Smartphone vertiefte. Kamilla sah ihr nach, mit Bedauern und Erleichterung, nicht in ihrem Alter zu sein und noch alle Optionen vor sich zu haben. Heutzutage war es schwer, jung zu sein. Viele Möglichkeiten zu haben, war nicht immer von Vorteil.

Welche hatte sie jetzt? Sie war sich sicher, dass morgen kein Babysitter kommen würde. Sollte sie Anker Dahl Bescheid geben? Was gab es überhaupt zu berichten? Sie musste das Diktiergerät nochmals an Bord schmuggeln, wenn es dunkel war. Vielleicht sollte sie sich während der Wartezeit doch mal bei Anne melden. Sie setzte sich auf die Bank in die Sonne, legte den Kopf in den Nacken und schloss die Augen. Lauschte der maritimen Stille. Das musste warten.

12

Anne war zum ersten Mal in den Räumen der Polizeibehörde und zweifelsohne überraschte die Einladung sie sehr.

Jetzt, da sie auf dem Stuhl neben Karina saß, sah er deutlich, wie sehr Anne sich verändert hatte. Man konnte nicht mehr sagen, dass *sie* wie ein Junge aussah. Das hatte sie mit den Jahren abgelegt. Die früher kurzen, schwarzen Haare reichten ihr nun bis zu den Schultern. Dem Pagenschnitt war ein leichter Schwung in den Spitzen hinzugefügt, der sie keck aussehen ließ. Das Make-up war sparsam, aber früher hatte sie gar keines benutzt, sodass es sie sichtlich veränderte. Roland bemerkte, dass er sie anstarrte, als Karina sich räusperte.

»So, wie ich das verstanden habe, kennt ihr euch«, sagte sie und sah von dem einen zum anderen.

Sie nickten gleichzeitig.

»Ich war jahrelang Benitos Quälgeist«, lächelte Anne ein wenig verlegen. Das war auch neu. Verlegenheit lag ihr normalerweise nicht.

»*War*?«, murmelte Roland scherzhaft.

»Naja. Wir sehen uns ja nicht mehr so oft.«

»Du wunderst dich sicher darüber, warum wir dich gebeten haben zu kommen.«

»Das ist eine Untertreibung, aber ob das wohl etwas mit dem Beamten zu tun hat, der seine Schusswaffe im Stadtbus benutzt hat? Ich bin an sich der Meinung, dass wir nichts bei *TV2* gebracht haben, das Anlass geben könnte zu glauben, dass ich etwas über die Sache wüsste.«

»Damit habe ich nichts zu tun, Anne. Das ist ja die Regel bei uns, dass ich nicht gegen Polizeibeamte ermitteln darf, die bei der Ostjütländischen Polizei arbeiten. Ich wurde in diesem Punkt für befangen erklärt, weil ich den Beamten, gegen den ermittelt wird, gekannt haben könnte.«

Anne nickte. »Das leuchtet ein. Aber dann komme ich echt nicht drauf, warum ich hier bin.«

»Wir haben erfahren, dass Sie sich vor dem Anschlag am Hauptbahnhof befunden haben«, sagte Karina.

»In Kopenhagen?«

»Ja, ich weiß, dass du noch dichter dran warst, und ich bin froh, dass dir nichts passiert ist, Anne, aber wir wissen, dass du mit einem der beiden Beamten, die die Leute in die explodierten Busse gelotst haben, Kontakt hattest. Was hat er zu dir gesagt und kannst du eine Personenbeschreibung von ihm geben?«, übernahm Roland.

Er konnte sehen, dass sie kurz davor war zu fragen, woher sie das wussten. Ihre Verwunderung war offensichtlich.

»Ja, er hat versucht, mich in einen der Busse zu bugsieren, während ich auf Flash gewartet habe. Meinen Kameramann. Wir wollten uns vor dem Hauptbahnhof treffen.«

»Da haben Sie ja noch mal Glück gehabt«, sagte Karina fast unhörbar und notierte etwas auf ihrem Block.

»Was kannst du über den Beamten erzählen?«

»Diese Mistkröte! Was soll ich sagen? Könnt ihr nicht einfach die Kopenhagener Polizei fragen, da arbeitet er doch wohl?«

Sie saßen einer Journalistin gegenüber. Einer der schlimmsten Sorte. Das war sie jedenfalls gewesen. Für das Fernsehen statt die Skandalpresse zu arbeiten, hatte sie ein bisschen in die richtige Richtung gelenkt, aber wie viel konnten sie ihr erzählen? Konnten sie sich darauf verlassen, dass Anne es nicht als Erstes groß im

Lokalfernsehen aufmachen und damit die Ermittlungen gefährden würde? Das Funkeln in ihren Augen verriet ihm deutlich, dass sie ihre Aufmerksamkeit geschärft hatte.

Karina, die sie nicht ganz so gut kannte, war offenbar nicht misstrauisch.

»Die Kopenhagener Polizei weiß nichts von diesen beiden Beamten, die die Leute in die Busse geleitet haben. Unsere Aufgabe ist es herauszufinden, wer sie sind. Sie waren ja die direkte Ursache dafür, dass die Leute in diese Busse gestiegen sind«, teilte sie ohne Zögern mit und bemerkte offenbar Rolands warnenden Seitenblick nicht.

»Du musst dir darüber im Klaren sein, dass das, was wir dir erzählen, streng vertraulich ist. Du wirst die Erlaubnis bekommen, eine Story draus zu machen, aber nicht, bevor wir es sagen. Verstehst du das?«, vergewisserte er sich nachdrücklich.

Jetzt dämmerte es Karina sicher, dass sie es hier nicht mit einer ganz normalen Zeugin zu tun hatten.

Anne nickte. »Das ist mir klar. Terror ist ein sehr ernstes Verbrechen und ich will die Ermittlungen selbstverständlich nicht gefährden.«

Sie klang aufrichtig. Ihre Augen blickten erschrocken. Es hatte sicher eine Bedeutung, dass sie so tief in den Terroranschlag involviert gewesen war. Dass sie in einem der Busse hätte sitzen können. Dass sie ein Opfer hätte sein können.

»Erinnerst du dich an irgendwelche besonderen Merkmale?«, fragte er.

»Wird der Hauptbahnhof nicht überwacht?«

»Doch.«

»Könnt ihr euch dann nicht einfach das Video ansehen?«

»Haben wir. Deswegen wissen wir, dass Sie da waren«, sagte Karina, nun vorsichtiger, und schielte zu Roland. »Er kann leider nicht identifiziert werden.«

»Hm. Wäre es denkbar, dass das keine echten Beamten sind?« Sie wirkte wie jemand, dem eine Idee gekommen war, die sie selbst nicht bedacht hatten.

»Vielleicht.«

»Die Uniform sah schon echt aus. Auf den anderen Beamten habe ich nicht richtig geachtet.«

»Du bist also der Meinung, dass die Uniform echt war?«

Anne zuckte leicht die Schultern. »Sah so aus.«

»Sein Gesicht?«, fragte Karina ungeduldig. »Gab es keine besonderen Kennzeichen?«

Anne schüttelte den Kopf. »Ich kann es nicht richtig abrufen. Viellicht war er einfach nichtssagend. Ich erinnere mich an die Panik in seinen Augen und er hat ziemlich doll geschwitzt.«

Panik in den Augen, wenn man dabei war, den Hauptbahnhof wegen einer Bombendrohung zu evakuieren, war sicher eine völlig normale Reaktion – auch zu schwitzen, dachte Roland.

»Du hast ihn Mistkröte genannt. Wieso?«, wollte er wissen.

»Er war eine. Unangenehm und unfreundlich, vielleicht lag es auch an der Situation. Ich weiß es nicht. Aber er war jedenfalls nicht gut darin, panische Leute zu beruhigen. Haben Beamte das nicht gelernt?«

»War er Däne oder anderer ethnischer Herkunft?« Karina hatte vor sich die Akte mit den Fotos der Beamten, die sich während des Anschlags am Hauptbahnhof befunden hatten.

»Ich weiß nicht …« Anne überlegte. »Er hatte überhaupt keinen Akzent, aber er war braungebrannt.«

»Was hat er ganz genau zu Ihnen gesagt?«

»Naja, nur, dass es eine Bombendrohung gab und wir mit zu den Bussen kommen sollten, die uns vom Gebäude wegbringen würden. Nicht viel anderes.«

»Und das hat er unfreundlich gesagt?« Karina schaute Anne etwas skeptisch an.

»Ja, hart und kommandierend, wie beim Militär.«

»Militär? Könnte er Soldat sein?«

»Woher soll ich das wissen? Vielleicht?«

»Keine besonderen Merkmale also?«

Anne überlegte wieder und schüttelte den Kopf.

Karina notierte etwas auf ihrem Block. Dann holte sie die Fotos aus der Akte.

»Erkennen Sie irgendwelche von diesen Beamten wieder?«

Anne nahm die Bilder entgegen und betrachtete sie ruhig eins nach dem anderen. Wieder schüttelte sie den Kopf und gab sie zurück.

»Nein, ich glaube, es ist keiner von ihnen.«

»Glauben Sie? Sind Sie sich nicht sicher?«

»Tatsächlich habe ich ihn nicht besonders lange angeguckt. Ich weiß es nicht. Leider!« Sie gestikulierte hilflos.

Anne war natürlich sauer auf sich selbst, weil sie sich nicht an mehr erinnerte. So war es oft mit Zeugen. Wenn etwas Schreckliches um einen herum passierte, war die Aufmerksamkeit nicht auf Aussehen und Kleidung konzentriert. Erst recht nicht, wenn der Überlebensinstinkt einsetzte. Roland war sich darüber im Klaren, dass hier nicht viel mehr zu holen war und dass es nicht half, sie weiter unter Druck zu setzen. Kurz darauf begleitete er sie hinaus.

»Wie geht es Irene?«, fragte sie teilnahmsvoll, als sie die Tür erreichten.

»Gut. Irene geht es gut. Keine bleibenden Schäden. Und dir?«

»Nasenbluten. Ich habe oft Nasenbluten, aber die Ärzte sagen, das sei nichts Ernstes.«

Roland nicke mit einem kleinen, aufmunternden Lächeln und öffnete ihr mit dem Türcode. »Ich dachte eigentlich eher an das Erlebnis in Kopenhagen. Hast du psychologische Hilfe bekommen?«

Anne sah ihn vielsagend an und verzog den Mund zu einem etwas verzerrten Lächeln, bei dem sich Grübchen bildeten. Natürlich hatte sie das nicht. Sie fand Psychologen genauso überflüssig wie er selbst.

Sie drehte sich in der Tür um.

»Mir ist gerade etwas eingefallen, Roland. Vielleicht habe ich ihn wegen seiner Hand Kröte genannt. Die war irgendwie genoppt.«

»Genoppt?«

»Ja, wie eine Kröte. Narben, glaube ich. Narbengewebe von einer Verbrennung vielleicht.«

Karina hatte diesen intensiven Blick, den sie immer bekam, wenn sich eine Ermittlung zu ihrem Vorteil veränderte. Er war aufgetreten, als er sie in Annes letzten Kommentar einweihte.

»Wir müssen uns diese Überwachungsaufnahmen noch mal ansehen!«

»Das könnte schwer werden. Aber du hast doch die Fotos mitgenommen, oder?«

Karinas Gesicht hellte sich auf, während sie nickte. Sie kramte in Papierstapeln auf ihrem Schreibtisch, fand die Akte, die sie aus Kopenhagen mitgebracht hatte und klappte sie auf. Roland war froh darüber, dass sie darauf bestanden hatten, die gesamten Videoüberwachungsaufnahmen zu sehen. Die Bilder in der Akte zeigten längst nicht alles, was passiert war. Hätten sie sich damit begnügt, hätten sie nichts von dem Vorfall mit Anne und dem Beamten gewusst.

»Gibt es welche, wo man seine Hand und die Narbe sehen kann?«, fragte Karina und blätterte fieberhaft in den Fotos.

Roland holte die Lupe heraus, die er verwendete, um kleine Details auf Bildern zu sehen. Die Bilder waren körnig, da sie Vergrößerungen von dem Video waren, sodass es unter Umständen schwer werden konnte, etwas zu erkennen.

»Traust du Anne Larsen denn nicht?«

»Doch, natürlich glaube ich, dass sie eine Narbe gesehen oder gespürt hat, ich würde bloß gerne selbst sehen, was für eine Art es ist, du nicht? Wenn es eine Brandnarbe ist, müssten wir einen Beamten finden können, der bei einem Brand vor Ort war.«

»Falls es ein echter Beamter ist.«

Karina nickte. »Selbstverständlich.«

Roland nahm die Akte mit den Bildern der Beamten, die sie im Polizeipräsidium verhört hatten.

»Hast du darauf geachtet, ob jemand von ihnen Narben an der Hand hatte?«

Karina warf einen Blick auf die Bilder, bevor sie sich wieder auf die von der Überwachung konzentrierte.

»Nein, jedenfalls habe ich nicht darüber nachgedacht.«

Eine Weile schauten sie sich schweigend die Fotos an.

Dann klatschte Karina eines vor ihm auf die Tischplatte. »Versuch's hier mal mit der Lupe. Genau da, wo der Beamte die Hand oben an der Mütze hat. Kannst du das sehen? Sieht aus, als ob er sie weiter ins Gesicht zieht. Er weiß ganz genau, dass er gefilmt wird.«

»Natürlich weiß er das.« Roland hielt die Lupe über das Bild und konzentrierte sich auf die Hand an der Mütze. »Doch, das könnte Narbengewebe sein. Dann hatte Anne also recht.«

Er bereute den letzten Satz, der triumphierend geklungen haben könnte.

»Ich habe doch nicht an ihr gezweifelt, Roland. Sag mir, wie gute Freunde seid ihr?«

Roland mochte ihren Blick nicht.

»Was heißt Freunde«, wich er aus. »Wir haben eine Menge zusammen erlebt, das führte zu einer gewissen Freundschaft.«

Karina lächelte glücklicherweise nur über sein Eingeständnis.

»Uns fehlen immer doch die Videovernehmungen der drei Beamten, die – aus irgendeinem Grund – gestern nicht zur Befragung an ihrem Arbeitsplatz kommen konnten. Wann machen wir die?«

»Heute Mittag. Der erste sollte um zwei auf den Schirm kommen.«

Karina schaute auf die Uhr. »Wir müssen ihre Hände im Auge behalten. Ich habe das Gefühl, dass sowohl der *PET* als auch die Kopenhagener Polizei etwas vor uns verheimlichen wollen, aber was und warum?«

13

Anker Dahl schaute auf seine Uhr. Die zusätzlichen Beamten, die derzeit bei der Bussache halfen, würden bald zur Unterstützung eintreffen.

Der Polizeipräsident hatte eigentlich verkündet, diese Ermittlungen anderen zu übertragen, nun, da Anker Dahls Abteilung auch den bestialischen Kindesmord aufzuklären hatte. Aber aufgrund des Prestiges weigerte sich Anker Dahl, den Fall abzugeben, mit der Begründung, es gäbe kein anderes Team, das ihn übernehmen könnte. Als der Direktor einsah, dass es sich tatsächlich so verhielt, war es vorläufig dabei geblieben.

Die drei neuen Mitarbeiter waren pünktlich auf die Minute. Das wusste er zu schätzen.

»Setzt euch und bringt gute Neuigkeiten«, forderte er sie auf.

Sie setzten sich an den Konferenztisch und Liam Eklund ergriff das Wort. Er hatte früher bei der *Spezialeinheit der Polizei,* der *AKS,* gearbeitet, war aber vor ein paar Jahren, nachdem er bei einem Schusswechsel bei der Verhaftung einiger Drogenschmuggler verletzt worden war, in die *Abteilung für Wirtschafts- und organisierte Kriminalität* versetzt worden. Man sprach nicht besonders viel darüber – das galt im Übrigen für alles, was in der AKS vor sich ging. Es war selten, dass die Hardcore-Beamten Opfer von Projektilen wurden, sowohl aufgrund ihres Trainings als auch ihrer Ausrüstung mit mehreren Schichten Schutzkleidung und schusssicheren Westen. Und wenn sie im Einsatz waren, waren sie immer bis an die Zähne mit supermodernen Waffen ausgestattet. Ein Traumjob für richtige Männer, was man auch sein musste, um die Einstellungsvoraussetzungen zu erfüllen. Das bedeutete nicht, dass Eklund arbeitsunfähig war, er genügte nur nicht länger den strengen Anforderungen, die an die *Spezialeinheit der Polizei* gestellt wurden, aber sein Hintergrund war für Aufgaben wie diese von großem Nutzen.

»Die Techniker haben den Stadtbus jetzt durchsucht. Und sie wurden gebeten, bei dem Feuerlöscher besonders aufmerksam zu sein.«

»Haben sie denn TATP darin gefunden?«, fragte Anker Dahl.

Liam nickte. »Ja, der Feuerlöscher war zu einer Handgranate umgebaut, gefüllt mit TATP, Nägeln und Schrauben. Er wurde entschärft.«

»Dann *war* es also ein Terrorversuch«, rief Anker Dahl. Es war natürlich erschreckend, aber das würde es vielleicht für Siljas Byskov leichter machen. Egal, was der Busfahrer damit zu tun gehabt hatte.

»Ja, war es.« Liam fuhr fort: »Der *PET* hat den Feuerlöscher zur genaueren Untersuchung zugeschickt bekommen. Anscheinend wurde der gleiche Aufsatz wie bei dem Anschlag in Kopenhagen verwendet. Wenn das der Fall ist, können die beiden Terrorfälle miteinander in Verbindung gebracht werden. Die Busgesellschaft *Aarhus Sporveje* hat abgelehnt, den Busverkehr einzustellen, das würde zu Chaos bei dem AC/DC-Konzert heute Abend führen, aber unsere Techniker gehen die Stadtbusse – und die Feuerlöscher – im Laufe des Tages nacheinander durch. Verdammt mutig, TATP zu benutzen, so instabil wie das ist. Allein schon, es in Flaschen zu füllen, ist lebensgefährlich, und wo haben sie diese Menge her?«

»Ich bin auch erschrocken über ihre Expertise, muss ich zugeben«, pflichtete Bjarke Svane bei.

Svane war ein ehemaliger Angestellter des *PET*, damals, als sie eine Abteilung in Aarhus gehabt hatten, aber da die Leitung 2013 beschlossen hatte, die knapp 30 Mitarbeiter zum Hauptsitz in Søborg zu versetzen und Bjarke nicht nach Seeland ziehen wollte, entschied er sich für einen Jobwechsel und wurde im Polizeipräsidium angestellt, sodass er mit seiner Familie in Aarhus bleiben konnte.

»TATP ist krasses Zeug und es ist viel zu gefährlich, es auf diese Weise zu handhaben. Das wird nicht produziert und verkauft, sondern man bastelt damit in sehr kleinen Mengen. Viele kommen bei der Produktion und der anschließenden Handhabung zu Schaden. Die, mit denen wir es hier zu tun haben, wirken äußerst professionell«, fuhr er fort.

»Aber wie ist es jemandem gelungen, Zugang zu den Feuerlöschern zu bekommen?«, wunderte sich Anker Dahl.

Liam Eklund machte einen Vorschlag.

»Die Busgesellschaft *Aarhus Sporveje* hat zurzeit ein umfassendes Ganzlackierungsprogramm. Wir verhören die Mitarbeiter des Busreparaturbetriebs, die die Arbeit ausführen.«

»Sie meinen, das ist in der Werkstatt passiert?«

»Irgendwo müssen wir ja anfangen«, antwortete Liam. »Aber damit nicht genug, die Busgesellschaft ist auch dabei, die Reifen aller Busse auszutauschen. Wenn in der Werkstatt Terroristen sind oder sie mit ihnen zusammenarbeiten, kann es nur bange Ahnungen geben.«

»Aber wurden die Mitarbeiter in so einer Stelle nicht einer Sicherheitsübersprüfung unterzogen?«, fragte Anker Dahl.

»Die arbeiten ja nicht beim Militär.«

»Nein, aber trotzdem. Ich weiß, dass heutzutage Firmen, die mit Ausrüstung arbeiten, die für Terrorzwecke benutzt werden könnte, ihre Mitarbeiter überprüfen lassen.«

»Das stimmt, Dahl. Aber es gibt oft kleinere Zulieferer, die dann nicht überprüft wurden. Ich untersuche auch, ob der Busreparaturbetrieb Zulieferer hat, die wir kontrollieren sollten – das Gleiche gilt für die Werkstatt.« Liam sah Anker Dahl mit tiefliegenden, grauen Augen unter einer hervorstehenden Stirn und buschigen, dunklen Augenbrauen bestimmt an. Ein merkwürdiger Kontrast zu den zwei Millimeter kurzen Haaren mit Geheimratsecken, die wie ein Helm wirkten.

Emily Strand, die Dritte der neuen Mannschaft, nickte.

»Wenn die Sicherheit nicht in Ordnung gewesen ist, haben Leute von draußen vielleicht auch Zugang gehabt, um die Bomben anbringen zu können.«

Sie war die Sorte Beamtin, von der Anker Dahl weitere in der Dänischen Polizei suchte. Sie arbeitete normalerweise in der Spezialeinheit der Bereitschaft und war an Volksschulen und Internaten und draußen im Nachtleben in Discos und Nachtclubs unterwegs – Orte, an denen Drogen im Umlauf waren – um Dealer zu verhaften. Sie sah selbst wie ein Schulmädchen aus mit den blonden Haaren, die zu einem kleinen Pferdeschwanz zusammengebunden waren, und einem ovalen Gesicht mit ein wenig kindlichen Augen. Aber davon sollte man sich nicht beirren lassen. Sie hatte schon alles Mögliche gesehen und erlebt. Das war kein Job für empfindliche Gemüter.

»Da Sie gerade das Militär erwähnten: Es müssen ja welche mit militärischem Hintergrund sein, die den Aufsatz von Feuerlöschern durch den Zünder einer Handgranate ersetzen können.«

»Wie gesagt arbeitet der *PET* in Søborg daran, das zu klären. Wir müssen abwarten, was sie herausfinden«, sagte Liam.

»Überwachung im Bus?«, fragte Anker Dahl weiter.

»Wir haben Zugang zu der HD-Kamera an der Decke bekommen. Sie deckt den ganzen Bus ab und ist insbesondere auf Gesichtserkennung beim Ein- und Aussteigen gerichtet«, antwortete Emily.

»Dann haben wir diese muslimische Frau gefunden, die Zeugen aus dem Bus haben flüchten sehen?«

»Sie wurde gesehen, ja. Mit Niqab allerdings schwer zu identifizieren. Wir haben nur die Augen als Anhaltspunkt. Aber es sieht aus, als gäbe sie dem Busfahrer Zeichen.«

»Weshalb?«

»Wissen wir nicht – vielleicht grüßt sie ihn auch nur.«

»Dann kannten sie sich?«

»Vielleicht.«

»Wie finden wir sie?«

»Zeugen zufolge hatte sie Kontakt zu einer Frau mit einem Kind im Buggy. Die müssen wir finden, vielleicht kann sie eine etwas ausführlichere Personenbeschreibung geben, aber eine direkte Suche ist wohl nicht so schlau?«

Anker Dahl schüttelte den Kopf. »Vorläufig müssen wir etwas diskreter vorgehen. Falls diese muslimische Frau herausfindet, dass wir ihr auf der Spur sind, verschwindet sie vielleicht ganz.«

Emily kniff nachdenklich die Augen zusammen. »Ist es nicht auch unwahrscheinlich, dass sie etwas damit zu tun hat? Als Frau, meine ich. Die Botschaft über die passive und zurückgezogene Rolle der muslimischen Frau?«

»Nein, die Frauen dominieren die Statistik militanter islamistischer Terroraktivitäten nicht gerade. Aber die neueste Schätzung des *CTA*, des Zentrums für Terroranalyse, ist, dass die Frauen in militanten islamistischen Internetforen und in Chatrooms aktiv sind, wo sie sich freier und anonymer äußern können als in der physischen Welt. Deswegen haben sie eine wesentliche Funktion, was die Verbreitung von Propaganda übers Internet betrifft«, informierte der ehemalige *PET*-Mann. »Es deutete alles darauf hin, dass ex-tremistische Frauen, die im Westen aufgewachsen sind, oft eine aktivere Rolle einnehmen als Frauen aus konservativen muslimischen Ländern. Macht nachdenklich, oder? Daher sollten wir diese Frau nicht außer Acht lassen. Sie könnte involviert sein.«

Anker Dahl fiel Kim ein. Er stand auf und öffnete die Tür zum Vorzimmer. Kim war mitten in einem Telefonat. Anker Dahl bedeutete ihm, ins Büro zu kommen, wenn er fertig war.

Es dauerte nicht lange, bis Kim mit einem neugierigen Blick auf die drei Gäste hereinkam. Besonders Emily Strand wurde ein wenig näher beäugt. Es sah fast aus, als kannte Kim sie. Oder überlegte, ob er es tat. Vielleicht wollte er aber auch nur gerne. Anker Dahl stellte alle vor.

»Kim Ansager, unser IT-Experte, hat daran gearbeitet herauszufinden, wer oder was sich hinter dem Namen Saqr versteckt.«

Er nickte Kim auffordernd zu, der nervös seine Brille hochschob und sehr viel mehr wie ein Nerd wirkte als sonst.

»Ja, eigentlich hat die Kriminaltechnik des *PET*, mit der ich eng zusammengearbeitet habe, etwas herausgefunden«, sagte Kim, während er einen freien Stuhl unter dem Tisch hervorzog und sich setzte. »Es hat sich herausgestellt, dass mit diesem mysteriösen Decknamen über ein geheimes Netzwerk kommuniziert wird, *The Onion Router*, auch *TOR* genannt. Über das *TOR*-Netzwerk kann man Webseiten unter der Domain *onion* erstellen. Sie sind verborgen und sehr schwer zu aufzuspüren. Das wurde 2002 erfunden, wodurch sich die Einwohner in totalitären Regimes äußern konnten, ohne dass ihre Identität bekannt wurde. Das *TOR*-Netzwerk ist beliebt bei Aktivisten und anderen, die sich im Internet außerhalb des Fadenkreuzes der Behörden bewegen wollen. Natürlich gilt das auch für die Kriminellen, die in zunehmendem Maße *TOR* benutzen, beispielsweise für den Verkauf von Drogen und die Verbreitung von Kinderpornos. Wenn ich das weiter vertiefen soll, wird es sehr technisch.«

Kim sah Anker Dahl an, der den Kopf schüttelte. Das war bereits reichlich. »Das überspringen wir dieses Mal. Was habt ihr herausgefunden?«

»Das Erste, was ich untersucht habe, war, wofür der Name Saqr steht. Auf Arabisch bedeutet es Falke und das Profilbild ist ebenfalls ein Falke.«

»Die dänische Einheit, die mit F-16-Fliegern zur Sigonella-Basis auf Sizilien in den Kampf gegen Libyens Staatsoberhaupt Muammar Gaddafi geschickt wurde, hatte einen Falken mit arabischen Zeichen auf der Brust ihrer Jacken und T-Shirts. *Frieden für das libysche Volk* lautete der Text. Das wurde von einer dänischen Künstlerin gezeichnet, meine ich«, warf Liam ein.

»Ja, das war die, die auch ein Porträt von Anders Fogh gemalt hat, daran erinnere ich mich gut«, lächelte Emily.

»Ein tolles Symbol, das diese Künstlerin gewählt hat«, nickte Kim. »Falkenjagd hat eine große Bedeutung für die Araber. Sie ist eines der wenigen Dinge im modernen Leben, die sie mit ihrer ursprünglichen Kultur und Geschichte verbinden, die viele Tausend Jahre zurückliegt, wo hauptsächlich der reiche Teil der Bevölkerung Falkenjagd betrieb«, erklärte Kim und rief ein unmerkliches Lächeln auf Anker Dahls Gesicht hervor. Kim Ansager machte keine halben Sachen. Er wettete, dass Kim auch wusste, wie alt ein Falke wurde, wie er sich fortpflanzte, wovon er lebte und seine Flügelspannweite kannte, auch wenn es sich eigentlich nur um einen fiktiven Namen in einem Netzwerk handelte. Aber seine nerdige Art war für ihre Ermittlungen oft nützlich gewesen.

»Ich dachte, der Code des Tor-Netzwerks wäre unmöglich zu knacken. Wie haben die das gemacht?«, fragte Eklund, der die übrigen Informationen offenbar irrelevant fand.

»Es wurde auch für nahezu unmöglich gehalten, und es erregte ja auch großes Aufsehen, als es letztes Jahr gelang, einen Zugang zu dem Netzwerk zu finden. Die amerikanische und europäische Polizei unternahm einen koordinierten Blitzangriff und schlossen Hunderte von Webseiten, konfiszierten Bitcoins und verhafteten eine Menge Personen. Die Durchsuchung hatte den Codenamen *Operation Onymous*. Aber jetzt ist es nicht mehr so geheim – jedenfalls nicht, bis sie auf etwas Neues kommen, das ...«

»Was habt ihr herausgefunden, Kim?«, unterbrach Anker Dahl.

»Der *PET* hat mir die Erlaubnis gegeben, weiterzumachen – natürlich in Zusammenarbeit mit ihnen –, aber das erfordert einen Dolmetscher. Sie sind der Meinung, dass hier irgendwo von Aarhus aus kommuniziert wird, aber auf Arabisch und in Codesprache.«

Anker Dahl lehnte sich auf dem Stuhl zurück und sah von einem zum anderen.

»Sieht so aus, als gehen wir auf Falkenjagd!«

14

Die Räume hatte die Gemeinde Aarhus zum Unterrichten zur Verfügung gestellt. Sie hob die schwarze Abaya ein wenig an, als sie die Treppe hochging. Die Tür war schwer, weshalb sie sie mit einigem Kraftaufwand aufschieben musste. Das war mit dem Buggy im Schlepptau etwas mühsam. Draußen auf dem Flur hörte sie bereits die anderen Kinder spielen und juchzen. Fadi schlief, daher stellte sie ihn ein Stück weg von den lärmenden Kindern.

»Assalamu alaikum«, grüßte sie und sagte das Codewort.

»Wa Alaikum Assalam«, antwortete die Frau, die vorne am Lehrerpult saß. Sie hieß Khadija und war diejenige, die sie einberief. Das war in letzter Zeit oft passiert. Die anderen saßen an den Tischen, die in einem Kreis darum gestellt waren. Die Kinder spielten in der Mitte, sodass sie sie im Auge behalten konnten.

»Du kommst zu spät.«

»Ja, Entschuldigung, ich weiß. Ich war bei meinem Vater.«

»Ich war gerade dabei, Mufidas' Frage zu ihrem Sohn zu beantworten, der Krieger in Syrien ist. Sie hat Angst, ihn nie wieder zu sehen. Was willst *du* zu ihr sagen?«

Sie schaute zu Mufidas, einer kleinen, üppigen Frau. Die Kleidung ließ sie wie eine schwarze Birne aussehen. Sie hatte ein freundliches Gesicht. Die Augen waren nett, aber heute waren sie betrübt und ängstlich und voller Tränen.

»Ich habe lange nichts von ihm gehört«, sagte sie bewegt.

»Alles wird gut, Mufidas. Dein Sohn ist ein Held, und falls er nicht nach Hause kommt, ist er an einem besseren Ort. Im Paradies. Du erreichst keinen größeren Ruhm in deiner Familie.«

Die Frau senkte den Kopf.

»Das sagt mein Mann auch«, murmelte sie.

»Du darfst nicht zweifeln«, übernahm Khadija. »Hör auf deinen Mann, und finde Trost bei ihm. Es kommen weitere böse Kräfte hinzu, die uns und unseren Glauben bekämpfen wollen, und denen müssen wir widerstehen. Hier und zu Hause. Zuerst vertreiben sie uns aus unserem eigenen Land, dann aus unserem neuen. Was erwarten sie von uns? Wir müssen kämpfen.« Khadijas Blick glitt auffordernd von der einen zur anderen und stoppte bei ihr. »Wir waren das letzte Mal bei dir angekommen. Erzähl *deine* Geschichte. Erzähl, warum unser Kampf gegen die Ungläubigen so wichtig ist.«

Sie warf einen Blick zu dem Buggy, aber Fadi schlief immer noch. Er war hier geboren und sollte in Dänemark aufwachsen. Wenn die Dinge nicht verändert wurden, würde sein Leben nicht leicht werden. Sie schaute wieder zu Khadija am Pult, die ihr anbot, ihren Stuhl zu übernehmen. Bevor sie sich setzte, hatte sie zuerst Augenkontakt mit den Anwesenden. Sie hatte alle ihre Berichte über die Flucht nach Europa gehört, ihre Ankunft in Dänemark, die Drohungen und Erlebnisse im Asylzentrum; wieso sie aus ihrem Heimatland geflohen waren, zusammen mit der Familie oder allein, die Schwierigkeit, sich auf das neue und fremde Leben umzustellen, was für die meisten unmöglich war.

Ihre Geschichte war anders.

»Ich war zweieinhalb, als ich zusammen mit meinem Vater und meinen Geschwistern nach Dänemark kam. Ich erinnere mich nicht an besonders viel. Das, was ich weiß, hat mir mein ältester Bruder Rabir erzählt. Unsere Familie zerbrach allmählich, je mehr wir versuchten, uns zu integrieren. Zu meiner Schwester habe ich gar keinen Kontakt mehr. Meine Mutter kenne ich nicht. Sie haben sie uns genommen. Die Ungläubigen.«

Sie wurde von einem kleinen Mädchen unterbrochen, das hingefallen war und zu weinen anfing. Sie wartete, bis seine Mutter es hochgenommen und getröstet hatte.

»Was ist mit deiner Mutter passiert?«, fragte eine junge Frau, deren Augen sehr hübsch waren. Sie waren toll mit Kajal umrandet und sie trug Lidschatten in braunen, beigen und goldenen Nuancen.

»Das waren die Amerikaner. Sie haben von ihren Kriegsschiffen aus muslimische Viertel in der Stadt bombardiert. Es traf das Flüchtlingslager, in dem wir uns aufhielten. Einige wurden getötet, darunter … meine Mutter.«

»Hast du das gesehen?«, fragte ein Junge von sechs, sieben Jahren mit großen, neugierigen Augen, starr auf sie gerichtet. Er hatte die ganze Zeit konzentriert gelauscht.

»Nein, und falls doch, erinnere ich mich zum Glück nicht daran. Ich war ja auch noch ganz klein, viel jünger als du.«

»Tod den Ungläubigen«, sagte der Junge mit einem so brennenden Hass, wie man ihn nicht bei einem Kind in seinem Alter finden dürfte. Die Worte waren nicht seine eigenen. Seine Mutter gab ihm einen US Army-Spielzeughelikopter; er hielt ihn hoch und spurtete mit einem brummenden Geräusch zu den anderen Jungen, die auf dem Boden mit kleinen Plastiksoldaten und Bauernhoftieren spielten.

»Warum haben die Amerikaner euch das angetan?«, fragte wieder die junge Frau.

Sie zuckte die Schultern. »Mein Vater hat erzählt, dass sie die Regierung und die *Falangisten* gegen die drusischen Milizen unterstützten. Aber Rabir sagt, dass die Amerikaner und der Rest dieser multinationalen Streitkräfte Alliierte der *Falangisten* waren und in offenem Krieg mit den Muslimen und den Armen des Landes. Aber das wurde gerächt. Das Hauptquartier der US-Marineinfanterie wurde vom *Islamischen Dschihad* bombardiert.«

»Aber dabei ist wohl nichts passiert«, ertönte eine heisere Stimme mit ironischem Klang hinter einem Niqab. Die Augen zeigten keine Ironie, nur reinen Hass.

»300 Amerikaner starben«, entgegnete sie. Das hatte Rabir triumphierend erzählt, wenn ihr Vater ihm auferlegte, ihr Gute-Nacht-Geschichten vorzulesen, und sie lieber von ihm über ihre Mutter und die Flucht nach Europa hören wollte.

»Und dann flüchtete deine Familie nach Dänemark«, forderte Mufidas sie auf fortzufahren.

Sie sah wieder zu Fadi, der sich in seinem Buggy bewegte, aber keinen Ton sagte. Er lag einfach da und beschäftigte sich mit seinem Mobile aus Sternen und Monden aus Filz.

»Ja, ich glaube ich erinnere mich ein ganz klein wenig an die Flucht. Ich hatte Angst, daran erinnere ich mich auf jeden Fall. Mein Bruder hat erzählt, dass wir mit einem LKW bis zur türkischen Grenze gefahren sind und von dort aus weiter mit dem Zug. Den ganzen Weg über hat uns jemand geholfen.«

»Und was ist dann passiert, als ihr in Dänemark ankamt?«

»Zuerst haben wir in einem Asylzentrum gewohnt, bis wir Asyl bekamen, und dann bekam mein Vater einen Job als Falkner.

Damit hatte er von zu Hause Erfahrung. Er ist eins mit diesen großen Vögeln. Hier erhielten wir die Erlaubnis, in einem Häuschen zu wohnen, das zum Falkenhof gehört. Wir Kinder kamen in eine zweisprachige Schule.«

Sie hatte keine Lust weiterzuerzählen. Über den letzten Teil ihres Lebens sollten sie nichts wissen. Sie würden es nicht verstehen.

Glücklicherweise machte Fadi sich lautstark bemerkbar und sie musste ihn holen. Er war das jüngste Kind und plötzlich stand er für Kinder und Erwachsene im Mittelpunkt.

Khadija ging ein wenig von ihnen weg, als ihr Handy mit einer arabischen Melodie klingelte. Sie holte das iPhone heraus, las auf dem Display und ging in eine Ecke, wo die anderen sie nicht hören konnten.

Schlagartig wurde es still und der Ausdruck in ihren Augen wurde starr. Nur das Spielen und Lachen der Kinder war zu hören. Als Khadija das Gespräch beendet hatte, kam sie zurück und setzte sich ans Pult.

»Jetzt passiert es. Keiner von euch darf heute Abend den Bus nehmen. Bleibt zu Hause und wartet auf Nachricht. Gebt dem gesamten Netzwerk den Befehl, das Gleiche zu tun. Du kümmerst dich ums Internet, ja?« Khadija sah sie wieder direkt an. Sie nickte und setzte Fadi besser zurecht auf ihrem Schoß. Er protestierte kurz, beruhigte sich aber, als eines der anderen Kinder ihm einen gelben, weichen Teddy zum Kuscheln gab. Sein fröhliches und unschuldiges Lächeln ließ ihre Gedanken erneut zu dem Kind in dem Bus zurückwandern. Niemand in ihrem Alter verdiente es zu sterben, aber sie wusste, dass es stimmte, wenn Rabir sagte, dass es in Kriegen Verluste geben würde, die nicht zu vermeiden waren, auch wenn sie falsch und sinnlos wirkten. Ihre Mutter war einer davon.

15

Am Mittag saßen sie beide vor dem Bildschirm im Videovernehmungsraum.

Sie schlossen schnell den Ersten aus, er war kräftig gebaut und konnte unmöglich einer der Beamten auf der Videoüberwachung sein. Der Nächste hatte draußen vor dem Hauptbahnhof gestanden und auch auf ihn passte die Personenbeschreibung nicht. Roland richtete sich auf, als sich der letzte Beamte auf den Stuhl vor dem Schirm im Polizeipräsidium in Kopenhagen setzte und zu ihnen auf den Bahnhofsplatz in Aarhus schaute. Irgendetwas stimmte da nicht. Sie suchten zwei Beamte, und wenn es nicht zwei der drei waren, dann war es keiner von ihnen. Hatte Faaborg wirklich recht damit, dass es zwei falsche Beamte waren und die *DUP* sich daher zurückziehen und die Ermittlung der Kopenhagener Polizei überlassen sollte? Oder verbargen er und der *PET* etwas, wie Karina meinte?

»Ja, ich war im Bahnhof und habe mich um die Räumung gekümmert, aber ich habe die Leute durch die Ausgänge aus dem Gebäude geleitet. Von Bussen hatte ich nichts gehört«, sagte der Beamte.

»Dann war das keine Information, die alle bekommen hatten?«

Er schüttelte den Kopf. »Nein, ich kannte auch die beiden Beamten nicht, die sich um diesen Teil der Evakuierung gekümmert haben. Als ich sie gesehen habe, bin ich davon ausgegangen, dass es einige von denen waren, die wir aus den anderen Polizeibezirken ausgeliehen hatten, daher habe ich das nicht infrage gestellt.«

»Sie haben auch nicht gesehen, wo die beiden Beamten abgeblieben sind?« Karinas Gesicht sah allmählich resignierend aus.

»Es war das reine Chaos, Wahnwitz und Anarchie, als wir hörten, dass die beiden Busse auf der Kalvebod Brücke explodiert waren. Nein, ich habe nicht mitbekommen, wo die Beamten danach abgeblieben sind.«

Der Beamte sprach direkt ins Mikrofon und die Worte ganz korrekt aus, als ob er mit Ausländern oder Minderbegabten spräche. Vielleicht redete er einfach so.

»Kennen Sie einen Kollegen, der eine Narbe an der Hand hat? Vielleicht am ganzen Arm?«

»Nein, niemand, den ich kenne, hat so etwas. Jedenfalls nicht, dass ich es bemerkt hätte. Soll das heißen, dass Sie die Kollegen nicht identifiziert haben?«

»Ja, das soll es«, erwiderte Karina barsch. »Sie können also auch nicht helfen?«

»Das können keine echten Beamten sein, es sei denn …«

»Es sei denn, was?«

»Es sei denn, es sind welche von den zurückgekehrten Kollegen aus Afghanistan. Vor ein paar Wochen sind einige zurückgekommen, und ich meine, sie wurden auch rausgeschickt, als die Meldung über eine Terrordrohung am Hauptbahnhof einging. Wir sind ja zurzeit äußerst unterbesetzt. Mehrere stehen Wache an potenziellen Terrorzielen in der Hauptstadt und andere an der dänisch-deutschen Grenze.«

»Warum zum Teufel hat Ulf Faaborg uns keine Informationen über Beamte gegeben, die nach Afghanistan geschickt worden waren?«, knurrte Karina, als der Bildschirm wieder schwarz wurde und es keine Verbindung mehr nach Kopenhagen gab.

Roland hatte das Gleiche gedacht und war bereits dabei, die Kopenhagener Polizei anzurufen. Er bat darum, den Polizeidirektor zu sprechen.

»Roland Benito hier. Die Befragung Ihrer Mitarbeiter ist abgeschlossen. Es war keiner von ihnen«, sagte er, sobald Ulf Faaborg sich ein wenig schroff zu erkennen gab.

»Ja, aber lieber Benito, das ist ja das, was sowohl der *PET* als auch ich sagen. Es handelt sich um zwei falsche Beamte. Lassen Sie uns nun einfach diese Ermittlung übernehmen.«

»Gibt es nichts, was Sie uns noch erzählen wollen?«

»Ich wüsste nicht, was.« Ulf Faaborg war nun noch abweisender als bei ihrem Besuch im Polizeipräsidium in Kopenhagen.

»Wir haben gehört, dass Sie auch Beamte haben, die aus Afghanistan zurückgekehrt sind. Die haben Sie gar nicht erwähnt?«

Eine Weile war es still am Telefon, dann seufzte der Polizeidirektor laut.

»Das stimmt, wir haben ein paar, die aus Green Village in Kabul zurückgekommen sind, aber sie sind an anderen Aufgaben dran. Sie waren nicht in der Nähe des Hauptbahnhofs, daher sind sie überhaupt nicht relevant für Sie.«

»Alle sind relevant für uns. Wir würden gerne auch mit ihnen sprechen.«

Es kam ein kurzes Lachen von Ulf Faaborg, als ob Roland nichts verstünde.

»Sie sind an Aufgaben dran, die nichts mit der Sache zu tun haben, sage ich doch.«

»Hat einer von ihnen Narben an der Hand? Der linken.«

»Ich habe wirklich keine Ahnung. Aber falls sie aus ihrer Mission geholt werden sollten, damit Sie das untersuchen könnten, würde das ihre Identität enthüllen, was die ganze Operation zerstören würde.«

»Sie arbeiten also undercover?«

»Ich kann ihre Aufträge nicht verraten, Benito. Nicht einmal Ihnen.«

Karina legte den Kopf an die Rückenlehne und schloss die Augen, als Roland ihr die Umstände geschildert hatte.

»Was machen wir denn jetzt?«, fragte sie die Decke.

»Wir werden sie wohl suchen müssen.«

Karina drehte den Kopf und sah ihn an. »Ist das nicht zu riskant? Sie sind ja offenbar verdeckte Ermittler.«

»Hier geht es um einen Terroranschlag. Zehn Tote und ungefähr sechzig Verletzte.«

Karina nickte und stand auf. »Uns bleibt nichts anderes übrig. Aber sicher eine ganz schöne Zeitverschwendung, falls es nun wirklich falsche Beamte sind, wie Ulf Faaborg und der *PET* sagen.«

»Das ist unser Job, Karina.«

Sie gingen zusammen zurück ins Büro auf die andere Seite des Flurs.

Mark hatte seine Jacke an und schien auf dem Weg aus der Tür zu sein.

»Jetzt geht es etwas aufwärts für Siljas Byskov«, sagte er. »Es ist gerade herausgekommen, dass TATP in dem Feuerlöscher im Stadtbus gefunden wurde.«

»Dann *war* es also ein Terrorversuch«, stellte Karina fest.

»Ja – und sogar auf die gleiche Art wie in Kopenhagen. Wie lief eure Videovernehmung der Beamten?«

»Nicht wie erhofft«, antwortete Roland verdrossen.

Mark schaute auf die Uhr, nickte und lächelte entschuldigend, dann verschwand er nach draußen.

Roland und Karina schwiegen eine Weile. Dann stand Karina auf und ging zur Kaffeemaschine.

»Siljas wird ja auch in den sozialen Medien als Held gefeiert. Viele sprechen sich vehement dagegen aus, dass er vielleicht für den Mord bestraft wird«, meinte sie, während sie ihren Becher füllte.

»Ja, aber es kann ja auch sehr gut sein, dass er einen Terroranschlag verhindert hat, also, falls der Busfahrer etwas damit zu tun hatte. In dem Fall hätte er großartige Polizeiarbeit geleistet.« Roland holte ebenfalls Kaffee und setzte sich auf seinen Platz.

Karina sah ihn abschätzend an.

»Nur mal unter uns, Roland. Du hast das hier nie gemocht, oder?«

»Was?«

»Gegen Polizeipersonal zu ermitteln.«

»Wenn sie etwas Kriminelles gemacht haben, muss jemand das beweisen – und insbesondere auch widerlegen, falls nicht. Das ist jedermanns Recht in der dänischen Gesellschaft.«

»Selbstverständlich, aber ich habe das Gefühl, dass du manchmal nicht mit dem Urteil des Staatsanwalts einverstanden bist.«

»Hast du nicht auch ab und zu Zweifel, Karina? Beamte sind ja ausgebildet, auf die Bürger aufzupassen, und wenn man sie dafür bestraft, es zu tun – oder für den Versuch –, ergibt das keinen Sinn.«

Karina antwortete nicht. Sie trank aus ihrer Tasse, während sie ihn weiter musterte.

»Wie sehr bist du in den Terrorfall involviert?«, fragte sie dann.

»Was meinst du?«

»Die Besprechung im Polizeipräsidium, bei der du zusammen mit Viktor warst. Was ist deine Rolle?«

»Meine Rolle? Nicht anders als deine. Die beiden Todesengel sollen gefunden werden. Das ist alles.«

»Okay, ich wundere mich nur darüber, dass Viktor nur dich mit zu dieser Besprechung genommen hat.«

Roland zuckte die Schultern. Das wunderte ihn ja auch selbst.

»Ich habe Gerüchte gehört, dass der Polizeipräsident explizit darum gebeten hatte, dich zu nehmen.«

»Wo hast du das gehört? Davon weiß ich nichts. Warum sollte er das tun?«

»Keine Ahnung. Vielleicht hat er Pläne mit dir, Benito.«

Er konnte ihr nicht ansehen, ob sie Witze machte.

Aber war das so? Der Polizeipräsident hatte nie ein Geheimnis daraus gemacht, dass er nicht mit seinem Wechsel von der Mordkommission bei der Ostjütländischen Polizei zur Polizeibehörde zufrieden war. Er war sehr viel versessener darauf gewesen, ihn zum Bleiben zu bewegen, als sein damaliger Chef, Vizepolizeidirektor Kurt Olsen; vielleicht, weil Kurt damals selbst gerade drauf und dran war, in Ruhestand zu gehen. Roland gab die Spekulationen auf. Wie passte Viktor Enevoldsen in dieses Bild? Es sei denn natürlich, er wollte ihn loswerden, und wie undenkbar war das?

»Wir schicken zunächst mal nur die Suche nach den beiden Beamten intern an die Polizeibezirke. Auf diese Weise können wir ihre geheimen Aufträge wohl nicht kompromittieren.«

Karina stellte die Tasse ab und nickte. Sie war mit ihm einer Meinung.

16

Bei *TV2 Ostjütland* herrschte große Aufregung, als Anne zurück in die Redaktion kam. Jytte war auf 180.

»Warum hat das so lange gedauert?«, zischte sie, als sie mit der Tasse in der Hand von der Kaffeemaschine zu ihrem Platz neben Anne zurückgeeilt kam.

»Hat es doch gar nicht. Was ist los?«

»In einem Schrebergarten in Risskov wurde eine Kinderleiche gefunden. Zerstückelt. Das ist *so* krank!

»Was? Wer sagt das?«

»Das steht überall. Auf Facebook, Twitter, Nachrichtenblogs!«

»Wurde das bestätigt?«

»Von der Polizei jedenfalls nicht.«

»Ist es Emil?«

»Weiß ich nicht, da steht nur, dass es ein Baby ist, also ist er es bestimmt. Oder das andere verschwundene Baby – Josefine.«

»Hat *Missing Children* sie gefunden?« Anne musste ein paarmal schlucken. »Sie haben ja im Riis Wald Emils Kinderwagen gefunden. Wir wurden bei der Suche gestoppt, als sie ihn gefunden haben … das ist doch ganz sicher Emil?«

Sie rief Karen Boldsen von *Missing Children* an.

»Hallo, Anne. Gut, dass du anrufst. Ich habe gehört, dass sie ein totes Kind im Riis Wald gefunden haben. Weißt du etwas?«

»Dann habt ihr es gar nicht gefunden?«

»Nein, ich weiß das nur von einer, die es auf unsere Facebook-Seite geschrieben hat. Klingt aber so, als wäre es nicht Emil.«

»Wer dann? Josefine?«

»Weiß nicht, es gibt viele Theorien auf Facebook. Ich habe versucht, Emils Eltern anzurufen, aber weder Tara noch Peder gehen ran.«

Kein Wunder, falls es wirklich Emil ist, dachte Anne.

»Gerüchten zufolge ist es ein afrikanisches Baby. Aber *das* glaube ich nun nicht. Es wird wie immer in den sozialen Medien zu etwas Großem aufgebauscht. Der eine glaubt, er weiß mehr als der andere, und jeder will der Erste sein, der die Neuigkeit verkündet.«

Anne kannte das aus ihrer eigenen Welt nur zu gut. Was war denn im Moment ihr Ziel? Dass *TV2 Ostjütland* als Erster die Neuigkeit brachte. Dass *sie* die Erste war.

»Ich war auch gerade auf dem Facebook-Profil von Josefines Mutter, aber das ist immer noch deaktiviert. Das ist es, seit es vor Todesdrohungen und Hass-Mails gegen ihren Mann überquoll, als er in Untersuchungshaft kam, weil er seine Tochter entführt hatte. Der Vater ist nicht bei Facebook, daher hat natürlich die Mutter umso mehr einstecken müssen«, fuhr Karen fort.

»Aber es weiß ja keiner mit Sicherheit, ob er es war.«

»Weiß man nicht?«

Anne sah ein, dass sie dabei war, sich zu verplappern und dass Karen nicht mehr wusste als sie selbst, daher drückte sie sich um die Antwort und verabschiedete sich.

»Hat *Missing Children* Emil gefunden?«, fragte Jytte, die alle Antennen aufgestellt hatte, während sie aussah, als ob sie konzentriert an ihrem Computer arbeitete. Eine Disziplin, die sie bis zur Perfektion beherrschte.

»Nein. Die wissen nicht mehr als wir. Gibt es nichts Neues über Josefines Vater? Ist er immer noch in Untersuchungshaft?«

»Ich meine, ja. Die Polizei ist momentan nicht sonderlich auskunftsfreudig. Sie haben ja auch eine Menge mit der Stadtbussache zu tun, ob sie daher wohl überhaupt genug Leute haben, um auch noch zwei Babys zu suchen?«

»Tja, jetzt klingt es ja, als müssten sie nur noch eins finden. Soll ich versuchen, Anker Dahl zu errei…?«

»Nein! Das mach ich«, fertige Jytte sie kurz ab.

Ihre ungeschriebene Regel, dass Anne keine Behörden kontaktieren durfte, nachdem sie sich ein paarmal unreif benommen hatte, wie Jytte es ausdrückte, war offenbar nicht aufgehoben.

Anne nahm es hin und ließ es gut sein. Sie ging ins Internet. Die Finger schrieben ganz von selbst www.media-housedenmark.dk.

Warum landete sie immer da? Bei einer Firma, für die sie nicht mehr arbeitete, weil sie nicht mit einem Megaskandal an die Öffentlichkeit gehen durfte, weil er dem Medienkonzern selbst hätte schaden können. Ihr ehemaliger Praktikant der längst gestorbenen Lokalzeitung *Tageblatt*, Nicolaj Bang, war immer noch bei *MHD* angestellt. Sie hatten ihr Einzugsgebiet erweitert und umfassten nicht mehr nur Länder wie die USA, England, Frankreich und Italien, sondern hatten auch eine Abteilung in Deutschland eröffnet, woran sie, wie sie wusste, lange eifrig gearbeitet hatten. Nicolaj war aufgestiegen, wusste sie, weil sie aus unbekannten Gründen seine Karriere verfolgte. Oder weil sie es nicht vermeiden konnte. Es war viel in der Presse darüber geschrieben worden. Jytte hatte im Studio ein Interview mit ihm geführt an einem Tag, an dem Anne glücklicherweise nicht in der Redaktion war. Nicolaj hatte nach ihr gefragt, hatte Jytte anschließend erzählt. Er hatte den Titel bekommen, nach dem Anne selbst einmal gestrebt hatte. Jetzt saß er direkt unter dem Nachrichtenchef, was der nächste Sprung auf der Karriereleiter wurde, falls er jemals irgendwann das Glück haben sollte, Joakim Boysen vom Thron zu stoßen. Das würde sie nicht wundern. Nicolaj war immer voraus. Er wohnte zusammen mit der Rechtsmedizinerin Natalie Davidsen, und konnte man ein ungleicheres Paar finden? Er in der Sensationspresse, sie in einem höchst vertraulichen staatlichen Job? Nicolaj hatte oft versucht, Anne zu kontaktieren. Er sagte, dass er gerne wieder mit ihr zusammenarbeiten wolle, dass sie ein gutes Team gewesen seien und er ihre Freundschaft vermisse. Sie sah es nur als Zeichen seines schlechten Gewissens, weil er mal kurz davor gewesen war, den *Cavling-Preis* zu bekommen – für ihre Arbeit. Das war, nachdem sie *Media House Denmark* verlassen hatte, aber das konnte sie nicht einfach so vergessen. Oder doch? Sie konnte dafür Wissen von ihm erlangen. Was er wohl über den Stadtbus und den Kindesmord wusste?

Auf der Homepage war ein von ihm geschriebener Artikel das Erste, was ihr ins Auge fiel. Er schrieb über ein afrikanisches Baby, das im Begriff war, identifiziert zu werden, nachdem die Polizei Leichenteile in einem Schrebergarten im Riis Wald gefunden hatte. Dann stammten die Gerüchte in den sozialen Medien sicher von *Media House Denmark*. Falls es denn Gerüchte waren.

Sie lehnte sich auf dem Stuhl zurück, als sie den Artikel gelesen hatte, biss in den Knopf ihres Kugelschreibers und schielte zu Jytte. Wenn sie es so haben wollte, konnte sie gerne selbst versuchen, etwas aus Anker Dahl herauszupressen. Anne war sich ziemlich sicher, dass Nicolaj viel informativer sein würde als der Vizepolizeidirektor, falls das bedeuten könnte, dass ihre Freundschaft wieder auflebte. Jetzt war sicher ein guter Zeitpunkt nachzugeben.

Sie stand auf und zog ihre Jacke an.

»Wo willst du *jetzt* hin?«, fragte Jytte.

»Ich geh Mittagessen.«

»Kannst du nicht hier essen?«

»Nein, ich hab noch was zu erledigen.«

Jytte beugte den Nacken ein wenig zurück und sah über ihre moderne Halbbrille mit blutrotem Gestell zu ihr hoch.

»Was wollten die von der Polizeibehörde eigentlich von dir?«

»Offenbar können sie die Beamten nicht identifizieren, die die Leute zu den Bussen beim Hauptbahnhof geleitet haben.«

»Was hast du damit zu tun?«

»Ich habe mit einem von ihnen gesprochen. Die dachten, ich könnte helfen.«

»Die Terrorsache in Kopenhagen ist ja leider keine Story, über die wir berichten, darum kümmert sich Lorry.«

»Ja, ich habe ja auch nur versucht zu helfen. Ich gehe jetzt, Jytte.«

Jytte sah auf die Uhr, als wollte sie die Zeit im Blick behalten, dann nickte sie und war wieder in ihre Arbeit auf dem Bildschirm versunken.

Anne eilte die Treppe hinunter und atmete tief ein, als sie draußen in der Sonne stand. Bus Nummer 14 bog um die Ecke auf dem

Weg zu seiner Endstation im Skejbypark. Sie war froh, dass sie nicht mit an Bord war, und nicht nur wegen der Hitze. Sie hatte nie ein gutes Verhältnis zu voll besetzten Bussen gehabt und das war seit Kopenhagen nicht besser geworden.

Ihr Auto war sicher genauso heiß wie der Bus, vielleicht sogar schlimmer. Es gab keinen Schatten auf dem Parkplatz, und die drei *TV2 OJ*-Flaggen am Randersvej hingen schlaff an den Stangen. Sie kurbelte die Seitenfenster herunter, bevor sie fuhr. Das war die einzige Klimaanlage in dem alten, gelben Lada, der allmählich für Aufsehen im Verkehr sorgte.

Während sie fuhr, dachte sie darüber nach, wie sie das Gespräch mit Nicolaj einleiten sollte. Sie hatte seit letztem Sommer nicht mehr mit ihm gesprochen. Konnte sie ihre gemeinsamen Erlebnisse von damals als Entschuldigung benutzen, um ihn plötzlich zu kontaktieren? Fragen, ob es ihm gut ging? Sie schüttelte den Kopf über ihre Idee. Das war so lange danach zu weit hergeholt. Na, man kann sich auch in die Handlungsunfähigkeit spekulieren, dachte sie und holte das Handy heraus, während sie im Randersvej an einer roten Ampel hielt. Sie fand seinen Namen in den Kontakten und rief an.

»Nicolaj?«, ertönte seine Stimme neutral und fragend, als wüsste er nicht, dass sie es war oder zweifelte daran. Sie kannte ihn so gut, dass sie wusste, dass er immer aufs Display schaute, bevor er einen Anruf entgegennahm, aber dieses Mal war die Begrüßung nicht das übliche unbefangene: »Hallo, Anne.«

»Hallo Nicolaj. Hier ist Anne. Wie viel weißt du über dieses zerstückelte Baby?« Sie hatte beschlossen, direkt zur Sache zu kommen.

»Hallo Anne. Na, jetzt erkenn ich dich echt wieder«, neckte Nicolaj sie lachend. Es irritierte sie, dass er glaubte, dass sie so schnell wieder auf gutem Fuß stünden. Die Ampel wechselte auf gelb, dann grün, und sie beeilte sich zu fahren und landete hinter einem Stadtbus. Nicht schon wieder, dachte sie.

Die Verkehrsschlange kam aufgrund der Bauarbeiten an der neuen Stadtbahn langsam voran. Sie schaute hoch zu der Werbung auf dem Busheck. Es war die umstrittene Werbung für *Dänemark*

Für Dänen. Ihr wurde schlecht davon, die bittenden Augen des Rentners zu sehen, aber auch von den gierigen der Migranten. Wer hat sich denn für diese Fotos zur Verfügung gestellt?, dachte sie. War das reine Bildmanipulation? Wie viel mehr Zwietracht säte sie nun zwischen *denen* und *uns*? Wie sehr wurde sie durch diese Terrordrohung vergrößert?

»Ich habe in deinem Artikel gelesen, dass es Körperteile eines afrikanischen Babys sind, die im Schrebergarten gefunden wurden. Hat Natalie dir das anvertraut?«, fragte sie.

Nicolaj war kurz still. Er wusste, wie gefährlich ihr Wissen über Natalies Bruch der Schweigepflicht war.

»Wo bist du?«, fragte er.

»Ich bin auf dem Weg zu dir. Gerade auf dem Küstenweg.«

»Nimm einen unserer Besucherparkplätze. Wir sehen uns am Empfang.«

»Yes!«, sagte Anne laut, als sie aufgelegt hatte. Zufrieden lächelte sie ihr Spiegelbild im Rückspiegel an. Und viel Glück für Jytte, etwas aus dem Vizepolizeidirektor rauszubekommen.

Als sie auf einem der Plätze, der als Besucherparkplatz gekennzeichnet war, parkte, vor dem tollen, neuen Gebäude von *Media House Denmark,* das die moderne Hafenfront zierte, fing ihr Herz an zu klopfen bei dem Gedanken, Nicolaj wieder von Angesicht zu Angesicht gegenüberzustehen und, noch schlimmer, Joakim Boysen. Dieses dumme Schwein würde sie lieber nicht treffen.

Nicolaj wartete am Empfang, der an einen Atriumhof erinnerte und für Besucher und Mitarbeiter ein schickes Willkommen verhieß. Hier war es hell und freundlich. Alles war weiß und aus Glas, mit Ausnahme des Fußbodens aus Walnuss. Dieses Naturmaterial fand sich auch in der Verkleidung des Empfangstresens wieder. An der Rückwand erahnte man einen diskreten Globus, eingeprägt in die weiße Wand, mit dem *Media House Denmark* Logo drum herum wie die Ringe des Saturns. Es wirkte, als ob es von dem Licht der großen Panoramafenster Richtung Hafen hervorgehoben würde. Wenn sie hochschaute, konnte sie durch die Glaswände die Büros sehen. Leute saßen an modernen Schreibtischen und telefonierten oder arbeiteten am Computer. Jedes Büro musste Blick auf den Hafen haben. Einen kurzen Augenblick bereute sie, nicht geblieben zu sein. Aber nur einen kurzen. Sie bemerkte Joakim Boysen, der dort oben auf dem Flur entlangging, in irgendwelche Papiere vertieft und ein Handy am Ohr.

»Willkommen, Anne«, sagte Nicolaj und kam auf sie zu. »Imponierend, nicht? Wollen wir in die Kantine gehen?«

Seine Hand wies einladend zur Aufzugtür. Anne sah wieder hoch zu den Büros. Boysen war nicht mehr zu sehen, aber sie wollte möglichst von hier weg.

»Können wir woandershin gehen?«

»Selbstverständlich. Wir können zu *DOKK 1* gehen. Die haben ein ausgezeichnetes Café. Da können wir bei dem guten Wetter auch draußen sitzen.«

»Wie geht's dir, Anne?«, fragte er, als sie am Hafenbecken entlanggingen.

Die Meeresluft roch nach Salz und Tang und kühlte.

»Gut, und dir? Ich habe gehört, du wurdest befördert. Glückwunsch.« Sie sah ihn nicht an.

»Danke, ich ... Du bist völlig über das, was letzten Sommer passiert ist, hinweg, oder?«

»Ja, ganz ruhig. Ich kriege ab und zu Nasenbluten, aber das war's auch schon. Nichts Ernstes, sagen die Ärzte.«

Nicolaj nickte.

Die Sonne blendete von den kreideweißen Tischen vor dem Café. Anne behielt ihre Sonnenbrille auf, auch, als Nicolaj mit dem Kaffee auf einem Tablett kam und sich ihr gegenüber setzte. Ihr war es egal, dass er ihre Augen nicht sehen konnte. Das war nur ein Vorteil.

»Du hast nicht beantwortet, ob Natalie diejenige war, die bestätigt hat, dass es sich um ein afrikanisches Baby handelt.« Sie beschloss, die Linie fortzuführen, direkt zur Sache zu kommen.

»Du weißt, dass man seine Quellen nicht verrät, oder Anne?«

»Es muss Natalie sein. Ich weiß, dass du deine Informationen von ihr bekommst. Das könnte ja rauskommen, wenn du nicht …«

»Drohst du mir, Anne?« Er versuchte, einen Schimmer ihrer Augen zu erkennen. »Drohst du uns?«

»Ich drohe dir nicht, Nicolaj. Keinem von euch. Aber vielleicht können wir Informationen austauschen, einander ein bisschen helfen …« Es war ihr äußerst unangenehm, das zu sagen, genauso wie ihre Lust, besser als Jytte sein zu wollen – kurz, ihre Seele zu verkaufen.

»Wieso hast du deine Meinung geändert? Das habe ich doch die ganze Zeit vorgeschlagen. Wir sind nicht mehr in der gleichen Branche, du bist beim Fernsehen, ich bei einer Onlinezeitung. Du warst diejenige, die nicht zusammenarbeiten wollte.«

Sie beugte sich über den Tisch zu ihm und sah ihm direkt in die Augen. Sie genoss, dass er ihre nicht sehen konnte. »Ich traue dir nicht, Nicolaj. Kannst du das nicht verstehen?«

Er nickte und schaute in seine Tasse. »Ich habe doch gesagt, dass es Joakim war, der mich für diesen *Cavling-Preis* vorgeschlagen hat, als du gegangen bist. Ich hatte nichts damit zu tun.«

»Nein, aber du hast auch nicht die Wahrheit gesagt, oder? Du hättest dich weigern können, nominiert zu werden, da es nicht deine Story war. Das war meine, Nicolaj. *Meine*! Ich habe dafür hart gearbeitet und in Neapel mein Leben aufs Spiel gesetzt, und dann stiehlst du sie, nur um dir so einen verfickten Preis unter den Nagel zu reißen!«

Nicolaj schüttelte den Kopf.

»Willst du nicht mal diese Sonnenbrille absetzen?«

Anne starrte ihn weiter an.

»Ich habe diesen Preis ja nicht erhalten, also ist das dann nicht egal? Können wir das nicht einfach vergessen?«, maulte er.

»Nein, zum Glück ging er nicht an dich, es war gut, dass sie dich durchschaut haben!«

Sie lehnte sich zurück und trank von dem heißen Caffè Latte, während sie ihn ansah. Weidete sich daran, dass er nur sein eigenes Spiegelbild in den dunklen Brillengläsern sah. Das verwirrte ihn. Der sonst so selbstsichere Nicolaj Bang wirkte plötzlich klein und unsicher.

»Ja, es war Natalie. Sie hat das Kind heute Morgen obduziert. Aber das darf nicht rauskommen, dass es von ihr kommt, versprich mir das. Wenn sie entdeckt ...«

Anne lächelte grimmig. »Weiß Natalie das nicht? Liest sie denn deine Artikel nicht?«

»Doch, aber sie glaubt, ich kriege die Informationen von einer Quelle bei der Polizei.«

»Dann weiß Natalie also nicht, dass du ihr Vertrauen und vertrauliche Informationen missbrauchst? Du bist mir ja einer, Nicolaj.«

»Sie vertraut mir und wird gefeuert, falls es auffliegt.«

Seine Stimme war dünn und flehend geworden; sie hatte ihn genau da, wo sie ihn wollte.

»Und was passiert mit dir, falls Natalie es herausfindet?«

»Dann feuert sie mich auch. Das darf nicht passieren. Es läuft gerade so gut. Ich genieße es, dass ich mit meiner Tochter zusammen sein kann und ...«

»Und all das setzt du aufs Spiel! Nur, um der Erste mit Breaking News zu sein!« Sie schüttelte missbilligend den Kopf.

»In dem Punkt ähneln wir uns ja, Anne. Aber wir können die Informationen gerne teilen. Solange es nur nicht rauskommt. Versprich mir, dass es nicht rauskommt.«

»Okay, ich verspreche es. Dann erzähl mir mal, was du weißt.«

Nicolaj befeuchtete die Lippen.

»Es ist nicht einfach ein afrikanisches Baby, Anne. Es ist ein afrikanisches Albino-Baby.«

»Albino?!«

»Ja, denken wir dasselbe?«

»Ich habe echt keine Ahnung, was in deinem Kopf vor sich geht, Nicolaj.«

»Kannst du dich an Kamillas Siegerfoto erinnern? Das, wofür sie letzten Sommer den Fotopreis bekommen hat?«

»Ja, natürlich. Das war eine afrikanische Frau, die mit ihrem Baby an einem Strand in Ägypten flieht.«

»Ihrem Albino-Baby! Sie war auf dem Weg zum Schmugglerboot nach Europa, als sie wegen der Ankunft der Küstenwache zurückgeschickt wurden.«

»Ja, in Ägypten, Nicolaj! Das ist also ziemlich weit weg, wenn du denkst, dass es da einen Zusammenhang gäbe. Vergiss es!«

Er schwieg eine Weile, als dächte er darüber nach.

»Jetzt bist du dran, Anne. Was weißt du über den Terroranschlag in Kopenhagen? Hat das etwas damit zu tun, was hier in Aarhus passiert ist? Du warst ja nah dran.«

»*Viel* zu nah! Aber nein, ich weiß nichts. Weißt du etwas über den Busfahrer? Hat Natalie ihn nicht obduziert?«

»Nein, das war ein anderer Rechtsmediziner. Einer aus Kopenhagen, glaube ich. Sie halten sich bedeckt, so ist das ja mit solchen Sachen.«

Anne spürte ihr Handy in der Tasche vibrieren und zog es diskret raus, während Nicolaj weiter darüber redete, wie schwer es sei, Informationen zu bekommen, wenn der *PET* involviert war.

Wegen der Lichtreflexe musste sie das Handy in den Schatten unter dem Tisch halten, um die Nummer auf dem Display lesen zu können.

»Ich muss da gerade mal rangehen«, sagte sie und stand auf. Sie ging vom Tisch weg ans Geländer, wo sie auf den belebten Europaplatz hinunterschauen konnte. Eine freche Möwe tauchte und schnappte direkt neben ihr eine zurückgelassene Pommes frites vom Tisch. Weitere Möwen kreisten wie Geier hungrig über dem Gebäude.

»Fahr heute Abend nicht Bus und halte dich von großen Menschenmengen fern«, sagte die geschlechtslose, verzerrte Stimme an ihrem Ohr.

»Welche Busse? Welche Menschenmengen?«

Es gab eine kleine Pause, in der sie nur ein undefinierbares Rauschen hörte. Vielleicht Verkehrslärm.

»Ich melde mich später noch mal.«

»Wann? Hallo? Hören Sie! Wer sind Sie? Wovor warnen Sie mich?«

Viel zu viele Fragen auf einmal. Die Verbindung war bereits unterbrochen. Der Anruf kam ziemlich sicher von einer Prepaid-Karte, sodass er nicht zurückverfolgt werden konnte. Es war den Politikern noch nicht gelungen, sich als Teil des neuen Terrorpakts der Regierung auf eine Registrierung von Prepaid-Kunden zu einigen. Das war an sich ein großer Wunsch seitens der Polizei und *PET*. Die anonymen Prepaid-Karten wurden ein immer größeres Problem bei Fällen von Terrorismus und organisierter Kriminalität.

Anne betrachtete die Busschlange und die Busse an der Straße. Der Zug kam angefahren und verschwand im Tunnel unter dem Gebäude. Warum ausgerechnet heute Abend? Was gab es da für große Menschenmengen? Sie überlegte, dann dämmerte es ihr. Das AC/DC-Konzert im *Ceres Park*. Sie hatte das Glück gehabt, für sich und ihre Stiefschwester Sabina zwei Tickets zu ergattern, hauptsächlich Sabinas wegen, und nur, weil sie bei *TV2 Ostjütland* arbeitete. Alle Tickets waren seit Dezember letzten Jahres bereits am ersten Tag restlos ausverkauft gewesen. Ungefähr 46 000 Menschen an einem Ort versammelt. Und die meisten würden mit dem Bus kommen.

17

Anker Dahl hatte keine Lust auf das gemeinsame Mittagessen, auf dem Ulf Faaborg bestanden hatte, nun, da er in anderer Angelegenheit in Aarhus war. So gut kannte er ihn ja auch nicht, obwohl er selbst einmal als Kriminalhauptkommissar bei der Kopenhagener Polizei angestellt gewesen war. Sie waren nie vertraut gewesen.

Schon in einer Viertelstunde sollten sie sich bei *F-Høj* in der Grønnegade treffen. Dem neuesten Delikatessenrestaurant des dänisch-libanesischen Kochs Wassim Hallal, dem Aarhuser Sternekoch, wo er neue Standards für dänisches Smørrebrød setzte – und sicher auch für den Preis für dänisches Smørrebrød. Warum wollte sich Ulf Faaborg plötzlich mit ihm treffen? In seiner Stimme hatte etwas gelegen, was er nicht mochte.

Er beschloss, bei dem guten Wetter zu Fuß zu gehen. Am Fluss entlang würde er höchstens zehn Minuten brauchen.

Nur Kim saß noch an seinem Computer im Vorzimmer.

»Ich bin beim Mittagessen, Kim. In circa einer Stunde wieder da«, teilte er ihm auf dem Weg zur Tür hinaus mit. Kim sah auf die Uhr, als ob ihm nicht klar war, dass es schon so spät war. Computer-Nerds verlieren leicht das Gefühl für Zeit und Raum.

»Gibt's was Neues?«, fragte er in aller Eile.

»Ich habe die Kinder in Norwegen gefunden, die das Gartenhäuschen ihres Vaters zum Verkauf gestellt haben. Es zeigt sich, dass sie sie gerade an eine Frau mit dem mysteriösen Namen Adwoa Al Zubaidi verkauft haben. Ihr gehört ein Geschäft in Hadsten. Isabella und Niels sind hingefahren.«

»Gut, Kim. Wir halten nachher eine Besprechung ab.«

Anker Dahl schenkte ihm ein kurzes Nicken und verließ hastig das Polizeipräsidium.

Ulf Faaborg wartete auf der Bank vor dem Restaurant, wo er auf das trübe, grüne Wasser des Flusses starrte und einen letzten Zug von der Zigarette nahm, bevor das Rauchen verboten sein würde, bis das Mittagessen um war. Sein offen stehender, kamelfarbener Trenchcoat flatterte im Wind, als er aufstand und die Zigarettenkippe in den Fluss warf, sobald er Anker Dahl entdeckte.

»Dahl! Schön, dass Sie kommen konnten. Lassen Sie uns reingehen und Smørrebrød besorgen.«

Er legte eine Hand auf Anker Dahls Rücken und schwang die andere einladend in Richtung der Tür zum *F-Høj*, als wäre es seine Stadt und er der Gastgeber.

Drinnen blieb der Polizeidirektor in der Gastgeberrolle, da es mehr Selbstbedienung war, als Anker Dahl erwartet hatte. Ulf Faaborg bestellte an der Holztheke, die das Restaurant an einen gemütlichen, alten Kaufmannsladen erinnern ließ, während Anker Dahl einen Tisch belegte in einem der kleinen Räume mit hoher Decke, von der skulpturartige Kupferlampen hingen. Ulf Faaborg kam mit zwei Hefeweizen und Gläsern.

»Die schaffen wir sicher gut in der Arbeitszeit. Hier ist es ja echt gemütlich«, sagte er beeindruckt.

Anker Dahl nickte. Er war bisher noch nicht hier gewesen. Wenn er Smørrebrød aß, waren es die fertig abgepackten im Supermarkt – vermutlich sogar in Polen hergestellt, nachdem, was er irgendwo gelesen hatte.

Sie setzten sich und schenkten schäumendes Bier in die Gläser ein.

»Wenn ich das richtig verstanden habe, habt ihr genug um die Ohren. Heftige Sache mit dem zerstückelten Baby im Schrebergarten. Man sollte ja glauben, das wäre Kopenhagen.« Er lächelte ein wenig, aber eher versöhnlich als amüsiert.

»Ja, außerdem werden zwei weitere Babys vermisst. Ihre Schicksale sind unbekannt.«

»Zwei?«, fragte Ulf Faaborg überrascht.

Anker Dahl nickte. »Ja, und wir haben fast keine Leute.«

»Das kenne ich.«

Anker Dahl wunderte sich über diesen Kommentar, da die Beamten, die ihm fehlten, gerade zur Unterstützung nach Kopenhagen geschickt worden waren.

Sie schwiegen beide, als die Platte mit sechs verschiedenen Smørrebrød auf den Tisch gestellt wurde von einem Kellner, der freundlich erklärte, was sich jeweils auf den einzelnen Stücken dunklen Roggenbrots befand. Das war auch notwendig. Aber es klang verlockend.

Als der Kellner gegangen war, wurde Faaborgs Gesicht auf einen Schlag überaus ernst. Sie saßen alleine im Lokal, aber dennoch schaute er sich um, wie um sich zu vergewissern, dass niemand lauschte.

»Ja, das ist ja eine etwas prekäre Situation. Sie haben wohl die Suche gesehen, die die Polizeibehörde rausgeschickt hat?«

Anker Dahl nickte und kaute an einem Bissen üppigen Hähnchensalats mit Salzgurke, knuspriger Hähnchenhaut und Blumenkohl in seidendünnen Scheiben.

»Ja, körnige Bilder. Ich erkenne keinen von ihnen. Sollte ich?«, fragte er, als er fertig gekaut hatte.

»Der eine ist tatsächlich ein falscher Beamter, aber der andere, Sie erkennen ihn wohl nicht auf dem Bild, aber das ist Elias. Elias Ali Hassan.«

»Unser Elias?«

Ulf Faaborg nickte mürrisch und kaute. »Oder Ibrahim Jabbar, das war ja sein Deckname.«

»Ja, aber das kann unmöglich er sein, er wurde doch getötet.«

»Ja, das dachte ich auch. Anscheinend hat er überlebt und ist nach Hause zurückgekehrt, aber er ist zum Feind übergelaufen.«

»Warum wurde er dann nicht verhaftet?«

»Er versteckt sich im Bandenmilieu oder dem muslimischen Milieu. Als verdeckter Ermittler hat er gelernt, sich dort zu bewegen. Vielleicht hat er es geschafft, es vor ihnen geheim zu halten, dass er Beamter ist.«

Anker Dahl tupfte sich mit der Serviette etwas Mayonnaise aus dem Mundwinkel. »Bestimmt. Sonst würde er doch auf jeden Fall nicht mehr leben. Aber sind Sie sich ganz sicher, dass er es wirklich ist?«

»Der *PET* ist sich auch ziemlich sicher.«

»Ist er wirklich zum Feind übergelaufen … Wäre es denkbar, dass er immer noch als verdeckter Ermittler arbeitet und mitten in einer Mission ist?«

»Das bezweifle ich. Dann ist es jedenfalls keine Mission, von der wir etwas wissen. Er hat ja die Agentenarbeit gestoppt, als er nach Green Village geschickt wurde, so gut wie …«

Der Polizeidirektor schwieg eine Weile, als ob er über seine Worte nachdächte, anschließend sah er prüfend zu Anker Dahl.

»Aber er hat also überlebt. An sich schon unfassbar. Der *PET* schätzt, dass er *denen* im Laufe der Jahre so viele Informationen über uns gegeben hat, wie uns über sie. Der *PET* meint des Weiteren, dass er Schusswaffen gestohlen und an Terroristen verkauft hat. Ein Diebstahl im Waffendepot der Soldaten war vielleicht sein Werk. Sie untersuchen das gerade.«

Anker Dahl probierte das Hefeweizen. Seine Hand zitterte.

»Ich verstehe nicht, warum Sie mich da mit reinziehen wollen.«

»Verstehen Sie es wirklich nicht, Dahl?« Ulf Faaborg lehnte sich beinahe drohend über den kleinen, runden Tisch zu ihm hinüber. Sein Atem roch nach Zwiebeln. »Er war *Ihr* Mann, oder?!«

»Falls er an dem Terroranschlag am Hauptbahnhof beteiligt war, muss er gefunden und bestraft werden. Ich werde also ...«

»Sie denken nicht klar, Dahl. Sie sind für sein Schicksal verantwortlich.«

Anker Dahl schwieg. Er schluckte den letzten Mundvoll Smørrebrød.

»Ich habe nichts mit Elias Ali Hassan oder Ibrahim Jabbar oder wie zum Teufel er sich jetzt nennt, zu tun gehabt seit meiner Zeit in Kopenhagen, und das ist viele Jahre her.«

»Sie waren sein Chef. Sie sind dafür verantwortlich, dass er damals in das muslimische Milieu eingeschleust wurde – ohne triftige Begründung. Kein Richter hatte das gutgeheißen. Das war illegal. Sie haben die Regeln für verdeckte Ermittler nicht befolgt. Und falls er erzählt, was damals passierte, dann ...«

»*Wir* haben die Regeln nicht befolgt, Ulf!«

Ulf Faaborg zuckte gleichgültig mit den Schultern. »Ist nicht mein Name, der auf diesen Unterlagen steht.«

»Und das, was in Green Village passierte, hat nichts damit zu tun, das warst alleine du. Ich hatte damals meine Stellung bei der Ostjütländischen Polizei bekommen und ...«

»Das ist auch nicht das Schlimmste – für dich jedenfalls. Hier war der *PET* auch im Bilde, darüber wird wohl Schweigen bewahrt.«

»Aber du …« Anker Dahl gab auf, als er das unnahbare Gesicht des Polizeidirektors sah. »Was hätten wir sonst tun sollen? Das war direkt nach dem 11. September und die Amerikaner waren sich sicher, dass da etwas zu holen war. Sie hatten ja selbst einen Agenten im Milieu.«

»Ebenfalls illegal und hinter dem Rücken der Regierung und Richterstühle. Es kompromittiert den *PET*, deswegen hängt er auch mit drin. Denk doch mal nach, Dahl. Kannst du den Skandal nicht vor dir sehen? Verdeckter Ermittler von seinen eigenen Leuten zum Terroristen ausgebildet. Oder was glaubst du, wird die Überschrift der Presse? Wie, glaubst du, werden die Politiker das aufnehmen? Der neue Justizminister hat sich gerade vor laufender Kamera mit dem großen Einsatz der dänischen Polizisten in Afghanistan gebrüstet und der Bevölkerung versichert, dass wir alle Regeln haargenau einhalten. Es werden Köpfe rollen. Das müssen sie.«

»Dann willst du ihn jetzt also mir zuschieben, so viele Jahre danach? Es soll also mein Kopf rollen?«, knurrte Anker Dahl.

»Nicht zwangsläufig.« Ulf Faaborg lehnte sich auf dem Stuhl zurück und fingerte an seiner Serviette. »Er kann sich hier in Aarhus aufhalten. Im Bandenmilieu oder in dem muslimischen Milieu. Das ist naheliegend, da er in Aarhus geboren und aufgewachsen ist. Hier kann ich ja nicht so viel machen, oder?«

»Dann soll ich ihn also für dich finden?«

Ulf nickte zustimmend. »Am besten, bevor Roland Benito es tut.«

18

Auf dem Rückweg zu *TV2 Ostjütland* versuchte Anne zum fünften Mal, Sabina anzurufen. Sie ging nie ans Telefon. Es würde sie nicht wundern, wenn sie vergessen hätte, es mitzunehmen – wo auch immer sie gerade war – und es nun auf dem Tisch zu Hause in ihrer Wohnung lag und klingelte. In der Journalistenhochschule waren Sommerferien, da war sie also auf jeden Fall nicht. Aber es gab auch andere Probleme. Sabina war nicht die Einzige, die daran gehindert werden musste, heute Abend den Bus zum *Ceres Park* zu nehmen. Anne war ganz außer Atem, als sie in die Redaktion kam, nachdem sie im Laufschritt die Treppe genommen hatte.

»Das war ja ein langes Mittagessen«, begrüßte Jytte sie sofort grantig.

»Hört mal her, es ist was passiert! Das ist echt wichtig! Die Terroristen schlagen heute Abend wieder zu! Beim AC/DC-Konzert!«

Alle unterbrachen ihre Arbeit und starrten sie an.

»Ach du Scheiße, ich habe Tickets für das Konzert«, murmelte einer der Kollegen.

»Und ich soll darüber berichten«, unterbrach ein anderer.

»Woher weißt du das, Anne?«, fragte der Nachrichtenchef, der das Ganze in seinem Büro gehört hatte und nun aus seiner Höhle kroch.

»Das kann ich nicht sagen … aber …«

»Von deinem Kontakt?«, platzte Ninna heraus.

Anne sah sie wütend an. »Ist doch egal von wem, wir müssen was tun! Die gehen wieder auf die Stadtbusse, glaube ich, und vielleicht auch das Stadion – oder beides.«

»Kontakt? Hast du so was? Wer ist es, Anne?«, wollte Jytte wissen und klang eher besorgt als wütend.

»Ich weiß es nicht, aber das ist auch egal!«

»Nein, das ist ganz und gar nicht egal«, unterbrach der Nachrichtenchef.

»Falls das wieder eine Falschmeldung ist, die Millionen Steuergelder kostet, weil Bombenroboter und alle Instanzen in Bewegung gesetzt werden, ist das wirklich nichts, wofür wir unseren Namen hergeben sollten.«

»Ja, aber das ist es nicht …«, sagte Anne fast tränenerstickt. »Ich wurde auch am Sonntag wegen des Stadtbusses gewarnt.«

»Am Sonntag? Sag mal …« Jytte stand kurz vor einem Ausbruch, aber der Nachrichtenchef mahnte zur Besonnenheit.

»Du musst uns – deinen Kollegen und deinem Chef – erzählen, wer dir diese Informationen gibt.«

»Ja, aber ich weiß es nicht.«

»In mein Büro.«

Anne folgte dem Nachrichtenchef und spürte alle Augen in ihrem Rücken.

Er schloss die Tür hinter ihr.

»Setz dich«, sagte er und zog einen Stuhl für sie hin. Sie setzte sich gehorsam. Er zog die Bügelfalten seiner Hose hoch und setzte sich ihr gegenüber auf die Schreibtischkante, womit er auf sie herabsah.

»Hör zu, Anne. Du bist verhältnismäßig neu hier in der Fernsehredaktion, aber du kannst nicht einfach Kontakte haben, von denen wir anderen nichts wissen. Wir arbeiten hier zusammen. Alleingänge sind wir nicht gewohnt.«

»Ich dachte eigentlich, es würde uns nützen, einen Informanten zu haben, der weiß, was in dem muslimischen Milieu passiert.«

»Das tut es ja nicht, wenn du den Informanten für dich behältst. Bist du dir sicher, dass es einer aus dem Milieu ist? Du musst mir sagen, wer es ist.«

»Ja, aber ich weiß es tatsächlich nicht. Er ist anonym, die Stimme ist verzerrt, daher …«

»Aber es ist ein *er*?«

»Ja, das weiß ich natürlich auch nicht, aber ich gehe davon aus. Es klingt so.«

»Du vertraust ihm?«

Sie nickte.

»Wann wurdest zu zum ersten Mal kontaktiert?«

»An dem Tag, als der Busfahrer getötet wurde. Die Stimme sagte, es sei gefährlich, Bus zu fahren. Ich habe ihm nicht geglaubt. Habe es als geschmacklosen Scherz abgetan. Und wir mussten los zu dieser Demo. Aber dann ist ja das in Kopenhagen passiert und wer weiß, was hier in Aarhus hätte passieren können; wir müssen ihn also ernst nehmen.«

»Du hast keinen Namen aufgeschnappt?«

Anne schüttelte den Kopf.

»Wie kontaktierst du ihn?«

»*Er* kontaktiert mich.«

Der Nachrichtenchef verschränkte die Arme und starrte einen Augenblick ein Gemälde hinter ihr an der Wand an. Es war die einzige Dekoration in seinem Büro. Es stellte einen abstrakten Sonnenuntergang da – oder eine Explosion. Wenn sie gelbe, weiße, schwarze und rote Farben in einem Chaos zusammengewürfelt sah, sah sie nichts anderes. Sie schielte auf ihr Handy auf dem Schoß. Sabina hatte nicht zurückgerufen.

»Um welche Busse geht es?«

»Das hat er nicht gesagt. Müssen wir nicht die Polizei informieren?«

»Wieso, glaubst du, kontaktiert er ausgerechnet dich?«

»Ich weiß es nicht.«

Der Nachrichtenchef sah sie an. »Du glaubst nicht, du bist bloß ein Mittel zum Zweck?«

»Was meinst du? Ein Mittel wofür?«

»Um Angst zu schüren? Du bist Journalistin und der Informant rechnet wohl damit, dass du es veröffentlichst, damit die Drohung weitere Menschen erreicht und einen noch größeren Effekt erzielt. Angst ist ihre Macht.«

»Das habe ich beim ersten Mal ja nicht gemacht.«

»Nein, aber vielleicht glaubt er, dass du ihn dieses Mal ernst nimmst.«

»Dann meinst du also, wir sollten es nicht veröffentlichen?«

»Ich weiß es wirklich nicht, Anne!« Er kam mit einem leichten Hüpfer vom Tisch herunter. »Kannst du nicht versuchen herauszufinden, wer das ist?«

»Das schaffe ich unmöglich bis heute Abend.«

»Kannst du mit ihm Kontakt aufnehmen?«

Anne stand auf. »Er sagte, er würde sich noch mal melden.«

Der Chef nickte interessiert. »Wann?«

»Das weiß ich nicht.«

»Sag mir Bescheid, wenn es passiert. Ich versuche, mir etwas einfallen zu lassen. Das heißt Überstunden heute Abend, okay?«

»Ja, ich sollte eigentlich …« Sie schwieg. Das Beste war wohl, das Konzert abzusagen. Sie musste nur Sabina erreichen.

Die anderen sahen sie neugierig an, als sie zurückkam und sich auf ihren Platz setzte.

»Und?«, fragte Ninna.

Anne schaute zu Jytte, die in das Büro des Nachrichtenchefs schwänzelte. Die Tür schloss sich hinter ihr. Natürlich konnte sie Anne nicht allein eine so spannende Sache überlassen.

»Wenn er wieder anruft, will der Chef es wissen«, sagte Anne.

»Der Kontakt? Ruft dein Kontakt noch mal an?«

»Ja, vielleicht.«

Flash setzte sich neben sie.

»Warum hast du mir an dem Tag, an dem wir nach Kopenhagen sollten, nichts von ihm gesagt?«, raunte er ihr leise ins Ohr.

»Ich habe seine Informationen ja nicht ernst genommen.«

»Informationen? Nennst du das Informationen? Das klingt mehr wie Warnungen. Warum warnt er dich?«

Anne war einen Augenblick lang still und nachdenklich.

»Du sagst was, Flash. Vielleicht warnt er nicht mich. Der Chef hat recht damit, dass es einer sein kann, der das in den Medien haben will, um Angst zu schüren, aber es kann auch etwas anderes sein.« Sie sah ihn eifrig an.

»Vielleicht ist es einer, dem es nicht gefällt, wo er mit drinsteckt, und der mich warnen will, um die Verluste zu mindern – oder vielleicht sogar den Terroranschlag zu verhindern. Wir müssen die Polizei informieren.«

»Du meinst also, ein netter Terrorist?«, sagte Flash mit spöttischem Unterton.

»Vielleicht einer, der es bereut. Weißt du, ob Jytte Anker Dahl erreicht hat?«

»Nee, aber ich glaube, er war wohl irgendwo außerhalb der Stadt in einer Besprechung.«

»War er«, bestätigte Jytte, die gerade aus dem Büro des Nachrichtenchefs zurückkam. »Und du solltest in Sachen Polizei lieber nichts unternehmen, Anne. Wir haben gerade im Büro mit ihnen gesprochen.«

»Okay, was haben sie denn gesagt?«, wollte Anne wissen und konnte ihre Irritation nicht verbergen, erneut von Jytte aus der Bahn geschoben worden zu sein.

»Sie verfolgen es und schicken zusätzliche Leute zum Konzert.«

»Zusätzliche Leute? Es wird also nicht abgesagt?«

»Natürlich nicht. Wenn das jedes Mal passieren würde, wenn es eine Drohung gibt, würde ja nie mehr irgendetwas stattfinden«, antwortete Jytte mit einem belehrenden, kurzen Lächeln, das Anne noch mehr irritierte.

»Und benutz dein Handy nicht. Unser Kontakt soll anrufen können. Die Polizei hört es ab«, ging Jytte weiter, nahm ihre Louis Vuitton-Tasche vom Boden hoch und stopfte das Handy und einen Notizblock hinein. Ihre Bewegungen waren schnell und fieberhaft. Das sah ihr gar nicht ähnlich.

»Können die das?«, fragte Ninna.

»Natürlich können sie, wenn es vielleicht um Terror geht. Ein Richter muss sicher einen Gerichtsbeschluss ausstellen, aber ich bin mir ziemlich sicher, dass sie den bekommen.«

»Wie lange?«, fragte Anne empört.

»So ein Beschluss ist ab Erhalt vier Wochen gültig.

»Vier Wochen? Ja, aber … Aber ich weiß ja nicht, ob er anruft, und … wo willst du hin?«

»Ich fahre zum *Ceres Park*. Wir senden direkt vom Konzert, so sind wir vor Ort, falls etwas passiert.«

Anne stand auf und zog ihre Jacke an.

»Du bleibst hier, Anne. Du warst genug in Terrorfälle involviert. Um das hier kümmere ich mich persönlich. Flash kommt mit.«

»Die Polizei müsste dafür sorgen, dass das Konzert abgesagt wird. Das ist doch Wahnsinn!«, sagte Anne und sah appellierend zu Flash, um Unterstützung zu bekommen, aber er stand schon bereit, um mit Jytte zu gehen.

Der Nachrichtenchef, der den Vorfall verfolgt hatte, kam zu ihr hinüber.

»Jytte hat recht, Anne. Du warst in Kopenhagen einem tragischen Erlebnis ausgesetzt.«

»Ach, sagt Jytte das?« Ihre Stimme zitterte.

»Wir machen uns alle Sorgen um dich. Ich kann mir vorstellen, dass du wohl nicht mit dem Psychologen gesprochen hast, dessen Adresse ich dir gegeben habe?«

»Flash war auch mit in Kopenhagen«, wich sie aus.

»Flash hat Erfahrung mit so was. Denk dran, dass er mal Kriegsreporter war.«

»Bist du dir sicher, dass du nicht eher meinst, weil er ein Mann ist?«

»Anne!« Der Chef sah sie warnend an. »Sieh dir stattdessen den Kindesmord an.«

Als ob das besser wäre.

Allein saß sie in der Redaktion und fühlte sich frustriert.

Offenbar war es Jytte gelungen, den Chef davon zu überzeugen, dass sie es nicht verkraften würde und Jytte selbst die Terrorsache übernehmen sollte. Sie starrte auf ihr Handy, das auf dem Tisch bereitlag, um einen Anruf eines mutmaßlichen Terroristen anzunehmen. Trotz allem war sie diejenige, die kontaktiert wurde. Ob das Handy wohl bereits abgehört wurde? Sie bezweifelte, dass das so schnell passierte.

Während sie Sabinas Nummer heraussuchte, hörte sie den Nachrichtenchef ein lautstarkes Gespräch in seinem Büro führen. Ihre Stiefschwester ging immer noch nicht ran. In drei Stunden wollten sie sich eigentlich treffen und gemeinsam mit dem Bus zum *Ceres Park* fahren. Ein Bereich um das Stadion war für Autos gesperrt und der Verkehr wurde umgeleitet, um Chaos und

Schlangen zu umgehen, was Anne dennoch für unvermeidbar hielt, aber die Veranstalter forderten dazu auf, den Bus zu nehmen und das letzte Stück zum Stadion zu Fuß zu gehen. Das hatte ihr sehr gut gepasst, dann könnte sie sich beim Konzert ein paar Bier genehmigen. Aber jetzt …

Der Nachrichtenchef redete immer noch. Sie nahm ihren Rucksack, stopfte das Handy in die Tasche und eilte hinaus.

Ihre Stiefschwester war letzten Sommer in die Wohnung neben Annes gezogen. Glücklicherweise sahen sie sich nicht so häufig, wie Anne zunächst befürchtet hatte. Sabina hatte schnell eine Menge neuer Freunde in der Journalistenschule gefunden und war hauptsächlich mit denen zusammen, aber es kam auch vor, dass sie gemeinsam zu Abend aßen, ins Kino gingen – oder zu Konzerten. Ab und zu überredete Sabina Anne zu Besuchen bei Annes Mutter, Sabinas Stiefmutter, die Sabina öfter besuchte als Anne. Manchmal war ihre Mutter nüchtern und einigermaßen umgänglich, andere Male mussten sie Erbrochenes aufwischen, leere Flaschen entfernen und aufräumen. Anne schaffte das nicht mehr allein, daher fanden die Besuche nur zusammen mit Sabina statt. Vielleicht war sie dort? Aber warum ging sie dann nicht ans Telefon?

Sie wohnten im Dachgeschoss und sobald sie aus dem Aufzug kam, klopfte sie an die Tür ihrer Stiefschwester. Niemand antwortete. Sie versuchte es erneut und legte das Ohr an die Tür, um zu lauschen. Wie sie befürchtet hatte: Sie hörte drinnen ein schwaches Klingeln. Sabina hatte wieder vergessen, ihr Handy mitzunehmen. In diesem Punkt unterschied sie sich enorm von anderen jungen Leuten in den Zwanzigern, die nicht ohne Handy leben konnten. Der Aufzug fuhr mit einem rumpelnden Geräusch wieder nach unten. Anne schloss ihre Wohnungstür auf und hoffte, es war Sabina, die unterwegs war. Sie schmiss das Handy auf den Küchentisch und ging ins Bad.

»Shit«, entfuhr es ihr, als sie im Spiegel den roten Streifen entdeckte, der auf dem Weg in Richtung ihrer Unterlippe war. Sie riss ein großes Stück Klopapier von der Rolle und wischte das Blut ab, während sie den Wasserhahn laufen ließ. Das Blut lief weiter aus der Nase. Das Wasser färbte sich rostrot. Sie setzte sich im Wohnzimmer aufs Sofa, legte den Kopf in den Nacken und stopfte ein Stück Papier in die Nasenlöcher. So saß sie eine Weile mit geschlossenen Augen und durchdachte das Ganze. Der Nachrichtenchef hatte jetzt sicher bemerkt, dass sie gegangen war – und er hatte sogar Überstunden angeordnet. Er konnte natürlich nicht wissen, wo sie war, da sie alle wegen Aufträgen unterwegs waren, von denen er nicht immer etwas wusste. Aber es würde heute Abend sicher genug zu tun geben, falls es den Terroristen gelang, eine Bombe in einem Bus oder während des AC/DC-Konzerts hochgehen zu lassen. Sie schauderte und spürte die Unruhe im Körper umherwandern wie eine düstere Vorahnung. Auf eine hässliche Art fühlte sie sich verantwortlich, weil sie die Anrufe bekam. Wozu würde er sie gebrauchen? War ihre Mission, den Anschlag zu stoppen? Aber warum sagte er dann nicht genau, wo der Anschlag stattfinden würde oder informierte die Polizei direkt? Warum durch sie?

Sie stand auf und nahm das Handy. Ein Anruf in Abwesenheit wurde auf dem Display angezeigt. War er das? Der Anruf musste gekommen sein, als sie sich gewaschen hatte und es nicht hörten konnte. Innerlich verfluchte sie ihre Nachlässigkeit. Es gab eine neue Nachricht auf der Mailbox. Während sie lauschte, überlegte sie, ob die Polizei das Gleiche tat. Aber es war nicht er, es war Sabina.

»Hi, Ann. Ich hab gerade erst gemerkt, dass ich mein Handy zu Hause vergessen habe, deswegen habe ich Jamaals geliehen, um zu sagen, dass du nicht auf mich warten musst. Ich fahre zusammen mit denen zum Park, wir können uns also einfach da treffen. Am Eingang, Punkt 18:00 Uhr, wenn Einlass ist? See you. Tschüssi!«

»Nein, nein, nein, Sabina!«, sagte sie laut, als ob ihre Stiefschwester es hören könnte. Sie hatte keine Ahnung, wer *denen* oder *Jamaal* waren und spürte die Panik. Die Nummer war unterdrückt, deshalb konnte sie nicht zurückrufen. Warum hatte sie das Handy nicht mit ins Bad genommen? Wo war Sabina? Würde sie mit dem Bus ins Stadion fahren?

»Shit, shit, shit«, stöhnte sie und raste zum Aufzug, der sich natürlich im Erdgeschoss befand. Sie nahm stattdessen die Treppe. Auf halbem Weg klingelte ihr Telefon wieder.

19

Anker Dahl löste den Krawattenknoten, um Luft zu bekommen. Er war gerade über eine neue Terrordrohung gegen die Busgesellschaft *Aarhus Sporveje* und möglicherweise das AC/DC-Konzert informiert worden. Es waren mehrere Streifenwagen losgeschickt worden, mehr konnten sie gerade nicht tun. Der *PET* war natürlich an der Sache dran.

Die Information kam kurz nachdem er die Nachricht erhalten hatte, dass der Vater des gesuchten Babys, Josefine, freigelassen worden war, da er anscheinend nichts mit der Entführung seiner Tochter zu tun hatte. Die Suche nach dem Mädchen sollte deswegen weiter intensiviert werden und eine weitere Suchmeldung nach dem roten Kinderwagen mit dem kleinen Mädchen, das einen rosafarbenen, gestreiften Winnie Puuh-Strampler trug, war an die Presse rausgeschickt worden.

Bis dahin hatte er nicht viel anderes gemacht, als zu überlegen, wie er eine Fahndung nach Elias Ali Hassan in Gang bringen konnte. Hatte der ehemalige verdeckte Ermittler im muslimischen Milieu auch etwas mit dieser neuen Terrordrohung in Aarhus zu tun? Da er bei dem Anschlag in Kopenhagen beteiligt gewesen war, warum also nicht? Anker Dahl sah ein, dass er auf eigene Faust arbeiten musste, aber er war nicht weiter gekommen als seine Situation zu verfluchen; jetzt wurde es nur noch schlimmer. Das Ganze sollte plötzlich über den Polizeipräsidenten laufen. Der neue Justizminister hatte Angst, seinen Posten zu verlieren.

»Sie bekommen selbstverständlich auch Unterstützung von der *AKS*. Die Spezialeinheit ist alarmiert und kann schnell ausrücken, wenn es nötig wird«, sagte der Polizeipräsident am Telefon.

»Wie wurde die Terrordrohung geäußert?«

»Ein Anruf bei einer Journalistin von *TV2 Ostjütland*.«

»Ach, aber …«

»Wir müssen ihn ernst nehmen, Dahl. Die Journalistin hat auch letzten Sonntag einen Anruf bekommen, aber da glaubte sie ihm nicht.«

»War sie dann diejenige, die wegen des Busses anonym angerufen hat?«

»Nein, wir wissen noch nicht, wer es war. Vorläufig arbeitet der *PET* daran herauszufinden, woher die Drohung kommen kann.«

»Was sagt die Journalistin?«

»Sie weiß nicht, wer es war. Es wird anonym und mit Stimmverzerrung angerufen. Ihr Handy wird abgehört.«

»Das klingt ja professionell – mit der Stimmverzerrung, meine ich.«

»Ja, bisher sind es noch nur Drohungen, aber wir können einfach nichts dem Zufall überlassen. Vertrauen Sie jetzt ruhig den Experten, Dahl. Das müssen wir alle. Gibt es etwas Neues, wer hier in der Stadt bestialisch Säuglinge ermordet? Das ist ja schrecklich. Und grausam! Das beschäftigt die Bevölkerung und die Presse sicher mehr. Terrordrohungen sind ja leider bald an der Tagesordnung.«

»Wir waren gerade dabei, uns für den Status der Ermittlungen zu versammeln.«

»Sie lassen von sich hören, Dahl.«

Anker Dahl legte auf. Die Hand zitterte ein wenig; das hatte sie seit dem Treffen mit Ulf Faaborg zum Mittagessen getan. Das konnte nicht an dem einen Weißbier liegen. Er hörte, dass das Team zurück im Vorzimmer war und schaute auf die Uhr. Noch eine Viertelstunde, bis sie sich zu den letzten Absprachen und Updates des Tages treffen sollten.

Als sie in sein Büro kamen, setzte er sie sofort über die neue Terrordrohung ins Bild.

»Lasst uns um Gottes willen hoffen, dass es nur bei der Drohung bleibt«, sagte Niels.

»Habt ihr einen Dolmetscher für die Kommunikation im Internet gefunden, Kim?«

»Ja, die Leute vom *PET* arbeiten immer noch daran. Einiges deutet darauf hin, dass dort Details über Terroranschläge in verschlüsselter Form abgesprochen werden. Der *PET* hat keinen Zweifel, dass *der Falke* der Anführer für die Organisation der Anschläge ist.«

»Du meinst Saqr, oder?«, fragte Isabella.

Kim nickte. »Sie schreiben auch über den Mord an dem Busfahrer und dass er gerächt werden muss. Sie nennen ihn Shahid, was auf Arabisch Märtyrer bedeutet. Wir hören Näheres vom *PET*. Kurz vor unserer Besprechung hatte es gerade eine neue Aktivität gegeben.«

»Vielleicht wegen des bevorstehenden Anschlags«, vermutete Niels.

»Du behältst die Entwicklung im Auge, Kim. Wurde die muslimische Frau, die den Bus verlassen hat, identifiziert?«

»Nein, noch nicht. Das ist schwer, wenn man nur die Augen sieht. Wie läuft es mit Siljas' Fall? Ich habe gehört, dass er bis auf Weiteres suspendiert ist«, fügte Kim hinzu.

»Ich habe nicht gehört, ob die *DUP* mit der Ermittlung fertig ist.«

Anker Dahl ließ den Blick weiter zu Isabella und Niels wandern.

»Habt ihr etwas über diese muslimische Frau herausgefunden, die mit Emils Kinderwagen gesehen wurde?«

»Den Zeugen zufolge, mit denen wir gesprochen haben, sieht es so aus, als sei sie mit dem Bus angekommen. Ein Pärchen hat sie beim Ostbahnhof in den Bus 20 ein- und an der Haltestelle Risvang Allé im Grenåvej aussteigen sehen. Sie fiel ihnen auf, weil Terror ja gerade hochaktuell ist, und – entschuldigt, Yazmin und

Hafid –, ja daher alle Muslime verdächtig werden. Besonders, wenn sie ihre Herkunft durch muslimische Kleidung sichtbar machen. Man weiß nie, ob ein Bombengürtel unter der Kleidung versteckt ist, wie das Pärchen sagte«, informierte Niels mit einem entschuldigenden Blick zu seinen beiden Kollegen, die sich natürlich über die Problematik im Klaren waren. Sie erlebten sie am eigenen Leib, selbst wenn sie Polizeiuniform trugen.

»Sie waren erleichtert, als sie ausstieg, und danach sahen sie sie die Risvang Allé entlanglaufen. Andere Zeugen, ein paar Badegäste, haben sie etwas später am *Den Permanente* vorbei zum Hafen gehen sehen. Wieder fiel sie auf, da man nicht alle Tage eine Frau in traditionell muslimischer Kleidung einen Radweg entlanggehen sieht«, fuhr Isabella fort.

»Hatte sie ein Baby dabei?«

»Darauf haben sie nicht geachtet.«

»Welche Route fährt Bus 20?«, fragte Anker Dahl weiter.

»Er fährt von Solbjerg nach Åkrogen, aber da sie anscheinend nicht den Bus zurück genommen hat, sondern zu Fuß erst in der Risvang Allé und im Grenåvej mit dem Kinderwagen und anschließend auf dem Weg Richtung Hafen gesehen wurde, müssen wir davon ausgehen, dass sie hier irgendwo in Aarhus wohnt. Vielleicht in Hafennähe.«

»Können wir ausschließen, dass es die gleiche Frau ist, die mit im Terrorbus war?« Kim sah von seinem Laptop auf und massierte den Nacken.

»Wir können überhaupt nichts ausschließen, Kim«, stellte Anker Dahl fest.

Leider hatte es nicht viele Zeugen im Schrebergarten gegeben. Nur ein einziger Gassi-Gänger meinte, ein Geräusch aus dem Garten gehört zu haben, als der Hund anhielt, um an die hohe Hecke zu pinkeln, während ihrer späten Abendrunde, aber er hat nichts gesehen. Dass Polizei und Hunde da gewesen waren, war wiederum von allen bemerkt worden.

»Hast du die Frau erreicht, die das Gartenhaus gekauft hat?«

Kim nickte. »Ich habe jedenfalls herausgefunden, wer sie ist. Sie ist 52 Jahre alt, Witwe und ist vor zehn Jahren aus Tansania nach Dänemark gekommen. Sie hat eine Aufenthaltserlaubnis mit Konventionsstatus bekommen, was ja heißt, dass sie in ihrem Heimatland verfolgt wurde, aber gerade die dänische Staatsbürgerschaft angenommen, die man nach acht bis neun Jahren Aufenthalt in Dänemark beantragen kann.«

»Ich dachte eigentlich, dass Schrebergärten zu dem Dänischsten gehören, was es gibt«, meinte Yazmin.

»Tun sie auch, aber immer mehr Migranten kaufen heutzutage Gartenhäuschen. Besonders in der Provinz, wo die Häuser billiger sind und es keine langen Wartelisten gibt, die von der älteren, einwandererskeptischen Generation verwaltet werden. Tatsächlich nutzen sie die Gärten, wie sie eigentlich gedacht waren, als sie Ende des 19. Jahrhunderts gegründet wurden, nämlich, um Obst und Gemüse für den Eigenbedarf anzubauen und nicht, wie die meisten Dänen, für grüne Rasenflächen und bunte Blumenbeete. Einige Migranten verkaufen ihre Ernte auf dem Markt und verdienen auf diese Weise Geld, um den Schrebergarten zu finanzieren. Außerdem ist es gut für die Integration, wenn die Einwanderer den Zusammenhalt verstehen, der erwartet wird. Aber sie fordern natürlich die dänische Kultur und Tradition heraus.« Kim hatte sich wieder gründlich über alle Hintergrunddetails informiert.

»Hast du sie erreicht?«, fragte Anker Dahl und wiederholte sich damit.

»Ich habe sie nicht telefonisch erreicht, aber ...« Kim schaute zu Isabella.

»Ja, ich habe versucht, sie zusammen mit Niels aufzusuchen«, sie deutete auf den Kollegen, als wüsste Anker Dahl nicht, wer Niels war. »Sie hat einen Laden in Hadsten, aber ein Schild an der Tür informierte, dass er bis übermorgen wegen Urlaubs geschlossen sei, und bei ihrer Privatadresse– ebenfalls in Hadsten- war auch niemand.«

»Vielleicht macht sie Urlaub in Tansania«, meinte Kim trocken.

»Aber es war ein etwas komischer Laden, konnten wir durch die Fenster sehen«, fügte Niels hinzu und runzelte besorgt die Stirn. »Da lagen kleine, weiße Tierschädel, Schmuck aus Knochen und verschiedenfarbigen Steinen. In den Regalen im Laden standen Kräutertöpfe und eine ganze Menge, von dem wir nicht sehen konnten, was es war.«

»Klingt nach Hexenkunst«, sagte Hafid.

»Was weißt du darüber?«, wollte Anker Dahl wissen.

»Nichts. Aber das würde die Körperteile in ihrem Garten erklären.«

Hafids Worte sorgten für ein paar Minuten Stille.

»Dann könnte diese Frau also etwas mit dem Mord an dem afrikanischen Albino-Baby zu tun haben«, stellte Anker Dahl fest. War sie dann auch diejenige, die Josefine und Emil entführt hatte? »Josefines Vater wurde heute Mittag freigelassen. Es gibt keine Beweise, dass er seine Tochter entführt hat, also müssen wir befürchten, dass es derselbe Täter ist. Gibt es hier etwas hinzuzufügen?«

»Den einzigen Zusammenhang, den ich zwischen Emil und Josefine gefunden habe ist, dass sie beide drei Monate alt sind und gerade getauft wurden – Josefine am Tag vor ihrer Entführung, Emil am gleichen Tag – und dass die Kindestaufe in beiden Fällen mit Foto in der Zeitung annonciert war.«

»Was ist mit dem Albino-Kind?«

»Was meinst du, Niels?«

»Ja, war es auch gerade getauft mit Foto in der Zeitung? Vielleicht werden die Kinder auf die Art ausgewählt.«

»Nein, über das Albino-Kind habe ich nichts gefunden.«

»Du hast erwähnt, dass die Körperteile im Schrebergarten erklärbar wären, wenn es um Hexenkunst ginge, Hafid. Was meintest du damit?«, fragte Anker Dahl, der eine Weile seinen eigenen Gedanken nachgehangen hatte. Er fürchtete bereits die Antwort.

»Vielleicht ist es ein Muti-Mord«, erwiderte Hafid.

»Muti-Mord?«

»Wisst ihr nicht, was das ist? Muti?«

Hafid sah in die Runde seiner Kollegen am Tisch. Nur Yazmin nickte.

»Das stammt von den Zulu und wird für Medizin oder Amulette verwendet, die aus menschlichen Körperteilen hergestellt werden. Die Albinos haben einen viel höheren Stellenwert für diese Art von Medizin, da sie für die Afrikaner mystische Wesen sind. Sie werden Zeru Zeru genannt, was Gespenst bedeutet. Es gibt auch eine gute Erklärung dafür, warum die toten Albinos immer einfach im Nichts verschwinden. Das liegt an den Medizinmännern, die die Medizin herstellen. Der Aberglaube besagt, dass man reich wird und Erfolg hat, wenn man ein Amulett aus Albino-Knochen oder Albino-Haut trägt, oder wenn man eine Mixtur aus Kräutern und Albino-Blut trinkt.«

»Das klingt wahnsinnig! Das kann doch nicht in Dänemark passieren!«

»Es ist schwer, sich von seiner Kultur loszureißen, Isabella. Hier in Dänemark haben wir Ärzte und an einigen Orten in Afrika haben sie Medizinmänner. Warum sollten sie sich nicht in Milieus wohlfühlen, wo Bedarf für sie ist? Viele Fremde trauen dem dänischen Gesundheitssystem nicht und glauben mehr an das, was sie gewohnt sind.«

»Das würde doch auffallen, wenn …«

»Was weißt du noch über die Muti-Morde?«, unterbrach Dahl, um zu vermeiden, dass die Diskussion in die falsche Richtung abdriftete.

»In Tansania weben die Fischer Albinohaare oder -haut ins Fischernetz, weil sie denken, dass so der Fang reicher wird. Es ist am besten, wenn die Opfer am Leben sind, wenn die Körperteile abgeschnitten werden, da man glaubt, dass die Schreie den Wert der Medizin und der Amulette erhöhen. Aber es werden sicher nur die Mörder reich. Die Leute bezahlen teuer für einen Knochen oder ein bisschen Haut und Haare. Ein getöteter Albino kann dem Lieferanten um die 200 000 Kronen einbringen. Ich weiß, dass ein

Lehrer in Tansania circa 1500 Kronen im Monat verdient, nur mal zum Vergleich. Der Handel mit Körperteilen geht über die Landesgrenzen hinweg.«

»Das ist vielleicht ein abscheulicher Handel«, sagte Niels mit belegter Stimme.

Anker Dahl schauderte. Wer konnte einem kleinen Kind so etwas antun? War es am Leben gewesen, als es passierte? Und wenn es nicht Emil oder Josefine war, wo waren sie? War es dieselbe geisteskranke Person, die sie entführt hatte?

»Wir müssen diesen Hexendoktor finden«, stellte er fest.

20

Die Suche nach den Beamten verlief ergebnislos. Keiner der Polizeibezirke hatte Hinweise gegeben.

Roland und Karina hatten eigenhändig untersuchen müssen, welche Beamte vor Kurzem aus Afghanistan zurückgekehrt waren. Tolle Zusammenarbeit mit der Kopenhagener Polizei, dachte Roland sarkastisch.Er hatte gerade seine, wie er annahm, letzte Tasse Kaffee für heute im Büro geholt und war auf dem Weg an seinen Platz, als Karina ihn zu sich rief.

»Ich glaube, wir haben ihn gefunden«, sagte sie begeistert.

Roland gefiel das *wir.* Er nahm einen Schluck Kaffee, während er über ihre Schulter das Foto betrachtete, das auf dem Computerbildschirm vergrößert war.

»Ja, das könnte er mit ein bisschen gutem Willen sein.«

»Gutem Willen?! Ich bin mir sicher, dass er es ist. Schau dir mal die Nase an und vergleich sie dann mit dem Bild hier von der Videoüberwachung.«

Sie nahm das Foto vom Tisch und hielt es ihm direkt vor die Augen, sodass er wegen seiner beginnenden Altersweitsichtigkeit den Kopf ein wenig zurückziehen musste, um es fokussieren zu können.

»Das ist er doch!«, behauptete sie.

Roland schaute von dem Bild zum Schirm und nickte. »Okay, das seh ich. Woher kommt das Bild?«

»Ich habe es zufällig gefunden, als ich nach Polizisten, die nach Green Village in Kabul entsandt wurden, gesucht habe.«

Sie zoomte raus, sodass Roland sehen konnte, dass der Beamte in der hintersten Reihe eines Gruppenbilds zusammen mit zwei anderen Beamten stand. Es war im Fachblatt *Dänische Polizei* veröffentlicht worden, das vom Polizeiverband herausgegeben wurde.

»Wann wurde das aufgenommen?«

»2010.«

»Okay. Was wissen wir über ihn?«

»Nicht besonders viel, es steht nichts über ihn im Artikel.«

»Aber er wird doch verflixt noch mal einen Namen haben? Was steht denn unter dem Bild?«

»Nummer drei von links … hier steht Elias Ali Hassan.«

»Geht aus irgendetwas hervor, dass er einer der zurückgekehrten Beamten ist?«

»Nee.« Karina schüttelte den Kopf und wandte den Blick wieder dem Bildschirm zu. »Wie es aussieht, ist er immer noch in Afghanistan, aber dann kann er sich ja nicht am Kopenhagener Hauptbahnhof aufhalten.«

»Wir müssen alles über Elias Ali Hassan ausgraben, was wir können«, stellte Roland fest, gerade als Mark Haldbjerg zurückkam und sich auf seinen Platz ihm gegenüber setzte.

»Habt ihr's schon gehört? Dass es eine neue Terrordrohung gibt?«, sagte er leicht atemlos.

»In Aarhus?«, fragte Karina besorgt.

»Ja, gegen Busse und das Aarhuser Stadion, wo heute Abend ein großes Konzert stattfindet.«

»Ja, AC/DC«, nickte Roland. Er hatte gerade gedacht, dass das ein ideales Terrorziel wäre mit so vielen Menschen in einer geschlossenen Arena.

»Ich hoffe echt, dass nicht noch weitere Beamte schießwütig werden«, murmelte Karina.

»Dann wurde des Konzert wohl abgesagt«, schlussfolgerte Roland.

»Nein, aber zusätzliche Männer eingesetzt.«

»Wo in aller Welt haben sie die hergeholt?«

»Die wurden wohl aus Kopenhagen nach Hause geholt«, schlug Karina mit ironischem Unterton vor.

»*TV2 Ostjütland* sendet live. Viktor Enevoldsen hat den Fernseher an, ihr könnt also einfach bei ihm reinschauen, wenn ihr es mitverfolgen wollt.«

»Wie lief es bei dir?«, erkundigte sich Roland.

Mark kam von der letzten Besprechung in der Ermittlung gegen Siljas Byskov zurück. Nun sollte der Staatsanwalt über sein Schicksal entscheiden. Roland erinnerte sich daran, als er selbst auf ein solches Urteil warten musste und wie schrecklich es war, wenn man keine Ahnung hatte, wo man stand.

Mark kratzte seinen neu gewachsenen roten Vollbart, der seinem Gesicht eine längliche Form verlieh und mit dem Kontrast zu der sparsamen, leberwurstfarbenen Haarpracht im Bürstenschnitt an einen Springaffen erinnerte, wie Roland ihn in einem Tierprogramm aus dem Regenwald im Amazonas gesehen hatte. Mark hatte das Phänomen mit dem roten Gen erklärt, das auf dem 16. Chromosom sitzt. Seine Großmutter väterlicherseits war rothaarig. Roland hatte selbstverständlich nichts von Springaffen gesagt.

»Ich weiß es wirklich nicht, Roland. Alle Zeugen sagen einstimmig, dass der Fahrer nicht bedrohlich wirkte und dass sie keinen Grund sahen, mit scharfer Munition zu schießen – schon gar nicht, zu töten. Siljas selbst sagt, er sei sich sicher, dass Abdul-Jabaar dabei war, einen Sprengstoffgürtel auszulösen, aber das Opfer trug keinen Gürtel.«

»Nein, die Bombe war ja im Feuerlöscher, aber das konnte Siljas wohl nicht wissen?«

»Nein, zu diesem Zeitpunkt hatte er keine Ahnung davon. Alle bezeichnen ihn als besonders fremdenfeindlich«, sagte Mark.

»Das macht ihn wohl nicht zum Mörder?«, kommentierte Karina von ihrem Computerbildschirm aus, hinter dem nur ihr Schopf hervorragte.

»In den sozialen Medien sind sie jedenfalls dabei, Schlussfolgerungen zu ziehen. In einem Beitrag, der übrigens 1650 Mal geteilt wurde, wird Siljas' Handlung mit dem verglichen, was in den USA passiert, wo weiße Beamte grundlos Schwarze töten.«

»Das kann man doch nicht vergleichen«, rief Karina. »Ich dachte eigentlich, Siljas wurde als Held ausgerufen.«

»Er hat ebenso viele Anhänger wie Gegner, das ist wohl fifty-fifty. Fakt ist, egal wie, die beiden Beamten, die den Bus angehalten haben, haben einen Terroranschlag verhindert. Der Fehler ist, dass Siljas geschossen und diesen Fahrer getötet hat. Ich bete, dass die Beamten, die jetzt im Stadion sind, aus dem Vorfall gelernt haben.«

»Ja, das war ein Fehler. Wenn der Fahrer am Leben wäre, wäre es einfacher, mit den Ermittlungen weiterzukommen. Das mit dem TATP gefüllten Handgranaten-Feuerlöscher klingt ja professionell«, meinte Karina.

»Habt ihr die beiden Beamten vom Kopenhagener Hauptbahnhof gefunden?«, fragte Mark.

Karina und Roland nickten.

»Vieles deutet darauf hin, dass einer von ihnen ein falscher Beamter ist. Man findet nichts über ihn. Aber wir haben gerade herausgefunden, wer der andere sein könnte. Wir sind dabei, Informationen über ihn zusammenzutragen«, sagte Karina.

»Wie habt ihr ihn gefunden?«

»Ein Tipp von einem Beamten zu Kollegen, die vom Dienst in Afghanistan zurückgekehrt sind, und außerdem die Videoüberwachung vom Hauptbahnhof.«

»Aus welchem Polizeibezirk kommt er?«

»Kopenhagener Polizei.«

»Wie heißt er?«

»Elias Ali Hassan. Kennst du ihn vielleicht?«, fragte Roland. Ihm war gerade eingefallen, dass Mark Haldbjerg Dienst in der Kopenhagener Polizeistation City geleistet hatte, bevor er bei der *DUP* angestellt wurde.

»Elias Ali Hassan. *Stäbchen*? Ja, an den erinnere mich gut.«

»Du kennst ihn also?«, rief Karina. Ihr ganzer Kopf kam hinter dem Schirm zum Vorschein. »Warum nennst du ihn Stäbchen?«

»Das war sein Spitzname unter Kollegen, weil er so dünn war und sich wie eine Stabschrecke tarnen, mit der Umgebung, in der er sich befand, verschmelzen konnte. Das machte ihn zu dem besten und am häufigsten eingesetzten Undercoveragenten der Kopenhagener Polizei. Er konnte sich anpassen, egal in welches Milieu er gesteckt wurde. Aber er kann es unmöglich sein.«

»Warum nicht?«

»Das Letzte, was ich über Stäbchen gehört habe war, dass er bei einem Bombenangriff in Kabul 2012 umkam.«

»Das kann nicht sein. Sieh mal«, widersprach Karina und winkte Mark an ihren Schreibtisch in der Ecke des Büros. »Erkennst du ihn wieder? Ist das – die Stabschrecke?«, fragte sie.

Karina zeigte ihm die Bilder von der Überwachungskamera am Kopenhagener Hauptbahnhof.

Er nickte. »Ja, das ist er ganz sicher. Dann ist er also nicht umgekommen, aber wieso …« Mark richtete sich zu seiner vollen Größe auf. »Hat Anker Dahl euch nicht erzählt, wer er ist?«

»Der Vizepolizeidirektor?«, fragte Roland überrascht.

»Ja. Er war doch Kriminalhauptkommissar bei der Kopenhagener Polizei und muss Elias' Chef gewesen sein.«

»Dann kennt Anker Dahl ihn also?!«

»Ganz sicher!«

»Ja, verdammt noch mal! Warum hat er dann nicht auf die Fahndung reagiert?«, regte Roland sich auf.

»Das Foto, was wir herumgeschickt haben, war ja nicht ganz deutlich, weil es von der Kameraüberwachung vergrößert wurde. Vielleicht konnte er nicht sehen, dass er es war«, schlug Karina vor.

21

Anne kramte in der Hosentasche nach ihrem Handy, während sie die Treppe herunterrannte.

Die Panik wuchs bei jedem Gedanken, dass Sabina bereits in einem Stadtbus zusammen mit ihren Freunden und diesem Jamaal auf dem Weg ins Stadion saß. Wer war das? Der Name klang nahöstlich. War er einer von *denen*? Normalerweise war sie vorurteilsfrei, aber im Moment waren die Gedanken nicht rational.

Als das Handy endlich in der engen Tasche vibrierte, ging sie ran, ohne zuerst nachzuschauen, wer es war.

»Hi, Anne. Wo bist du? Kannst du sprechen? Ich muss mit dir reden.«

»Ich kann gerade nicht, Nicolaj!« Die Panik stieg weiter. Hörte die Polizei bereits mit?

»Es geht um die Terrorsa…«

»Ich kann gerade wirklich nicht mit dir sprechen … ich erwarte einen wichtigen Anruf.«

»Aber das hier ist auch wichtig. Die Polizei hat …«

»Mein Telefon wird wahrscheinlich abgehört …«

»Abgehört? Von wem?«

»Tschüss, Nicolaj.« Sie beeilte sich, die Verbindung zu beenden.

»Shit, shit, shit«, fluchte sie den Rest des Weges die Treppe hinunter. Sie sah auf die Armbanduhr. Es war bald eine Stunde her, dass sie von ihrer Arbeit abgehauen war, um nachzusehen, ob Sabina zu Hause war. Es war längst Feierabend, aber der Chef hatte ja Überstunden angeordnet.

Sie hatte den Wasserturm im Randersvej erreicht, als das Handy wieder klingelte. Dieses Mal schaute sie aufs Display. Unterdrückte Nummer. Zögernd legte sie das Handy ans Ohr. »Hier ist Anne«, sagte sie neutral.

»Unsere Soldaten sind am Platz. Heute Abend wird Allahs Fluch die Ungläubigen treffen.«

Es war die verzerrte Stimme. Sie wusste immer noch nicht, ob das Telefon abgehört wurde. Jetzt hoffte sie es.

»Wo? In den Bussen? Im Stadion?«

»Du stellst immer zu viele Fragen. Ich habe erzählt, wo es passiert.«

»Nein, warten Sie! Wie passiert es …«

»Du hast gesehen, was in Kopenhagen passiert ist.«

»Ja, aber ist es in den Bussen, hallo …«

Anne realisierte, dass es keine Verbindung mehr gab. Ärgerlich hämmerte sie mit der Faust fest gegen das Lenkrad.

Ein paar Kollegen arbeiteten, als sie in die Redaktion kam. Ninna saß auf Annes Platz.

»Wo warst du? Der Chef ist stinksauer, weil du mit dem Telefon abgehauen bist.«

Anne warf den Rucksack auf den Boden neben das Tischbein und stellte sich vor Ninna mit einem vielsagenden »Weg da«-Blick. Ninna wich sofort vom Stuhl und setzte sich stattdessen auf Jyttes Platz.

»Ja, er hat das Telefon wohl mehr vermisst als mich, aber es ist immer noch mein Telefon, oder!«, schnaubte sie. »Wo ist er?«

Ninna zuckte die Schultern. »Vor einer halben Stunde ist er plötzlich zur Tür rausgeschossen.«

»Gibt's was Neues aus dem Stadion?«

»Jytte hat Rückmeldung gegeben, es sei alles ruhig. Die Konzertbesucher kommen in Scharen.«

»Ich muss dorthin, Ninna. Meine Schwester ist da.«

»Gott, du hast eine Schwester? Das wusste ich nicht.«

»Ist ja auch nur eine Stiefschwester, aber egal. Wir hätten heute Abend zusammen zu dem Konzert gehen sollen.«

»Lass uns hoffen, dass es falscher Alarm ist.«

»Ist es nicht. Er hat wieder angerufen!« »Der Terrorist? Was hat er gesagt?«, fragte Ninna aufgeregt.

»Dass Allahs Fluch heute Abend die Ungläubigen treffen wird.« Annes Hände zitterten, als sie sich nervös die Haare hinter die Ohren strich.

»Wann heute Abend?«

Anne zuckte die Schultern.

»Weiß die Polizei, dass er angerufen hat?«

»Falls sie mein Telefon abhören, wohl ja, aber wir müssen sie kontaktieren. Weißt du, wann er zurückkommt?« Sie wies in Richtung des Büros des Nachrichtenchefs.

Ninna schüttelte den Kopf. »Er hat nicht gesagt, wo er hingeht und wann er zurückkommt. Warum kontaktiert der Terrorist ausgerechnet dich, Anne?«

»Wir wissen ja nicht, ob der Anrufer ein Terrorist ist, aber er hat auf den Terroranschlag in Kopenhagen verwiesen.«

»Dann weiß er sicher auch, dass du für einen Fernsehsender arbeitest. Glaubst du nicht, er will, dass du die Leute warnst?«

»Ich weiß es nicht, Ninna. Wenn es das ist, was er will, sollte er doch verraten, wo und wie es passiert.«

»Ist es dann einfach, um Leute einzuschüchtern?« Ninna stellte weiter Fragen, die Anne nicht beantworten konnte.

Es war 17:58 Uhr. Jetzt erwartete Sabina sie am Stadioneingang. Sie schaute zu den Bildschirmen hoch, die an der Wand hingen und verschiedene Sendungen zeigten. Jytte war auf dem in der Mitte live aus dem Stadion zu sehen.

»Massives Polizeiaufgebot beim AC/DC-Konzert im *Ceres Park* & Arena heute Abend«, leitete sie ein. »Eine Terrorwarnung hat der Stimmung des lang erwarteten Konzerts einen Dämpfer verpasst, aber zur Freude der vielen Tausend Fans, die bereits erschienen sind, wollen weder die Band noch die Veranstalter absagen.«

Die Kamera schwenkte über die Menge von Konzertbesuchern, die draußen vor dem Stadion warteten. Anne versuchte, Sabina in der Menge zu entdecken. Normalerweise hob sie sich ab mit ihrem dunklen Goth-Look, aber Anne sah ein, dass es viele gab, die sich wie Teufel verkleidet hatten und sie ihre Schwester anhand der Kleidung nicht finden würde.

Dann wechselte das Bild zurück zu Jytte.

»Neben mir steht Dennis Harboe, einer der Veranstalter.«

Jytte wandte sich dem Mann zu, der die Sonnenbrille in die kurz geschnittenen Haare geschoben hatte und ein weißes, aufgeknöpftes Poloshirt trug.

»Warum sagen Sie das Konzert nicht ab, wenn es eine unmittelbare Terrordrohung gibt?«, fragte sie und hielt dem Konzertveranstalter das Mikrofon direkt unter die Nase.

»Wenn wir das tun, dann haben die ja gewonnen. Wir müssen der Polizei vertrauen, die ist zahlreich vor Ort, wie Sie sehen können, also wird das schon gehen.« Es gelang ihm sogar, überzeugend zu lächeln. Anne vermutete, dass er selbst die Biege machte, sobald das Interview vorbei war. So sah sein Blick aus.

Die Kamera zoomte einen Augenblick auf ein paar Fans, die mit Hörnern auf der Stirn verkleidet waren und schwarze T-Shirts mit AC/DC-Logo trugen. Sie posierten für die Kamera und machten beide das Teufelszeichen mit dem Zeigefinger und dem kleinen Finger. Sie schienen nicht zu wissen, dass es eine Todesdrohung gegen die Ungläubigen gab. Es war typisch Flash, dem Bericht so etwas hinzuzufügen. Ein neuer Kamerawinkel fand wieder Jytte mit den roten Haaren, die in der Sonne leuchteten wie eine Explosion.

»Im Augenblick sind Sprengstoffspürhunde dabei, das Stadion zu untersuchen, bevor die Leute hineingeschleust werden, und am Eingang werden besonders intensive Leibesvisitationen durchgeführt«, übernahm sie.

Gott sei Dank machen sie die Drohung öffentlich. Dann wird Sabina gewarnt und verlässt das Stadion, dachte Anne mit ein klein wenig Erleichterung.

Jytte schnappte sich nun einen der Besucher, der anscheinend schon jahrelang ein großer AC/DC-Fan war. Er war sicher um die sechzig.

»Erschreckt es Sie nicht, dass es eine Terrordrohung gibt?«, fragte sie, nachdem er erzählt hatte, dass er ein Fan der Band war, seit sie gegründet worden war und sie mittlerweile bei Konzerten in ungefähr fünfzehn Ländern erlebt hatte.

»Ich gehe für diese Band durch Feuer und Wasser«, behauptete er rührselig mit Tränen in den Augen und klang, als wäre da drinnen mehr als eine Schraube locker, was ihn gegen die Realität abstumpfte. Heute Abend gab es vielleicht die Möglichkeit, sein hingebungsvolles Versprechen zu testen.

Jytte sprach mit einigen weiteren Gästen. Ein Ehepaar mittleren Alters war auf dem Weg weg vom Stadion. Sie wollten nicht an einem Ort sein, an dem ein Terrorrisiko bestand. Sie waren mit dem Bus von Fünen gekommen und hatten erst in den Nachrichten im Radio von der Terrordrohung gehört, als sie schon Aarhus erreicht hatten. Aber die Stimmung im Bus war gut gewesen und der Fahrer sollte nicht umdrehen, wie er vorgeschlagen hatte.

»Die *Ostjütländische Polizei* hat die Präsenz in der Umgebung verstärkt«, fuhr Jytte fort und Flash folgte, indem er eine Gruppe Beamter mit Maschinenpistolen auf dem Weg zum Stadion filmte und die Reihe dunkelblauer Mannschaftswagen im Hintergrund. Anschließend filmte er wieder die Schlange von Konzertbesuchern und da war sie. Sabina. Sie stand an der Absperrung, kurz davor, kontrolliert zu werden, schaute auf ihre Uhr und sah sich danach suchend um. Sabina wartete auf sie. Anne nahm ihre Jacke und ihren Rucksack. Anscheinend bemerkte niemand, dass sie die Treppe hinuntereilte.

Es dauerte fast eine halbe Stunde, zu dem abgesperrten Stadtteil um *Ceres Park & Arena* zu kommen, wo es keine Zufahrt für Autos gab. Sie parkte verbotenerweise auf der Südlichen Ringstraße und lief den letzten Kilometer, bis die mehr oder weniger laut grölende und betrunkene Menschenmenge sie auf dem Parkplatz vor dem Stadion stoppte, der zu einem sogenannten Vorbereich eingerichtet und seit 14:00 Uhr geöffnet war. Livemusik spielte und mehrere standen Schlange an den aufgestellten Bier- und Imbissbuden. Anne hoffte, dass sich Sabina immer noch im Vorbereich befand.

Sie zuckte zusammen, als sie plötzlich mit einem Finger fest in den Rücken gepikt wurde. Erschrocken drehte sie sich um; da stand Sabina und lächelte breit.

»Na da bist du ja endlich, Ann«, sagte sie.

»Sabina, Gott sei Dank. Wir müssen jetzt weg. Du hast es gehört, oder?«

»Die Terrordrohung? Ja, hab ich gehört. Spannend. Ich habe auch verschiedene Dinge beobachtet«, sagte Sabina, immer noch lächelnd.

»Das hier ist kein Spiel«, wies Anne sie irritiert zurecht und packte sie am Arm, um sie wegzuführen. »Das ist todernst.«

Sabina riss sich los. »Au! Das weiß ich doch selber, Ann. Aber als Journalist kommt man nicht um so etwas herum, oder? Wir müssen von der Front berichten, wie du es in Kopenhagen gemacht hast.«

Anne vergaß ständig, dass Sabina auf die Journalistenschule ging und dort die Ausbildung erhielt, die sie selbst nicht hatte. Sie war nicht für Schulbänke geschaffen und war Autodidakt bei einer linksorientierten Nørrebro-Zeitung damals 1993 beim Protest gegen die Unionsabstimmung gewesen. Es hatte Anne verblüfft, dass Sabina diesen Weg einschlagen wollte. Erst dachte sie, ihre Stiefschwester wollte Journalistin werden, um in ihre Fußstapfen zu treten und würde schnell aufgeben, wenn sie auf die Journalistenschule kam und herausfände, wie viel sie lernen sollte – falls sie aufgenommen wurde. Aber so war es nicht gekommen. Sie *wurde* aufgenommen und ging darin auf in einem Ausmaß, das Anne sich nie vorgestellt hätte.

»Sprich nicht darüber. Aber all right, Sabina, eine professionelle Journalistin vergisst auch nie ihr Handy zu Hause.«

»I know, das war auch ein Fehler, es ging so schnell. Jamaal hat mich abgeholt, und …«

»Wer ist dieser Jamaal eigentlich?«, unterbrach Anne.

»Nur der Bruder von einer aus der Schule. Er ist total okay, also ganz ruhig, Ann.«

»Wo ist er jetzt?«

»Er wollte heim wegen der Drohung.« Sabina zuckte bedauernd die Schultern.

»Da kannst du's sehen. Wir sollten jetzt auch gehen, Sabina.«

»Jamaal *musste* nach Hause. Einige fingen an, ihn schief anzugucken, er kann nicht verbergen, dass er – fremd ist. Vielleicht ist das mit dieser Terrordrohung nur falscher Alarm.«

»Ist es nicht, das weiß ich.«

»Du bist vielleicht wegen deiner Arbeit hier?«

»Nein, das ist Jyttes Auftrag«, sagte Anne. Sie klang bitterer als beabsichtigt.

»Vielleicht sollte ich dann ihr erzählen, was ich bemerkt habe.«

»Was hast du denn bemerkt?«

»Mehrere Dinge. Ich habe die Polizei im Auge behalten. Sie kamen in Gruppen mit Maschinenpistolen und dem Ganzen, aber der da drüben arbeitet wie für sich selbst. Guck mal, er steht nur da, als ob er auf jemanden wartet.«

Sabina deutete nicht, aber Anne folgte der Richtung ihres Blicks und diskreten Nickens.

Es dauerte einen Moment, bis sie ihn in der Menge ausmachte. Er stand abseits der anderen Beamten. Das Gesicht war halb unter dem Schatten der Mütze verborgen, exakt wie beim Hauptbahnhof in Kopenhagen. Er hob den Arm und schaute auf die Uhr, und jetzt hatte Anne keinen Zweifel mehr. Er war es. Man konnte die Narbe auf der Hand erahnen.

»Das bedeutet sicher nichts. Fahr nach Hause, Sabina. Ich komme gleich.«

»Nein, Anne. Das erlaub ich dir nicht. Wir haben vor Ewigkeiten Tickets für dieses Konzert gekauft und ich will dabei sein, falls etwas passiert!«

»Es wird etwas passieren, Sabina! Und wenn es passiert, sollte keiner von uns hier sein. Du fährst jetzt nach Hause!«

Sie schilderte, wo sie das Auto geparkt hatte.

»Wie kommst *du* dann nach Hause?«

»Ich finde schon nach Hause, keine Sorge. Sieh zu, dass du loskommst.«

Anne sah lange dem Rücken ihrer Stiefschwester nach, als diese widerwillig gehorchte.

Danach beobachtete sie den Beamten, der immer noch an der gleichen Stelle stand. Er wartete ganz sicher auf irgendetwas. Letztes Mal war seine Aufgabe gewesen, so viele wie möglich mit in die Busse zu schicken, in denen die Bomben deponiert waren. Was war dieses Mal seine Aufgabe?

Sie sah sich nach Jytte und Flash um, aber sie waren nicht zu sehen. Konnte sie den anderen Beamten vertrauen?

Dann holte sie ihr Handy raus und fand Roland Benitos Nummer.

22

Nein, es sei nicht möglich, Vizepolizeidirektor Anker Dahl zu sprechen. Sie wüssten wohl, dass er sich um eine Terrordrohung und einen grausamen Kindesmord kümmern musste, sagte der Diensthabende tadelnd, als Karina Ottesen im Polizeipräsidium anrief.

»Wo ist das Wohlwollen der Polizei?«, knurrte sie und knallte den Hörer auf.

»Wir erreichen ihn später, Karina.«

»Ja, aber was verbirgt Anker Dahl, da er uns nicht erzählt hat, dass er den Beamten kennt?«

»Vielleicht liegt das an dem unscharfen Bild, wie du schon meintest. Oder vielleicht irren wir uns. Die Reichspolizei hat auch gerade bestätigt, dass Elias Ali Hassan 2012 in Afghanistan gestorben ist«, sagte Roland. »Er muss doch irgendwo Verwandte haben, mit denen wir sprechen können.«

»Niemand, den ich ausfindig machen konnte. Offenbar lebt er ein sehr verborgenes Leben. Das tun Undercoveragenten wohl generell.«

Roland nickte und sah ein, dass der Feierabend wohl nicht gleich beginnen konnte. Oder doch?

Viktor Enevoldsen stand plötzlich mit einem panischen Ausdruck in den Augen in der Türöffnung.

»Ich fahre nach Hause. Bente hat gerade angerufen. Sie kann ihren Sohn nicht erreichen, er ist zum Konzert gefahren. Es ist auch schon spät, daher fahrt einfach heim zu euren Familien. Eine Terrordrohung ist eine völlige Ausnahmesituation«, sagte er.

Mark brauchte nicht lange, um aufzustehen und seine Jacke und Tasche zu nehmen. Er konnte ohnehin nichts mehr im Fall von Siljas Byskov tun. Nichts anderes, als auf die Entscheidung des Staatsanwalts zu warten, und das konnte dauern.

Roland sah Karina an, die auf den Tisch starrte und tat, als ob sie irgendetwas las. Der Befehl hatte sie deutlich getroffen. Es gab keine Familie, zu der sie nach Hause fahren und die sie beschützen konnte oder von der sie während einer Terrorwarnung – oder anderen Ausnahmesituationen – beschützt werden konnte. Sie tat Roland leid. Aber so war das in Scheidungsfamilien. Der Chef lebte auch in einer Patchworkfamilie. Bente hatte einen halbwüchsigen Sohn aus einer früheren Ehe, der offenbar zu dem Konzert gefahren war, und zusammen hatten sie zwei kleine Jungs.

»Wir werden ihn wohl morgen finden, Karina. Komm, wir fahren nach Hause«, forderte er sie auf, als sie sitzen blieb.

»Ich mache das hier gerade noch fertig. Geh ruhig, Roland.« Sie schaute zu ihm hoch und lächelte, aber die Augen lächelten nicht.

»Okay. Dann bis morgen.«

»Wenn alles gut geht«, entgegnete sie.

Roland nickte. »Wenn alles gut geht.«

Ihm fiel auf, dass die Stadt nicht wie eine Stadt wirkte, die von einer Terrordrohung erschüttert wurde. Das Leben an einem späten Sommernachmittag war fast wie immer. So sollte es wohl auch sein, wenn man nicht den Kriegstanz der Terroristen tanzen will. Er spürte eine prickelnde Unruhe und rief Irene an.

»Ist alles okay? Du hast von der Drohung gehört, nicht? Du fährst nicht Bus, oder?«

Irene antwortete, dass sie nicht Bus führe und im Übrigen allen Transport ihm überließe und dass man nicht umhinkäme, von Terror zu hören, wenn man das Radio oder den Fernseher anschaltete. Glücklicherweise waren weder Rikke noch Marianna beim Konzert, sodass alles in Ordnung war – das war nun sicher nicht gerade ihr Musikgeschmack. Alle drei Jungs waren ebenfalls zu Hause und spielten Computer in ihren Zimmern, aber sie war sehr froh, dass er auf dem Heimweg war.

Roland fühlte sich nun etwas ruhiger und versprach, bald zu Hause zu sein und Brot vom Bäcker mitzubringen, worum sie ihn gebeten hatte. Die Jungen aßen gut.

Er hatte das Stoppschild und die Absperrung bei der Dalgas Avenue erreicht, als ein Anruf einging. Er hatte völlig vergessen, dass der Strandvej und Marselis Boulevard wegen des Konzerts gesperrt werden würden. Er ließ das Telefon klingeln und fand auf verschnörkelten Wegen eine Route nach Højbjerg. Er war irgendwo in der Rosenvangs Allé angekommen und stand an einer neuen Absperrung, als das Telefon erneut klingelte. Er drückte auf den Gesprächsknopf der Bluetooth-Freisprechanlage.

»Benito hier«, teilte er mit.

»Anne Larsen hier. Gut, dass du rangehst, Roland. Ich habe euren Mann gefunden«, sagte sie ohne Umschweife.

Er fuhr rechts ran und hielt.

»Was sagst du? Wo?«

»Er ist jetzt im Stadion, ich kann ihn gerade ganz gut sehen.«

»Bist du dir ganz sicher, dass er es ist, Anne?«

»Könnte nicht sicherer sein. Er *ist* es. Wo bist du?«

»Ehrlich gesagt habe ich keine Ahnung.« Er schaute sich um. Er störte sicher niemanden, wenn er hier parkte.

»Es gibt einen Vorbereich, direkt wenn du auf den Parkplatz zum *Ceres Park* kommst. Buden mit Essen und Bier. Du kannst sie nicht verfehlen. Ich stehe an der Schleuse, wo sie die Konzertbesucher kontrollieren, bevor sie ins Stadion kommen.«

»Ist er auch da?«

»Ja, er steht am Eingang. Als Beamter verkleidet.«

»Er ist Beamter, Anne. Ich bin unterwegs.«

Roland orientierte sich und meinte jetzt einigermaßen zu wissen, wo er sich befand. Viele Jahre Streife hatten ihm eine gewisse Kenntnis der Seitenstraßen der Stadt verschafft. Es war knapp ein Kilometer bis zur Stadion Allé Er quetschte sich zwischen der Absperrung durch und lief los. Er erinnerte sich wieder an seinen Vorsatz, mit dem Trainieren anzufangen. Einen Augenblick lang dachte er darüber nach, Karina anzurufen, aber es konnte lange dauern, bis sie durch all die Straßensperren fände. Sie kam aus Thyborøn und war nie in Aarhus Streife gefahren.

Er fand einen Pfad um die Aarhuser Eisenbahn herum und nach circa sechsminütigem Lauf war er am Stadion angekommen. Das Hemd klebte an seinem Rücken und er schnappte nach Luft. Er stand einen Augenblick da mit den Händen auf den Knien und ruhte aus, während er die Menschen betrachtete, die Schlange standen, um ins Konzert zu kommen. Nicht alle hatten sich damit begnügt, Limonade zu trinken, das sah er deutlich. Es roch nach Bier und Schweinebraten von den Imbissbuden.

Roland richtete sich auf und hielt nach Anne Ausschau. Er bahnte sich den Weg durch die Schlange nach vorn und fand sie endlich.

»Bist du bis hierher gelaufen?«, fragte sie amüsiert, als sie ihn erblickte.

»Die halbe Stadt ist abgesperrt. Wo ist er?«

»Er steht immer noch am Eingang. Er hat ein paarmal auf seine Uhr geschaut und wirkt allmählich ziemlich nervös.«

Roland entdeckte den einsamen Beamten und sah sofort die Ähnlichkeit zu dem Bild auf Karinas Computerbildschirm. Jetzt war er sich auch ganz sicher, dass er es war. Der Beamte, der am Kopenhagener Hauptbahnhof zusammen mit dem falschen Beamten gestanden und kalt und zynisch die Leute in die Busse geleitet hatte, von denen er wahrscheinlich ganz genau wusste, dass es Todesbusse waren, wie die Presse sie gerne nannte. Roland stand weniger als sieben Meter von dem Beamten entfernt, den sie die letzten Tage gesucht hatten.

»Da!«, sagte Anne und griff Roland am Arm.

Männer in Jacken mit Ceres-Logo, die Stahlwagen mit Bierfässern schoben, hielten bei dem Beamten an.

»Was wird er jetzt wohl tun?«, flüsterte Anne Roland ins Ohr, als sie sich vorbeugte, um besser sehen zu können.

Roland verfolgte die Ceres-Leute ebenfalls mit seinen Augen.

»Gibt es im Stadion Fassbieranlagen?«, fragte er.

»Auf jeden Fall gibt es da drinnen mehrere Bars.«

Roland spürte die berüchtigten Ameisen im Nacken kribbeln, als Elias Ali Hassan den Leuten zunickte und sie zu einer Tür neben dem Eingang dirigierte. War das Fassbier in den Behältern, oder ...?

»Ich habe mehrfach versucht, Anker Dahl anzurufen, ihn aber nicht erreicht«, sagte Anne. »Was denkst du?«

»Ich denke, wenn sie TATP in Feuerlöscher füllen können ...«

»... dann auch in Bierfässer«, vollendete Anne den Satz und sah entsetzt zu den Männern mit den Fässern hinüber. Aber sie sagte nichts.

Roland wandte sich an einen der Beamten in der Nähe. Er sah wie jemand aus, der einfach bei einem ganz normalen Fußballspiel auf Streife war. Roland stellte sich vor.

»Wir brauchen Verstärkung. Der Beamte am Eingang muss aufgehalten werden. Die Fässer müssen untersucht werden. Holt die Sprengstoffexperten!«

»Aufgehalten? Wieso?«

»Wir haben nach diesem Beamten gesucht. Er hat wahrscheinlich etwas mit den Terroranschlägen zu tun. Es eilt!«, antwortete Roland und kämpfte damit, seine Aufregung zurückzuhalten.

»Ich muss das Polizeipräsidium kontaktieren, bevor ich ...«

Der Beamte drehte ihm den Rücken zu, um einen Anruf zu tätigen, gleichzeitig sah Roland Elias Ali Hassan zusammen mit den Männern und den Fässern im Stadion verschwinden. Anne war auf dem Weg ihm nach.

»Verdammt!« Er schnappte sich den Beamten. »Holen Sie so viele wie möglich her. Sofort!«, befahl er erhitzt und lief Anne hinterher.

Sie wurde von der Sicherheitskontrolle aufgehalten, wo sie durchgecheckt wurde. Anne protestierte und sagte, sie sei von *TV2 Ostjütland,* aber die Security-Leute antworteten nicht mal. Roland zeigte seinen Dienstausweis mit dem einigermaßen ähnlich aussehenden Foto, als er an der Reihe war, musste sich aber dennoch ebenfalls damit abfinden, abgetastet zu werden, bevor er eingelassen wurde. Er hob gehorsam die Arme und spreizte die Beine, damit die Security auch seine Hosenbeine überprüfen konnte. Er kannte das Prozedere, auch wenn er normalerweise derjenige war, der abtastete.

Anne wartete ungeduldig auf ihn.

»Und dann lassen die einfach ohne Weiteres einen Terroristen direkt rein«, knurrte Anne.

»Er ist ja ein Polizeibeamter. Jetzt müssen wir ihn finden.«

Aber das war leichter gesagt als getan. Es wimmelte von Beamten in Uniform, und es war unmöglich zu sehen, ob einer von ihnen Elias Ali Hassan war. Die Stabschrecke, die sich an egal welches Milieu, in das sie gesteckt wurde, anpasste, wie Mark ihn beschrieben hatte. Roland sah sich nach den Männern mit den Fässern um, aber auch die waren in der Menge verschwunden.

»Glaubst du wirklich, die werden die Fässer als Bomben benutzen?«, fragte Anne ganz dicht neben ihm.

»Ich befürchte das Schlimmste.«

Roland sah zu der riesigen, halbrunden Bühne. Er hatte in der Zeitung gelesen, dass es fünf Tage und 250 Männer gebraucht hatte, sie aufzubauen. Die Terrorgedanken in seinem Kopf ließen ihn spekulieren, wer diese Männer, die daran gearbeitet hatten, wohl waren? Er entdeckte etwas.

»Auf der Bühne stehen Kanonen. Wofür sind die?«, fragte er Anne, die immer noch dicht neben ihm stand, wozu die Menschenmenge sie zwang. Von allen Seiten wurde gedrängelt und geschubst, um die besten Plätze auf dem Rasen zu finden.

»Die feuern sie am Ende des Konzerts ab.«

»Sie feuern sie ab? Also ganz wortwörtlich?«

»Ja, wortwörtlich. Sie spielen *For Those About to Rock – We Salute You* und dann feuern sie 12 Kanonenschüsse ab.«

Du meine Güte, dachte Roland, warum haben sie dieses Konzert nicht abgesagt! Dann erblickte er den Beamten, mit dem er zuvor gesprochen hatte.

»Wieso haben Sie ihn nicht aufgehalten? Jetzt ist er verschwunden.«

»Ich habe die Order erhalten, nicht einzugreifen«, entgegnete der Beamte, der groß war und auf Roland herabsah. Sicher in mehrfacher Hinsicht.

»Wer hat diese Order gegeben?«, fragte Roland wütend.

»Vizepolizeidirektor Anker Dahl.«

23

Anker Dahl beendete das Telefonat mit Liam Eklund, der berichten konnte, dass sie mithilfe der Überwachungskamera im Bus und Zeugen die Frau mit dem Buggy ausfindig gemacht hatten, die mit der gesuchten muslimischen Frau im Stadtbus gesprochen hatte. Sonja Belinda hieß sie. Das schwarze Kleid der Frau hatte in einem der Räder des Buggys festgeklemmt, als sie aussteigen wollte. Sonja Belinda hatte ihr geholfen, den Stoff zu befreien. Ein fieser Rockertyp hatte die muslimische Frau anschließend geschubst und angepöbelt und sie war hinausgeeilt. Aufgrund des Niqabs konnte sie sie nicht beschreiben. Sie erinnerte sich jedoch deutlich an ihre Augen, die sehr hübsch waren, wie die eines Damhirsches. Sie waren dunkelbraun, hatten aber wie eine schwache türkisblaue Sonne um die Pupille herum, als ob die Iris eigentlich türkisblau hätte werden sollen, sich dann jedoch entschieden hatte, braun zu werden. Sonja Belinda war sich sicher, dass sie diese Augen wiedererkennen würde, wenn sie sie noch einmal sah. Aber das nutzte ihnen im Moment ja nichts.

Er war allein in seinem Büro und überlegte, nach Hause zu Ann-Marie und Robin zu fahren, als der Beamte aus dem Stadion anrief. Die Meldung war etwas unklar, aber er verstand so viel, dass ein Ermittler von der Polizeibehörde aufgetaucht war und wollte, dass ein Beamter aufgehalten wurde. Der Ermittler sagte, sie hätten den Beamten lange gesucht und nun hielte er sich im Stadion auf.

Anker Dahl brauchte nur wenige Sekunden um sich auszurechnen, wer der Ermittler und der Beamte sein konnten.

»Sie machen gar nichts. Ich bin unterwegs«, wies er an und schnappte seine Jacke, bevor er aufgelegt hatte.

Der Plan war eigentlich nicht gewesen, zum Stadion zu fahren. Wie der Polizeipräsident gesagt hatte, musste er den Experten und dem *PET* vertrauen, aber er musste Elias Ali Hassan erwischen, bevor Roland Benito es tat.

Indem er seine Polizeimarke zeigte und erklärte, dass es eilte, kam er schnell und völlig problemlos bis zum Stadion durch. Ein Vizepolizeidirektor war willkommen, wenn es eine Terrordrohung gab.

Aber wo war Elias Ali Hassan in diesem Wirrwarr aus Menschen, die ihm im Stadion begegneten? Bereits nach wenigen Sekunden bereute er, dass er gekommen war. Glücklicherweise kam sofort einer der Beamten zu ihm, als hätte er ihn erwartet.

»Ich habe angerufen«, erklärte er. »Der Beamte, nach dem die Polizeibehörde sucht, ist offenbar verschwunden, aber wir haben ja auch Besseres zu tun, als unsere eigenen Leute zu jagen.«

»In welche Richtung ist er gegangen?«

Der Beamte deutete.

»Er hat Leute eskortiert, die neuen Fassbier-Nachschub geliefert haben, wie es aussah.«

Anker Dahl strebte die erste Bar an und spähte die ganze Zeit nach Elias und Benito, aber keiner von beiden war zu sehen.

»Wie viele Bars gibt es auf dem Konzertgelände?«, fragte er den jungen Mann mit roten Hörnern auf der Stirn, der hinter dem Tresen stand.

»Zehn. Aber wir servieren hier nur Fassbier und Quellwasser. Wenn Sie was anderes haben wollen, müssen Sie es aus dem Vorbereich mit reinnehmen. Sie können auch zu einer der Bars hinten beim Stadion gehen, die haben das volle Sortiment.«

Anker Dahl zeigte seinen Ausweis und der Teufel bekam kurz einen merkwürdigen Gesichtsausdruck.

»Es ist doch wohl nichts passiert? Ich bin ja doch ein bisschen nervös wegen dieser Terrordrohung, aber ...«

»Haben Sie gerade neuen Fassbier-Nachschub bekommen?«, unterbrach Anker Dahl.

»Ja, ist nicht lang her, ich hab das hier reinbekommen.« Er deutete auf ein Fass unter einem Tisch.

»War ein Beamter dabei?«

»Das habe ich nicht gesehen.«

Sie wurden von einer Gruppe grölender Jugendlicher unterbrochen, ebenfalls mit Hörnern auf der Stirn, die Fassbier haben wollten, und Anker Dahl quetschte sich weiter nach vorn.

Was hatte Elias Ali Hassan mit Bierfässern zu tun? Dann dämmerte es ihm. Der Schweiß rann ihm die Stirn hinunter und er wischte ihn mit den Fingerspitzen weg. TATP in Fässern in zehn Bars rundherum auf dem Konzertgelände verteilt. Der erste Gedanke war, so schnell wie möglich wegzukommen und jemanden diese Fässer untersuchen zu lassen, aber dann entdeckte er die nächste Bar nicht weit von der ersten, wo ein Beamter mit dem Rücken zu ihm stand. Als er den Kopf drehte, sah er ihn im Profil. Anker Dahl erkannte ihn sofort, obwohl die Mütze weit in die Stirn gezogen war. Es war mittlerweile einige Jahre her, dass er Elias gesehen hatte, aber das schmale, hohlwangige Gesicht mit der Adlernase und den tiefliegenden Augen hatte sich nicht verändert. Er war der Typ, der sein ganzes Leben lang gleich aussehen würde.

»Elias!«, rief er, und es bestand kein Zweifel, dass Elias ihn ebenfalls sofort wiedererkannte. Er verschwand eilig in dem bunten Haufen aus eifrigen Konzertbesuchern und anderen uniformierten Beamten.

Anker Dahl lief schnell in die gleiche Richtung, aber Elias war darauf trainiert, sich zu verstecken. Er wusste, dass man nicht in eine Gruppe laufen sollte, wenn man auf der Flucht war. Er war Experte darin, eins mit der Menge zu werden. Trotzdem erspähte Dahl ihn auf dem Weg die Treppe zur Tribüne hoch beim Behinderteneingang. Er lief ihm nach und schubste die zur Seite, die im Weg standen. Elias lief nun die Treppe zur Untertribüne hinunter. Anker Dahl folgte schnell auf der Zementtreppe. Hier hallten die Geräusche der vielen Konzertgäste wider. Er konnte durch den Stahlzaun draußen einige blaue und rostrote Container und die Bäume um das Stadion sehen, das an die Jütländische Rennbahn grenzte.

Gerade, als er unten an der Treppe angekommen war, spürte er die Gefahr.

Elias Ali Hassan trat hinter einer Säule hervor. Er hatte eine Pistole in der Hand. Anker Dahl beobachtete, dass Elias sich bei der Flucht das Bein angeschlagen haben musste, weil er sich kaum darauf stützten konnte. Er hatte ein Loch in der Hose am rechten Knie, wo eine offene Wunde blutete.

»Verschwinde lieber, Dahl. Lass mich in Ruhe und hau ab.«

»Du siehst krank aus, Elias. Du schwitzt ja wie ein Schwein. Glaubst du wirklich, du kommst hier heil raus?«

Elias Ali Hassan schaute auf sein Knie und schüttelte den Kopf. Er lächelte. »Nein, aber das macht auch nichts. Ich werde ein Held, das weißt du sicher?«

»Hast du eine Gehirnwäsche erhalten, oder …?«

Elias richtete die Pistole auf ihn.

»Wer sollte hier von Gehirnwäsche reden, Dahl? Wer hat mich denn als Agent in das muslimische Milieu gesteckt?«

»Du hast dich selbst dafür entschieden, Elias. Du warst unser bester Undercoveragent. Ich hatte auch den Eindruck, dass du deinen Job geliebt hast.«

Elias zwang ein schnaubendes Lachen hervor.

»Meinen Job geliebt! Wenn man erst in der Patsche sitzt, gibt es keinen Weg zurück. Wie, glaubst du, ist es, die ganze Zeit aufpassen zu müssen, seine Identität nicht zu verraten? Zu wissen, dass du des Todes bist, falls es passiert?«

Anker Dahl antwortete nicht, obwohl er es sich leicht vorstellen konnte.

»Aber nein, ich wurde keiner Gehirnwäsche unterzogen, ich habe nur gesehen, was vor sich geht. Ich teile das Blut mit den Leuten, die ihr verfolgt und denen ihr die Schuld für alles Böse gebt. Wenn du wüsstest, was ich in Afghanistan erlebt habe!« Er wischte sich mit der Hand, die die Pistole hielt, den Schweiß von der Stirn. »Ich verstehe, dass vieles von dem, was passiert, nicht an die Öffentlichkeit gelangt. Wir verteidigen nur unser Recht, hier mit unserem Glauben und unseren Traditionen zu leben in einem demokratischen Land mit Meinungs- und Religionsfreiheit. Ihr stoßt uns aus und nehmt uns unser Recht so zu leben, wie wir wollen. Und das nennt ihr Freiheit?«

»Was heißt hier *wir*? Du klingst ja wie ein echter Dschihad-Krieger, Elias. Ich weiß, dass du in Afghanistan fürchterliche Dinge gesehen und erlebt hast. Das, was du durchgemacht hast, ist … Selbstverständlich findest du, dass wir dich damals im Stich gelassen haben.«

»Im Stich gelassen – damals?! Das habt ihr die ganze Zeit gemacht, von Anfang an. Mein Leben bedeutete nichts für euch, Hauptsache ich habe die Leute erwischt, die zu bekämpfen ihr nicht die Eier hattet.«

»Du bist doch ganz freiwillig in das Milieu gegangen nach dem 11. September um aufzuklären, ob die Amerikaner recht damit hatten, dass sich dort Terroristen verbargen, die Anschläge auf Europa planten.«

»Über diese Episode sollten wir lieber nicht so laut reden, oder, Dahl? Du bist Vizepolizeidirektor geworden, habe ich gehört. Warum bist du aus Kopenhagen weggegangen? Ach ja, da konntest du ja nicht aufsteigen, stimmt's? Du bist genauso heuchlerisch wie dein krimineller Vater. Eine Familie korrupter Polizisten. Hat er's schön gemütlich im Staatsgefängnis?«

»Sprich nicht über meinen Vater«, rief Anker Dahl erzürnt.

Die Stimmung im Stadion war gestiegen. Lärm drang von der Tribüne herüber.

Elias Ali Hassan krümmte sich plötzlich zusammen und hielt sich mit schmerzverzerrtem Gesicht das Knie.

Anker Dahl war sofort über ihm und packte sein Handgelenk. Er schüttelte es, um ihn dazu zu bringen, die Pistole loszulassen. Aber er ließ nicht los. Anker Dahl presste ihn mit seinem ganzen Gewicht gegen die Betonsäule, legte seinen Oberarm um seinen Hals und drückte zu. Er spürte Elias' gestählte Muskeln und dachte, dass er das hier nicht schaffen würde. Er war nicht stark genug, einen durchtrainierten Ermittler zu überwältigen, der in Afghanistan gedient und die schrecklichsten Dinge überlebt hatte, aber der Schmerz im Bein schien Elias die Kraft zu rauben. Anker Dahl verdrehte seinen Arm und bekam die Pistole zu fassen.

Plötzlich gab es einen Knall, der im Beton hallte und ein Echo gab. Alle im Stadion mussten ihn gehört haben. Aber als sich das Echo legte, ging ihm auf, dass der Lärm im Stadion so laut war, dass ein Schuss unmöglich durchdringen konnte.

Elias' Hand lockerte langsam den Griff um die Pistole. Er sank zu Anker Dahls Füßen zusammen. Anker Dahl starrte auf die Pistole in seiner Hand, die so sehr zitterte, dass er sie kaum halten konnte.

»Lassen Sie die Waffe fallen, Dahl«, ertönte eine gebieterische Stimme über ihm.

Er schaute die Treppe hoch.

Dort stand Roland Benito.

24

Jetzt war Benito auch noch verschwunden.

Anne spürte, wie die Panik ihr die Kehle zuschnürte. Sie konnte kaum atmen. Wann würde es passieren? War es nicht am wahrscheinlichsten, dass sie bis zum Konzert warteten, wenn alle in dieser Todesarena, in der sie sich gerade befand, dicht zusammengepfercht waren? Waren es die Bierfässer, die Tod und Zerstörung bringen würden? Und wo zum Teufel war Benito abgeblieben? Sie schaute sich um und entdeckte ein anderes bekanntes Gesicht. Natürlich setzte auch er sein Leben aufs Spiel, um mitten im Geschehen zu sein.

»Nicolaj!«, rief sie und winkte.

Er sah sie und bahnte sich einen Weg durchs Gedränge.

»Du auch hier?« Er klang nicht besonders überrascht. »Hast du ein blondes Mädchen um die zwanzig mit Hörnern auf der Stirn gesehen?«

»Viele!«

»Wo? Vielleicht ist es Natalies Schwester. Natalie ist ganz außer sich, weil wir hier im Stadion sind. Wir wurden getrennt und ich habe versprochen, sie zu finden und nach Hause zu kommen.«

»Ummögliche Aufgabe!«

»Und was machst du hier? Arbeit oder Vergnügen?«

»Das Gleiche wie du. Ich musste meine Stiefschwester holen. Eigentlich wollten wir zum Konzert.«

»Hast du sie denn gefunden?«

»Ja, ja, und heimgeschickt.«

»Was machst du dann noch hier? Geht's nicht darum, so schnell wie möglich wegzukommen?«

»Ich suche Benito.«

»Roland Benito? Was macht der denn hier?«

»Lange Geschichte.«

Nicolaj sah sich verloren um.

»Ich verstehe, was du meinst. Hier irgendjemanden zu finden ist völlig unmöglich. Ich hoffe sehr, dass diese Terrordrohung falscher Alarm ist.«

»Ich fürchte, das ist sie nicht.«

»Du klingst sicher«, stellte Nicolaj fest und hielt nach seiner Schwägerin Ausschau. In Kürze würde AC/DC die Bühne betreten und die Leute drängelten, um näher heranzukommen.

»Bin ich auch. Irgendjemand hat mich vor den Anschlägen gewarnt. Auch beim ersten Mal direkt vor Kopenhagen und dem Versuch im Stadtbus, da habe ich ihm allerdings nicht geglaubt.«

Nicolaj sah sie an.

»Irgendjemand? Wer?«

»Ich weiß es nicht. Die Stimme ist verzerrt.«

Sie wusste nicht, warum sie ihm das erzählte. Vielleicht Panik. Sie spürte ein Prickeln unter der Haut, das ihr sagte, dass sie aus diesem Stadion wegmusste. Dass alle wegmussten.

»Am Telefon also«, schlussfolgerte er. »Wieso hast du mir das nicht erzählt? Wird es deswegen abgehört? Vom *PET?*«

»Von der Polizei – und sicher auch dem *PET.*«

»Dann haben die also mitgehört, als ich angerufen habe.«

»Garantiert. Was wolltest du eigentlich?«

»Dir erzählen, dass die Polizei nach einer Person sucht, die sich Saqr nennt. Das bedeutet Falke auf Arabisch und es wird ein Falke als Icon für die Kommunikation benutzt.«

»Die Kommunikation? Im Internet?«

Nicolaj nickte, während sein Blick immer noch umherwanderte, um Natalies Schwester zu finden.

»Das hat dir sicher nicht Natalie verraten?«

»Nein. Ich habe auch andere Kontakte, Anne. Einer meiner Freunde arbeitet in der IT-Abteilung der Polizei.«

»Was haben die über die Kommunikation herausgefunden?«

»Dass sie irgendwo in der Nähe von Åbyhøj stattfindet. Sie versuchen es genauer zu tracken. Ich erfahr bestimmt noch mehr von ihm. Aber wie zum Teufel finde ich Emma?«

»Ich glaube, wir müssen bald hier raus, Nicolaj. Ich fasse es nicht, dass sie das Konzert nicht abgesagt haben. Vielleicht sind es mit TATP gefüllte Bierfässer, die sie sprengen wollen.«

»Woher weißt du das? Hat das dein Kontakt gesagt?«

»Nein, das ist nur geraten, aber, das ist auch eine lange Geschichte.«

Sie schaute sich ein weiteres Mal um. War das nicht Roland Benito, der da die Treppe hochlief? Sie flitzte los und es war ihr egal, ob Nicolaj mitkam oder nicht.

Als sie die Tribüne erreichte, war Benito wieder weg. Sie schubste Leute, schaute sich um und bemerkte eine Treppe, die unter die Tribüne führte.

Roland stand auf der mittleren Stufe. Bei einer Säule am Fuß der Treppe stand Anker Dahl mit einer Pistole in der Hand, ein Beamter lag ihm leblos zu Füßen. Die Mütze war heruntergefallen, doch Anne konnte sein Gesicht nicht sehen, da er mit dem Rücken zu ihr lag. Seine eine Hand lag schlaff auf dem Betonboden. Sie erblickte die Narbe und wagte es nicht, einen Ton von sich zu geben.

»Lassen Sie die Pistole fallen, Dahl«, sagte Roland bestimmt, als befehle er das nicht zum ersten Mal. Er stand mit erhobenen Händen da, wie um ein aggressives Tier zu beruhigen, oder vielleicht war es ein automatischer Reflex in einem hoffnungslosen Versuch, sich vor einem Projektil zu schützen.

Anker Dahl beugte sich vor und legte die Pistole auf den Boden.

»Es ist nicht, wie Sie glauben, Benito«, sagte er heiser.

Roland ging die Treppe hinunter und trat die Pistole weg aus Anker Dahls Reichweite.

»Ich glaube gar nichts«, antwortete er und holte sein Handy aus der Tasche.

»Benito, lassen Sie uns doch …«, begann Anker Dahl und bemerkte Anne oben auf der Treppe. Dann schwieg er.

Roland war am Telefon und bat darum, einen Krankenwagen zu Eingang C8 zu schicken. Dann telefonierte er erneut und führte ein etwas längeres Gespräch, aber dieses Mal konnte Anne nicht hören, was er sagte, wegen des Jubels der Konzertbesucher, als ihre australischen Idole auf die Bühne kamen.

Roland steckte das Handy zurück in die Tasche.

»Wir müssen hier raus!«, rief er, packte Anker Dahl am Arm und blickte Anne gebieterisch an. »Sofort!«

Plötzlich waren Wachen, von denen Anne keine Ahnung hatte, woher sie kamen, vor dem Stahlzaun und schlossen auf, sodass sie rauskonnten.

Einen Moment später wimmelte es von Polizisten in Kampfuniformen und mit Maschinenpistolen. Anne nahm an, dass es die Spezialeinheit war. Die Beamten übernahmen Anker Dahl. Der Vizepolizeidirektor war blass und setzte sich mit leerem Blick schweigend in einen Streifenwagen.

Sie hörte die Stimme aus einem Lautsprecher, die hallend befahl, dass alle das Stadion ruhig verlassen sollten. Ruhig? Sie war wie gelähmt mit dem Gefühl eines Déjà-vus. Sie spürte einen festen Griff an ihrem Arm und dass sie weggezogen wurde. Hinter sich sah sie nichts anderes als ein Chaos aus Menschen, die aus dem einzigen Ausgang des Stadions stürzten. Sie sah, wie einige hinfielen und niedergetrampelt wurden. Schreie und Rufe und hysterisches Weinen. Das Ganze lief in einem merkwürdigen, unwirklichen Nebel ab wie damals in Kopenhagen. Der Abstand zu dem Geschehen wurde immer größer, als würde sie von ihm weggezogen.

»Nicolaj«, stammelte sie. »Er ist da drin. Und Jytte! Und Flash!« Sie versuchte sich aus seinem Griff loszureißen, aber er wurde nur noch fester.

»Nein, Anne. Wir müssen jetzt weg.«

Es war Roland Benito und plötzlich schwanden alle ihre Kräfte. Die Beine konnten sie nicht mehr tragen. Es war, als gehorchten die Knie nicht.

Roland hielt sie oben und zwang sie zum Weitergehen. Sie wusste nicht, wo er sie hinführte und es war ihr auch egal.

Als sie ein geparktes Auto erreichten, das sie als Rolands Mazda wiedererkannte, öffnete er die Tür zum Beifahrersitz und bat sie, sich reinzusetzen. In dem Moment, als sie seiner Aufforderung nachkommen wollte, kam das Geräusch. Ein Rumpeln in der Luft wie Donner.

Sie schaute hoch und sah eine Rauchwolke, die sich am Abendhimmel ausbreitete, direkt über dem Gebiet, wo sich der *Ceres Park* befinden musste.

25

Als sie am Fenster vorbeilief und Ashraf zusammen mit Rabir am Tisch sitzen sah, war sie drauf und dran, den Buggy zu wenden und wieder zu gehen, aber Fadi hatte seinen Opa und die Falken in der Voliere entdeckt und quietschte laut vor Begeisterung, weshalb die beiden rausschauten und sie sahen.

Sie hatte Fadis Vater nicht mehr gesehen, seit er herausgefunden hatte, dass sie in die Schule ging. Überhaupt eine Ausbildung bekam. Das konnte er nicht akzeptieren. Sein unbegreiflicher Zorn bestätigte sie nur darin, dass es richtig gewesen war, es vor ihm geheim zu halten. Sie hatte vergeblich versucht, ihn davon zu überzeugen, wie nützlich ihre Ausbildung für die Sache werden konnte, für die sie kämpften, aber er wollte nicht auf sie hören. Vielleicht war es vor allem ihre Lüge und ihr Betrug, die ihn so wütend machten. Anschließend verstand sie nicht, dass es ihr gelungen war, ihn so lange zu belügen, aber jeder von ihnen lebte sein Leben, und wenn er von der Arbeit als Koch im Restaurant nach Hause kam, das einem seiner Freunde gehörte, war sie umgezogen in angemessener muslimischer Kleidung und er glaubte ihre Lüge, dass sie, wenn sie von zu Hause weg war, sich nur mit den anderen muslimischen Frauen in der Gegend traf. Diese Lüge hatte sie letztlich verraten, als Ashraf misstrauisch wurde und die Frauen auszufragen begann, die mit Recht sagen konnten, dass sie

sie nie sahen. Sie war damals mit Fadi schwanger und Ashraf verließ sie und ihr ungeborenes Kind. Dass sie danach allein klarkam und ihren Sohn versorgen konnte, hatte seine Verachtung für sie nicht geschmälert. Wo er sich so lange aufgehalten hatte, wusste sie nicht.

Sie tat, als sähe sie sie nicht und schob den Buggy zu der Voliere.

»Hallo Vati, läuft es immer noch gut mit ihnen?«

Auf dem Arm hatte er den neuesten Sakerfalken mit seiner Haube auf dem Kopf und es schien ihn nicht mehr zu stören.

»Es läuft großartig, er benimmt sich, wie er soll.«

Der Vogel schlug mit den Flügeln. Fadi steckte seine kleinen Finger durch den Drahtzaun und zog sich ein Stück näher, während er unzählige Male »Hallo Piep« und »Hallo Opa« wiederholte.

»Hallöchen, kleiner Fadi. Pass auf deine Finger auf«, warnte sein Großvater. Er lächelte, wandte dann aber ihr den Blick mit dem gewöhnlichen Ernst zu.

»Ashraf ist nach Hause gekommen.«

Sie nickte nur. Wusste nicht, was sie sagen sollte. Ihr Vater war wegen ihrer Ausbildung und ihrer Arbeit auch skeptisch gewesen. Sie wusste, er war sehr dagegen, dass sie und Ashraf sich getrennt hatten, besonders, weil ein Kind unterwegs war. Eine weitere westliche Unsitte, die ihm nicht gefiel. Er hatte eine fantastische Hochzeit für sie ausgerichtet und geglaubt, es würde ein Leben lang halten. Wie sie es auch geglaubt hatte. Scheidung war nach seiner Auffassung das Schlimmste, was Allah je erlaubt hatte. Aber sie verstand, dass er Ashraf die meisten Vorwürfe machte. Er hatte seine Tochter und sein Enkelkind verlassen. Sie hätte nie die Erlaubnis bekommen, ihren Mann zu verlassen.

»Wo ist er gewesen?«, fragte sie und hielt ihren Niqab fest, in den der Wind pustete.

»Geh rein und sprich mit ihm«, befahl er und wandte ihr den Rücken zu.

Ihr Bruder winkte sie herein, als sie wieder am Fenster vorbeiging. Sie sah, dass er gute Laune hatte. Das war sicher dem Rausch nach gestern Abend zu verdanken, auch wenn nicht alles ganz wie geplant gelaufen war. Dass Ashraf zurückgekommen war, hatte sicher auch Einfluss darauf. Selbst er schaute freundlich zu ihr hinaus.

Sie atmete tief durch und nahm ihren Sohn aus dem Buggy. Fadi hatte seinen Vater nie getroffen.

»Assalamu alaikum«, grüßte sie, als sie hereinkam.

»Wa Alaikum Assalam«, erwiderten sie.

Sie setzte ihren Sohn in den Hochstuhl. Er starrte den Fremden neben sich an.

»Möchtest du etwas essen?«, fragte Rabir. Er sprach Arabisch.

Sie schüttelte den Kopf, ihr war der Appetit jetzt völlig vergangen. Ihr war übel. Sie setzte sich, begegnete Ashrafs Blick und erinnerte sich wieder, warum sie sich damals so in ihn verliebt hatte, als sie ihn – einen von Rabirs Freunden – vor etwas mehr als vier Jahren getroffen hatte. Er sah verändert aus. Er hatte etwas Männlicheres und Gebieterisches an sich. Er hatte einen schwarzen Vollbart, mehr Muskeln und mehr Selbstvertrauen bekommen. Das stand ihm.

»Schön, dich zu sehen«, sagte er zu ihrer Überraschung und sah seinen Sohn mit einer Zärtlichkeit in den Augen an, die sie nie geglaubt hätte, jemals zu sehen. Hatte er ihr vergeben? Hatten Rabir und ihr Vater ihn von dem überzeugt, was ihr selbst nicht gelungen war?

»Ich habe Ashraf von deiner Arbeit erzählt. Er kann nur stolz auf dich sein, wie wir alle es sind«, sagte Rabir. Er lächelte immer noch. Wirkte wie ausgewechselt.

Sie wusste alles über Rabir und Ashrafs sehr enge Freundschaft und ihr wurde klar, dass sie sicher Kontakt gehabt hatten in der Zeit, in der Ashraf weg war, auch wenn ihr Bruder das ihr gegenüber nicht erwähnt hatte. Rabirs Unmut ihr gegenüber begann ernsthaft, als Ashraf sie verließ. Er warf ihr vor, dass sein bester Freund ihretwegen aus ihrer aller Leben verschwunden war.

»Und das ist also mein Sohn. Fadi, richtig?«

Ashraf nahm Fadis kleine Hand so vorsichtig, als wäre sie aus zerbrechlichem Glas, das kaputt gehen könnte. Die Ähnlichkeit zwischen ihnen war schier überwältigend. Fadi lächelte glücklich und brachte sie auch dazu. Was gab es jetzt zu befürchten? Vielleicht wurde alles wieder gut.

»Du warst also der Grund dafür, dass es gestern Abend gelungen ist, eine der Bomben im Stadion hochgehen zu lassen«, sagte er mit dieser vertrauten Stimme, die ihr Herz einst vor Leidenschaft und nicht vor Angst hatte klopfen lassen. Sie antwortete nicht. Die Worte steckten ihr im Hals fest. Es war, als ob sie körperlich nicht anwesend wäre und nicht ganz verstand, was um sie herum geschah.

»Sie nennt sich jetzt Saqr, Ashraf. Sie ist unser Falke und jagt die Beute unbarmherzig hinter ihrem Schild.«

»Was ist gestern Abend passiert?« Er sah nur sie an, als ob er wollte, dass sie antwortete, aber Rabir war eifriger, es zu erzählen.

»Wenn sie nicht berichtet hätte, was zu erwarten war, hätten wir es nicht geschafft, die letzte Bombe zu zünden, dann wäre das Ganze wieder missglückt und das wäre nicht hingenommen worden. Wir können Saqr für den trotz allem glücklichen Ausgang des gestrigen Abends danken. Allahs Strafe hat nicht so viele getroffen wie geplant, aber Saqr ist dabei, die Truppen wieder zu sammeln und dann müssen wir Krieger bereitstehen.«

»Entschuldige, dass ich dir nicht vertraut habe«, sagte Ashraf und legte eine warme Hand auf ihren Arm. Die Berührung ließ sie erzittern.

Unruhig wandte sie die Aufmerksamkeit ihrem Sohn zu, als er zu wimmern anfing. Fadi sah keine Spur zufrieden aus.

»Er ist nur müde«, entschuldigte sie ihn mit heiserer Stimme.

»Darf ich ihn im Buggy spazieren fahren?«

Sie zögerte, stand dann aber auf, um Fadi aus dem Stuhl zu heben, doch er kam ihr zuvor. Etwas unbeholfen hob er den Jungen hoch und hielt ihn in seinen Armen. Fadi sah ihm forschend ins Gesicht und berührte neugierig den schwarzen, krausen Bart. Das Vertrauen war sofort da. Er hatte sonst oft Angst vor Fremden.

Sie spürte die Tränen in ihren Augen brennen. Kurz darauf sah sie Ashraf den Buggy am Fenster vorbeischieben, während er fröhlich auf Arabisch mit seinem Sohn sprach.

»Er ist wieder bei uns zu Hause«, sagte Rabir bewegt und folgte seinem Freund mit den Augen, bis er ihn nicht mehr sehen konnte.

Nun wurde sie hungrig und nahm ein Stück Brot.

»Wo ist er gewesen?«

»Im Trainingslager. Er ist jetzt ein richtiger Krieger geworden. Er ist zurückgekommen, um uns zu helfen.«

Sie schluckte schwer und nickte. Wusste nicht, was sie davon halten sollte. Das, was sie selbst in der Gruppe machte, geschah aus der Distanz heraus. Hinter dem Ganzen. Die Krieger waren an der Front und diejenigen, die ums Leben kommen konnten. Sie erschauderte bei dem Gedanken, dass sie selbst gestern Abend nah dran gewesen war. Zum Glück waren keine kleinen Kinder beim Konzert gewesen.

»War er mit im Stadion?«

»Nein, er ist erst später heimgekommen. Ich habe ihn vom Flughafen abgeholt. Alles lief gut. Aber nächstes Mal ist er dabei. Wie weit seid ihr mit den Vorbereitungen?«

»Fast fertig. Es fehlt noch Geld, aber das soll morgen kommen, habe ich gehört.«

»Ja, ich auch.«

»Woher kommt das Geld eigentlich, Rabir?«

Sie fühlte sich jetzt, wo ihr Bruder gute Laune hatte, mutiger. Der harte Blick, wenn er sie ansah, war auch verschwunden. Sie hatte bewiesen, dass sie ihm Ehre bringen konnte.

»Von verschiedenen Stellen. Meistens Drogenhandel, und es kommt auch ein bisschen von zu Hause, aber nicht genug. Es ist zu riskant, größere Beträge ins Land zu bringen. Einige Organisationen helfen. Mehr brauchst du nicht zu wissen.«

Sie wagte es nicht, andere Fragen zu stellen, die sich aufdrängten. Sie schenkte sich Kaffee ein und bot auch Rabir welchen an, aber der schüttelte den Kopf.

»Ich muss bald raus, Vati helfen. Nächste Woche ist doch Jagd in Deutschland, die müssen wir vorbereiten. Aber wir sind bereit, wenn ihr es seid.«

»Dieses Mal geht nichts schief«, versicherte sie. »Soll Ashraf auch bei den Falken helfen?«

»Nein, ich glaube, das liegt ihm nicht, aber Vati hat ihm erlaubt, hierzubleiben, bis er etwas anderes findet. Er hat im Moment keine Unterkunft.«

Sie vernahm die Anspielung in seinen Worten. Der Gedanke, wieder mit Ashraf zusammenzuwohnen, gefiel ihr nicht. Darüber musste sie nachdenken. Sie schaute auf die Uhr.

»Ich muss auch bald los. Könnt ihr heute auf Fadi aufpassen?«

Rabir nickte und lächelte noch breiter.

»Das wird sein Vater sicher liebend gerne tun, dann kann er seinen Sohn kennenlernen – und dem Falkengerede entgehen.«

26

Niemand hatte Sabina gesehen. Anne hatte den ganzen Morgen bei den wenigen Freunden ihrer Stiefschwester, die sie kannte, herumtelefoniert, aber sie hatten sie seit dem gestrigen Abend vor dem Konzert nicht mehr gesehen.

Anne hatte auch nach ihrem Auto gesucht. Sabina konnte woanders geparkt haben als sonst, das kam schon mal vor, wenn Sabina das Auto lieh. Als sie endlich mit dem Bus zu der Absperrung gefahren war, wo sie den Lada am Abend zuvor abgestellt hatte, und ihn dort exakt so vorfand, wie sie ihn verlassen hatte, wurde ihr ernstlich klar, dass Sabina nicht nach Hause gefahren war. War sie zurück ins Stadion gegangen? Und was bedeutete es dann, dass sie heute Nacht nicht nach Hause gekommen war? Bei ihrer Stiefmutter war sie auch nicht. Ihre Mutter wirkte ziemlich klar, als Anne anrief, sagte aber mit nasaler Stimme, dass sie Sabina seit vorgestern nicht gesehen habe. Die Uniklinik in Skejby, wo, wie sie erfahren hatte, die Verletzten hingebracht worden waren – die, die nicht ins Verbrennungszentrum des Reichskrankenhauses geflogen worden waren –, hatten niemanden mit dem Namen Sabina Lund aufgenommen. Das Reichskrankenhaus konnte ihr auch nichts mitteilen, wollte der Sache jedoch nachgehen. Sie bezweifelte, dass sie zurückrufen würden. Auch die Polizei konnte ihr nicht weiterhelfen.

Sie ist nicht tot, versuchte Anne sich selbst zu überzeugen. Das hätte sie erfahren.

Plötzlich klingelte ihr Handy, während sie es in der Hand hatte. Es war der Nachrichtenchef.

»Jytte und Flash, sind sie …«, fragte sie sofort, da sie einen Augenblick lang befürchtete, er riefe mit einer schrecklichen Nachricht an.

»Ja, sie sind beide hier mit einem superduper fantastischen Bericht der Ereignisse im Stadion. Wir machen uns nur Sorgen um dich. Kommst du?«

Sie war so damit beschäftigt gewesen, nach Sabina zu suchen, dass sie ganz vergessen hatte, auf die Uhr zu schauen. Normalerweise arbeitete sie mit Gleitzeit, aber am Tag nach einem Terroranschlag gab es natürlich extra viel Arbeit.

Sie versicherte ihrem Chef, dass sie okay und auf dem Weg sei.

Trotz des Terroranschlags am Abend zuvor waren die Straßen von dem üblichen Verkehrsgetümmel geprägt. Der Mensch war nicht so leicht einzuschüchtern, auch wenn die Polizei warnte, dass immer noch ein Terrorrisiko bestand und man große Versammlungen meiden sollte.

Sie dachte über das, was gestern Abend passiert war, nach, und dass Roland sie rechtzeitig aus dem Stadion gebracht hatte. Der Nachrichtenchef wusste nicht, dass sie dort gewesen war und auch einen superduper fantastischen Bericht abliefern konnte. Eines der Fässer an der Bar, in deren Nähe sie sich befunden hatte, bevor sie Roland entdeckte, war explodiert. Nicolaj hatte direkt neben ihr gestanden. Was war mit ihm passiert?

Sie suchte seine Nummer im Handy raus, während sie gleichzeitig den Verkehr im Auge behielt. Er ging nicht ran, aber nach einer Weile landete sie auf der Mailbox, wo Nicolaj hinterlassen hatte, dass er momentan beschäftigt sei, jedoch zurückrufen würde. Wenn sein Handy am Leben war, war er es sicher auch, hoffte sie.

Was löste einen derart starken Hass bei diesen Menschen aus, dass Europas Bevölkerung einen grausamen Tod sterben sollte? Natürlich mischte sich der Westen milde gesprochen unverhältnismäßig und gedankenlos in die Politik und Regierungsform vieler muslimischer Länder ein, aber war das allein der Nährboden für einen so grausamen Hass? Wenn sie doch herausfinden könnte, wer sie warnte. War es jemand, der es aus guter Absicht tat, oder war es in der Hoffnung, dass sie die Botschaft veröffentlichte, um noch größere Furcht zu schüren?

An der Ampel der Kreuzung Westliche Ringstraße und Silkeborgvej fiel ihr eine Gruppe schwarz gekleideter Frauen ins Auge, die sich vor der Treppe zu einem Gebäude unterhielten. Alle trugen Niqab und Abaya. Als es grün wurde und sie kurz darauf an ihnen vorbeifuhr, sah sie sie ins Treppenhaus gehen. Ein paar von ihnen hatten Kinder an der Hand und eine von ihnen schob einen Kinderwagen. Im Rückspiegel sah sie die Letzte hineingehen. Sie bekam von einer der anderen Frauen Hilfe, den Kinderwagen über die oberste Treppenstufe zu heben. Ich habe keine Vorurteile, dachte Anne, aber trotzdem sah es mysteriös aus, so viele muslimische Frauen an einem Ort versammelt. Vielleicht hätte sie sich nicht gewundert, wenn es nicht gerade diesen grausamen Terroranschlag gegeben hätte.

»Hallo, Anne. Ich habe mir schon total Sorgen gemacht, dass du gestern Abend auch im Stadion warst«, begrüßte Ninna sie, als Anne in die Redaktion kam. »Ich habe versucht, dich anzurufen, aber als besetzt war dachte ich, dass es dir bestimmt gut geht, und …«

»Wo ist Jytte?«, unterbrach Anne.

»Im Schnittraum zusammen mit Flash.«

Anne sah zum Büro des Nachrichtenchefs. Die Tür war geschlossen.

»Ist er da drin?«

»Nein, er ist gegangen. Ich glaube, er wollte zum Polizeipräsidium.«

»Hmm.«

»Wolltest du ihn sprechen? Hat dein Kontakt wieder angerufen?«

»Nein, nicht seit gestern.«

»Es ist furchtbar, dass es ihnen dieses Mal gelungen ist. Gut, dass Jytte und Flash nichts passiert ist. Wo in aller Welt war wohl die Polizei?«

»Sie waren wirklich zahlreich«, meinte Anne, schaltete ihren Computer an und biss sich irritiert auf die Unterlippe. Ninna sah sie erstaunt an.

»*Du* warst da?«, rief sie.

»Ja«, gab Anne zu. »Ich musste doch meine Schwester finden.«

»Hast du sie denn gefunden?«

»Ja, habe ich.«

Sie wollte Ninna – und damit die ganze Redaktion – nicht einweihen, dass Sabina verschwunden war. Es war schon öfter passiert, dass ihre Stiefschwester tagelang weg war. Sie ging ihre eigenen Wege und meistens passte das Anne ganz gut. Sie beruhigte sich selbst damit, dass es nur eine weitere dieser Episoden war und Sabina sich wohl melden würde.

Der Nachrichtenchef kam zurück, puterrot und mit gereiztem Blick.

»Ich muss mit dir reden, Anne«, kündigte er an, als er an ihrem Tisch vorbeiging. Sie stand sofort auf und folgte ihm.

Er knallte die Tür zu. Das verhieß nichts Gutes und sie konnte ihm ansehen, dass irgendetwas nicht stimmte.

»Ich war im Polizeipräsidium«, sagte er barsch.

»Hast du etwas über den Vizepolizeidirektor erfahren? Wurde er wieder freigelassen?«

»Wovon redest du?«

»Hat Jytte das nicht in ihrem superduper fantastischen Bericht der Ereignisse im Stadion erwähnt?«, überrumpelte sie ihn spöttisch.

»Gibt es immer noch etwas, das du mir nicht erzählst, Anne?«

»Ja, okay. Ich war gestern Abend im Stadion«, gestand sie. »Ich habe nach meiner Schwester gesucht und den Beamten entdeckt, nach dem die Polizeibehörde gesucht hat.«

Sie musste dem Nachrichtenchef das Ganze erklären, und sein Gesichtsausdruck änderte sich im Laufe der Erzählung von erzürnt über interessiert zu besorgt.

»Du hättest ja wieder Opfer sein können, Anne. Ich bitte dich – nein, ich befehle dir, dich an diesen Psychologen zu wenden, dessen Name ich dir gegeben habe …«

»Das ist nicht nötig. Mir geht's gut.«

Er sah sie lange an. Dann nickte er.

»Okay, das entscheidest du selbst. Aber ich wollte auch noch etwas anderes von dir, es sei denn, du hast mir etwas zu sagen?«

»Nein, ich …«

»Wie zum Beispiel, was du mit Nicolaj Bang von *Media House Denmark* zu tun hast.

Sein Anruf an dich wurde mit abgehört. Was wollte er dir über die Terrorsache erzählen – und die Polizei?

Du weißt, ich mag es nicht, dass du Informationen bekommst, die du nicht mit der Redaktion teilst, Anne.«

Trotz allem betrachtete er sie milde. Fast, wie wenn man ein ungehorsames Kind tadelt, bei dem man es trotzdem nicht übers Herz bringt, es richtig auszuschimpfen.

»Ja, aber ich will es ja auch mit der Redaktion teilen. Tatsächlich wollte ich gerade mit dir über eine Menge Dinge sprechen, die ich herausgefunden habe.«

Er schenkte ihr ein schiefes Lächeln, als ob er ihr nicht richtig glaubte.

»Das stimmt wirklich. Nicolaj und ich sind ja alte Kollegen aus der Zeitungsbranche. Er hat ein paar gute Kontakte und in

Erfahrung gebracht, dass die Terroristen über ein Netzwerk im Internet kommunizieren. Der Anführer nennt sich Saqr, was das arabische Wort für Falke ist.«

»Falke? Was in aller Welt hat ein Falke mit Terror zu tun?«

»Vielleicht ein Symbol für die Geschwindigkeit und guten Jagdinstinkte der Terroristen. Falkenjagd ist ja ein großer Sport in den arabischen Ländern. Vielleicht ist es auch reiner Zufall.«

»Hat das etwas mit deinem Kontakt zu tun?«

Anne erinnerte sich, dass sie dem Nachrichtenchef versprochen hatte herauszufinden, wer es war, und das war vielleicht die Art, ihre Haut zu retten.

»Das untersuche ich gerade. Hat die Polizei beim Abhören meines Handy etwas Nützliches herausgefunden?«

Der Nachrichtenchef klatschte sich ungeduldig auf die Oberschenkel, bevor er antwortete. »Es wird eine Prepaid-Karte benutzt, wie wir geahnt haben, daher kann der Anruf leider nicht zurückverfolgt werden. Der *PET* ist an der Sache dran. Mehr habe ich nicht erfahren.«

»Nicolaj sagte, dass über ein geheimes Netzwerk kommuniziert wird, das sich in der Nähe von Åbyhøj befinden soll.«

Mit einem Mal sah sie eine Verbindung, obwohl sie vielleicht weit hergeholt war.

»Ich habe etwas Mysteriöses auf der Westlichen Ringstraße gesehen, als ich hierhergefahren bin. Eine Menge Frauen in Niqab, die einen Treppenaufgang betraten. Sie hatten Kinder dabei und das ist ja fast in diesem Gebiet.«

»Fast, ja. Und Frauen und Kinder. Ist das nicht ein bisschen unwahrscheinlich?«

»Glaubst du denn nicht, dass Frauen Terroristen sein können?«

»Doch, natürlich, es gibt ja mehrere Beispiele dafür, aber mit Kindern und, was glaubst du denn, spielt sich da ab?«

»Keine Ahnung, aber wäre es nicht wert, es herauszufinden?«

Sie stand auf, ganz belebt und gespannt durch die Idee, die ihr gekommen war.

Der Nachrichtenchef kniff die Augen ein wenig zusammen.

»Was hast du vor, Anne?«

»Gibst du mir freie Hand herauszufinden, was bei dieser Adresse vor sich geht? Vielleicht hat es etwas mit dem Informanten zu tun.«

»Ich hatte heute eigentlich andere Pläne mit dir, aber ... was schwebt dir vor?«

»Wirst du schon sehen«, antwortete Anne und machte, dass sie zur Tür rauskam, bevor der Chef etwas einwenden konnte.

Sie fand Ninna mit angezogener Jacke. Sie packte gerade ihre Tasche.

»Hast du's eilig, Ninna?«

»Ja, ich habe für heute frei. Ich geh heim.«

»Hast du was Wichtiges vor?«

»Nö, wieso?«

»Da war doch was, dass du Muslima bist, oder?«

»Mein Vater ist Türke und Moslem, aber ich nicht.«

»Aber du kennst die muslimischen Sitten?«

»Ja klar. Worauf willst du hinaus?«

Sie wiederholte, was sie zu dem Nachrichtenchef gesagt hatte: »Ich habe etwas Mysteriöses auf der Westlichen Ringstraße gesehen. Eine Menge Frauen in Niqab, die einen Treppenaufgang betraten.«

»Was ist denn daran mysteriös?«

»Ich weiß es nicht. Es sah einfach mysteriös aus.«

»Weil sie Moslems sind?«

»Nein, natürlich nicht. Aber es gab gerade einen Terroranschlag, und daher ...«

»Und daher verdächtigst du – wie alle anderen – alle Moslems, Terroristen zu sein?«

»Nein, natürlich nicht, aber ...«

»Was hat das damit zu tun, ob ich die muslimischen Sitten kenne?«, fragte Ninna und sah sie misstrauisch an.

»Es wäre nett zu wissen, was sie machen. Vielleicht haben sie etwas mit den Anschlägen zu tun. Du könntest undercover arbeiten«, versuchte Anne überredend.

»Mann, bist du verrückt!«

Ninna warf den Riemen ihrer Tasche über die Schulter und ging zur Treppe, drehte sich dann aber um und kam zurück.

»Ich bin Kamerafrau, Anne, ich kann doch nicht – hat der Chef dich darum gebeten?«

»Nein, überhaupt nicht. Gar nicht.«

»Warum kannst du das nicht selbst machen? Du bist Journalistin.«

»Ich kenne ihre Sitten nicht und kann nicht mit ihnen reden.«

»Kann ich doch auch nicht, wenn die Arabisch sprechen.«

»Du kannst immer sagen, dass du aus der Türkei kommst, stimmt ja auch beinahe.«

»Und dann? Soll ich einfach anrufen und sagen, dass sie vergessen haben mich einzuladen? Das könnte eine Gruppe Freundinnen sein, die sich ohne ihre Männer zu einem gemütlichen Beisammensein trifft.«

»Vielleicht, aber dann hast du dich einfach verlaufen.«

»Das geht echt nicht, Anne. Sie würden doch sehen, dass ich …«

»Du musst natürlich muslimische Kleidung anziehen, dann kann niemand sehen, wer du bist. Sie sehen nur deine dunklen Augen.«

Ninna lachte ein wenig gezwungen. »Und wo sollte ich so was herbekommen?«

»Aus dem neuen Laden mit Kostümverleih für Partys und Rollenspiele im Jens Baggesens Vej. Erinnerst du dich nicht, dass wir einen Beitrag darüber gebracht haben?

Komm schon, Ninna. Wir müssen uns beeilen, bevor sie aufbrechen.«

Anne nahm ihre Jacke und ihren Rucksack, als wäre es bereits entschieden.

Ninna gab auf und folgte ihr widerstrebend. Anne erklärte am Empfang, dass sie etwas zu erledigen hätten, falls jemand nach ihnen fragte.

Auf dem Weg zum Auto überprüfte Anne ihr Handy. Niemand hatte angerufen.

»Wir fahren mit *deinem* Auto?«, fragte Ninna verdutzt.
»Ja, das erregt am wenigsten Aufsehen.«
»Glaubst du wirklich?«
»Jetzt komm, Ninna.«

Der Theatershop hatte geöffnet und es waren nicht viele Kunden da. Sie hatten nur zwei muslimische Kleidungsstücke auf Lager. Das eine war eine blaue Burka; die brachte ihnen nichts. Das andere war ein Niqab und ein schwarzes Kleid. Es war Ninna etwas zu groß, aber das war nicht zu ändern.

»Spielt ihr Theater?«, fragte die junge, Kaugummi kauende Verkäuferin, die selbst zerschlissene Jeans und ein weißes T-Shirt trug. Sie hatte ein schwarzes Kreuz auf das eine Handgelenk tätowiert. Ninna und Anne sahen sich vielsagend an und das Mädchen räumte muffelig ein, dass es sie ja nichts anginge. Sie liehen die Kleidung zur Sicherheit für eine Woche aus und bezahlten.

Ninna zog sich im Auto um. Das sah linkisch aus und Anne schielte ein paarmal zu ihr hinüber, während sie schließlich die Kleidung anbekam und den Niqab im Seitenspiegel richtete, sodass nur die Augen frei waren. Sie waren sehr dunkel, sicher nach ihrem Vater, und das Tuch verbarg die blonden Haare.

»Steht dir«, sagte Anne mit einem kleinen Lächeln.

Sie parkte auf dem Bürgersteig ein Stück von dem Gebäude in der Westlichen Ringstraße entfernt.

»Wie finde ich heraus, wo es stattfindet?«

»Es ist der Treppenaufgang da drüben«, Anne deutete hinüber. »Sieht aus, als ob sie gerade erst reingegangen sind. Folg den Geräuschen. Es waren einige Kinder dabei, die machen sicher Krach. Ich warte hier solange.«

Sie sah Ninna nach, als sie zögernd über den Bürgersteig ging, als hätte sie Angst, in dem Kleid zu stolpern. Sie schaute zum Auto, bevor sie den Treppenaufgang betrat. Anne gab ihr einen Daumen hoch und legte sich bequem im Sitz zurück, öffnete das

Seitenfenster, zündete eine Zigarette an und stellte sich darauf ein, lange zu warten. Sie drehte das Radio auf und hörte *Lean on* von Mø.

Blow a kiss, fire a gun, all we need is somebody to lean on.

Als die Nachrichten Møs Popnummer ablösten, drehte Anne die Lautstärke weiter auf.

»Immer noch unbekannte Anzahl Toter und Verwundeter nach der Bombenexplosion beim AC/DC-Konzert in *Ceres Park* & Arena gestern Abend, die trotz massiven Polizeiaufgebots passierte«, leitete der Sprecher ein. »Ein Terroranschlag setzte dem gut besuchten Konzert ein brutales Ende. Trotz der Drohung wollten weder die Band noch die Veranstalter das Konzert absagen. Wenn wir das tun, haben die Terroristen doch gewonnen, lautete vor dem Konzert der Kommentar des Veranstalters zu einer Absage.«

Ob er das heute wohl immer noch so sieht?, dachte Anne. Hatten die Terroristen nicht eben dadurch gewonnen, dass mehrere Menschen getötet und verletzt wurden, im Gegensatz dazu, dass sie beim Absagen des Konzerts nicht die Möglichkeit gehabt hätten, den Anschlag zu vollführen?

»Die Sprengstoffspürhunde untersuchten das Stadion, ohne etwas zu finden. Die Polizei vermutet, dass der Sprengstoff in Bierfässern platziert war, die vor dem Konzert ins Stadion gefahren wurden. Es gibt Gerüchte über einen Beamten, der in Lebensgefahr schweben soll, aber das ist noch nicht von der Polizei bestätigt.«

Anker Dahl wurde nicht erwähnt und daher wusste Anne, dass seine Verhaftung noch nicht öffentlich gemacht worden war.

Was machten sie jetzt überhaupt bei der Ostjütländischen Polizei, wenn der Ermittlungsleiter in zwei ernsten Kriminalfällen nicht arbeitsfähig war?

Sie richtete sich im Sitz auf, als Ninna aus der Haustür des Treppenhauses kam und zielgerichtet das Auto ansteuerte.

»Ich hab's gefunden«, verkündete sie aufgekratzt, als sie die Tür aufriss, sich auf den Beifahrersitz warf und die Tür für den

Geschmack einer alten Autotür mit abgenutzter Isolierung und ihrer Besitzerin viel zu fest zuknallte. »Es war im Erdgeschoss, aber ich durfte nicht rein, weil ich das Codewort nicht kannte. Die haben offenbar ein Wort, das Zutritt verschafft.«

»Verdammt! Was hast du noch rausgefunden? Hast du was gesehen?«

»Ich konnte einen Blick in den Raum hinter der Frau werfen. Sah wie ein Klassenzimmer aus, aber ich konnte nicht sehen, wie viele Frauen es waren, acht bis zehn vielleicht und ein paar Kinder.«

Anne starrte auf den Verkehr. Es klang zwielichtig mit einem Codewort wie ein Club oder eine Organisation, etwas Eingeschworenes, nur für die Augen und Ohren der Eingeweihten. Nicolaj hatte ja auch ein geheimes Netzwerk erwähnt, wo auch immer er diese Informationen herhatte. Ob das Ganze wohl in diesen Räumlichkeiten stattfand? Ihre Gedanken wurden bestärkt, als Ninna fortfuhr:

»Aber sie hat mir eine Webadresse für eine Homepage gegeben, wo ich mich zu ihrem nächsten Treffen anmelden kann, wenn ich zugelassen werden will.

»Zugelassen? Wozu?«

Ninna zuckte die Schultern. »Ich werde das meiste auf der Homepage nachlesen können. Sie würden gerne etwas über meinen Hintergrund hören, sagte sie.«

»Hat sie Dänisch gesprochen?«

»Fließend.«

Anne ließ das Auto an, schaute in den Rückspiegel und fädelte sich in den Verkehr ein.

Ninna begann sofort die Kleidung auszuziehen, ebenso linkisch wie sie sie angezogen hatte.

27

Es war nicht das erste Mal, dass Roland Benito nachmittags zu einer Besprechung ins Büro des Polizeipräsidenten gerufen wurde. Keineswegs. Aber dieses Mal wirkte es noch ungewöhnlicher als sonst, weil Roland nun in der Unabhängigen Polizeibehörde arbeitete und nichts mit dem Polizeipräsident zu tun hatte.

Vor Ewigkeiten hatten er und Irene Birger Gudbergsen und seine Frau Annelise, die Irene aus dem Gymnasium kannte, häufig gesehen. Wenn es in Gudbergsens Villa eine Feier gab, was damals nicht selten vorkam, standen sie immer auf der Gästeliste. Roland hatte oft gedacht, dass es wohl eher Annelise als der Polizeipräsident war, die einlud. Heute war sie Oberärztin in der medizinischen Abteilung der Uniklinik in Skejby und Irene hatte nicht mehr so viel Kontakt zu ihr. Als Roland den Job wechselte, hörten die Einladungen vollständig auf.

Roland hatte auf dem Weg zur Ridderstræde gedacht, dass sicher noch andere bei der Besprechung dabei wären und es wohl um den Terroranschlag im Stadion am Abend zuvor ginge. Doch nur Roland kam an, der von Wehmut erfasst wurde, als er durch die Tür zum Polizeipräsidium ging. Der Empfang war in einer frischen und auffälligen grünen Farbe instand gesetzt worden.

Es verbesserte die Stimmung nicht, dass Birger Gudbergsen noch viel beklommener als normal wirkte und aussah, als wäre er auch lieber ganz woanders.

»Das ist eine ziemlich ungewöhnliche Situation, Benito«, leitete er dann auch ein und setzte sich, nachdem er Roland gebeten hatte, auf dem Besucherstuhl Platz zu nehmen.

»Wir stecken offen gestanden in der schlimmsten Klemme meiner Zeit«, fuhr er ehrlich fort. »Der Justizminister drängt auf eine Aufklärung des Terroranschlags. Wir haben Personalmangel in einem Maße wie wir ihn noch nie hatten. Gleichzeitig gibt es Freizeitausgleich für Überstunden und Urlaub, und jetzt haben wir gerade einen weiteren Mann verloren.« Er sah schnell zu Roland wie um sich zu entschuldigen. »Das war natürlich kein Vorwurf, Benito. Ich kann dir nur für deinen Einsatz gestern Abend danken, sowohl was Anker Dahl als auch den Terroranschlag im Stadion betrifft. Ohne dich hätte es noch mehr Opfer gegeben, auch wenn es schon schlimm genug ist.«

Der Schlips wurde wieder glatt gestrichen.

»Wie hoch ist die Zahl der Toten?«, fragte Roland, hauptsächlich, um etwas zu sagen. Er hatte die Zahl fünf Tote und zwanzig Verletzte in Großbuchstaben auf den Titelseiten der Zeitungen gesehen, aber denen konnte man ja nicht immer trauen.

»Fünf Tote und zwanzig Verletzte«, antwortete Gudbergsen. »Einer der Toten ist ein Beamter der Spezialeinheit. Aber wären alle zehn Fässer explodiert, hätte es deutlich schlimmer ausgesehen.«

Das musste man Roland nicht sagen. Er hatte die Rauchwolke von der Explosion des einen gesehen, das die Terroristen geschafft hatten, in die Luft zu jagen, nachdem die Spezialeinheit eingegriffen und die anderen entfernt hatte.

»Warum die *AKS* nicht sofort im Station eingesetzt wurde, habe ich von Vizepolizeidirektor Anker Dahl nicht erfahren. Ich hatte ihn am selben Tag darauf aufmerksam gemacht, dass sie zur Verfügung stünde. Ich weiß auch nicht, warum er selbst sich im Stadion befand. Ich bat ihn ausdrücklich, den Experten diese Terrordrohung zu überlassen. Und dass er dann darüber hinaus diesen Beamten erschießt … hieß der nicht Elias Ali Hassan?

»Er hat wohl nur seine Arbeit gemacht«, antwortete Roland und wusste nicht genau, warum er den Vizepolizeidirektor spontan verteidigte. »Ich gehe davon aus, dass du mich wegen der Ermittlungen gegen ihn gebeten hast zu kommen. Ich werde ja allerdings nicht derjenige sein, der …«

Birger Gudbergsen schüttelte abweisend den Kopf.

»Ich weiß, dass du nicht gegen Anker Dahl ermitteln sollst, Benito. Im Übrigen hat er sich über seine Verhaftung beschwert. Der Schuss sei ein unverschuldeter Unfall gewesen, während er seine Arbeit tat und versuchte, einen Terroristen aus dem Gebiet zu entfernen, sagt er, und möglicherweise hat er recht. Aber Dienstaufsichtsbeschwerden fallen ja nicht in den Zuständigkeitsbereich der Polizeibehörde, daher werde ich mich wohl darum kümmern.«

Roland bewegte sich unruhig auf dem Stuhl. Es war nicht üblich, dass er mit dem Polizeipräsidenten über die Ermittlung bei der *DUP* sprach und schon gar nicht über die Arbeit im Polizeipräsidium.

»Nein, du bist nicht wegen der Ermittlung gegen Anker Dahl hier, Benito. Wie gesagt sind wir offen gestanden am Arsch, entschuldige meine Ausdrucksweise. Es ist unmöglich, zusätzliche Leute zu bekommen, wir versuchen pensionierte Kollegen zur Hilfe zu holen, natürlich die, die Lust haben, aber es wollen bestimmt die wenigsten wieder in den Dienst. Wir müssen bei diesem Terroranschlag bei null anfangen. Wenn dieser verletzte Beamte wirklich der gesuchte Mann vom Kopenhagener Hauptbahnhof ist, der Leute in die Busse geleitet hat, was war dann sein Hintergrund für diese Handlung und gibt es noch weitere Beamte seiner Art im Dienst?«

»Wir sind dabei, Elias Ali Hassans Beziehungen gründlich zu untersuchen. Vorläufig wissen wir nur, dass er nach Green Village in Kabul geschickt wurde, wo er angeblich bei einem Bombenangriff getötet wurde, aber jetzt ist er offenbar in aller Heimlichkeit nach Dänemark zurückgekehrt.«

»Ja, und was geht da vor sich? Warum geschah das heimlich?«

»Das versuchen wir ebenfalls aufzuklären«, antwortete Roland und freute sich sehr darauf, endlich zu Ulf Faaborg zu gehen und ihm Feuer unterm Hintern zu machen. Dass er gelogen hatte, was seine Kenntnis des Beamten betraf, stand jetzt klar und deutlich fest, auch, dass er etwas vor ihnen verheimlichte, wie Karina die ganze Zeit gesagt hatte. Aber welche Rolle spielte Anker Dahl, der auch nicht erwähnt hatte, dass er Elias Ali Hassans früherer Chef bei der Kopenhagener Polizei gewesen war?

»Wie zufrieden bist du mit deinem Job bei der Polizeibehörde?«, fragte der Polizeipräsident zu Rolands Überraschung und sah ihn herausfordernd an.

»Tjaaa, nun, ich …« Er hörte selbst, dass er zögerte und nicht überzeugend klang. »Ich bin schon sehr zufrieden.«

»Naja, ich kann ebenso gut gleich zur Sache kommen und es freiheraus bekennen, Benito. Ich sehe keinen anderen Ausweg als den, auf den ich gekommen bin, und wie ich gestern Abend zu Annelise sagte: Wer kennt das Polizeipräsidium und unsere Arbeitsmethoden so gut wie Roland Benito? Wer könnte besser übernehmen als er?«

Roland richtete sich im Stuhl auf und räusperte sich.

»Ich weiß nicht genau, was du meinst«, sagte er, obwohl er es ahnte.

»Ich möchte dir anvertrauen, dass ich mit Anker Dahls Leistungen nie ganz zufrieden war. Das kann ich einem alten Freund gegenüber doch, oder?«

Roland antwortete nicht, dass ihm das gar nicht gefiel.

»Nicht ein einziges Mal hat der Vizepolizeidirektor einen Fall aufgeklärt und es hat mich dann natürlich befremdet, wer der Grund für die letzten Aufklärungen der Ostjütländischen Polizei gewesen ist.«

Nun war es sein gepflegter kleiner Schnauzbart, über den sanft gestrichen wurde als wäre er ein Kätzchen.

»Du, Benito.«

»Ja, aber, ich bin doch …«

Der Polizeipräsident hob ihm beide Handflächen entgegen, um seinen Kommentar abzuwehren.

»In Dahls erstem Fall, in den ja leider mein Sohn involviert war, bin ich natürlich sehr dankbar, dass du den Schuldigen gefunden hast, wozu er nicht imstande war. Vielleicht war das nach dem Ausgang des Falls auch ganz bewusst. Bereits damals dachte ich, dass diese Sache Konsequenzen haben sollte, aber wieder … Personalmangel. Letzten Sommer hätte es ohne dein Mitwirken erneut schiefgehen können, also daher …«

»In beide Fälle wurde ich doch nur rein zufällig involviert, deshalb …«

»Nichts ist zufällig, du weißt, das ist mein Motto. Möchtest du übrigens einen Kaffee?«, unterbrach der Polizeipräsident sich selbst.

Er stand auf, um die Kanne auf dem Konferenztisch hinter sich zu holen, setzte sich aber wieder, als Roland ablehnte. Er wollte lieber so schnell wie möglich nach Hause. Letzte Nacht war es spät geworden. Nachdem er Anne Larsen heimgefahren und im Auto gewartet hatte, bis er sah, dass in ihrer Dachgeschosswohnung das Licht angemacht wurde, entdeckte er, dass Irene im Laufe des Abends mehrfach versucht hatte, ihn auf dem Handy zu erreichen. In dem Chaos hatte er völlig vergessen ihr Bescheid zu geben, dass er zum Stadion gefahren war statt zum Bäcker, um Brot zu kaufen. Er hatte sie mit schlechtem Gewissen angerufen.

»Die Erklärung ist, Benito, dass du der geborene Ermittler bist. Du bist – warst – einer meiner besten Männer. Du hast ein Gespür für die Lösungen wie kaum jemand sonst.«

Der Polizeipräsident bekam einen Kloß im Hals von seiner rührseligen Rede oder vielleicht war es die Erinnerung an seinen Sohn, der in dem zuvor erwähnten Fall getötet worden war. Er räusperte sich, bevor er fortfuhr.

»Ich kann dir nicht die Vizepolizeidirektor-Stelle anbieten, das weißt du selbstverständlich. Aber was sagst du dazu, auf deiner Uniformjacke einen deiner Sterne durch eine Königskrone zu ersetzen?«

»Meinst du, dass ich … Hauptkommissar?«

»Du hast doch die Qualifikationen, und ehrlich gesagt habe ich deinen Entschluss, als Ermittler bei der Polizeibehörde zu arbeiten, nie verstanden, Benito. Der Job hier im Polizeipräsidium war gut und es war deine eigene Entscheidung, dass du nicht befördert wurdest.«

Roland lächelte ein wenig verlegen. »Ist das hier Headhunting?«

»Nenn es ruhig so. Du hast natürlich Bedenkzeit – aber nicht lange, wir haben's eilig. Sprich mit Irene darüber, ja?«

Roland nickte und suchte nach Worten, um das Angebot des Polizeipräsidenten sofort abzulehnen, aber er merkte, dass er nicht den Widerwillen verspürte, den er hierfür benötigte. Stattdessen wuchs eine gewisse Spannung. Die Spannung, wieder Kriminelle hinter Gitter zu bringen, gemeinsam mit seinen alten Kollegen, Isabella, Niels, Kim und den neuen, die er nicht kannte. Aber auch Furcht. Wie würden sie ihn in diesem Fall empfangen?

Angolo sprang hinter der Hecke hervor und kam ihm eifrig schwanzwedelnd entgegen. Roland tätschelte den Hund und ging zusammen mit ihm hinten ums Haus herum, über den Gartenweg mit Sandsteinfliesen in der gleichen Farbe wie der Wüstensand der Sahara, flankiert von blühenden blauen Hortensien in italienischen Töpfen, und zur Terrasse. Es wunderte ihn, dass er Gitarrenspiel hörte, das war nicht gerade Irenes Art von Musik. Als er den Giebel umrundete, bekam er die Erklärung. Omar saß auf einem Gartenstuhl mitten auf dem Rasen mit einer Gitarre auf dem Schoß. Die beiden anderen Jungs spielten neben ihm Pétanque.

Irene sah überrascht auf, da Roland von einer anderen Seite kam als sie erwartete.

»Du kommst hier lang, Schatz?«

Roland nickte über das Offensichtliche, stand eine Weile da und lauschte der Musik. Omar schien nicht bemerkt zu haben, dass er gekommen war. Es klang tatsächlich richtig gut trotz einiger missglückter Akkorde, die man deutlicher an Omars konzentriertem Gesicht ablesen konnte als dass man sie hörte.

»Was spielt er da?«, flüsterte er Irene zu.

»Ich weiß es nicht, aber es klingt schön, oder? Ich glaube, er ist ein Naturtalent. Er hat offenbar früher viel gespielt, die Gitarre aber bei der Flucht aus dem Sudan verloren. Jetzt haben wir dafür gesorgt, dass er eine neue bekommen hat.«

»*Wir*?«

»Ja, ganz ruhig – Die *Dänische Flüchtlingshilfe*«, lächelte Irene versöhnlich. »Aber komm schnell rein und erzähl, was Birger wollte. Ich bin so gespannt. Willst du einen Kaffee?«, fügte sie hinzu.

Roland setzte sich und bekam erneut Mitleid mit Sylvestre, der auch mit dem Pétanque-Spiel nicht klarkam.

»Nein, danke. Lieber etwas Stärkeres. Er hat mir einen Job angeboten.«

»Einen Job? Wo?«

»Im Polizeipräsidium. Als Kriminalhauptkommissar.«

»Hör auf! Du hast doch sicher ja gesagt, oder?«

Roland kraulte abwesend Angolo hinterm Ohr und sah zu den Jungs. Genoss die Musik.

»Ich sagte, ich würde darüber nachdenken.«

»Nachdenken? Ja aber Rolando! Du sehnst dich doch danach, zurückzukommen.«

»Tu ich das?«

Er sah sie an und lächelte schief. Irene wusste immer mehr über ihn als er selbst. Vielleicht, weil er sich nicht einfach fragte, wie es ihm ging und was er mit seinem Leben anfangen wollte. Er nahm es, wie es kam. Irene dachte immer in Wünschen und Bedürfnissen als die kompetente Sozialratgeberin, die sie war.

»Das meinte der Polizeipräsident auch.«

»Und er hat recht, Rolando. Ja, du vermisst es, Verbrechen aufzuklären, die Fäden zu entwirren, den Schuldigen zu finden und den Opfern Gerechtigkeit widerfahren zu lassen.«

Er zuckte die Schultern. »Das mache ich doch jetzt auch.«

»Ja, aber das ist was anderes, oder? Natürlich muss auch jemand gegen Polizisten ermitteln, wenn sie etwas Kriminelles machen, aber es stellt dich nicht zufrieden nachzuforschen, ob ein Beamter ›Perle‹ oder irgendetwas anderes zu einer Verhafteten sagt, oder ob es berechtigt war, dass ein Krimineller ins Bein geschossen wurde, wenn er selbst einen Schuss auf die Polizei abgefeuert hat.«

»Irgendjemand muss es ja tun, Irene.«

»Ja, aber du willst lieber die beiden kleinen Kinder finden, die entführt wurden, und sie wieder wohlbehalten bei ihren Familien abliefern, und den hinter Gittern, der dieses afrikanische Baby so grausam ermordet hat. Du willst die Terroristen finden, die unschuldige Menschen in Bussen und bei einem Konzert im Stadion töten.«

Roland stand auf und ging rein. Er holte die Whiskyflasche aus dem Schrank. »Trinkst du einen mit?«, rief er in den Garten.

»Ja, danke. *Jetzt* brauche ich den auch«, antwortete Irene.

Er reichte ihr das Glas mit Whisky in der Menge, von der er wusste, dass sie sie vertrug. Sein eigenes enthielt doppelt so viel. Er setzte sich wieder. Omar hatte die Gitarre auf dem Rasen gegen den Stuhl gelehnt und spielte mit Sylvestre und Majak Pétanque. Ihr Lachen war ihre gemeinsame Sprache.

»Wie hast du dich entschieden, Rolando?«

»Ich habe Bedenkzeit bekommen.«

»Du müsstest auch nicht mehr so viel reisen, wenn du zurück ins Polizeipräsidium kämst. Jetzt weißt du ja nie, in welches Land du geschickt wirst. Bei der Ostjütländischen Polizei ist es auf den Polizeibezirk begrenzt.«

»Das weiß man ja nie.« Er nahm einen Schluck von dem Whisky und verzog das Gesicht. »Ist die Ausländerbehörde damit fertig, Sylvestres Onkel zu überprüfen?«, fragte er, um das Thema zu wechseln.

»Ja. Er wurde anerkannt. Morgen soll Sylvestre zu ihm ziehen. Ich hoffe, es geht ihm dort gut.«

»Wo wohnt er?«

»Es ist eine Adresse in Hinnerup.«

»Ich gehe mit ihm hin«, sagte Roland.

Er spürte einen kleinen Stich im Herzen, als er Sylvestres fröhliches Lächeln und seine Begeisterung sah, als es ihm endlich gelang, gegen die großen Jungen zu gewinnen. Er tanzte auf dem Rasen herum mit Pfiffen, die wie ein Nektarvogel aus seinem Heimatland klangen. Er war verblüffend gut darin, den Gesang des Vogels zu imitieren und hatte versucht, es Roland beizubringen. Er hatte laut gelacht, wenn es mehr wie eine falsche Blockflöte klang, aber schließlich war er mit Rolands Leistung zufrieden gewesen und hatte ihm mit einem Faust-Gruß gelobt.

Roland hatte den Jungen ins Herz geschlossen.

Das Abendessen bestand aus frischem Fisch aus dem ältesten Fischladen des Landes, P. Clausens Fischhandel im Fiskerivej, nicht weit von ihrem Boot entfernt. Sie war versucht gewesen, dazu eine Flasche Sauvignon Blanc zu kaufen. Die Stimmung im Hafen an einem so schönen Sommerabend inspirierte dazu. Aber sie hatte die Versuchung standgehalten. Sie musste klar im Kopf sein.

Letzte Nacht hatte sie das Diktiergerät wieder unter der Plane platziert. Sie musste wissen, wer auf dem Boot zu Besuch kam und ob es sich wirklich um einen Babysitter handelte. Und wer war Kianga, die die Frau erwähnt hatte? Wer hatte sie genommen? Die Behörden? Auf diesem Boot ging ganz sicher irgendetwas vor sich und Stiffeye war nicht einfach als Tourist hier. Aber sie hatte keine Besucher gesehen, weder gestern noch heute, daher hatte Line das Ganze vielleicht missverstanden.

Während sie aß, behielt sie das Boot am gegenüberliegenden Steg im Auge, obwohl sie ohne das Fernglas nicht besonders viel sehen konnte, aber sie würde erkennen, wenn es an Deck Bewegung gäbe. Gab es nicht. Überhaupt keine. Das Boot wogte im Takt mit den Wellen und spiegelte seinen weißen Rumpf im Wasser wie die anderen Boote in der Reihe. Sie schaute zum Himmel. Die Flügel der Möwen wurden im Schimmer der abnehmenden Abendsonne durchleuchtet. Ein perfektes Motiv für einen Kunstmaler – oder einen Fotografen. Sie war nicht hier, um zu fotografieren, dennoch suchten ihre Augen nach Motiven. Rechts hinter den Masten des Segelbootes konnte man die neuen, charakteristischen Wohngebäude des Hafens erahnen, vorne das *LightHouse* und etwas im Hintergrund *Isbjerget*, den Eisberg. Es wirkte wie eine Stadt in einer Stadt. Eine Zukunftsstadt in einer Provinzstadt.

Es war nichts daraus geworden, Anne anzurufen. Sie war sicher auch damit beschäftigt, über die schreckliche Ermordung des kleinen Kindes zu berichten, das im Schrebergarten gefunden worden war. Sie hatte in einer Zeitung von gestern, die sie auf einer Bank vor dem Fischladen gefunden hatte, darüber gelesen. Es stand nicht so viel anderes im Artikel als dass es ein grauenvoller und abscheulicher Mord gewesen sei. Das war es wohl immer – besonders, wenn das Opfer ein wehrloses, kleines Kind war. Anker Dahl, den sie auch nicht angerufen hatte, hatte sicher auch genug um die Ohren, und es konnte ja auch sein, dass ihre Annahmen überhaupt nicht stimmten. Sie wollte erst Gewissheit haben.

Kamilla wischte sich die Finger an einem Stück Küchenrolle ab und kaute zu Ende. Sie nahm das Fernglas. Das Objektiv glitt an einem der Segelboote vorbei, bevor sie seins in den Fokus bekam. Es wunderte sie, dass sie ihn heute Abend nicht gesehen hatte. Normalerweise saß er bei Sonnenuntergang an Deck und rauchte eine Zigarette. Vielleicht war er nicht mehr an Bord? Aber sie hatte ihn nicht das Boot verlassen sehen. Vielleicht war er gegangen, während sie im Fischladen war.

Als ihre Arme einzuschlafen begannen, legte sie das Fernglas weg. Es passierte ja nichts. Vielleicht sollte sie einen kleinen Abendspaziergang machen und an dem anderen Steg vorbeilaufen. Sie zog eine Jacke an. Abends kam eine kühlere Brise vom Meer.

Mehrere Boote wirkten leer. Die Leute schlenderten an so einem Abend sicher in die Stadt. Aßen im Restaurant und gingen in die Disko oder zu einem Konzert.

Einige waren jedoch auf dem Boot geblieben. Sie roch Essen und hörte Lachen und volle Stimmen aus den Kajüten, die gemütlich erleuchtet waren. Viele hatten Laternen mit angezündeten Teelichtern an Deck. Der Abend war zu romantisch, um hier ganz allein herumzulaufen, fiel ihr auf.

Sie dachte an Abubakar, den sie in Ägypten getroffen hatte und den Stiffeye bei dem Bombenangriff auf die Redaktion, in der er arbeitete, getötet hatte. Das vermutete sie jedenfalls. Dass Stiffeye der Schuldige war. Sie zog die eine Hand aus der Tasche ihrer Jeansshorts und grüßte ein Liebespaar. Sie saßen auf einer

Decke an Deck des einzigen Holzbootes am Steg. Der Mann hatte den Arm um den Rücken der Frau gelegt, sie lehnte ihren Kopf an seine Schulter. Beide hatten Gläser in der Hand und neben ihnen stand eine Flasche in einem Champagnerkühler. Sie sahen glücklich aus. Feierten sicher irgendetwas. Vielleicht ihre Verlobung.

Das Bild von ihnen verwandelte sich in ein anderes, während sie schnell weiterging. Sie selbst und Danny. Jetzt sah sie ihn klar, obwohl er in ihrer Erinnerung nicht mehr deutlich war. Sie hätten zusammen vielleicht ein glückliches Leben haben können. Als Paar an Deck eines Bootes gesessen haben. Wenn sie ihn nicht zurückgewiesen hätte und wenn sie hätte vergeben und vergessen können. Das konnte sie nicht. Das wusste sie. Er hatte ihr ihren Sohn genommen. Rasmus würde heute noch leben, wäre Danny nicht betrunken von diesem Empfang nach Hause gefahren. Das Letzte, was sie gehört hatte war, dass Danny und Majken zusammen ein Kind bekommen hatten. Von Majken hatte sie nie wieder gehört. Ihre beste Freundin war aus ihrem Leben verschwunden. Zusammen mit dem Mann ihres Lebens.

Die Gedanken stoppten jäh, als sie Stiffeyes Boot erreichte. Hier brannte kein Licht und es herrschte auch keine festliche Stimmung mit Champagner an Deck. Wie immer waren die dunklen Vorhänge vor den Fenstern zugezogen. Alles war still. Verdächtig still.

Sie war davon überzeugt, dass niemand an Bord war, und wagte sich näher heran. Es roch nach verdorbenem Fisch aus einem Eimer mit abgeschlagenen Fischköpfen, der an der Tür stand. Aber es war kein Fischblut, das in einem kräftigen Streifen übers Deck gezogen war und unter der geschlossenen Tür verschwand. Kamilla blieb einen Augenblick lang wie angewurzelt stehen. Sah sie, was sie glaubte? War das Blut? Blut von einem Menschen?

Sie schaute sich um. Der Steg war verlassen und menschenleer. Lachen kam in Wellen von weit her und ging im Schlagen des Meerwassers gegen die Schiffsseiten und den Schreien der Möwen unter, die versuchten, die Musik in der Ferne zu übertönen.

Kamillas Herz klopfte ganz oben im Hals. Wäre sie Anne Larsen gewesen, hätte sie einfach die Tür eingeschlagen. Aber sie war nicht Anne Larsen. Sie hatte keine Ahnung, was sie tun sollte. Anne anrufen – oder die Polizei? Wenn es nun bloß von einem Seehund oder großen Fisch oder Hai stammte – wer wusste, wo er mit dem Boot gewesen war? Aber es war noch nicht da gewesen, als sie das Diktiergerät unter der Plane versteckt hatte – oder doch? Hatte sie es im Dunkeln nur nicht bemerkt? Nein, sie hatte Stiffeye gestern Abend das Deck schrubben sehen. Das Blut sah auch frisch aus.

Kamilla machte einen Schritt darüber hinweg und stellte sich auf die Zehnspitzen, um durchs Fenster ins Steuerhaus zu sehen. Wenn sie sich vorbeugte, konnte sie vielleicht durch einen Spalt unter der dunklen Gardine einen Blick hineinwerfen. Aber drinnen brannte kein Licht. Sie beugte sich weiter vor und plötzlich gab die Tür nach. Sie war nicht ganz geschlossen. Kamilla schaffte es zurückzuweichen, bevor sie kopfüber ins Steuerhaus fiel. Sie trat in das Blut auf dem Deck und vergaß völlig zu denken und zu atmen. Vorsichtig schob sie die Tür ganz auf und spähte hinein.

Im Steuerhaus war niemand, auch in der Kombüse nicht, soweit sie das in dem schwachen Abendlicht, das durch die Türöffnung fiel, erkennen konnte. Sie beobachtete jedoch eine Bewegung in der Kajüte, wo sie einen Schlafplatz erahnte. Sie vermutete, dass es auf einem Boot wie diesem Platz für vier Personen gab.

Dann hörte sie das schwache hicksende Geräusch wie der Versuch eines Kindes zu weinen. Sie trat ein und fiel beinahe über etwas Weiches, aber Stabiles auf dem Boden. Sie holte ihr Handy aus der Tasche, machte das LED-Licht darin an und richtete es auf das, worüber sie beinahe gestolpert war. Die Lampe erhellte sein Gesicht. Das weiße Auge starrte tot ins Licht und das andere sah ebenso leer aus wie das Glasauge. Der Mund stand halb offen in einer erstaunten und überraschten Grimasse. Er war tot, daran hatte Kamilla keinerlei Zweifel. Er lag auf dem Rücken in einer Blutlache. Um ihn herum lag Gemüse und ein zerbrochener Teller.

Die eine Hand lag hinter ihm, als hätte er im Todeskampf versucht, etwas von seinem Rücken zu entfernen.

Kamilla hörte das Geräusch wieder, dieses Mal war es deutlich, dass es ein kleines Kind war, das zu weinen versuchte.

»Hallo, ist hier jemand?«

Sie leuchtete nach unten in die Kajüte. Das Gestänge eines zusammengeklappten roten Kinderwagens blitzte auf. Die Frau im Niqab saß mit dem Baby im Arm und hielt ihm den Mund zu. Die eine dunkle Brust war entblößt und die Brustwarze nass, anscheinend hatte sie gerade gestillt. Die Augen der Frau leuchteten vor Angst und Panik in dem grellen Licht der Lampe. Sie lockerte den Griff um den Mund des Kindes und sofort ließ es einen heftigen, herzzerreißenden Schrei los.

Das Gesicht des Babys war weiß und in Kombination mit der schwarzen Brust setzte es in Kamillas Kopf Gedanken in Gang. Die Menschenschmuggler. Ein Strand in Ägypten. Eine schwarze Frau mit einem weißen Kind. Aber das konnte nicht sein.

»Bist du das? Bist du das, Assefa?«, fragte sie trotzdem heiser.

29

Bevor er am Abend zuvor ins Bett gegangen war, hatte er beschlossen, das Jobangebot des Polizeipräsidenten abzulehnen. Diese Königskrone war ihm egal. In der Mordkommission liefen sie ja ohnehin in Zivil herum. Ihm ging es gut bei der *DUP* und er legte viel Wert darauf herauszufinden, ob Polizisten das Gesetz übertreten hatten oder nicht. Arbeiten *im Dienste der Wahrheit* – war das Motto der Behörde. Es passte ihm auch gut, dass er keine Fälle untersuchen musste, in die alte Kollegen involviert waren. Er beneidete Mark Haldbjerg nicht, der nun herausfinden sollte, warum Anker Dahl auf Elias Ali Hassan geschossen hatte. War es Notwehr, wie er behauptet hatte? Ein Unfall, dass die Pistole losging, während Anker Dahl darum kämpfte, sie ihm zu entringen?

Roland hatte seine Zeugenaussage abgegeben. Er hatte nicht erwähnt, dass auch Anne Larsen vor Ort gewesen war. Sie konnte nicht besonders viel beobachtet haben.

Elias Ali Hassan konnte nicht verhört werden. Er lag im Krankenhaus und sein Zustand war äußerst kritisch, sagten die Ärzte. Er war in ein künstliches Koma versetzt worden. Das Projektil war quer durch den Brustkorb gegangen und hatte das Herz gestreift.

Roland schielte zu Sylvestre, der angespannt neben ihm auf dem Beifahrersitz saß und seine Reisetasche an sich drückte. Er sah klein aus. Verschwand beinahe im Sicherheitsgurt. Roland wusste nicht, wie er mit ihm kommunizieren sollte und schenkte ihm nur ein aufmunterndes Lächeln, als die dunklen Augen schräg zu ihm hochschauten. Der Junge hatte das gleiche Problem. Vielleicht wäre es eine Idee, Arabisch zu lernen, wenn Irene weiterhin für die *Dänische Flüchtlingshilfe* arbeitete. Oder vielleicht Kirundi oder Suaheli – oder was sie nun im Nahen Osten und den afrikanischen Ländern sprachen. Auf der anderen Seite kamen die Flüchtlinge wohl nach Dänemark, um Dänen zu werden, war es daher nicht ihre wichtigste Aufgabe, die dänische Sprache zu lernen und nicht umgekehrt? Sylvestre würde sicher Dänisch lernen. Kinder lernten eine Fremdsprache schneller, das kam beinahe ganz von selbst.

Roland guckte aufs Navi. Er hatte nicht damit gerechnet, so weit aufs Land fahren zu müssen, um die Adresse zu finden, wo Sylvestres Onkel väterlicherseits mit seiner Familie wohnte. Er war Arzt, hatten sie in der Ausländerbehörde gesagt, und ein Mitarbeiter sollte bei der Adresse gewesen sein und die Bedingungen anerkannt haben. Vielleicht war es unnötig, dass Roland den Jungen begleitete, aber nach den schlechten Erfahrungen letztes Jahr mit Rashid war ihm das lieber, auch wenn der Onkel vorgeschlagen hatte, ihn selbst abzuholen.

Der Schulhof in der Korsholm Schule in Foldby sah leer aus. Die Sommerferien ließen die kleine Stadt wie ausgestorben wirken. Selbst das Gasthaus an der Ecke sah verlassen aus, als sie von der Kreuzung in den Postweg fuhren, der Adresse, die Irene ihm gegeben hatte. Doch die Computerstimme des Navis leitete ihn weiter. Sie passierten das Schild, das anzeigte, dass sie Foldby nun verließen. Jetzt waren sie wirklich auf dem Land. Nur Felder, Felder und nochmals Felder auf beiden Seiten der Straße. Es schien fast, als wohnten hier keine Menschen. Dann tauchten ein paar Höfe auf und eine Reihe weißer Windmühlen ließen Sylvestre staunen.

»*Windmills* ... èoliennes«, erklärte Roland. Er meinte, so hießen die auf Französisch – es erinnerte an das italienische *eoliche*. Irene hatte ja gesagt, dass Sylvestre ein bisschen Französisch verstand.

Kurz darauf fuhren sie in ein Waldgebiet und alles Sonnenlicht verschwand in den dichten, grünen Schatten der Baumkronen.

Hier in der Gegend gab es einige Wälder, die meisten mit dem Frijsenborg Wald verbunden, wie man es auch in Aarhus mit dem Marselisborg Wald sah, der auf die gleiche Weise aus mehreren zusammengesetzten Wäldern bestand. Gab es hier wirklich Häuser? Irene musste die falsche Adresse bekommen haben oder sie missverstanden haben. Sie fuhren weitere Minuten, bevor die Navi-Stimme befahl, dass er links auf einen unebenen, nicht asphaltierten Waldweg abbiegen sollte, der aus Kies und braunen Tannennadeln bestand. Ihm kam der Gedanke, dass ihn die »Dame« zum Narren hielt, doch plötzlich informierte sie, dass sie in hundert Metern rechts abbiegen sollten.

Das Haus konnte man wegen der Nadelbäume nicht sehen, bevor das Auto in eine schwarze, betonierte Einfahrt rumpelte. Die mechanische Stimme teilte mit, dass sie ihr Ziel erreicht hätten.

Hätte Roland nicht gesagt bekommen, dass Jakaya Magufuli, wie der Onkel hieß, Arzt war, hätte er auf Künstler getippt. Einer von der Sorte künstlerischer Architekten, die am liebsten sehr viel moderner und anders wohnten als gewöhnliche Menschen. Das Strohdach und das Haus waren rund, was es wie eine große, afrikanische Hütte aussehen ließ, aber das feine, bräunliche Mauerwerk, das sich harmonisch in die Natur einfügte, änderte diesen Eindruck. Die Fenster waren rot gestrichene Bauernhausfenster, die so gar nicht zu diesen braunen Mauersteinen passten. Jedenfalls nicht nach seinem italienischen Geschmack. Hinten lag ein weniger auffallendes, flaches Gebäude, das einer Baracke ähnelte.

Roland sah skeptisch zu Sylvestre, aber der schien sich nicht über die Adresse oder das Haus zu wundern. Er lächelte breit und zeigte seine komplette schöne, weiße Zahnreihe, als ein hagerer Mann mit schwarzer, faltiger Haut und weißen, lockigen Haaren ebenso breit lächelnd auf die Treppe heraustrat. Die Zähne waren nicht im gleichen guten Zustand wie Sylvestres.

Roland schnallte den Jungen ab, griff über ihn und öffnete die Autotür. Er sprang hinaus, die Tasche im Arm, drehte sich aber um und schaute Roland mit tausend Fragen im Blick an.

»Du wirst jetzt hier wohnen. Hier bei deinem Onkel, ja?«, sagte er mit einem Kloß im Hals, obwohl Sylvestre die Worte nicht verstand.

Sylvestre ging ein wenig zögernd zu dem weißhaarigen Mann, während er sich immer noch an die Reisetasche klammerte. Roland stieg auch aus dem Auto und nahm seinen Koffer aus dem Kofferraum. Er hatte nicht viel vom Asylzentrum mitgehabt. Ein paar Klamotten und Schuhe, das war alles, daher wog der Koffer nicht viel. Er ging zu Sylvestre und stellte den Koffer vor ihn.

Jetzt musste Roland eigentlich zurück nach Aarhus fahren und sich um seine Arbeit kümmern. Er hatte den Jungen abgeliefert, aber die Neugier hielt ihn fest. Er hoffte, Jakaya Magufuli sprach Dänisch.

Er kam Roland zuvor – auf Englisch.

»Thank you for escorting Sylvestre home, and thank you for all your help.«

»Do you speak Danish?«, fragte Roland, hauptsächlich aus Sorge um Sylvestres Integration, falls er kein Dänisch konnte.

»Doch ja, *a* kleines … bit«, antwortete der Arzt, der gar nicht wie ein Arzt wirkte, unsicher und streckte Roland den Arm entgegen. Er nahm die sehnige Hand; es fühlte sich an, als drücke man die eines Skelettes mit Gummihandschuhen.

»Sie müssen eigentlich meiner Frau, Irene, danken. Sie ist Ehrenamtliche bei der Dänischen Flüchtlingshilfe.«

Jakaya nickte und strich abwesend über Sylvestres Haar, während er Roland anschaute, als wartete er darauf, dass er bald wieder ging. Das Weiße in den Augen war gelblich und es lag ein matter Schleier über der braunen Iris, der die Augen blass machte. Roland schätzte ihn auf irgendwas zwischen Ende fünfzig und Mitte sechzig, aber das war wegen der faltigen Haut schwer zu beurteilen. Vielleicht war er Anfang siebzig. Im rechten Ohr zog ein schwerer Schmuck das Ohrläppchen länger. Es sah aus wie Knochen mit einer Perle, einem Stück Leder und einer kleinen, blauen Vogelfeder.

»Ich kann ihn doch reintragen, Sylvestre«, schlug Roland vor und griff nach dem ramponierten Koffer, da niemand anderes Anstalten dazu machte.

»No, no, no! You don't need ...« Jakaya Magufuli bewegte sich endlich, aber zu spät. Roland ging mit Sylvestre ins Haus.

»Wo ist sein Zimmer?«, fragte er unschuldig.

Das Innere des Hauses überraschte ihn. Obwohl nicht besonders viele Möbel im Wohnzimmer waren, nur ein kleiner, niedriger Tisch auf einem Leopardenfell, das echt aussah, wirkte es gemütlich mit gemusterten Teppichen an den Wänden und großen, farbenfrohen Sitzkissen auf einem bräunlichen Steinfußboden. Es erinnerte ihn daran, wenn seine Enkelin, Marianna, Teegesellschaft spielte; das spielte sich immer sitzend auf dem Boden ab, die imaginären Teegäste jeweils auf einem Sofakissen.

Eine Frau in farbenreicher Kleidung, auf dem Kopf einen hohen, bunten afrikanischen Turban, der aussah wie der, den Irene nach dem Haarewaschen mit dem Handtuch um ihren Kopf wickelte, kam aus einem Raum, der sicher die Küche war. Auf jeden Fall gab es einen Gasofen und einen Kühlschrank. Sie war genau so dünn wie der Mann, aber ein ganzes Stück jünger. Die Haut war fein und glatt wie geschmolzene, dunkle Schokolade.

Die Frau ergriff Rolands Hand nicht, als er sie ganz automatisch zur Begrüßung ausstreckte, und Jakaya Magufuli räusperte sich.

»My wife, meine Frau, Malaika«, stellte er vor. »Eine von ihnen.«

»Haben Sie denn mehr als eine?«

»Ich habe vier Ehefrauen, wozu Allah mir das Recht gibt. Leider durfte nur … one of ihnen nach Denmark kommen. Ich habe Malaika gewählt, sie ist die youngest.« Er blinzelte Roland verschwörerisch zu. »Aber zwei von den anderen sind trotzdem hier. Die eine ist meine Köchin, die andere meine Maid.«

»Haben Sie selbst Kinder?«, fragte Roland, der im Kopf angefangen hatte, das Kindergeld auszurechnen.

»Of course … zusammen haben wir sechs Kinder, aber nur drei von ihnen sind nach Denmark gekommen zusammen mit ihren mothers, die anderen kommen später. Malaika hat mir noch keine geboren, sie ist so young, aber das kommt noch.«, lächelte er.

Malaika lächelte einen diskreten Gruß zu Roland und verstand anscheinend nicht alles von dem, was ihr Mann sagte. Sie umarmte Sylvestre liebevoll und nahm den Koffer aus Rolands Hand. Sie hatte schöne, fast schwarze, umrandete Augen und große, hübsch geformte volle Lippen. Unwillkürlich dachte Roland an das Mädchen auf dem Coffee Circle-Logo, das merkwürdigerweise noch nicht der Political Correctness zum Opfer gefallen war.

Er sah ihr und Sylvestre nach, als sie die Treppe zum ersten Stock hochgingen. Sie bewegte sich wie ein Panther. Sylvestre sah betreten zu ihm nach unten. Roland lächelte aufmunternd und winkte.

»Sind Sie Großwildjäger?«, fragte er und nickte in Richtung der vielen ausgestopften Köpfe von Gazellen, Antilopen und anderen ihm unbekannten Bockarten, die er in einem zweiten, kleineren Raum, abgetrennt durch eine Glastür, entdeckte. Erst, als er den Blick von einem Bockkopf mit imponierenden langen, gewundenen Hörnern nahm, bemerkte er, dass dort drinnen auf den Kissen einige Menschen saßen. Zwei Frauen in muslimischer Bekleidung und ein Mann, auch von einer anderen ethnischen Herkunft.

»Das hier war … my father. Er geht im südlichen Kenia immer noch auf Jagd.«

»Also sind Sie aus Kenia?«

»Mein father ist … ich wohnte in Bujumbura, bevor … aber ich bin ein beschäftigter Mann, Mr. Benuto …«

»Benito«, korrigierte Roland.

Jakaya Magufuli wies gleichgültig mit der knochigen, braunen Hand Richtung Glastür. »Meine patients warten«, erklärte er.

Roland nickte verständnisvoll. Der Raum mit den vielen Schädeln an den Wänden war also das Wartezimmer. Glücklicherweise hingen an den Wänden *seines* Arztes Reproduktionen von Asger Jorn.

»Wo wurden Sie als Arzt ausgebildet?«, wagte er zu fragen.

»In dem Dorf, wo ich grew up. Hier in Dänemark nennt ihr das, glaube ich, healer, Heilpraktiker. Ich bin Heilpraktiker. Aber jetzt muss ich take care of meine patients.« Er drehte sich vor der Glastür um. »Danke für Sylvestre«, sagte er und ging hinein. Die Patienten beugten ihre Köpfe und grüßten ihn demütig, bevor er zusammen mit einer der Frauen durch eine Tür zu einem weiteren Raum verschwand. Die Tür wurde geschlossen.

Roland blieb verlassen auf dem Leopardenfell zurück. Sylvestre hatte er nicht einmal ordentlich Auf Wiedersehen sagen können. Er hatte es auch nicht geschafft, seinem Onkel zu erzählen, dass Sylvestre Angst im Dunkeln hatte und daher nachts eine kleine Lampe an sein sollte. Dass er es liebte, H.C. Andersen-Märchen vorgelesen zu bekommen, auch wenn er die Worte nicht verstand. Dass *Die Nachtigall* sein Favorit war. Roland ging hinaus auf den schwarzen Granit und schaute hinauf in den Himmel, der durch die dichten, hohen Nadelbäume schwer zu erkennen war.

In Absprache mit Viktor Enevoldsen musste er nicht vor Mittag erscheinen. Er hatte nicht gewusst, wie lange das Abliefern von Sylvestre dauern würde. Es war noch genug Zeit. Er ging um das Haus herum und betrachtete es neugierig. Hatte noch nie zuvor ein Haus wie dieses gesehen. An mehreren Stellen sah es selbst gemacht aus. Das Loch eines fehlenden Mauersteins war mit grauem Lehm gefüllt und wenn man es aus der Nähe sah, war das Strohdach nicht von einem kundigen Dachdecker gemacht worden.

Roland erschlug eine Mücke, die an seinem Blut interessiert war. Er kam hinter dem Haus bei der Baracke an. Eine Frau klopfte einen Teppich aus, der an einer Wäscheleine hing, aber sobald sie ihn sah, eilte sie hinein. Man hörte schwach Kinderstimmen und Lachen. Dort hielten sich sicher seine Kinder und die anderen beiden Frauen auf. Irene hatte gesagt, dass Sylvestre aus einer christlichen Familie aus Burundi käme, also wie passte es ins Bild, dass sein Onkel anscheinend Moslem war? Natürlich mussten nicht alle Familienmitglieder den gleichen Glauben haben. Es kam ja auch darauf an, wie gläubig sie waren. Würde Sylvestre auch dort in der Baracke und nicht in dem schicken Haus wohnen?

Roland hörte in der Einfahrt auf der anderen Seite des Hauses einen Automotor. Vielleicht kamen weitere Patienten. Das Geschäft des Heilpraktikers schien gut zu laufen. Das der dänischen Heilpraktiker bestimmt auch – nach mehreren Fernsehsendungen, in denen verschiedene alternative Behandler ihr Können demonstriert hatten. Roland hatte Pendeln, Visualisierung, Aromatherapie und so etwas immer als reinen Hokuspokus gesehen. Er guckte auf die Uhr und beschloss, zurück nach Aarhus zu fahren. Das Fenster im ersten Stock war sicher das zu Sylvestres Zimmer, aber er sah ihn nicht, als er hinaufschaute.

Neben seinem Auto hielt ein schimmernder roter Audi A6 nachlässig geparkt. Das musste das Auto gewesen sein, was er gehört hatte. Ein Auto für nicht unter einer halben Million Kronen. Sein eigener Mazda sah daneben klein und unbedeutend aus. Jakaya Magufuli hatte offenbar zahlungskräftige Patienten, Freunde oder Geschäftspartner. Roland schaute in den Wagen und konnte nicht umhin, leise zu pfeifen.

Er wollte gerade in sein Auto steigen, als er durch ein offenes Fenster erhitzte Stimmen im Haus hörte. Es klang wie Jakaya Magufulis raue Stimme und die eines anderen Mannes. Es war keine Sprache, die Roland kannte, daher gab es keinen Grund zu lauschen, aber der Stimmlage hörte man deutlich an, dass es Spannungen zwischen den beiden Männern gab.

Roland setzte sich ins Auto und schaute wieder hoch zu Sylvestres mutmaßlichem Fenster. Hoffte, einen Schimmer seines kleinen, dunklen Gesichts zu erhaschen, am liebsten mit einem großen, breiten Lächeln. Doch nur der Schatten der hohen Nadelbäume, die das Haus umgaben, spiegelte sich in den Scheiben. Roland öffnete das Handschuhfach und suchte nach einem Stift. Dort lag ein Kugelschreiber, aber kein Papier. Er schrieb das Kennzeichen des roten Audis auf seine linke Handfläche.

30

Es war eine der schlimmsten Nächte, die Kamilla je erlebt hat.

Es war unfassbar für sie, dass die Frau, die ihr gegenüber saß, Assefa sein sollte. Die gleiche Frau, die sie letzten Sommer an einem Strand in Alexandria in Ägypten auf der Flucht mit ihrem Albino-Baby fotografiert hatte. Ihr Siegerfoto. Wie wahrscheinlich war das? Die Frau hatte jedoch auf den Namen reagiert und angefangen, schnell eine ganze Menge zu sagen in einer Sprache, die Kamilla nicht verstand. Die Augen der Frau hatten vor Angst geflackert wie bei einem gefangenen Tier, das unter Schmerzen litt oder um sein Leben fürchtete. Kamilla hatte über dem einen Bett eine Lampe gefunden und sie angeschaltet.

Das Kind, das in eine Decke gewickelt war, weinte kontinuierlich und Kamilla wurde nervös, dass die Frau es ersticken würde, so fest, wie sie es an sich presste. Es war ihr mittlerweile gelungen, die Frau ein wenig zu beruhigen, aber jedes Mal, wenn Kamilla ihr Handy aus der Tasche holte, um die Polizei anzurufen, reagierte sie aufgebracht und schlug nach dem Telefon. Kamilla verstand, dass die Frau nicht wollte, dass sie jemanden anrief.

Aber oben in der Kombüse lag ein toter Mann in einer Blutlache. Sie riet, was passiert sein konnte. Von seiner Position, den Arm hinter sich, ausgehend, vermutete sie, dass Stiffeye ein Messer im Rücken steckte. Hatte Assefa, falls sie es denn war, seinem

Todeskampf wirklich nur zugesehen? Es sah aus, als ob sie gerade gekocht hätten. Auf einem Schneidebrett auf dem Tisch lagen einige gehackte Tomaten, und ein paar Stücke rohes Fleisch, die allmählich grau wurden, lagen auf einem Teller und zogen Fliegen an, die auch am Rand des eingetrockneten Blutes auf dem Boden saßen.

Die Frau beruhigte sich erst, als Kamilla das Telefon zurück in die Tasche gesteckt und ihr auf Englisch versichert hatte, dass sie niemanden anriefe, obwohl sie nicht wusste, ob sie die Sprache verstand.

Die Frau hatte sich mit dem weinenden Kind hingesetzt, die schwarze, schwere Brust wieder herausgeholt und stillte weiter, den Blick auf jede von Kamillas Bewegungen geheftet. Kurz darauf senkte sich ihr Kopf müde und erschöpft. Kamilla hatte sich ihr und dem Kind gegenüber auf das andere Bett gesetzt und sah sie an. Lächelte, wenn die Frau aufschaute. Sie war immer noch auf der Hut wie eine Löwin mit ihrem Jungen.

Als Kamilla glaubte, die Frau schliefe, und vorsichtig versuchte ihr das Kind abzunehmen, damit sie es nicht verlor, war sie aufgewacht, hatte sie böse angesehen und das Kind wieder fest an sich gedrückt. Kamilla hatte sich wieder auf das andere Bett gesetzt. Sie konnte Blut riechen, widerlich und süßlich. Vielleicht war es das Fleisch. Sie musste sich übergeben.

Nach einer Stunde war auch Kamilla kurz davor einzuschlafen. Die Armbanduhr zeigte, dass es weit nach Mitternacht war. In wenigen Stunden würde die Sonne aufgehen. Dann bemerkte sie, dass die Frau so fest schlief, dass sie beinahe ihren Griff um das Kind gelöst hatte, das gefährlich nah daran war, herunterzufallen. Kamilla stand langsam auf, ohne Lärm zu verursachen. Das Kind wimmerte nur ein winziges bisschen, als sie es nahm, wachte aber nicht auf. Sie holte eine Decke von dem anderen Bett, legte sie über die schlafende Frau und setzte sich mit dem Kind. Es sah aus, als wäre ihm heiß, es waren kleine Schweißperlen auf der weißen Stirn. Fieber vielleicht. Kamilla erinnerte sich, was sie über die Jagd auf Albinos in Afrika gehört hatte und dass Assefa mit dem Kind auf der Flucht gewesen war, weil Menschen aus ihrem Dorf es hatten töten wollen. Es war ein Hexenkind. Sie betrachtete das kleine Gesicht. Die Augenbrauen waren eine Andeutung feiner Haare. Es waren auch nur helle Daunen, die sie auf dem Kopf des Kindes erahnte. Sie streichelte vorsichtig mit den Fingerspitzen darüber. Sie waren weich. Sie erinnerte sich daran, als Rasmus in dem Alter war, und zurückgehaltene Tränen brannten in den Augen. Sie realisierte, dass das Kind überhaupt keine afrikanischen Züge hatte. Unwillkürlich runzelte sie die Stirn. Das konnten unmöglich Assefa und ihr Baby sein. Es war ein Jahr her, dass sie sie am Strand fotografiert hatte, also musste das Kind heute auf jeden Fall über ein Jahr alt sein. Doch dieses Baby hier war nicht älter als drei bis vier Monate.

Behutsam befreite sie das Kind aus der Decke. Es bewegte sich wieder, wimmerte und rieb sich das Gesicht mit kleinen Fäustchen. Sie beruhigte es mit sanften pscht-Lauten und schielte nervös zu der Frau, doch die schlief immer noch fest. Kamilla schaute wieder auf das Kind. Der gestreifte rosafarbene Strampler war nass von Muttermilch auf der gelben Winnie Puuh-Figur auf der Brust. Sie lehnte sich an die Wand und wiegte das Kind, bis es wieder fest schlief.

Die Sonne ging auf und warf einen roten Schimmer auf den Boden unter den dunklen Gardinen. Kamilla sehnte sich nach der frischen Luft. Das Boot schaukelte jetzt mehr, als ob es windig geworden wäre. Der Blick glitt weiter zu dem roten Kinderwagen, der zusammengeklappt unter dem Fenster stand. Die Gedanken kamen ihr in Bruchstücken, die langsam gesammelt wurden und an ihren Platz fielen wie ein Nebel, der sich lichtet und sukzessive immer mehr enthüllt. Kleines Mädchen, drei Monate alt, roter Kinderwagen, rosafarbener gestreifter Body mit Winnie Puuh auf der Brust. Hieß es nicht Josefine? Das kleine Mädchen, das sie gesucht hatten?

Kamilla legte das Baby auf das Bett und warf erneut einen Blick auf diese afrikanische Frau. Sie war gegen die Wand gelehnt. Der

Niqab saß schief, der Kopf war nach unten auf die Brust gesenkt und sie schnarchte sanft. Kamilla schlich die beiden Stufen zur Kombüse hoch, stoppte bei dem Blut und trat über Stiffeyes Leiche mit zunehmender Übelkeit im Hals.

Draußen an Deck atmete sie tief ein und spürte, wie sie zitterte und Rückenschmerzen davon hatte, die Nacht in einer unbequemen, sitzenden Stellung verbracht zu haben. Ein Mann machte einen Spaziergang mit seinem Hund auf dem gegenüberliegenden Steg, wo sie ein Stück der *Black Pearl* sehen konnte. Eine Möwe tauchte nach irgendetwas im Wasser. Träge verfolgte sie sie mit den Augen, dann riss sie sich zusammen, rief im Polizeipräsidium an und informierte darüber, dass sie sich auf einem Boot im Aarhuser Jachthafen befand, zusammen mit einem ermordeten arabischen Mann, einer afrikanischen Frau und vermutlich dem gesuchten Baby, Josefine.

31

Der Nachrichtenchef verkündete, dass es eine kleine Redaktionssitzung um 11:00 Uhr geben würde. Das war in einer Viertelstunde.

Anne seufzte leise, sie war gerade so gut dabei mit dem Hintergrundbeitrag für die Nachrichten am Abend, der die von Jytte und Flash im Stadion gemachten Aufnahmen ergänzen sollte. Sie hatte sie gesehen und ertappte sich dabei, die ganze Zeit nur nach Sabina Ausschau zu halten. Aber sie war nicht zu sehen zwischen den vielen nichts ahnenden, fröhlichen und, was die meisten betraf, betrunkenen Konzertbesuchern. Wenn sie sie sah, bekam sie das gleiche elende Gefühl im Magen, wie wenn sie an die jungen Menschen im Zug dachte, die ihr Leben bei dem Terroranschlag in Kopenhagen verloren hatten. Das zeigte, wie unerwartet und sinnlos das Leben viel zu früh zu Ende gehen konnte.

Es war Flash gelungen, die Explosion aus so geringer Entfernung zu filmen, dass Anne nicht verstand, wie er sich das getraut und die Erlaubnis dafür bekommen hatte, aber ein alter Kriegsreporter kannte natürlich einige Tricks. Selbstverständlich konnte die Kamera zoomen, aber trotzdem.

»Zeigen wir das?«, hatte sie Jytte gefragt, als sie die Aufnahmen zusammen gesehen hatten.

»Ja, so ist es doch passiert«, fertigte Jytte sie ab.

Anne dachte an die Angehörigen, die bei dieser Explosion Verwandte oder Freunde verloren hatten, vielleicht ihre Kinder. Ob Nicolaj Natalies Schwester wohl gefunden hatte? Und wo war Sabina?

»Erwähnen wir auch, dass der Vizepolizeidirektor auf frischer Tat mit der rauchenden Pistole in der Hand ertappt wurde?«

»Das können wir ja nicht beweisen. Du hättest den Vorfall mit deinem Handy filmen müssen, dann hätten wir was rausbringen können. Das Polizeipräsidium hat nicht bestätigt, dass so etwas passiert sein soll.«

Anne verdrehte die Augen, als Jytte nicht hinsah. Natürlich war es nicht bestätigt worden. Sie wusste genau, dass Jytte sie für unprofessionell hielt, weil sie Anker Dahl und Roland Benito nicht gefilmt hatte, aber daran hatte sie nun wirklich nicht gedacht, als die Stimme aus den Lautsprechern alle aufforderte, das Stadion zu verlassen.

Exakt um 11:00 Uhr setzten sie sich an den Tisch, bereit für die Sitzung. Flash, mit seiner lockeren und gleichmütigen Einstellung, von der man sich nicht täuschen lassen sollte, kam als Letzter. Mit verschränkten Armen setzte er sich neben Anne und sah aus wie jemand, der ein spannendes Erlebnis erwartet. Sie spekulierte geistesabwesend, ob es ausschließlich vom Kameratragen kam, dass seine Oberarme so toll entwickelt waren.

»Ich weiß, dass ihr alle viel zu tun habt und enormen Einsatz in dieser ungewöhnlich hektischen Zeit zeigt.«

Der Nachrichtenchef legte mit diesem Lob einen überraschenden Start hin. Anschließend warf er ein Foto auf den Tisch. Anne erkannte ihn sofort wieder. Das war der Beamte, auf den Anker

Dahl im Stadion geschossen hatte. Der, der versucht hatte, sie am Kopenhagener Hauptbahnhof in einen der Busse zu lotsen.

»Sein Name ist Elias Ali Hassan. Wir bringen dieses Foto hier heute Abend. Jytte macht ein Porträt des Todesbeamten, der im Krankenhaus nun selbst in Lebensgefahr schwebt. Vizepolizeidirektor Anker Dahl wurde für das Abfeuern der Pistole verhaftet. Es wurde gerade bestätigt, sicher, um die Gerüchte in den sozialen Medien zu stoppen. Du findest auch heraus, wie weit die Polizeibehörde mit der Sache ist, ja, Jytte?«

Anne wollte protestieren. Sie war dichter an dem Beamten dran als Jytte. Sie war diejenige, die Zeugin war und ihn im Stadion entdeckt hatte. Sie hatte Roland hinzugerufen. Aber der warnende Blick des Nachrichtenchefs kam ihr zuvor.

Flash deutete auf das Bild des Beamten.

»Und der andere Beamte vom Hauptbahnhof, ist er …«

»Falsch, ja. Das wurde auch gerade öffentlich gemacht«, antwortete der Nachrichtenchef. Er lächelte plötzlich. »Und es gibt noch eine wirklich erfreuliche Nachricht. Das kleine Mädchen, Josefine Nørregaard, wurde wohlbehalten gefunden. Die Eltern sind natürlich froh, aber sie wollen nicht ins Fernsehen.«

»Kein Wunder, bei der Behandlung, die dem Vater zuteil geworden war, indem er der Entführung seines eigenes Kindes beschuldigt wurde«, sagte Flash verständnisvoll.

»Alles hat doch auf ihn hingedeutet«, meinte Jytte.

»Josefine wurde letzte Nacht von einer Frau an Bord eines Segelbootes im Aarhuser Jachthafen entdeckt. Auf dem Boot hat die Polizei auch eine afrikanische Frau gefunden, deren Identität sie nicht kennen, und die Leiche eines vermutlich arabischen Mannes, der noch nicht identifiziert wurde. Die Polizei ist mit der Ermittlung in vollem Gang und gibt bis auf Weiteres keinen Kommentar ab«, fuhr der Nachrichtenchef fort.

»Also haben wir wieder nichts, was wir bringen können«, seufzte Jytte und warf primadonnenmäßig ihren Kugelschreiber auf den Tisch.

Der Nachrichtenchef nickte, während er einen Schluck Kaffee trank.

»Doch. Wir können versuchen, ein Interview mit der Frau zu bekommen, die Josefine gefunden hat. Bisher hat sie sich geweigert mit der Presse zu sprechen, aber sie ist die Einzige, die wir haben, die etwas erzählen kann. Sie ist Fotografin und heißt …« Er setzte seine Brille auf und schaute in seine Notizen, »Kamilla Holm.«

Anne ließ beinahe ihren Kaffeebecher fallen.

»Kamilla? Die kenne ich.«

Der Nachrichtenchef sah sie über den Brillenrand und die Thermoskanne an. »Ich dachte doch, dass mir der Name was sagt. Ist das nicht deine Freundin, die letztes Jahr einen tollen Fotopreis gewonnen hat?«

»Ja, das war Kamilla. Hat sie Josefine gefunden?«

Anne verstand nichts. Warum hatte Kamilla sie nicht kontaktiert, wenn sie in Aarhus war, und wie hatte sie es geschafft, ein Baby zu finden, das seit zwei Wochen verschwunden war?

»Ja, dann denke ich, solltest du diesen Auftrag übernehmen, Anne. Vielleicht lässt sie sich von einer Freundin zu einem Interview überreden.« Der Nachrichtenchef lächelte zufrieden. »Wir bringen es heute Abend um 19:30 Uhr in den Nachrichten, daher haben wir's eilig, du darfst gerne schon loslegen, Anne. Nimm Flash mit. Kamilla Holm sollte sich, soweit ich weiß, auf ihrem Boot im Jachthafen aufhalten.«

Ihrem Boot? Kamilla hatte ein Boot? Anne nickte und gab Flash mit schlaffer Hand einen Klaps, als sie aufstand. Er schien überhaupt nicht kapiert zu haben, dass er eine neue Aufgabe hatte und war sicher genervt, dass der Nachrichtenchef jetzt nicht mit der Terrorsache weitermachte. Oder mit einem Bericht über den Besuch des Ministerpräsidenten im Aarhuser Rathaus in Verbindung mit einer Besprechung zur Terrorsituation. Der Gründer der *DFD* war der Hauptredner. Anne hörte nicht mehr zu, sie hatte Kamillas Handynummer gefunden und rief an, während sie sah, wie Flash sich zusammenriss, ebenfalls vom Tisch aufstand und seine Jacke nahm, die er achtlos über die Rückenlehne seines Stuhls geworfen hatte.

Kamilla ging nicht ran. Anne versuchte es noch mal, aber wieder landete sie auf der Mailbox.

»Ich kann sie nicht erreichen, aber lass uns zum Jachthafen fahren. Wir müssten das Boot finden können, auf dem der Mord begangen wurde.«

Sie sprachen auf der Fahrt zum Hafen nicht über ihre Erlebnisse im Stadion, als ob sie stillschweigend übereinstimmten, dass Terror ein Tabuthema war. Auf dem Beifahrersitz zurückgelehnt hing Flash seinen eigenen Gedanken nach und starrte leeren Blickes durch die Windschutzscheibe.

Anne fand eine Parklücke im Fiskerivej hinter dem Fischhaus des Hafens. Als sie ausstieg, schlug ihr der Geruch von Salzwasser und Fisch entgegen. Eine kühle Brise zerzauste ihre Haare. Flash holte die Kamera und knallte die Autotür zu.

Passanten schauten neugierig auf das *TV2 Ostjütland*-Auto, das in der Regel ein Zeichen dafür war, dass in der Gegend etwas Spannendes passierte.

»Es ist sicher am sinnigsten, geradeaus zu gehen, oder?«, fragte Flash.

Anne nickte, das meinte sie auch, da sie sich am Hafen nicht besonders gut auskannte, jedenfalls in diesem Teil nicht.

Kurz darauf erreichten sie einen Platz mit zahlreichen Booten auf Lagerböcken, dahinter wogten die weißen Schiffsmasten auf unruhigen Wellen. Anne kuschelte sich in ihre Jacke. Es hatte aufgefrischt und die Temperatur war auf zwanzig Grad gesunken. Hier an der Küste sicher noch etwas darunter.

Sie gingen über den Platz zum Fischereikai.

»Wir sind auf dem richtigen Weg«, stellte Flash fest, als sie ein Polizeiauto und kurz darauf einen der dunkelblauen Wagen der Kriminaltechnik passierten, der schräg parkte und fast den Durchgang versperrte.

»Aber wo sollen wir suchen?«, fragte Anne und schirmte mit der Hand die Augen vor der Sonne ab. Die Sonnenbrille hatte sie in ihrem Auto vergessen.

»Da, glaube ich«, sagte Flash und deutete auf den nächsten Steg.

Dort sah sie auch das polizeiliche Absperrband um ein größeres Segelboot. Und da stand Kamilla im Gespräch mit einer Beamtin mit Migrationshintergrund, vielleicht die einzige Frau im Revier. Es gab insgesamt nicht besonders viele weibliche Beamte. Niels Nyborg, den Anne besser kannte, stand daneben und sprach mit einem der Kriminaltechniker. Anne und Flash mussten sich den Weg durch die Schlange von Schaulustigen bahnen, die sich vor der Absperrung versammelt hatten. Ein paar Kinder aßen Eiswaffeln, als wohnten sie einer Touristenattraktion bei. Ein Beamter hielt Anne und Flash an der Absperrung an.

»Kein Zutritt«, sagte er.

»Aber ein paar Fragen dürfen wir doch wohl stellen? Wir kommen vom Fernsehen«, sagte Anne, zeigte ihren Presseausweis und registrierte, dass Kamilla sie bemerkt hatte.

Es war enttäuschend, dass die Freundin sie nicht angerufen hatte. Sie hatten eigentlich letzten Sommer, als sie zufällig beide in schicksalsschwere Ereignisse verwickelt wurden, verabredet, sich etwas häufiger zu sehen. So weit war es ja auch nicht mit dem Auto von Bønnerup Strand, wo Kamilla jetzt wohnte, nach Aarhus. Diese Gedanken gingen Anne durch den Kopf, obwohl sie sich eingestehen musste, dass es ja auch nicht so weit von Aarhus nach Bønnerup war, und sie Kamillas Gesellschaft im vergangenen Jahr selbst auch nicht gesucht oder sich gemeldet hatte.

»Darf ich mit dem Ermittlungsleiter sprechen?«, bat Anne, als der Beamte sie immer noch am Passieren hinderte. Der Beamte sah etwas frustriert aus, aber jetzt kam Niels Nyborg zu ihnen herüber. Er schaffte es kaum, den Mund zu öffnen, bevor Anne ihn abwürgte:

»Ja, ja. Wir können warten, bis die Pressemitteilung kommt, ich kenne die Tirade, Niels, aber kannst du uns nicht erzählen, ob ihr den arabischen Mann und die Frau identifiziert habt? Wie weit seid ihr mit der Ermittlung?«

»Die hat gerade erst angefangen, also kann ich dir nichts erzählen, Anne Larsen. Aber du hast recht, es wird eine Pressemitteilung geben.«

Niels Nyborg wurde von einem Kriminaltechniker gestört, der ihn etwas fragte und auf das Boot deutete. Er wandte Anne den Rücken zu und ging hinüber.

»Hallo Anne. Ich habe schon damit gerechnet, dass du auftauchen würdest«, sagte Kamilla und kam auf sie zu. Sie krabbelte unter der Absperrung durch und umarmte sie ein wenig unbeholfen.

»Was ist passiert?«, fragte Anne und entschied sich, professionell zu bleiben. Das Private musste warten.

»Das ist eine lange Geschichte, Anne.«

»Ich habe genug Zeit.«

Flash kam näher und versuchte, eine gute Kameraperspektive zu finden.

»Ich will nicht gefilmt werden«, protestierte Kamilla und hielt eine Hand mit gespreizten Fingern vor die Linse.

»Sagt eine Fotografin!«, spottete Anne. »Warum nicht? Okay.« Sie machte Flash Zeichen. »Darf ich dich dann auch nicht interviewen?«

»Lieber nicht, Anne … Ich brauche was nach dieser schrecklichen Nacht. Willst du mit aufs Boot, was trinken? Es ist lange her, dass ich dich gesehen habe. Ich muss auch bald etwas Schlaf nachholen.«

»Okay, ich filme solange ein bisschen am Tatort«, meinte Flash fügsam mit einem großen, charmanten Lächeln und bewegte sich mit der Kamera Richtung Boot.

»Ich wusste nicht, dass du ein Boot hast«, sagte Anne.

Sie gingen am Hafenbecken entlang. Die Leute machten ihnen nur widerwillig Platz. Einige starrten Kamilla nach und tuschelten.

»Das Boot gehört meinem Vater, ich hab's mir geliehen«, antwortete Kamilla und ignorierte die Aufmerksamkeit der Leute.

Es war ein gemütliches kleines Boot mit lackiertem Holzruder, Schlafplätzen für zwei und einem Kühlschrank. Kamilla öffnete ihn und schaute hinein.

»Weißwein oder Bier?«

»Gerne ein Bier«, sagte Anne und schaute sich um. Sie war bei der Arbeit, aber ein Bier konnte ja wohl nicht schaden.

»Hast du auch Hunger?«

»Nein, aber danke.«

Kamilla stellte zwei kalte Dosenbier auf den Tisch und nahm einen Apfel aus einer Schale. Sie schob die Sonnenbrille in die blonden Haare, biss vom Apfel ab und setzte sich auf die Bank. Ihre Augen waren rot gerändert und sahen müde aus.

»Ich habe seit gestern Abend nichts mehr gegessen«, sagte sie.

Anne setzte sich neben sie. »Was ist passiert?«

Kamilla erzählte von dem Gast ihres Vaters, der den arabischen Seemann mit dem weißen Glasauge auf einem Boot hier im Jachthafen gesehen hatte und dass ihr der Verdacht gekommen war, dass es sich um Stiffeye handelte. Vom Abhören mit dem Diktiergerät, Line, die Arabisch studierte, es ins Dänische übersetzt hatte, und das Gespräch über das Kind und den Besuch, der am Tag darauf kommen sollte. Vom Fund des Blutes an Deck am Abend zuvor, Stiffeyes Leiche und der afrikanischen Frau, von der sie glaubte, dass es Assefa war, und dem Baby, das, wie sich herausstellte, Josefine war.

»Dann meinst du also, das ist der Schleuser, von dem du letzten Sommer in einer ägyptischen Kaffeebar Fotos gemacht hast und die Frau, die mit ihrem Baby von einem Strand in Alexandria geflüchtet ist? Klingt das nicht ein bisschen zu abwegig?«

Kamilla sah verletzt aus, dass Anne an ihrer Theorie zweifelte.

»Man weiß natürlich nie«, fügte sie hinzu.

»Sie hat auf den Namen reagiert, als ich sie Assefa nannte. Ich glaube also, dass sie es ist, Anne.

Kamilla öffnete die Bierdose und kniff gleichzeitig die Augen zusammen, als fürchtete sie, Bierspritzer abzubekommen.

»Aber die Frau hatte ja Josefine. Nicht ihr eigenes Kind. Also wo ist das?«, murmelte sie. Der Blick ging in die Ferne, als sie über den Wald aus weißen Schiffsmasten schaute und einen Schluck Bier trank.

Auf dem gegenüberliegenden Steg konnte man schwach ahnen, dass weitere Leute zusammengeströmt waren um zu sehen, was hinter den Polizeiautos und dem Absperrband vor sich ging.

»Wer hat bestätigt, dass es Josefine ist?«

»Die Eltern sind gekommen und haben sie abgeholt. Es war auch Josefines roter Kinderwagen, der sich auf dem Boot befand.«

»Dann hat diese afrikanische Frau Josefine entführt. Aber wieso?«

Auf der Aufnahme auf dem Diktiergerät sagte sie, sie glaube, es sei Kianga. Vielleicht meint sie ihr eigenes Kind. Stiffeye sagte zu ihr, dass sie sie genommen hätten und sie es deswegen tun müssten.«

»Wer? Was tun?«

Kamilla zuckte die Schultern und gähnte.

»Hast du die Aufnahme noch?«

Kamilla nickte, steckte die Hand in die Hosentasche und legte ein Diktiergerät auf den Tisch. »Es ist jetzt mehr drauf, weil es auf dem Boot gelegen hat seit ...« Sie sah Anne plötzlich mit großen Augen an.

»Lag das Diktiergerät auf dem Boot, als der Mord passierte?«, fragte Anne.

»Ja, vielleicht hat es den Mord aufgenommen. Das muss es gemacht haben. Es fiel mir ein und dann habe ich es geholt, während ich darauf gewartet habe, dass die Polizei kommt.«

»Hast du der Polizei davon erzählt?«

»Nein, das habe ich völlig vergessen, es ist so viel passiert, und ...«

»Du bist dir also sicher, dass es Stiffeye ist?«

»Ganz sicher. Das umgedrehte Glasauge ist leicht wiederzuerkennen. Ich habe auch gesehen, dass die Polizei Sprengstoff an Bord gefunden hat, während ich befragt wurde.«

»Ob er wohl etwas mit den Terroranschlägen zu tun haben kann? Es ist ja wieder einer passiert beim AC/DC-Konzert.«

Kamilla hatte nicht gehört, was im Stadion geschehen war. Entsetzt sah sie Anne an.

»Ist es ihnen gelungen?«

»Nur eine von zehn Bomben wurde gezündet, daher war die Zahl der Todesopfer begrenzt, aber fünf sind tot und viele weitere verletzt.«

Sie schwiegen eine Weile.

»Mach das Diktiergerät an«, sagte Anne dann.

»Aber das bringt nichts. Wir verstehen die Sprache nicht.«

»Egal. Vielleicht hören wir, ob, äh – Assefa Stiffeye getötet hat.«

Kamilla schaltete es an und drehte die Lautstärke auf.

Erst hörte man nur Schritte an Deck und eine Menge andere Geräusche, die sie nicht zuordnen konnten. Jemand pfiff eine unbekannte Melodie. Möwen schrien. Es passierte nichts auf der Aufnahme, aus dem sie etwas schließen konnten.

Anne schaute auf die Uhr und lehnte sich zurück. Kamilla holte Brot und Fisch aus dem Kühlschrank.

»Immer noch nicht hungrig?«

Anne schüttelte den Kopf. Sie fühlte sich dösig. Hatte letzte Nacht auch nicht besonders viel geschlafen. Die Erlebnisse im Stadion fuhren immer noch in ihrem Kopf Karussell und Sabina war noch nicht nach Hause gekommen.

Sie richteten sich beide auf und lauschten aufmerksam, als eine Männerstimme plötzlich etwas auf Arabisch sagte, ein Kind weinte, eine Frauenstimme, die erst bittend, dann flehend klang, antwortete. Es war schwer, die Geräusche auseinanderzuhalten. Die Stimmen wurden lauter und hitziger, das Kind weinte noch lauter. Ein dumpfer Ton, gefolgt von weiteren. Es klang, als ob etwas Schweres den Holzboden rammte. Ein scharrendes Geräusch. Glas zerbrach. Danach hörte man nur das Weinen des Kindes und die tröstende Stimme der Frau. Zum Schluss wurde es ruhig und alles glitt zurück zu den Schreien der Möwen und dem Schlagen des Wassers gegen die Schiffsseite.

»Wie lang geht die Aufnahme?« fragte Anne.

»Müssten 520 Stunden sein.«

Anne seufzte und schaute wieder auf die Uhr.

»Lass uns aufhören.Da passiert wohl nichts mehr, bevor du später ankommst. Stiffeye ist jetzt tot. Ich glaube, das war er, den wir fallen gehört haben und der im Fallen Dinge mitgerissen hat.«

»Aber es waren Blutspuren an Deck. Als ob etwas darüber gezogen wurde, und …« Kamilla schluckte. »Es lag ein zerbrochener Teller und Gemüse auf dem Boden der Kombüse. Ich glaube, er hat gerade Essen gemacht.«

»Sie hat ihn sicher erstochen, als er an Deck war, und dann hat sie ihn vielleicht reingezogen oder er hat sich selbst reingeschleppt.« Anne konnte das Ganze vor sich sehen. »Worüber die sich wohl gestritten haben? Die Frau klingt verzweifelt.«

»Ja, das tat sie auch auf der ersten Aufnahme, die, die Line übersetzt hat. Da haben die sich über das Kind gestritten.«

Plötzlich sah Anne Kamilla an.

»Assefas Kind war ein Albino.«

»Ja, sie ist mit ihm geflohen, weil die Leute in ihrem Dorf es töten wollten. Albinos stehen ja bei den Hexendoktoren hoch im Kurs, sie …«

»Du hast von dem Kind gehört, das sie in einem Schrebergarten im Riis Wald gefunden haben, oder?«

»Ja, unheimlich. Ich hab's in der Zeitung gelesen. Soweit ich das verstehen konnte war es ein bestialischer Mord.«

»Und ob! Es wurde zerstückelt und nicht der ganze Körper wurde gefunden, nur die Gliedmaßen. Nicolaj hat mir erzählt, dass die DNA zeigt, dass es ein afrikanischer Albino ist.«

Kamilla schluckte sichtlich. Sie kommentierte nicht einmal, dass Anne mit Nicolaj gesprochen hatte.

»Dann kann es ja doch Assefa sein und vielleicht ist es ihr Baby, das getötet wurde, aber warum?«, murmelte sie schwach.

»Du hast doch gerade gesagt, Albinos stehen hoch im Kurs.«

Kamilla sah Anne mit Augen an, die sowohl vor Entsetzen als auch Skepsis schimmerten. »Ja, in Afrika! Hier in Dänemark haben wir ja keine Medizinmänner?« Sie schaltete das Diktiergerät aus.

Anne stand auf und trat an die Reling, als ob die Luft dort frischer wäre. Sie atmete tief ein, die Luft schmeckte salzig. Die Kriminaltechniker waren immer noch auf Stiff- eyes Boot, konnte sie sehen.

»Wer weiß, Kamilla? Vielleicht hatte Stiffeye etwas damit zu tun. Hat er Assefas Kind genommen? Mit den Fremden kommen neue Sitten ins Land.«

»Ja, Gebetsräume und Moscheen und so was, aber doch keine Medizinmänner. Das ist ja so weit weg von unseren Sitten und unserer Kultur; aber glaubst du nicht, wir sollten es der Polizei sagen und ihnen die Aufzeichnungen geben?«

Anne fand ein flaches Päckchen weiße *Kings* in der Tasche und schüttelte eine zerdrückte Zigarette heraus. »Darf ich?«, fragte sie und zeigte sie zwischen Daumen und Zeigefinger vor.

Kamilla nickte.

Anne zündete sie an und pustete den Rauch zu einer Möwe hoch.

»Mit wem sollten wir bei der Polizei sprechen?«

Kamilla stand auf und stellte sich neben sie, die Arme auf der Bootskante ruhend.

»Anker Dahl. Ich konnte ihn nicht erreichen. Er ist auch auf der Jagd nach Stiffeye. Es quält ihn sicher, dass er ihn letzten Sommer nicht erwischt hat, als meine Bilder bewiesen haben, dass er ein Menschenschmuggler war und damit etwas mit dem Furchtbaren, was passiert ist, zu tun hatte.

»Anke Dahl wurde verhaftet«, sagte Anne in eine Rauchwolke hinein. Die Worte wurden vom Wind davongetragen, aber Kamilla hörte sie.

»Verhaftet?«

Anne schaute auf die Glut der Zigarette, die Asche rieselte ins Wasser hinab und verschwand in den Wellen.

»Ja. Er hat auf einen Mann geschossen. Einen Beamten.«

»Einen Beamten? Aber wer ermittelt dann in all den Fällen? Dem Kindesmord, der Entführung, dem Terroranschlag – und jetzt dem hier?«

Anne zuckte die Schultern.

»Und warum hat Anker Dahl auf einen Beamten geschossen?«

»Das ist eine lange Geschichte.«

»Ich habe genug Zeit«, antwortete Kamilla mit einem kleinen, zweideutigen Lächeln.

32

Mark Haldbjerg schrieb hochkonzentriert auf seiner Tastatur. Er sah nicht einmal auf, als Roland sich ihm gegenüber auf seinen Platz setzte.

»Lief's gut?«, fragte er, immer noch ohne aufzublicken.

Karina hingegen bewegte die Augen von ihrem Computerbildschirm, streckte den Hals und sah ihn an.

»Womit?«, fragte Roland abwesend.

»Dem Jungen natürlich.«

Viktor Enevoldsen hatte sie offenbar darüber informiert, warum Roland später kam.

»Ja, glaub schon. Jetzt ist er auf jeden Fall abgeliefert.«

»Warum siehst du dann so ängstlich aus, Roland? Er wird es doch wohl gut haben bei seiner Familie. Ist der Onkel nicht Arzt?«, sagte Karina und lächelte auf die gleiche Weise, wie Roland Sylvestre auf der Treppe angelächelt hatte. Mit der Unsicherheit, ob es Grund zu lächeln gab.

»Heilpraktiker. Er ist Heilpraktiker.«

Roland erzählte von dem Haus draußen in dem dichten Nadelwald und nun schaute auch Mark interessiert auf. Für einen Do-it-yourself—Mann wie ihn war es ein spannendes Thema.

»Das klingt ja nach etwas«, sagte er und trank einen Schluck von seinem Kaffee, ohne den Blick von Roland abzuwenden.

»Ich habe auch irgendwo gelesen, dass diese Häuser zum Selberbauen immer üblicher werden«, sagte Karina.

Ja, aber ist nicht eines aus dem Bausatz?«, fragte Mark. »Das hier klingt ja mehr wie etwas – selbst Gemachtes.«

»Das war es ganz sicher. Das gleiche Prinzip wie eine afrikanische Lehmhütte, aber mit einem modernen Finish.«

Mark nickte und schrieb auf der Tastatur weiter, als wäre ihm eingefallen, dass er keine Zeit für Gespräche hatte.

»Gibt es was Neues von Anker Dahl?«, fragte Roland.

»Ich soll ihn später befragen. Er bleibt bisher dabei, dass es ein Unfall war, dass die Pistole losging. Das passt ja gut zu der Beschreibung dessen, was du gesehen hast.«

»Ich weiß nur nicht, was vorher passiert ist.«

»War es seine eigene Waffe?«, fragte Karina.

»Nein, das war tatsächlich Elias Ali Hassans, wie er sagt.«

»Aber wieso ist er überhaupt persönlich da gewesen, wenn er die *AKS* hätte schicken können? Vielleicht, weil es einer seiner ehemaligen Mitarbeiter ist und er ihn kennt?«

Mark zuckte als Antwort mit den Schultern.

»Dass Elias Ali Hassan sich ausgerechnet als der Beamte entpuppt, den wir in Verbindung mit dem Terroranschlag in Kopenhagen gesucht haben, ist doch auffallend. Warum hat Anker Dahl nicht gleich gesagt, dass er wusste, wer er war?«, fragte Roland.

»Und ihr seid euch ganz sicher, dass es Elias Ali Hassan war?«

»Eine Zeugin vom Hauptbahnhof hat ihn im Stadion wiedererkannt, sie war diejenige, die Kontakt zu mir aufgenommen hat.«

»Diese Journalistin? Anne Larsen?«, fragte Karina nachdenklich.

Roland nickte.

»Wieso hat sie ausgerechnet dich angerufen?«, machte Karina weiter, als wäre sie seine eifersüchtige Freundin.

»Sie hatte erst probiert, Anker Dahl zu erreichen, aber er ging nicht ran, und außerdem wusste sie ja, dass wir den Beamten suchten. Haben wir mehr über ihn?«

»Ich habe Kontakt zu einer Schwester von ihm aufgenommen. Sie kam ins Krankenhaus und wollte ihren Bruder sehen, nachdem *TV2 Ostjütland* sein Bild mit Namen veröffentlicht und über sein Schicksal berichtet hat. Die Wache im Krankenhaus hat uns informiert. Die Schwester war sehr überrascht. Sie dachte, ihr Bruder sei tot.«

»So wie es klingt, ist das sicher auch bald der Fall.«

»Aber das meinte sie nicht. Sie dachte, er wäre in Afghanistan gestorben.«

»Warum wurde diese Schwester nicht früher gefunden? Hat er überhaupt keine Familie, mit der ihr sprechen könntet?«, fragte Mark belehrend.

»Elias Ali Hassans Familie ist nicht so einfach zu finden«, antwortete Karina in Verteidigungsposition. »Es steht nirgends etwas über ihn – schon gar nicht seine Familienverhältnisse. Vielleicht ist es nicht sein richtiger Name, so ist das wohl oft mit Undercoveragenten, und die Familienmitglieder haben vielleicht einen anderen Nachnamen. Besonders die Schwestern, die geheiratet haben. Seine Schwester heißt zum Beispiel Maisa Severinsen, wie sollte man also daraufkommen, dass sie Elias Ali Hassans Schwester ist?«, fuhr Karina fort. Sie sah Roland direkt an. »Aber sie will gerne mit uns sprechen. Wir können zu ihr fahren, wenn du so weit bist, sie sagte, sie sei den ganzen Tag zu Hause. Wenn wir mehr über Elias Ali Hassan herausfinden, kann das vielleicht auch für deinen Fall von Nutzen sein, Mark.«

Mark nickte. Ihre Ermittlungen hingen zusammen.

»Ja, dann lass uns mal fahren«, beschloss Roland und stand auf.

Karina ging durch, was sie über Elias Ali Hassans Schwester, Maisa Severinsen, herausgefunden hatte, während sie nach Aarhus Ø, zur Aarhuser Insel, fuhren, wie man den neuen Stadtteil im Norden des Aarhuser Hafens getauft hatte, kurz nachdem gerade beschlossen worden war, Aarhus wegen der internationalen Verständlichkeit, wo æ, ø und å verbannt waren, nicht mehr mit Å zu schreiben, sondern mit zwei A. Früher hatte sich dort der Containerhafen befunden und war unter dem Namen *Die stadtnahen Hafengebiete* bekannt gewesen.

»45 Jahre alt. Alleinerziehende Mutter mit drei Kindern. Arbeitet als Hebamme in der Skejbyer Uniklinik. Hat diese Woche frei. Sie wohnt in einer Dreizimmer-Penthousewohnung im *Light-House* mit finanzieller Unterstützung durch die Unterhaltszahlungen ihres dänischen Ex-Manns und dem Kindergeld zusätzlich zu einem nicht wirklich üppigen Hebammen-gehalt – ja, das hat sie wirklich eingeworfen«, fügte Karina ihrer Aufzählung hinzu. »Vielleicht ist sie es gewohnt, dass sich die Leute darüber wundern, wie sie es sich leisten kann, als alleinerziehende Mutter in einer so schicken Gegend zu wohnen. Besonders mit dunkler Hautfarbe.«

Roland kommentierte das nicht. Es gab keinen Grund, ein weiteres Gespräch über Scheidungsprobleme und Singlemütter zu starten. Und im Übrigen waren sie bereits beim Hafen angekommen. Seine Augen suchten durch die Gläser der Sonnenbrille nach einem Parkplatz. Es gab einen direkt vor dem Gebäude. Er schob die Brille in die Haare, bevor er zeitgleich mit Karina ausstieg.

»Hier ist es ja schön«, bemerkte sie und sah an dem kreideweißen Gebäude hoch, das zusammen mit den großen Glaspartien in dem grellen Sonnenlicht blendete. Roland setzte die Sonnenbrille wieder auf.

»Ja, wenn man exhibitionistische Tendenzen hat«, murmelte er.

»Was meinst du?«

»Man hat ja nicht viel Privatsphäre, wenn man hinter Glasscheiben lebt.«

Karina kniff die Augen zusammen, als sie wieder an dem Gebäude hochschaute. »Ja, da ist schon viel Glas – gut für die Fensterputzer – und man kann bei den anderen reingucken. Meinst du das?«

Roland nickte. Ihm würde es nicht gefallen, nicht auf seinem Balkon sitzen zu können, ohne dass die Nachbarn und die Leute auf der Straße sahen, ob er Shorts anhatte oder nicht und ob er nackt aus dem Bad kam. Heutzutage genossen es die Menschen, sich selbst auszustellen. In den neuen Cafés und Restaurant sollte man auch partout zur Schau in einem Fenster sitzen, wodurch alle sehen konnten, wie viele Kalorien man zu sich nahm. Anschließend enthüllten die riesigen Fenster in den Fitnesszentren – bevorzugt in Richtung einer belebten Hauptstraße –, wie man kämpfte, sie wieder abzutrainieren.

Sie nahmen den Aufzug nach oben.

Maisa Severinsen öffnete sofort die Tür. Sie hatte sie sicher schon gesehen, als sie ankamen. Ihre Wohnung ging zum Parkplatz raus. Roland musste dennoch zugeben, dass die Wohnung schick und hell war. Das war klar mit den großen Fenstern vom Fußboden bis zur Decke. Sie war auch geschmackvoll eingerichtet. Elias Ali Hassans Schwester hatte einen ausgesuchten Geschmack, stellte er fest.

Die Tür zum Balkon stand offen und das sorgte für eine angenehme Temperatur. Maisa hatte sicher draußen gesessen. Auf einem runden, weißen Plastiktisch stand eine Kaffeetasse neben einer Illustrierten und der Stoff ihres Wickelkleids mit Ethno-Druck um ihren schlanken Körper war so durchsichtig, dass man den schwarzen Bikini darunter sehen konnte. Die dunklen, lockigen Haare waren mit einer Silberspange im Nacken hochgesteckt. Sie trug kein Make-up. Das Gesicht war hohlwangig und schmal mit der gleichen krummen Nase wie ihr Bruder.

»Möchten Sie was trinken?«, fragte sie.

»Gerne ein Glas Wasser. Einfach Leitungswasser«, bat Karina. Roland nickte, das konnte er auch gebrauchen.

Maisa kam mit einer Kanne Wasser und drei Rosendahl-Gläsern, die sie auf den Couchtisch stellte, der ebenfalls aus Glas war. Ganz ohne Fettfinger. Wie schaffte man das bei drei Kindern?

»Die Kinder sind jetzt in den Sommerferien ein paar Tage bei ihrem Vater«, sagte sie, während sie einschenkte, als ob Roland seine Verwunderung laut geäußert hätte.

»Das mit Ihrem Bruder tut mir leid. Ich hoffe, er schafft es«, sagte er und setzte sich neben Karina auf ein schwarzes Stoffsofa mit weißen Kissen.

Maisa nahm eine Zigarettenschachtel vom Tisch und bot sie ihnen an. Sie lehnten beide ab.

»Das ist so unwirklich. Ich dachte ja, mein Bruder wäre in Afghanistan gestorben.«

»Wer hatte Ihnen damals Bescheid gegeben?«, fragte Roland.

»Sein Vorgesetzter bei der Kopenhagener Polizei. Ich erinnere mich nicht an seinen Namen. Er sagte, Elias sei von einer Bombe getötet worden.«

»Wann haben Sie die Nachricht erhalten, dass er getötet wurde?«

»Vor zwei oder drei Jahren, ich weiß es nicht. Die Zeit ist so diffus, nicht? Aber wir standen uns ohnehin nicht mehr so nah«, fügte sie hinzu, die Zigarette zwischen den Lippen hüpfend. Sie zündete sie mit einem Feuerzeug an und sah sie mit kohlschwarzen Augen an, während sie einen Zug nahm und den Rauch schräg nach oben pustete. »Ich dachte, die Polizei wüsste alles über meinen Bruder.«

Roland erklärte geduldig, dass sie nicht von der Polizei, sondern der Polizeibehörde waren. Maisa nickte mit einer Miene, als liefe es auf dasselbe hinaus.

»Sie haben ihn nicht gut behandelt«, sagte sie und sah traurig aus.

»Die Polizei?«, fragte Karina.

»Ja, die haben ihn ausgenutzt und dann gab es plötzlich keinen Weg zurück. Er hat in ständiger Furcht gelebt.«

»Wovor?«

»Ja, Sie wissen sicher, dass er als Undercoveragent gearbeitet hat, oder? Es hat lange gedauert, bis ich das herausgefunden habe. Es war immer geheim, was er machte. Aber so ist das halt in der Regel bei der Polizei, dachte ich damals. Aber irgendwann sollte er das muslimische Milieu irgendwo hier in Aarhus infiltrieren, daher haben sie ihn hierhergeschickt. Ich war gerade von meinem Mann geschieden worden und wohnte mit den Kindern in einer kleinen Wohnung im Silkeborgvej. Wir sollten seine Familie mimen, damit das Ganze echt aussah. Er hat mir vertraut und erzählt, was er tat.«

»Aber was meinen Sie damit, dass die Polizei ihn ausgenutzt hat?«

Roland hatte in den Regalen und an den Wänden nach Fotos gesucht, aber Familienfotos waren offenbar nicht mehr in. Nicht mal von den Kindern. Heutzutage war das Privatleben sicher stattdessen bei Facebook ausgestellt.

»Die konnten ihn ausnutzen, weil er hart gekämpft hatte, um zur Polizei zu kommen. Er hatte sich nach dem Gymnasium auf mehrere andere Jobs beworben, aber es hat nicht geklappt. Er sagte immer, unser Nachname verfolge uns. Es quälte ihn, dass wir nicht als Dänen akzeptiert wurden. Und das nur wegen des Nachnamens. Hassan und Hansen senden zwei völlig verschiedenen Signale. Vielleicht hatte er recht, denn es änderte eine Menge für mich, als ich einen Dänen geheiratet habe und dann Severinsen hieß. Aber dann fand Elias heraus, dass die Polizei Beamte mit Migrationshintergrund suchte und verfolgte dieses Ziel.«

Sie klopfte die Asche von der Zigarette in einen schwarzen, runden Retro-Drehaschenbecher. Anschließend drückte sie auf den Knopf und die Asche wirbelte hinunter in den Behälter.

»Als er den Job bei der Kopenhagener Polizei bekam, wollte er alles dafür tun, ihn zu behalten. Ihnen fehlten Beamte in Grönland und sofort meldete er sich freiwillig. Er hatte gerade erst geheiratet und es gab Ärger in der Ehe. Als er zurückkam, wurde er geschieden, und er selbst und sein Leben schienen ihm plötzlich völlig egal zu sein. Aber er war stolz, als er für die Task Force Ost ausgewählt wurde. Damals fing das Ganze an. Sie wollten ihn als Undercoveragent einsetzen. Er spricht fließend Dänisch, Arabisch und mehrere andere Sprachen und er hat immer schauspielerisches Talent gehabt. Er konnte jede Rolle spielen.« Maisa lächelte leicht. »In der Schule …« Sie bremste sich selbst. »Sie konnten ihn in alle Milieus stecken und er hat sich blitzschnell hineinversetzt, egal, ob es jetzt das Rocker-, das Drogen- oder das muslimische Milieu war. Das haben sie ausgenutzt. Als er versuchte, da rauszukommen, haben sie ihm zugesichert, es würde nur noch einmal sein, aber es ging immer weiter, als ob sie ihn für nichts anderes gebrauchen könnten. Falls er aufflog, würde er getötet werden, sagte er immer zu mir.« Sie zögerte kurz und schaute durch den Glastisch auf den langflorigen, roten Rya-Teppich. »Ich weiß nicht genau … Da war irgendwas mit einem Agentenauftrag in Kopenhagen, der wohl nicht ganz nach Plan verlaufen war. Danach war Elias nicht mehr derselbe. Er wirkte eingeschüchtert und noch wachsamer. Sah sich ständig um.«

»Worum ging es bei diesem Auftrag, wissen Sie das?«, fragte Roland und trank von dem Wasser. Karina hatte ihr Glas bereits geleert.

»Ich weiß es nicht. Damit wollte er nie herausrücken. Dann haben sie ihn plötzlich nach Afghanistan geschickt. Er war froh, weil er jetzt aus dem Dienst als Polizeiagent draußen war.«

»Ist er nicht 2010 nach Afghanistan gereist?«

Maisa nickte. »Das müsste stimmen.«

Die Asche an der Zigarette war wieder lang geworden und sie beeilte sich, sie im Aschenbecher abzustreifen. Das Kippenkarussell fuhr wieder.

»Aber dann ist er mir entglitten. Er rief nie an und wenn ich ihn anrief, ging er nichts ans Telefon oder die Verbindung wurde unterbrochen, als ob er sah, dass ich es war, und nicht mit mir reden wollte. Ja, und dann habe ich plötzlich die Nachricht bekommen, dass er getötet worden sei. Das war furchtbar. Es gab ja keine Leiche zum Begraben und das Ganze war so unwirklich.«

»Gibt es weitere Familienmitglieder? Wir haben niemanden finden können, nicht einmal Sie«, sagte Karina mit einem kleinen Lächeln.

»Wir haben nicht denselben Nachnamen. Wir sind damals mit falschen Pässen nach Dänemark gekommen. Das mussten wir. Ich habe noch eine Schwester und einen Bruder, aber wir sehen uns nicht mehr. Der Rest der Familie hält mich für ungläubig, weil ich mich schnell integriert und einen Dänen geheiratet habe und nach westlichen Regeln und Traditionen lebe. Es lief dann völlig aus dem Ruder, als ich zum Christentum konvertierte. Sie haben mich verstoßen. Elias ist der Einzige, der es akzeptiert. Er ist auch westlicher als sie. Oder war es jedenfalls damals …«

»Wohnt Ihre Familie hier in Aarhus?«

»Nein. Falls sie hierhergezogen sind, weiß ich es jedenfalls nicht.«

»Dann haben Sie nicht versucht, wegen Elias Kontakt zu ihnen aufzunehmen?«

»Nein, ich respektiere, dass sie mich nicht sehen wollen. Sie konnten ja auch nicht umhin zu erfahren, was passiert ist, wenn es im Fernsehen erwähnt wurde.«

Maisa sah traurig auf ihren Zigarettenstummel, dann drückte sie die Kippe im Aschenbecher aus.

»Eigentlich habe ich wohl die ganze Zeit gespürt, dass Elias nicht tot war. Ich habe versucht, einen der Soldaten zu kontaktieren, der beim gleichen Bombenangriff dabei gewesen und nach Hause gekommen war, aber er war in die Psychiatrie eingewiesen worden und wollte mich nicht sehen. Schließlich gab ich auf und gewöhnte mich an den Gedanken, dass mein Bruder tot war.«

»Haben Sie ihn denn nicht neulich im Krankenhaus besucht?«, wollte Karina wissen.

Maisa nickte und schüttelte kurz darauf stumm den Kopf. »Ich konnte nicht mit ihm sprechen. Er lag nur da und hat durch eine Maschine geatmet, daher bin ich schnell wieder gegangen.« Sie blinzelte die Tränen weg und stand abrupt auf. »Entschuldigen Sie mich«, murmelte sie und lief ins Bad.

Roland stand ebenfalls auf, streckte die Beine und ging auf den Balkon. Karina folgte ihm. Sie stellte sich neben ihn ans Geländer.

»Sie sind mit falschen Pässen reingekommen«, flüsterte sie.

»Ja, ein falscher Pass kann entscheidend dafür sein, ob ein Flüchtling der Verfolgung in seinem Heimatland entkommt.«

»Aber das ist doch illegal! Strafbar.«

»Die Genfer Flüchtlingskonvention meint, dass falsche Pässe und Papiere für manche Flüchtlinge notwendig sind. Sie verbietet daher,

Flüchtlinge für den Gebrauch falscher Dokumente zu bestrafen. Aber trotzdem wurden Flüchtlinge hier jahrelang wegen Urkundenfälschung angeklagt, verurteilt und ins Gefängnis gesteckt. Die Polizei hat lange nach klaren Regeln gesucht, da sie Sorge haben musste, gegen Artikel 31 der Flüchtlingskonvention zu verstoßen, der besagt, dass Flüchtlinge nicht für illegale Einreise oder ungesetzlichen Aufenthalt bestraft werden dürfen, wenn sie sich an die Behörden wenden und nachweisen, dass sie einen vernünftigen Grund für ihre illegale Einreise haben.«

Karina sah ihn erstaunt an. »Ich muss schon sagen, du bist echt gut informiert.«

»Irene arbeitet doch als Ehrenamtliche für die Dänische Flüchtlingshilfe«, erinnerte er sie.

Sie genossen eine Weile die Sonne im Gesicht und den Duft des Meeres.

»Du musst zugeben, dass es eine tolle Aussicht ist, oder?«, meinte Karina.

Direkt vor dem Gebäude gab es eine Haltestelle des Stadtbusses und rechts schimmerte der begehrte Meeresblick mit weißen Schaumkronen auf den Wellen. Die Schnellfähre aus Sjællands Odde hatte gerade im Hafen angelegt.

Roland nickte.

»Was steht da für eine Nummer in deiner linken Hand?«, wollte Karina wissen.

Roland schaute darauf, als ob er vergessen hätte, dass sie da war.

»Ach das, ich wollte was überprüfen und dran denken, es zu tun.«

Karina verdrehte die Augen, fragte aber nicht weiter nach.

»Man kann bist zum Jachthafen sehen«, stellte sie fest und deutete in die Richtung. »Was ist da wohl passiert?«

Roland kniff die Augen zusammen. »Ja, ganz schön viele Menschen auf einem Haufen.«

Die limettengrüne Sonderfarbe der Streifenwagen leuchtete in der Sonne auf und die dunkelblauen Wagen der Kriminaltechniker waren auch deutlich zu sehen.

»Ich habe Gerüchte gehört, dass sie heute Morgen einen toten Mann auf einem Boot gefunden haben – und, soviel ich weiß, auch das gesuchte kleine Mädchen«, sagte Maisa hinter ihnen. Sie wischte sich die Augen mit einem Stück Klopapier.

»Wer ist der Tote?«, fragte Karina.

»Das wissen sie nicht. Wohl ein Araber. Vielleicht hat er was mit dem Terroranschlag zu tun. Sie haben wohl auch Sprengstoff auf dem Boot gefunden, aber ich habe mich nicht umfassend darüber informiert. Im Moment passieren so viel schreckliche Dinge.« Sie setzte sich auf den Stuhl am Plastiktisch. »Ich verstehe es einfach nicht, falls mein Bruder ein Terrorist ist – auf der anderen Seite, warum nicht? Die haben ihn selbst in dieses Milieu geschickt. Er hat seinen Chef damals gehasst und der neue war nicht besser. Und wie konnten die sagen, Elias wäre tot, wenn es nicht stimmte?«

»Vielleicht haben sie es selbst geglaubt?«, sagte Karina.

Roland wandte der Aussicht den Rücken zu und sah Maisa direkt an. »Können Sie sich erinnern, wie sein Chef hieß?«, fragte er.

Maisa schüttelte den Kopf.

»Sagen Ihnen die Namen Anker Dahl und Ulf Faaborg etwas?«

»Sie kommen mir bekannt vor, aber ist der Erste nicht der, der verhaftet wurde, weil er auf meinen Bruder geschossen hat?«

»Ja, Anker Dahl ist heute Vizepolizeidirektor bei der Ostjütländischen Polizei.«

»Hat er auf ihn geschossen, um den Terroranschlag zu verhindern?«

»Das wissen wir noch nicht. Die Ermittlungen haben gerade erst begonnen. Aber wir müssen den Namen dieses Soldaten erfahren, der zusammen mit Ihrem Bruder bei diesem Bombenangriff in Afghanistan war, und wir möchten Sie auch gerne um die Namen Ihrer Schwester und Ihres Bruders bitten – und falls es weitere Familienmitglieder gibt, mit denen wir sprechen können, hätten wir gerne auch deren Namen«, sagte Roland und schaute wieder nach unten auf den Hafen, wo gerade ein Krankenwagen mit Blaulicht und Sirene wegfuhr.

33

Nicht nur das Auto der Kriminaltechniker versperrte den Weg am Hafen, als Anne Kamillas Boot verließ, nachdem Flash sie angerufen hatte, um zu fragen, wo sie blieb. Auch der silberfarbene Kastenwagen von *Media House Denmark* mit dem Globus-Logo auf den Seiten war eingetroffen.

Der Kreis aus Gaffern um das Boot war nicht mehr so groß. Die Leute hatten andere Interessen gefunden. Das Spannendste war vorbei, aber es standen immer noch ein paar herum und filmten mit Handys. Passt jetzt gut auf, was ihr sagt und tut, kleine Polizeibeamte, dachte Anne.

Nicolaj war von anderen Presseleuten umringt, die auch Wind von dem Mord und Josefines Auffinden bekommen hatten. Schlagzeilen, die sich kein Journalist mit Selbstachtung entgehen lassen würde. Nicolaj war in vollem Gange, Niels Nyborg zu interviewen, der jetzt offenbar Zeit hatte. Glücklicherweise sah Nicolaj heil und gesund aus. Flash war auch in der Gruppe dabei. Er stand neben Nicolaj und filmte. Anne spürte in sich das Gefühl von Eifersucht. Sie sollte dort neben Flash stehen und Nyborg interviewen, aber sie konnte sehen, dass es ihre eigene Schuld war, dass dem nicht so war. Sie schlich sich an Flash heran.

»Hat die verhaftete Frau auch etwas mit der Entführung des zweiten Babys, Emil Sønderskov, zu tun?«, fragte Nicolaj.

»Dazu kann ich mich natürlich noch nicht äußern. Emil war nicht an Bord des Bootes.«

»Sind Sie der Aufklärung des Mordes an dem afrikanischen Albino-Baby näher gekommen?«

»Wir sind noch mit den Ermittlungen zugange, daher kann ich mich auch dazu nicht äußern.«

Niels Nyborg war den Umgang mit der Presse nicht gewohnt, und es war sehr deutlich, dass er diesen Job nicht mochte.

»Ich weiß, dass Sie die Frau gefunden haben, der das Gartenhaus im Riis Wald gehört, wo die Leichenteile gefunden wurden, und dass sie eine Art afrikanischer Hexendoktor sein soll. Können Sie das bestätigen?«

Nyborg sah noch gestresster aus. Seinem Gesichtsausdruck nach zu urteilen war er kurz davor, Nicolaj zu fragen, woher zum Teufel er diese Informationen bekommen hatte. Aber die Frage kam nicht zustande.

»Es stimmt, dass wir die Besitzerin gefunden haben. Mehr kann ich nicht sagen«, antwortete er und sah sich nach anderen Fragenden oder einem möglichen Fluchtweg um.

»Ist es vielleicht die afrikanische Frau, die Sie gerade verhaftet haben?«, machte Nicolaj schnell weiter. Er wusste, dass es nicht mehr lange dauern würde, bis ihm der Beamte entkam.

»Kein Kommentar«, erwiderte Niels Nyborg und sah seine Rettung in der Beamtin mit Migrationshintergrund, die über den Steg vom Tatort kam und ihm Zeichen gab.

Anne trat schnell vor Nicolaj und schob ihn ein wenig nach hinten. »Ich habe etwas für dich, Niels. Können wir uns nicht unterhalten?«, bat sie und kramte im Rucksack nach dem Diktiergerät. Sie hatte Kamilla versprochen herauszufinden, wer im Polizeipräsidium für den Fall zuständig war und es dem Verantwortlichen auszuhändigen.

»Ich habe keine Zeit, weitere Fragen zu beantworten. Entschuldigt mich«, sagte Niels. Die Entschuldigung klang nicht aufrichtig.

Anne reichte ihm das Diktiergerät.

»Nimm das hier. Das ist eine Tonaufnahme. Vielleicht wurde der Mord damit aufgezeichnet.«

Niels nahm es abwesend entgegen und eilte zu seiner Kollegin. Anne sah, dass er ihr das Diktiergerät gab und ihr etwas dazu sagte, während er nach hinten nickte. Die Beamtin sah sie kurz an, dann gingen sie zusammen mit einem Kriminaltechniker ins Boot.

Flash lächelte Anne zu und zwinkerte.

»Bad luck. Was hast du ihm gegeben?«

Anne schielte zu Nicolaj und schüttelte den Kopf. »Nichts.« Nicolaj musste nichts über dieses Diktiergerät erfahren. Er erzählte ihr ganz sicher auch nicht alles, was er wusste.

»Entschuldigung, dass es bei Kamilla so lange gedauert hat«, meinte sie stattdessen besänftigend zu Flash, aber er war überhaupt nicht sauer.

»No problem. Ich habe am Tatort und in der Umgebung eine Menge gefilmt, sodass wir einen tollen Beitrag zusammenschneiden können«, sagte er munter.

Nicolaj zog sie zur Seite. »Mensch, bin ich froh, dich zu sehen, Anne«, sagte er und sah aus, als wollte er sie umarmen, riss sich aber am Riemen. »Was hattest du für die Polizei?«, fügte er hinzu.

»Nichts«, wiederholte sie. »Ich habe dich angerufen, Nicolaj.«

Er blickte nach unten auf seine Hosentasche, wo sich die Silhouette des Handys hinter dem Jeansstoff abzeichnete, als ob er gleich überprüfen wollte, ob sie die Wahrheit sagte, aber auch das ließ er.

»Ich hatte gerade keine Zeit – wie du siehst. Ich habe dich gestern im Fernsehen gesehen, daher wusste ich, dass es dir gut geht. Hast du dir denn Sorgen um mich gemacht?«

»Hast du Natalies Schwester beim Konzert gefunden?«, fertigte sie ihn kurz ab.

»Ja, Gott sei Dank. Fuck, das war knapp. Wir waren ein gutes Stück vom Stadion weg, als die Bombe hochging, was ist mit dir?«

»Das Gleiche. Aber was hattest du da gesagt von wegen, die Besitzerin des Gartenhäuschens sei ein Hexendoktor? Woher hast du das?«

»Das kann ich nicht verraten, Anne.«

»Aber du bist dir sicher, dass es stimmt?«, fragte sie irritiert.

Sie dachte an das, was Kamilla gesagt hatte, dass Albinos für Hexendoktoren von hohem Wert waren. Dieser Zufall erschütterte sie.

»Ja, es ist eine glaubwürdige Quelle.«

Flash fasste sie am Arm. »Wir müssen zurück und redigieren, sonst schaffen wir es nicht rechtzeitig«, flüsterte er ihr fast entschuldigend ins Ohr.

Nicolaj hatte ihnen den Rücken zugewandt und sprach mit einem Kollegen aus einer Zeitungsredaktion. Anne hätte gerne mehr über diesen Hexendoktor erfahren.

Sie traute ihren Augen nicht, als sie plötzlich Roland Benito und seine Kollegin erblickte, die gerade aus dem Auto stiegen. Erst Roland und kurz darauf, etwas zögerlicher, Karina Ottesen.

»Hallo Benito!«, rief Anne und winkte, damit er sie bemerkte.

Roland drehte sich überrascht um. Dann kam er zu ihr herüber.

»Natürlich. Anne Larsen. Hallo noch mal. Geht's dir gut?«

»Ja, mir geht's gut so weit. Aber was macht ihr hier? Das ist ja wohl kaum ein *DUP*-Fall, oder?«

»Nee, aber wir waren gerade in der Gegend«, antwortete Roland und Anne konnte Karina ansehen, dass sie diesen Ausflug zum Hafen garantiert nicht vorgeschlagen hatte. Da Rolands Blick gleichzeitig zum *LightHouse* auf der anderen Seite des Wassers schweifte, vermutete sie, dass sie dort gewesen waren.

»Vernehmungen?«

Er nickte bloß und sah auf das Boot, umgeben von flatterndem rot-weiß-gestreiftem Absperrband. Vielleicht wollte Roland einfach ein paar alten Kollegen Hallo sagen, falls sie überhaupt noch etwas miteinander zu tun hatten. Polizisten waren von der Polizeibehörde selten angetan.

»Was ist da unten los?«, wollte Roland wissen.

Flash war derjenige, der antwortete. »Der nicht identifizierte Araber wird in die Rechtsmedizin gebracht. Ein Messer im Rücken, glaube ich. Eine afrikanische Frau wurde verhaftet und zur Befragung ins Polizeipräsidium gefahren. Sie hat offenbar die kleine Josefine entführt und ziemlich sicher auch den Mord an dem Araber begangen.«

»Und der gesuchte Junge?«, fragte Roland, den Blick immer noch auf das Boot gerichtet.

Karina schielte zu ihm, die Hände in den Hosentaschen. Sie wollte ganz offensichtlich nicht hier sein. Anne stellte sich vor, dass Roland am Steuer gesessen und Karina versucht hatte dagegen zu protestieren, dass er herwollte, um zu sehen, was vor sich ging. Einmal Bulle …, dachte Anne und lächelte verstohlen.

»Emil wird immer noch vermisst.«

»Wie geht's dem verletzten Beamten?«, fragte Anne, um Benito aufzuhalten. Er war sehr interessiert an dem Boot und sein Blick war dunkel und intensiv.

»Er schwebt immer noch in Lebensgefahr. Sie haben ihn ins Koma versetzt. Ich hoffe, wir können ihn bald befragen.«

»Warum habe ich nicht aussagen müssen? Ich war doch auch im Stadion und habe das Ganze gesehen.«

»Was hast du denn gesehen, Anne?« Jetzt schaute er sie direkt an.

Sie schüttelte leicht den Kopf und hob die Schultern. »Eigentlich nichts. Nur, dass du Anker Dahl dazu gebracht hast, die Pistole wegzuwerfen und einen Krankenwagen und die *AKS* gerufen hast. Sonst eigentlich nichts«, gab sie zu.

»Da siehst du's. Ich habe nicht erwähnt, dass du dort warst, Anne.«

Flash war mit Karina ins Gespräch gekommen und sie waren an den Rand des Hafenbeckens getreten. Flash hatte Karina eine Zigarette angezündet. Sie rauchten beide, während sie sich unterhielten und ins Wasser schauten. Flash konnte mit allen reden. Oder vielleicht verstand er intuitiv, dass Anne mit Roland Benito gerne ein bisschen allein sein wollte.

»Habt ihr herausgefunden, woher er seine Brandnarben hat?«

Roland schüttelte den Kopf. Er kaute Kaugummi, während er wieder das Boot beobachtete.

»Was passiert denn jetzt mit Anker Dahl?«, wollte sie wissen.

»Es sieht nicht gut aus für ihn. Wenn man beweisen kann, dass er Elias daran gehindert hat, einen Terroranschlag durchzuführen, wird das natürlich berücksichtigt, aber sonst …«

Sie schwiegen eine Weile. Sie trat ein bisschen verlegen mit der Schuhspitze gegen eine Zigarettenkippe, die auf den Pflastersteinen lag. Roland stand immer noch unbeweglich da, als wüsste er nicht recht, ob er zu dem Boot gehen sollte oder nicht.

»Ich habe mit Kamilla gesprochen. Sie hat den toten Araber, die afrikanische Frau und Josefine auf dem Boot gefunden«, sagte Anne dann.

»Kamilla?«

»Kamilla Holm. Die Reportage-Fotografin. Die, die letztes Jahr den Fotopreis für die Reportage über Flüchtlinge gewonnen hat. Du erinnerst dich doch an Kamilla, oder?«

»Ach, die. Holm. Ja klar.«

»Kamilla meint, der Tote sei Stiffeye. Der Schleuser, den sie letztes Jahr in einem Kaffeehaus in Ägypten fotografiert hat.«

Rolands Aufmerksamkeit war nun endlich bei ihr und nicht bei dem Boot. Er nickte nachdenklich. Er erinnerte sich daran. Kamilla hatte auch ihm damals die Bilder gezeigt.

»Er hatte doch dieses umgedrehte Glasauge, daher ist er leicht wiederzuerkennen. Kamilla glaubt auch, dass die Frau Assefa ist, die mit ihrem Baby am Strand flüchtete. Ihr Siegerfoto. Kamilla sagte, sie habe auf den Namen reagiert. Stiffeye hat sie vielleicht mit hierhergeschmuggelt. Was wäre, wenn das getötete Albino-Baby ihres war, Roland?«

»Das wäre wirklich unglaublich.«

Roland hatte das Interesse bereits wieder verloren und schaute wieder auf das Boot, wo die Kriminaltechniker nun an Deck waren. Ein Taucher sprang ins Wasser und verschwand in der Tiefe unter dem Boot. Wonach suchten sie? Emil?

»Willst du hören, was ich glaube, Benito?«

»Lieber nicht. Das hier geht mich nichts an.«

»Warum bist du dann hier?«

Roland wollte etwas sagen, schwieg aber, weshalb Anne fortfuhr.

»Die, der dieses Gartenhaus gehört, neben dem das getötete Baby zerstückelt gefunden wurde, hat sich als eine Art afrikanischer Hexendoktor entpuppt. Vielleicht kannte sie Assefa oder vielleicht hat Stiffeye ihr Baby diesem Hexendoktor gegeben.«

»Nein, jetzt hör mal Anne …« Roland lächelte, und das irritierte sie.

»Kamilla hat mir ein Diktiergerät gegeben. Es ist ihr gelungen, es an Bord des Bootes zu schmuggeln und die Gespräche aufzuzeichnen. Sie sprechen Arabisch, aber sie hat einiges davon ins Dänische übersetzen lassen. Da sprechen sie über ein Kind. Assefa sagt, sie glaubte, es sei Kianga – vielleicht ihr eigenes Kind – und stattdessen war es dann Josefine.«

»Was war Josefine dann stattdessen? Ich kann dir nicht folgen, Anne. Und übrigens, dann …«

Sie hörte selbst, dass sie dummes Zeug faselte, weil die Worte aus ihrem Mund purzelten, während gleichzeitig Gedanken in ihrem Gehirn auftauchten, aber sowie sie sie aussprach, wurde das Ganze immer deutlicher, obwohl Roland recht damit hatte, dass es unglaublich klang. Sie konnte das vollständige Bild auch noch nicht sehen, fuhr nun aber ruhiger und wohlüberlegt fort.

»Ich meinte, dass Albinos bei Hexendoktoren in Afrika hoch im Kurs stehen. Am Tag darauf sollte jemand zu Besuch aufs Boot kommen und ihnen bei irgendetwas helfen. Assefa hatte ein Albino-Baby, also hat Stiffeye das Kind vielleicht verkauft, um Geld zu verdienen. Ja, ich rate natürlich nur.«

»Ja, das ist mir schon klar, Anne«, sagte Roland, lächelte aber nicht mehr. Seine dunklen Augen hatten etwas Nachdenkliches bekommen. Etwas Erschrockenes – hatte sie das Gefühl.

»Wer waren dann die, die zu Besuch aufs Boot kamen?«

»Die kamen sicher nie. Kamilla hat sie nicht gesehen und dann hat sie entdeckt, dass Stiffeye tot war. Das wissen die, die kommen sollten, vielleicht – möglicherweise hat einer von denen ihn getötet. Ich weiß es natürlich nicht.«

»Dann ist jetzt plötzlich nicht mehr diese … Assefa die Täterin?« Anne hörte deutlich, dass Roland ihr kein bisschen glaubte.

Sie wurden von dem Geräusch eines Automotors abgelenkt. Sie folgte Rolands Blick. Das Auto fuhr auf den Platz hinter den Booten auf Land. Der Ausdruck in seinen Augen veränderte sich. Karina und Flash hatten das Auto ebenfalls gehört und sahen ihm entgegen.

Es war ein roter Audi A6. Ein nahöstlich aussehender Mann hinter dem Steuer und sein ebenso dunkler Passagier schauten hinaus, bevor das Auto schnell wendete, Staub und Kies aufwirbelte und in den Fiskerivej verschwand.

34

Es kribbelte und prickelte bei Anker Dahl immer noch unter der Haut nach dem Bescheid. Suspendiert, während die Ermittlungen der Polizeibehörde liefen. Doch er wusste nur allzu gut, dass man Beamte generell nur suspendierte, wenn die Vermutung bestand, dass man sie verabschieden würde. Unter Protest hatte er seine Marke und seine Waffe abgegeben.

Jetzt saß er hier in seinem Auto auf der Küstenpromenade und schaute auf die Schiffe. Hing einem alten Traum nach, ein Boot zu besitzen und um die Welt zu segeln. Gerade war er ausgeprägter denn je. Er wollte weg. Ulf Faaborgs Telefonnummer war mehrmals im Display seines Handy aufgeleuchtet. Er hatte die Anrufe ignoriert.

Es wäre sinnvoll, nach Hause zu fahren, redete er sich ein. Nach Hause zu Robins und Ann-Maries Fragen. Nicht mehr lange, bis er zur Befragung bei der *DUP* auf dem Bahnhofsplatz musste.

Er konnte das Boot, auf dem der Mord an dem Araber passiert und Josefine gefunden worden war, nicht sehen. Schiffe und Schiffsmasten versperrten die Aussicht. Kamilla Holm hatte den Mord gemeldet. Wieso hatte sie ihn nicht angerufen? Er hatte nicht die Möglichkeit gehabt, mit ihr zu sprechen. War der Tote wirklich Stiffeye und hatte er etwas mit den Terroranschlägen zu tun? Was hatte er sonst die ganze Zeit in Aarhus zu tun gehabt?

Anker Dahl trommelte mit den Fingern aufs Lenkrad. Er sollte sich dort drüben auf der anderen Seite des Hafenbeckens aufhalten. *Er* sollte in diesem Mordfall ermitteln.

Sein erster Gedanke war tatsächlich gewesen, Elias im Krankenhaus zu besuchen. Sehen, wie schlimm es um ihn stand.

Herausfinden, was damals passiert war. Wie er in Afghanistan überlebt hatte. Ihn zwingen, die Wahrheit zu sagen, dass sie keinen Kontakt mehr gehabt hatten, seit Ulf Faaborg die Leitung bei der Kopenhagener Polizei übernommen hatte. Dass niemand ihm etwas vorwerfen konnte. Das musste Faaborgs Verantwortung sein. Elias zu bitten, der Polizeibehörde zu erklären, dass die Pistole losging, als er sie ihm entwinden wollte. Seine Haut retten. Aber welchen Nutzen hätte Elias davon? Das Einzige, was dieser wollte, war wohl – im Gegenteil – sich für all die Momente zu rächen, wo er ihn im Stich gelassen hatte.

Er umklammerte das Lenkrad und starrte auf seine weißen Knöchel. Auf den Ehering. Wie würden Robin und Ann-Marie es aufnehmen? Damals, als sein Vater ins Gefängnis kam, hatte sie klar und deutlich gezeigt, was sie von Polizisten hielt, die dem Vorbild als Hüter von Recht und Gesetz nicht genügten. Er hatte damals auf ihrer Seite gestanden und Abscheu für seinen Vater gezeigt. Ihn damit bestraft, dass die Familie ihn nie im Gefängnis besuchte, obwohl es Robin quälte, seinen geliebten Opa nicht zu sehen. Robin wusste glücklicherweise nicht, dass sein Opa seinetwegen verurteilt worden war. Das könnte einen zwölfjährigen Jungen zerbrechen. Gott bewahre, dass er jemals die Wahrheit erfuhr. Anker Dahl fluchte leise und sah wieder auf die Segelschiffe.

Ulf Faaborg rief wieder an. Er nahm das Gespräch an, sonst würden die Anrufe wohl kein Ende nehmen. Er konnte ja auch etwas Nützliches wollen, auch wenn Anker Dahl es bezweifelte.

»Wo zum Teufel bist du?«, empörte er sich dann auch laut, sobald sich Anker Dahl, so Achtung gebietend wie er es vermochte, zu erkennen gab.

»An einem Tatort.«

»Blödsinn, Dahl. Du bist doch suspendiert.«

Hatte die Neuigkeit Kopenhagen bereits erreicht?

»Was willst du, Ulf? Ich habe getan, was du befohlen hast. Ich habe Elias vor Roland Benito gefunden.«

»Ist Elias tot?«

»Er schwebt in Lebensgefahr. Aber du hattest doch wohl auch nicht im Ernst geglaubt, dass ich ihn auf diese Weise unschädlich mache? Dass die Pistole losging war ein Unfall. Er hat mich damit bedroht, aber ich habe ihn überwältigt.«

Ulf Faaborg schwieg eine Weile. Anker Dahl hörte mit Unbehagen seinen schnellen Atem an seinem Ohr, schüttelte sich und hielt das Telefon etwas weg. Hörte aber dennoch die Drohung in Faaborgs Stimme, als er wieder sprach:

»Es ist zu deinem eigenen Besten, Dahl. Es steht schlimm um dich, wenn Elias redet.«

Anker Dahl drückte das Handy wieder ans Ohr und umklammerte es grimmig. »Unglaublich, wie fürsorglich du plötzlich bist!«, antwortete er mit aufgesetztem ironischem Lachen in der Stimme. »Aber es kann für mich nicht noch schlimmer werden. Ich verliere vielleicht meinen Job. Sorgst du dich nicht eher um deinen eigenen Arsch? Was sagt der *PET*? Haben die auch keine Eier mehr?«

»Vorsicht, Dahl!«

»Ich habe leider keine Zeit mehr, mit dir zu reden, Ulf. Ich muss zur Vernehmung in der Polizeibehörde«, erklärte er ohne echtes Bedauern.

»Überleg dir sehr gut, was du zu ihnen sagst«, schaffte Ulf Faaborg es noch zu drohen, bevor Anker Dahl die Verbindung unterbrach. Er spürte den Schmerz in den angespannten Kiefermuskeln und hämmerte rasend vor Wut mit der Faust gegen das Lenkrad. Es war noch genug Zeit, bis er bei der *DUP* erscheinen sollte. Vielleicht sollte er doch mal bei Elias vorbeischauen und sehen, wie es um ihn stand.

Er drehte den Zündschlüssel, startete den Motor und löste die Handbremse. Starrte ein letztes Mal auf die Schiffe und die Hoffnung, mit einem solchen zu entkommen. Dann wendete er und fuhr zur Uniklinik.

35

Das Privathandy klingelte. Bei dem mit der Prepaid-Karte war die Melodie anders.

Sie ging in eine Ecke und schaute, wer es war. Vielleicht war Fadi in der Krippe krank geworden und musste abgeholt werden. Er war heute Morgen ein bisschen schlapp gewesen.

Es war ihr Bruder.

»Ich kann jetzt nicht reden, Rabir, ich bin arbeiten. Ist es wichtig?«, flüsterte sie auf Arabisch und sah sich um, um sicherzugehen, dass sie allein war.

»Du weißt doch, ich rufe nur an, wenn es wichtig ist«, entgegnete er knurrend. Sie hörte seiner Stimme deutlich an, dass ihn etwas belastete.

»Hast du ferngesehen? Es ist jetzt herausgekommen!«

»Ja, das weiß ich natürlich, aber beruhig dich. Alles wird organisiert. Ich habe heute früh Schluss und kümmere mich dann um den Rest. Wir versammeln uns alle heute Abend.«

»Irgendetwas ist auch beim Jachthafen los. Ashraf und ich waren gerade da. Weißt du, was?«

Rabir klang atemlos.

»Ich weiß nicht besonders viel. Ein arabischer Mann wurde tot auf seinem Boot gefunden mit einem Messer im Rücken. Eine afrikanische Frau wurde verhaftet und das kleine vermisste Mädchen an Bord gefunden.«

»Ist der Tote Muhammad Asif?«

»Keine Ahnung. Wer ist das?«

»Weißt du, ob er ein Glasauge hat?«

»Nein, ich weiß nichts, Rabir.«

»Zur Hölle«, stöhnte ihr Bruder.

»Kanntest du ihn?«

»Ja, wir sollten uns neulich mit ihm treffen, aber er hat abgesagt und es auf heute verschoben, weil es Probleme gab.«

»Womit? Welche Probleme?«

»Ich weiß es nicht. Er hat es einfach verschoben.«

»Ihr habt nichts mit diesem kleinen Mädchen zu tun, oder?« Sie versuchte, die Stimme weder anklagend oder – noch schlimmer – flehend klingen zu lassen.

»Darüber sollst du dir keine Sorgen machen.«

Sie wusste, wann sie nicht weiterfragen durfte.

»Hältst du mich auf dem Laufenden? Und bist du für das, was passieren soll, stark genug?«

»Natürlich. Warum sollte ich das nicht sein?« Sie schwieg, während sie Mut sammelte, um zu fragen. »Ist Ashraf dabei?«

»Ja, alle Krieger sind bereit. Außer … bete für ihn! Ashraf zieht bei dir ein, das wird die Dinge viel leichter machen.«

»Nein, Rabir! Das geht nicht! Ist Ashraf bei dir? Darf ich ihn mal sprechen?«

»Dein Mann wünscht, bei seiner Ehefrau und seinem Sohn zu wohnen. Das ist Allah zufolge sein Recht und so wird es gemacht.«

»Lass mich mit Ashraf reden, Rabir. Hallo?«

Wie üblich verschwand ihr Bruder, ohne sich zu verabschieden. Ihre Gespräche waren immer kurz, kalt und geradeheraus. Sie fror und hatte einen trocknen Mund. Die Hand zitterte, als sie das Handy zurück in die Tasche legte und einem Kollegen zulächelte, der an ihr vorbeiging.

Auch wenn sie erst in einer Stunde Feierabend hatte, entschuldigte sie sich damit, sie sei angerufen worden, ihr Sohn sei krank, daher müsse sie ihn jetzt abholen. Keiner wandte etwas ein.

Sie eilte nach Hause, schlüpfte in Niqab und Abaya und begab sich direkt zum Falkenhof. Fadi musste sie erst in ein paar Stunden abholen und ihr Vater und die Falken gaben ihr immer Ruhe, wenn sie aufgewühlt war. Sie war ihrer Mutter näher, wenn sie mit ihm zusammen war. So fühlte es sich wenigstens an. Der Duft und die Laute der Raubvögel und die Konzentration ihres Vaters auf die Tiere. Als ob in dieser Welt nichts anderes von Bedeutung war. Nur einer ermöglichte ihr die gleiche Flucht aus der Wirklichkeit.

Fadi! Sie hatte auf jeden Fall ihren Sohn. Er solle ein gutes Leben haben, dafür kämpfte sie.

Ihr Vater war nicht in der Voliere. Sie umrundete sie und kam zu den angrenzenden Feldern, wo er die Falken trainierte, wenn sie bereit waren, ihre Kräfte mit der Natur zu messen und für »richtige« Beute. Es waren Kaninchen und Küken, die er besorgte. Sie konnte ihn auf dem Feld sehen. Einen Moment lang stand sie versteinert da und betrachtete den Sakerfalken, der mit seiner großen Flügelspannweite elegant durch die Luft glitt. Er setzte mit ausgefahrenen Krallen zur Landung an und landete präzise auf der behandschuhten Hand des Vaters, ordnete das Gefieder und richtete sich majestätisch auf. Tränen stiegen ihr in die Augen und sie hatte Lust zu klatschen, wusste aber nicht, wie scheu der Falke noch war, daher ließ sie es sein.

»Na, mein Schatz?«, grüßte ihr Vater und streichelte die weißen Daunen des Vogels auf der Brust. Ihr kamen Zweifel, ob er mit ihr oder dem Falken sprach, antwortete aber trotzdem.

»Ja, hast du Zeit zum Reden, Vati?«

»Lass uns reingehen. Es gibt da auch etwas, worüber ich mit dir sprechen wollte«, sagte er und zog dem Falken die kleine Ledermütze auf den Kopf, bevor er mit ihm auf dem Arm zum Haus ging. Jetzt übernahmen die Schwalben den Himmel mit ihrem gleitenden und fröhlichen Tanz in der Luft. Sie folgte ihrem Vater mit einem beklemmenden Gefühl in der Brust. Worüber wollte er mit ihr reden? Konnte er es gehört haben? Er sah selten dänisches Lokalfernsehen, also hatte er es wohl nicht. Nein, sie konnte ihm ansehen, dass er es nicht hatte. Das würde ihn völlig aus der Bahn werfen. Hatte er etwas darüber erfahren, was passieren sollte? Aber wer hatte es ihm dann erzählt? Ashraf?

Während ihr Vater den Falken auf seinen Platz in der Voliere brachte, machte sie Kaffee mit Kardamom und Zucker und holte Brot aus dem Kühlschrank, obwohl sie keinen Hunger hatte.

»Worüber willst du mit mir sprechen?«, fragte ihr Vater, als er reinkam und sich an den Tisch setzte.

»Über Ashraf, Vati.«

Er nickte ernst und nahm die Kaffeetasse entgegen, die sie ihm reichte.

»Rabir sagt, dass er bei mir einzieht. Das geht einfach nicht. Dazu bin ich gar nicht bereit.«

»Ich wollte auch mit dir über deinen Mann sprechen«, sagte ihr Vater mit einem Akzent, der seinem Dänisch eine besondere Eigenart verlieh.

»Wir sind geschieden, Vati. Ashraf ist nicht mehr mein Mann.«

»Ihr könnt noch mal heiraten.«

Sie schüttelte beharrlich den Kopf. »Kommt überhaupt nicht infrage. Du weißt, dass er mich geschlagen hat, oder? Was, wenn er nun auch Fadi schlägt?«

»Ashraf würde seinen Sohn nie schlagen, es sei denn, er wäre ungehorsam. Das warst du, mein Mädchen, daher war es berechtigt, dass er dich zurechtgewiesen hat.«

»Ungehorsam? Weil ich eine Ausbildung angefangen habe?«

»Du bist von der Norm abgewichen. Du wusstest genau, dass Ashraf das nicht akzeptieren würde. Frauen müssen dem Ehemann gehorchen. Scheidung – was war das denn? Eine abscheuliche westliche Unsitte. In meinen Augen ist Ashraf immer noch mein Schwiegersohn, und er soll mit seiner Frau und seinem Sohn zusammenwohnen.«

»Ashraf war derjenige, der die Scheidung wollte, du erinnerst dich sicher. Du warst sehr wütend auf ihn und wolltest ihn verstoßen.«

»Ja, ja. Er ist für eine Weile weggezogen, um sich ausbilden zu lassen.«

»Sich ausbilden zu lassen?« Hatte er ihrem Vater das eingeredet?

»Jetzt ist er zurück und zieht bei dir ein. Ich habe lange mit ihm gesprochen und er ist einverstanden.«

»Was ist mit mir? Habe ich überhaupt nichts zu sagen?«

Sie wusste, dass sie zu weit ging. Der Zorn lag tief in den Augen ihres Vaters.

»Das steht nicht zur Debatte!«

Seine geballte Faust donnerte hart auf den Tisch, dass die Tassen gegen die Untertassen klirrten, und sie fuhr erschrocken zusammen, obwohl sie eine Reaktion erwartet hatte. Sie sah ihn selten so wütend. Es erschreckte sie.

Ihr Vater leerte schnell seine Tasse und stand auf. Kurz darauf sah sie ihn zur Voliere gehen.

Ihr Herz hämmerte immer noch wild, als sie den Falkenhof verließ.

36

Irgendwas war mit Benito und dem Auto, das am Hafen gewendet hatte. Der rote Audi. Anne hatte es in seinem Gesicht gesehen. Sie hatte während des gesamten Redigierens des Beitrags über den Mord an dem Araber und dem Fund von Josefine darüber nachgedacht und Flashs lustiges Plaudern völlig überhört. Roland Benito hatte dieses Auto und verstohlen seine linke Handfläche angesehen, auf der, wie sie erkannt hatte, mit Kugelschreiber einige Zahlen standen. Dann hatte er Karina zu sich gerufen und sie waren ohne Abschied oder Erklärung gefahren.

Anne warf die Autoschlüssel in die Schale auf dem Sideboard, als sie wieder zu Hause war. Sie öffnete das Fenster. In der Wohnung war es stickig und warm. Selbst der Kaktus auf dem Fensterbrett schien zu leiden. Dann ging sie zurück zu Sabinas Tür und klopfte. Sie rüttelte an der Klinke. Die Tür war abgeschlossen. Sie holte das Handy aus der Tasche und drückte auf Sabinas Namen, der unter Favoriten abgespeichert war. Die Melodie ihres Telefons dudelte schwach hinter der geschlossenen Tür. Ein AC/DC-Song, *Fire Your Guns*, was für eine Ironie. Der Akku des Handys war also noch nicht leer und Sabina war nicht zu Hause gewesen, um es zu holen. Die Unruhe wuchs. Und die Wut. Das eine überschattete das andere und wie immer würde wohl der

Zorn die Oberhand gewinnen, wenn Sabina auftauchte. Anne schimpfte sie normalweise aus, um ihrer Angst und Unruhe Luft zu machen. Selbstverständlich missverstand Sabina ihre Wut und in der Regel endete es damit, dass sie lautstark stritten und dann beide heulten. Falls Sabina überhaupt wieder heimkam. Sie musste irgendetwas tun.

Der Diensthabende im Polizeipräsidium klang, als ob er gerade am Kauen war. Anne stellte sich vor.

»Ich suche meine Schwester. Vielleicht war sie im Stadion beim AC/DC-Konzert; ich habe Angst, dass etwas passiert ist.«

»Warum melden Sie sich dann erst jetzt?«

»Weil ... weil meine Schwester nicht zum ersten Mal einfach verschwindet. Normalerweise taucht sie einigermaßen zeitnah wieder auf. Aber angesichts dessen, was im Stadion passiert ist, da ...«

»Wie heißt sie?«

»Sabina Lund.«

»Wie alt ist sie?«

»Äh, 24. Nicht besonders groß, 156 cm ungefähr. Dunkelhaarig, braune Augen. Überhaupt insgesamt dunkel.«

»Keine besonderen Kennzeichen, außer dass sie ... dunkel ist?«

»Ähm, an dem einen Auge hat sie einen Fehler, als ob die Farbe der Iris bis zum Rand des Weißen ausläuft ... sieht aus wie ein kleines Schlüsselloch – und außerdem war sie als Teufel verkleidet.«

»Hmm. Kleinen Moment bitte.«

Anne hörte schwache Stimmen und dass im Hintergrund auf einer Tastatur getippt wurde, während sie wartete. Der Diensthabende kam zurück.

»Ja, Entschuldigung. Wir haben ziemlich viel zu tun. Es sind viele Suchmeldungen reingekommen. Ich wollte nur nachschauen, ob es eine Person ist, die wir schon auf der Liste haben. Ist nicht der Fall. Wie lautet Ihre Telefonnummer?«, fragte er dann.

Anne gab sie ihm und dachte, dass die sicher auch bloß in einem Stapel endete.

Sabina war zusammen mit Jamaal zum Konzert gekommen. Hatte sie es auch mit ihm verlassen? Sie hatte zwar gesagt, dass er schon heimgegangen sei, als sie sich trafen, aber trotzdem. Wer war dieser Jamaal? Vielleicht waren sie Facebook-Freunde.

Anne erweckte ihren Laptop zum Leben und klickte sich zu Sabinas Facebook-Profil durch. Selbstverständlich konnte sie es nicht aktualisiert haben, wenn sie ihr iPhone in ihrer Wohnung vergessen hatte. Es sei denn natürlich, sie hatte sich eins geliehen.

Es war sechs Tage her, dass Sabina etwas auf ihrer Pinnwand gepostet hatte. Anne erinnerte sich gut, dass Sabina dieses Foto gemacht hatte, als sie im Café waren und sich einen riesigen Eisbecher geteilt hatten. »Ich und meine schöne große Schwester im Café« hatte Sabina als Kommentar zu dem Foto geschrieben. Achtzig Freunde hatten es *geliked*. Zehn davon hatten mit einem Herz markiert, dass sie den Post *super* fanden. Anne stiegen Tränen in die Augen. *Schöne große Schwester!* Sabina durfte nichts passiert sein. Es durfte einfach nicht!

Sie zündete eine halbe Zigarette an, die im Aschenbecher lag, während sie Sabinas Freunde überflog. Es waren 225 und sie musste scrollen, um sie alle zu sehen. Die meisten waren von der Journalistenschule. Es gab auch mehrere aus Kopenhagen. Eine Menge Menschen, die Anne nicht kannte. Sabina sicher auch nicht. Aber da war er. Jamaal Hussein. Ein junger Mann mit verfilzten schwarzen Haaren und der Andeutung eines dunklen Flaums auf der Oberlippe. Die Ohren standen ein wenig ab, die Augen waren nett und lächelten, auch wenn er auf dem Foto ansonsten ziemlich ernst aussah. Ein hübscher Kerl. Anne klickte auf sein Profil. Das brachte sie nicht wirklich weiter. Er war einer von denen, die sich mit den Privatsphäre-Einstellungen von Facebook beschäftigt hatten. Die einzigen Fotos auf der Seite waren sein Profilbild und oben sein Titelbild. Sie betrachtete es lange. Jamaal stand mit einer großen, braunen Schultertasche vor der Treppe zu einem Gebäude. Sie kannte es. Es gab nicht viele mit solchen blauen Streifen auf der Fassade. Sie waren letzten Sommer wegen eines Mordfalls ganz in der Nähe gewesen. In der Hochhaussiedlung Rydevænget in Aarhus West.

Anne nahm einen weiteren Zug von ihrer Zigarette und kniff die Augen zusammen, während sie nach einer Hausnummer suchte. Es dauerte ein wenig, bis sie entdeckte, dass eine Zahl auf dem, was sie für eine Lampe über dem Eingang hielt, stand. Die Zahl konnte man hinter Jamaal gerade erahnen. Sie schrieb sie auf und hoffte, dass er in diesem Treppenaufgang wohnte. Sonst musste sie alle Wohnungen abklappern, klingeln und nach ihm fragen. Irgendeine Verbindung musste er zu der Adresse haben, und wenn dort nur ein Kumpel wohnte. Oder seine Familie. Anne drückte den Zigarettenstummel im Aschenbecher aus, stand auf und nahm die Autoschlüssel aus der Schale.

Langsam fuhr sie zum Rydevænget, während sie durchs Seitenfenster die Hausnummern suchte. Auf der anderen Seite des Parkplatzes lag einer der anderen Wohnblöcke wie ein Spiegelbild des ersten. Er hatte jedoch gelbe Streifen auf der Fassade statt hellblaue. Anne wusste nicht, ob sie das schick finden sollte. Natürlich verlieh es dem grauen Beton ein wenig Farbe.

Als sie die Hausnummer fand, parkte sie gegenüber und ging zum Treppenhaus. Die Tür stand wegen der Hitze offen. Auf dem Weg nach drinnen lief sie beinahe in eine junge Frau, die auf dem Weg nach draußen war.

»Oh, Entschuldigung!«, sagten sie im Chor und lächelten beide.

Das Mädchen hatte einen langen, schwarzen Pferdeschwanz, der ihr über eine Schulter hing, sehr dunkle und markante Augenbrauen über kohlschwarzen, geschminkten Augen. Sie schlüpfte an Anne vorbei nach draußen.

»Hey! Kennst du Jamaal Hussein?«, rief Anne ihr nach.

Das Mädchen drehte sich verblüfft um. »Ja, das ist mein Bruder.«

Anne ging zu ihr. »Was für ein Zufall! Du gehst auf die Journalistenschule, stimmt's?«

»Ähm, ja. Woher weißt du das? Wer bist du?«

»Ich heiße Anne Larsen. Ich bin Sabina Lunds große Schwester.«

»Sabina. Okay«, lächelte das Mädchen unsicher.

»Wie heißt du?«

»Latifa. Was willst du von meinem Bruder?«

»Ich suche eigentlich nach Sabina. Jamaal ist vielleicht mit ihr zusammen. Hast du sie gesehen?«

»Nicht seit Ferienbeginn.«

»Ich habe sie seit dem AC/DC-Konzert nicht mehr gesehen, zu dem sie mit Jamaal gekommen war. Hast du mit ihm geredet?«

Latifa schüttelte lächelnd den Kopf. »Das glaube ich nicht. Jamaal geht nicht zu Konzerten.«

»Du weißt, was bei diesem Konzert passiert ist, oder?«

»Ja. Natürlich.«

»Wohnst du hier?«

Latifa nickte.

»Wo wohnt Jamaal?«

»Bei unseren Eltern. Wie hast du meine Adresse gefunden?«

»Auf Facebook. Jamaal steht auf seinem Titelbild vor dem Treppenaufgang.«

Sie nickte wieder.

»Du weißt also nicht, wo er ist?«

Latifa zuckte die Schultern. »Vielleicht bei Shadi. Unserem großen Bruder. Bei seiner Arbeit. Da hängt er oft rum, aber ich habe wirklich keine Zeit, ich muss einen Bus kriegen«, sagte sie abgehetzt.

»Ich kann dich fahren.«

»Nein, nein. Das musst du nicht.«

»Wo arbeitet Shadi?«

Latifa zögerte. »In einer Autowerkstatt«, sagte sie schließlich.

»Wo ist die?«

»Im Paludan-Müllers Vej.« Sie erklärte schnell mit Zeichen und Gesten, wo die Werkstatt lag. Dann schaute sie auf die Uhr und sprintete los ohne sich zu verabschieden, die Sommerjacke und den Pferdeschwanz hinter sich her flatternd.

Es dauerte ein wenig, bis Anne das Tor zum Hinterhof fand, auf den sie fahren musste, um die Autowerkstatt zu finden. Die war größer, als sie erwartet hatte. Unglaublich, was sich in Aarhus' verborgenen Hinterhöfen versteckt, dachte sie und stieg aus dem Auto.

Die Werkstatt sah leer aus. Die großen Fenster in dem kobaltblauen Tor waren sehr staubig. Sie wischte ein Guckloch in eins schirmte mit beiden Händen an der Scheibe die Augen vor dem Licht ab und presste die Nase ans Glas, um hineinzuschauen. Drinnen sah es sauber und ordentlich aus. Es war nicht zu sehen, dass es eine Werkstatt war, in der man mit Öl und Benzin arbeitete. Auf dem Boden war nicht ein einziger Fleck. An der einen Wand hingen Unmengen von Werkzeugen. Einige Autos standen drinnen. Das eine über dem Autograben. Nichts deutete darauf hin, dass Jamaal hier war. Auch sein Bruder oder Sabina nicht.

»Suchst du was? Ist das das Auto?«, fragte eine Stimme hinter ihr. Erschrocken drehte sie sich um.

Der junge Mann deutete mit dem Daumen über seine Schulter nach hinten auf ihren alten, gelben Lada. Er hatte nahöstliche Züge, aber sein Dänisch war fehlerfrei. Er hatte eine Narbe an einem Auge, größer und viel deutlicher als die über ihrer Augenbraue. Er starrte ihre Narbe eine Weile an, bis seine dunklen, forschenden Augen wieder in ihre schauten. Er trug einen Overall über einem schwarzen T-Shirt und ölfleckige Handschuhe an den Händen, die er nun ballte, als ob er einen Nahkampf erwartete.

»Nein, das Auto ist in Ordnung. Ich suche Shadi. Shadi Hussein.«

»Wer bist du?«

»Anne Larsen.«

»Ich kenn dich nicht. Was willst du von Shadi?«

»Hören, ob er seinen Bruder Jamaal gesehen hat.«

»Wir haben geschlossen.«

Er wandte ihr den Rücken zu und ging zu einer Tür neben dem Gebäude, wo er sicher auch hergekommen war.

Anne folgte ihm, aber die Tür wurde ihr vor der Nase zugeschlagen und abgeschlossen. Sie klopfte, aber es half nichts. Oben in der

Tür war ein kleines Fenster, durch das sie hineinspähte. Er war nicht zu sehen. Dort standen einige große Motoren, die von LKWs stammen mussten. Es gab auch eine Menge Autoreifenstapel und auf dem Boden standen einige Feuerlöscher.

Anne ging zu ihrem Auto zurück. Das könnte eine Reparatur wirklich gut gebrauchen, daran bestand gar kein Zweifel, aber es musste halten, solange es konnte. Ein Auto war nur ein Mittel, um von A nach B zu kommen, und solange es diesen Zweck erfüllte, konnte es aussehen, wie es wollte, bis der Boden abfiel.

Sie schrak zusammen, als sie aus dem Aufzug kam und sah, dass Sabinas Tür offen war. Sie eilte hinein.

»Sabina?!«, rief sie laut.

»Ann! Da bist du ja! Gott sei Dank!«

Sabina wirkte wie eine vernachlässigte Katze. Mehr als normal nach einem Konzert. Die Haare hingen, ihr Make-up war verschmiert, als ob sie geweint hatte, und die Kleidung war verkrumpelt und dreckig.

»Hier bin *ich*! Ja, aber wo zum Teufel warst *du*, Sabina?! Ist dir eigentlich klar, …«

Sabina lief an ihr vorbei, schaute nervös ins Treppenhaus, knallte die Tür zu und schloss ab.

»Wieso bist du nicht heimgefahren, als ich dich darum gebeten habe? Warst du im Stadion, als … Was ist los?«

»Wir sind gerade zur Tür reingekommen, und …«

Anne entdeckte ihn, als er aus dem Sessel aufstand, der mit der Rückenlehne zu ihr zeigte.

»Das ist Jamaal, Anne. Du musst uns helfen.«

Anne atmete tief ein und begrüßte Jamaal. Sie erkannte ihn von dem Profilbild bei Facebook wieder, aber die Augen lächelten jetzt nicht. Stattdessen sahen sie erschrocken aus.

»Was ist los?«, wiederholte sie.

»Setz dich lieber, Ann.«

»Nein! Du sagst mir jetzt, was hier vorgeht!«

Sabina wechselte einen Blick mit Jamaal, der sich wieder verloren in den Sessel gesetzt hatte. Sie bekam die Stimme unter Kontrolle, nahm einen tiefen und hörbaren Atemzug und sah Anne direkt in die Augen.

»Wir wissen, wo die Fässer zu Bomben umgebaut wurden und sicher auch die Feuerlöscher im Stadtbus. Ihre Spezialität ist, Automotoren zu reparieren und zu pflegen.«

Sabina warf Jamaal einen schnellen Blick zu, um bestätigt zu bekommen, dass sie es richtig verstanden hatte. Er nickte.

»Das geht hier vor«, fuhr Sabina mit weinerlicher Stimme fort. Jamaal nahm ihre Hand.

»Beruhig dich, Sabina«, sagte Anne, obwohl sie selbst sich kein bisschen ruhig fühlte. »Erzähl mir alles von Anfang an. Schön der Reihe nach.«

Sabina setzte sich auf den Fußboden und lehnte ihren Rücken gegen Jamaals Bein. Er hielt immer noch ihre Hand.

»Als ich zurück zum Auto gegangen bin, wie du gesagt hast, habe ich Jamaal getroffen. Ich war so enttäuscht, Ann. Wir beide hätten richtig viel Spaß zusammen haben können bei dem Konzert. Ich hatte mich schon so lange darauf gefreut und dann hast du mich einfach heimgeschickt. Jamaal fragte, ob ich mit zu seinem Bruder, Shadi, kommen wollte. Da treffen sich ein paar von seinen Freunden ab und zu. Aber er war nicht zu Hause. Seine Freundin meinte, er sei bei der Arbeit, also sind wir zur Autowerkstatt gefahren. Ein paar Leute haben gearbeitet, auch Shadi, aber die wurden alle sehr nervös, als wir einfach so da reinmarschiert sind. Die haben jedenfalls nicht an Automotoren gearbeitet. Der eine hat Shadi auf Arabisch ausgeschimpft, weil er das Tor nicht abgeschlossen hatte. Jamaal hat mir später erzählt, worüber sie gestritten haben«, erklärte Sabina. »Wir haben gesehen, dass sie die Fässer auf einen LKW geladen und ein paar Männer in Jacken mit Ceres-Logo dabei geholfen haben. Jamaal hat seinen Bruder gefragt, warum sie Fässer in der Werkstatt haben und ob eine Megaparty steigen sollte. Das war eigentlich ein Witz, stimmt's

Jamaal?« Sabina schielte zu ihm hoch, aber er antwortete nicht. Er stierte Anne intensiv an, als überlegte er, ob man ihr trauen konnte.

»Aber dann hat Shadi uns rausgeworfen und gesagt, dass er bald heimkäme und wir dann Party machen würden. Dann wird's wirklich was zu feiern geben, meinte er. Als wir dann das von den Bierfässern gehört haben, die beim Konzert explodiert sind, konnten wir uns zusammenreimen, was in der Werkstatt passiert. Wir haben uns nicht getraut, zu Shadi zu fahren, und er hat mehrmals auf Jamaals Handy angerufen und eine Nachricht hinterlassen, dass wir bloß die Fresse halten sollten über das, was wir gesehen haben – sonst würden wir es bereuen. Seitdem haben wir uns an allen möglichen Stellen versteckt. Dann ist mir eingefallen, dass die ja nicht wissen, wo ich wohne, und dann sind wir schnell hierhergekommen. Wir haben Angst, Ann. Shadi weiß, dass wir diese Fässer gesehen haben. Er glaubt, dass wir quatschen werden und will uns beide zum Schweigen bringen.«

»Er ist dein Bruder, Jamaal«, sagte Anne und sah ihn eindringlich an. »Er würde dir doch wohl nichts tun?«

»Du weißt nicht, wie es ist, Ann«, mischte sich Sabina ein. »Wenn er glaubt, dass wir verraten, was wir gesehen haben, dann … Wenn uns nicht Shadi das Maul stopft, dann einer der anderen.«

Jamaal nickte nur. Anne kamen Zweifel, ob der Kerl überhaupt Dänisch sprach.

»Hör zu, Sabina. Die Polizei muss wissen, was ihr gesehen habt. Die suchen nach den Tätern des Terroranschlags.«

Sabina schüttelte heftig den Kopf.

»Nein, bist du verrückt geworden, Ann?! Dann töten die uns doch erst recht!«

Anne holte abwesend ihr Handy raus, als es in ihrer Tasche klingelte. Es war eine unterdrückte Nummer.

37

Es war mitten am Nachmittag, als Roland Anker Dahl den Raum, in dem er befragt worden war, verlassen sah. Kurz darauf kamen auch Viktor und Mark heraus. Sie unterhielten sich gedämpft auf dem Gang.

Viktors Stiefsohn war glücklicherweise wohlbehalten zu Hause eingetroffen. Er hatte das Stadion eigenständig verlassen, als er erfuhr, dass es eine Terrordrohung gab, und, soweit Roland gehört hatte, hatte Viktors Ehefrau es gerade exakt geschafft, ihm per Handy mitzuteilen, dass der Sohn gut zu Hause angekommen war, als er selbst sich direkt in den Hexenkessel begab.

Mark kam ins Büro und setzte sich an seinen Platz.

»Hat er gestanden?«, fragte Roland neugierig.

Mark schüttelte den Kopf. »Es gibt nicht so viel zu holen. Er hat Elias Ali Hassan überwältigt, aber die Pistole ging los, als er sie ihm entwinden wollte. Es deutet vieles darauf hin, dass seine einzige Tat darin besteht, einen Terroristen überwältigt zu haben.«

Mark sammelte einige Papiere zusammen, stapelte sie und legte sie in seine Schublade.

»Ich verstehe einfach nicht, wieso er abgelehnt hat, seine Leute reinzuschicken, als ich einen Beamten darum gebeten habe Verstärkung anzufordern«, sagte Roland.

»Da muss der Beamte laut Anker Dahl etwas missverstanden haben, denn er hat es nicht abgelehnt, sondern den Umständen entsprechend entschieden, zusätzlich persönlich zu erscheinen.«

»Das verstehe ich nicht. Hast du mit diesem Beamten gesprochen?«

»Ja. Erst hat er geleugnet, etwas missverstanden zu haben, aber dann kamen ihm Zweifel. Es passierte ja so viel, daher könnte er durchaus etwas falsch gehört haben, sagte er.«

Roland nickte skeptisch. Der Beamte hatte sehr sicher gewirkt, als er sagte, Anker Dahl habe angeordnet, keine Verstärkung anzufordern.

»Wie begründet er sein Schweigen darüber, dass er Elias von der Kopenhagener Polizei kannte?«

»Er behauptet, er tut es nicht. Er gibt zu, dass er für eine kurze Zeit Elias Ali Hassans Chef war, aber, wie er sagt, heißt das ja nicht unbedingt, dass man sich kennt. Das ist viele Jahre her und war auch nicht für besonders lange.«

»Aber er hätte ihn doch wohl trotzdem auf dem Foto erkennen können.«

»Er sagte, er habe ihn auf diesem Bild, das rumgeschickt wurde, nicht wiedererkannt, und das ist wohl auch nicht völlig undenkbar?«

»Natürlich nicht. Die Qualität war nicht die beste, aber als Elias' Name rauskam, hätte bei ihm doch was klingeln müssen. Und was ist mit der Nachricht an Elias' Schwester, dass ihr Bruder in Afghanistan getötet wurde?«

»Er sagt, er könne nicht derjenige gewesen sein, der der Schwester diese Nachricht überbrachte. Er hatte nichts mehr mit Elias Ali Hassan zu tun, seit er selbst von der Kopenhagener Polizei weggegangen sei, und dann habe es keine Meldung darüber gegeben, dass Elias getötet worden sei.«

»Ist Anker Dahl noch suspendiert?«

»Bis auf Weiteres. Der Staatsanwalt muss sich die Sache auch ansehen.«

»Liegt Elias Ali Hassan immer noch im Koma?«

»Ja, leider. Die Hauptperson können wir nicht vernehmen. Sein Zustand ist nach wie vor kritisch.«

Roland sah zur Tür hinüber, als Karina mit ihrer Tasche über der Schulter dort erschien.

»So, ich bin startklar«, teilte sie mit.

Roland stand auf und nahm seine Jacke.

»Wo wollt ihr hin?«, fragte Mark und warf einen Blick auf die Uhr.

»Einen Soldaten besuchen, der uns vielleicht etwas mehr über Afghanistan erzählen kann«, antwortete Karina von der Tür aus.

Roland konnte sich einfach zurücklehnen und die Fahrt genießen. Karina saß am Steuer und sie war eine gute Fahrerin. Fast genauso gut wie ein Mann, pflegte Mark spöttisch zu bemerken, was sie wütend machte, und was immer eine Diskussion entfachte, welches Geschlecht der bessere Autofahrer war. Jetzt konzentrierte Karina sich auf die Fahrt und sprach noch weniger als wenn sie Beifahrer war.

Der Regen legte sich zwischen den Bewegungen der Scheibenwischer wie eine feine Staubschicht auf die Windschutzscheibe. Roland fühlte sich schläfrig.

Seine Gedanken glitten ganz automatisch zurück zu Sylvestre, als sie nach circa zehnminütiger Fahrt vor der Mesing Kirche rechts abbogen und den Præstevej entlangfuhren, wo die Landschaft wieder nur aus offenen Feldern und großen Weiten bestand. Das war heute schon das zweite Mal, dass sich Roland weit draußen auf dem Land befand. Er schielte auf seine Handfläche. Ein Teil der Nummer stand noch da, obwohl er die Hände geschrubbt hatte. Als sie vom Hafen zurückgekommen waren, hatte er die Reichspolizei untersuchen lassen, wem der rote Audi gehörte. Das war nicht ganz vorschriftsmäßig, aber niemand hatte seine Erkundigung infrage gestellt.

Der Bauernhof, wo der Kriegsveteran wohnte, lag abseits der Straße gut versteckt in einer Gruppe wild wachsender Büsche sowie hoher Eichen und Ulmen. Keine Nachbarn in der Nähe.

»Ziemlich einsam«, kommentierte Roland, als Karina das Auto auf dem nassen, gepflasterten Hofplatz zum Stehen brachte.

»Das bevorzugt er«, sagte sie. »Hätte ich nicht gesagt, dass es um seine Zeit in Afghanistan geht, hätten wir nicht kommen dürfen, ist mein Eindruck. Kriegsveteranen werden von den Behörden im Stich gelassen. Vielleicht glaubt er, wir kommen um ihm zu helfen.«

»Du hast ihn doch wohl nicht in dem Glauben gelassen? Das ist immerhin ein kranker Mann.«

Sie stiegen aus und sahen sich um. Der Hof war vermutlich im 19. Jahrhundert gebaut. Das Wohnhaus war renoviert. Das

Stallgebäude dahinter war teilweise ohne Dach und offenbar nicht in Benutzung.

»Er wurde aus der Psychiatrie entlassen, daher muss er wohl wieder gesund sein.«

»Hast du nicht gerade gesagt, dass die Behörden sie im Stich lassen?«, brummte Roland und stellte sich hinter sie, während sie klingelte. Er sah, wie sich die Lamellen einer Jalousie im Fenster bewegten, kurz darauf hörte man eine rostige, aber feste Stimme hinter der Tür.

»Wer ist da?«

»Ich habe Sie angerufen, Chris. Karina Ottesen von der Polizeibehörde. Wir wollen gerne mit Ihnen reden.«

Mehrere Ketten rasselten und ein Schlüssel wurde im Schloss gedreht, bevor sich die Tür langsam öffnete und ein paar rot geränderte Augen durch den Türspalt hinausblinzelten.

»Haben Sie Ausweise?«

Sie zeigten ihre Dienstmarken vor und Chris Ellegaard zog kurz darauf den Riegel der letzten Türkette weg und öffnete. Roland schaffte es noch zu sehen, dass er einen Baseballschläger in die Ecke hinter der Tür stellte, bevor sie hineingingen.

Erstaunt blieb Roland in der Türöffnung zum Wohnzimmer stehen, das wegen der geschlossenen Jalousien dunkel war, aber seine Erwartung war nicht, ein so sauberes und ordentliches Heim zu sehen. Selbst seine Schwiegermutter Dagny konnte da nicht mithalten. Nichts lag herum und nicht eine Staubflocke war auf den blank polierten Tischplatten und den schwarzen, gut gepflegten Ledermöbeln zu sehen.

»Sie dürfen gerne die Schuhe ausziehen«, ersuchte Chris sie.

»Wohnen Sie allein?«, fragte Roland, während er sich herunterbeugte, um seine Schnürsenkel zu lösen.

»Ja, die Frau ist abgehauen. Versteh ich echt gut. Wer hält es schon aus, mit so einem wie mir zusammenzuleben?«

»Haben Sie Kinder?«, fragte Karina teilnahmsvoll. Für sie war es einfach gewesen, ihre Wildleder-Ballerinas abzustreifen.

»Zwei Mädchen. Aber die sind jetzt erwachsen und haben ihr eigenes Leben. Ich sehe sie nicht mehr. Kaffee?«

Sie nahmen dankend an und setzten sich auf das Ledersofa.

Roland saß so, dass er die Küche im Blick hatte, wo Chris Ellegaard die Tür zu einem Schrank mit Tassen, Tellern und Gläsern in präzisem Millimeterabstand in schnurgeraden Reihen öffnete. Er trug ein kurzärmliges, kakifarbenes Militärhemd mit einer kleinen aufgestickten dänischen Flagge auf dem einen Ärmel und eine tarnfarbene Cargohose. Am Kühlschrank hing ein Kalender, der seine Termine mit Ärzten und Psychologen Woche für Woche verriet. Obwohl er erst Anfang vierzig war, konnte man in dem blonden Bürstenschnitt eine Mönchsglatze sehen. Rolands Finger glitten unwillkürlich durch seine eigene dichte Mähne.

Chris sagte nichts, während er den Kaffee brühte, stand hinter der Kaffeemaschine und stützte sich mit seinen muskulösen, tätowierten Armen auf dem Küchentisch ab, während er den Hofplatz durch einen Spalt zwischen zwei gebogenen Lamellen in der Jalousie im Auge behielt. Es wirkte fast, als hätte er vergessen, dass sie da waren.

Roland sah sich währenddessen um. DVDs, Videos und Bücher waren in Regalen nach Farbe und Höhe arrangiert, wodurch sie schicker als in der Königlichen Bibliothek dastanden. Auf einer Pinnwand über einem Schreibtisch mit einem Laptop hingen ein paar Militärdiplome, das gelbe *Unterstützt unsere Soldaten*-Band und Soldatenfotos, unter anderem aus Afghanistan. Eines von ihnen war ein großes Gruppenbild. Zwei der Soldaten saßen im Rollstuhl. Dem einen fehlte das eine Bein, dem anderen beide, aber sie lächelten und sahen froh aus. Es sah nach einem Veteranentreffen aus mit den roten und weißen Ballons mit dem Text *Willkommen daheim* und dänischen Flaggen im Hintergrund. Sie hatten alle Bierflaschen in der Hand. Chris prostete dem Fotografen zu.

»Die sehe ich auch nicht mehr«, sagte Chris, als er ins Wohnzimmer kam und stellte drei Tassen auf den Couchtisch.

»Wieso nicht?«, wollte Karina wissen.

»Ist echt zu traurig. Erst ist der eine pleite gegangen, dann der andere. Dann wurde ihre Frührente abgelehnt und dann hat einer von ihnen entschieden, den Löffel abzugeben. Tore, der da vorne im Rollstuhl, hat sich jetzt im Frühjahr das Leben genommen. Er hat beide Beine durch eine Landmine verloren, später noch seinen Job, seine Familie und seine Lust zu leben.«

Chris holte die Kanne und schenkte pechschwarzen Kaffee, in die drei Tassen ein. Als er bei Rolands etwas auf dem Tisch verschüttete, holte er sofort einen Lappen und wischte es auf. Anschließend drehte er alle Tassen, dass das Blumenmotiv darauf in die gleiche Richtung zeigte.

»Die Ordnung in meinem Zuhause kompensiert die Unordnung und das Chaos in meinem Kopf«, erklärte er und tippte sich mit dem Zeigefinger an die Stirn. Er setzte sich in einen Sessel ihnen gegenüber. »Ich verstehe Tore gut.« Seine betrübten, grauen Augen ruhten lange auf der Fotografie an der Pinnwand. »Ich habe es selbst versucht. Mit Tabletten. Aber leider hat mich eines der Mädchen gefunden und in die Psychiatrie einweisen lassen. Da haben sie mir eine Diagnose verpasst. Mich in die richtige Schublade gepackt, wenn's denn die richtige war, und sie gut und gründlich aus dem Weg geräumt. PTBS. Posttraumatische Belastungsstörung.« Er verzerrte das Wort. »Aber die scheren uns allesamt über einen Kamm, ist sicher am einfachsten für die.«

»Aber jetzt sind Sie wieder gesund?«, fragte Karina und konzentrierte sich darauf, die Tasse richtig zu drehen, als sie sie zurück auf den Untersetzer stellte, nachdem sie einen kleinen Schluck von dieser schwarzen Substanz probiert hatte.

»Offenbar gesünder als die, die noch eingewiesen sind. Ich wurde jedenfalls mit einer Menge Tabletten nach Hause geschickt. Aber die haben nicht geholfen, ich liege nachts immer mit dem Baseballschläger in der Hand da, schlafe schlecht und wache beim kleinsten Geräusch auf. Man schüttelt das nie ab. Die Todesdrohung. Die Gefahr. Die Angst. Die steckt einem tief in den Poren. Früher habe ich in einer Wohnung mitten in Aarhus gewohnt, aber damit kam ich überhaupt nicht mehr zurecht. Ich bin nie rausgegangen und habe alle Nachbarn gefürchtet. Wer waren die? Freunde oder Feinde? Wollten die mich töten? Dann habe ich diesen Ort hier gefunden. Der passt mir gut. Hierher kommen nur die, die was von mir wollen. Und wenn die ihren Besuch nicht angekündigt haben, dann hab ich den Baseballschläger parat.« Er trank von dem Kaffee. »Was wollen Sie von mir? Es ging um Afghanistan, oder?«

»Kennen Sie Elias Ali Hassan? Beamter der Kopenhagener Polizei. Er war zur gleichen Zeit wie Sie in Green Village in Kabul stationiert.«

»Ja, klar kenne ich Hassan. Er war tüchtig darin, die afghanischen Polizisten auszubilden. Er hatte eine gute Art, mit ihnen zu kommunizieren. Sie haben seinen Humor verstanden. Manchmal waren sie mit uns auf Patrouille.«

»Sie waren nah an einer Bombenexplosion in Kabul dran, nicht?«

»Nah dran?!«

Chris beugte sich nach unten und zog sein eines Hosenbein hoch. Über dem Strumpfrand war das Schienbein durch eine Metallprothese ersetzt.

»Ich habe meinem Fuß bei diesem Anschlag verloren, deswegen wurde ich heimgeschickt und meine Soldatenkarriere zerstört.«

»Das tut mir leid«, sagte Karina.

»Zwei Soldaten und ein afghanischer Beamter wurden getötet.«

»Was ist mit Elias Ali Hassan passiert?«

»Hassan ist doch verschwunden.«

»Verschwunden?«

»Ja, er wurde von den Taliban gefangen genommen und im Stich gelassen. Ein schöner Dank für den Einsatz. Die Götter müssen sein Schicksal kennen. Die Taliban sind gnadenlos gegenüber ihren Geiseln, die Soldaten und Beamte sind. Sie waren das Ziel weiterer Angriffe im Lager. Dass er obendrein ein Moslem war, der für die Ungläubigen arbeitete, hat seine Sache ganz sicher nicht gerade gemildert.«

»Wann ist er verschwunden?«

»Nach dem Bombenangriff 2012. Elias war nicht unter den Toten und Verletzten, er war einfach verschwunden. Sie haben wirklich lange nach ihm – oder Teilen von ihm – gesucht, jedoch erfolglos. Später kam die Forderung von den Taliban, als sie entdeckten, dass er ein dänischer Beamter war. Und dann haben sie ihn einfach im Stich gelassen.«

»Was meinen Sie damit?«, fragte Karina.

»So, wie ich das verstanden habe, haben die sich geweigert, das Lösegeld für seine Freilassung zu bezahlen. Ich lag im Krankenhaus und hatte den einen Fuß amputiert bekommen, daher gebe ich zu, dass ich nicht alles so sehr mitverfolgt habe.«

»Dann wissen Sie nicht, was später mit Elias geschah?«

»Nur, dass er sich sehr verlassen und alleine gefühlt haben muss, wenn die, für die er arbeitete, sein Leben nicht retten wollten. Die Taliban haben ihn wohl geköpft.«

»Von dieser Entführung haben wir bis jetzt gar nichts gehört«, sagte Karina verwundert, hauptsächlich an Roland gewandt.

Chris gab ein Geräusch von sich, das sowohl ein Schnauben als auch ein höhnisches Grinsen sein konnte.

»Glauben Sie wirklich, das, was über die Grenze sickert, ist alles? Die dänischen NGOs halten zum Beispiel geheim, wenn Mitarbeiter entführt oder getötet werden. Das ist ganz einfach ihre Politik, um nicht unnötig Panik unter den Angestellten zu schüren und weil die Erwähnung in den Medien die Geiselnehmer typischerweise dazu bringt, die Lösegeldsumme anzuheben und höhere Forderungen zu stellen. Vielleicht wurde auch verschleiert, dass Elias als Geisel genommen wurde. Würde mich nicht wundern. Er hatte eh kein großes Vertrauen in seine Vorgesetzten.«

»Hat er das gesagt?«, fragte Roland.

»Er hat nie ein Geheimnis draus gemacht. Er sagte, er hätte etwas, das jemanden an der Spitze zur Strecke bringen könnte, und dass er es nötigenfalls verwenden würde. Jetzt fragen Sie sich natürlich was, aber das hat er nicht erwähnt. Warum interessiert sich die Polizeibehörde plötzlich für ihn?«

»Wir suchen Elias Ali Hassan, mehr können wir leider nicht sagen«, entgegnete Karina.

»Sein Vorgesetzter bei der Polizei muss doch wissen, dass sie sich geweigert haben, diese Lösegeldsumme zu bezahlen. Dass sie ihn im Stich gelassen haben!«, sagte Chris entrüstet.

»Offenbar glaubten sie, dass er bei dem Bombenangriff getötet wurde, aber das muss ja ein Missverständnis gewesen sein, denn jetzt ist er nämlich in Kopenhagen und Aarhus aufgetaucht.«

»Ein Missverständnis, ja«, meinte Chris trocken.

Karina öffnete ihre Tasche und zog ein Bild von Elias Ali Hassan heraus. Sie legte es auf den Couchtisch vor Chris.

»Ist das hier der Elias, den Sie kennen?«

Chris schaute das Foto lange an und nickte.

»Ohne Zweifel. Das ist Hassan. Hat er wirklich überlebt? Meine Fresse!« Tränen stiegen ihm in die Augen und er wischte sie weg. »Das ist ja ganz fantastisch, dass er mit heiler Haut nach Hause gekommen ist.«

Ganz unvermittelt zitterten seine Hände heftig. Kurz darauf stand er auf und ging in die Küche. Man sah gar nicht, dass er einen künstlichen Fuß hatte. Er schluckte eine Handvoll Pillen, bevor er zurückkam und sich setzte.

»Aber warum sprechen Sie dann nicht einfach mit ihm?«

»Das erlaubt sein Zustand nicht. Er liegt im Krankenhaus im Koma nach einem Schussvorfall.«

»Schussvorfall! Aber wer hat auf ihn geschossen – und wieso?«

»Das können wir leider nicht sagen«, wies Karina ihn zurück.

Der Verkehr war dicht, als sie wieder nach Aarhus kamen. Sie hatten nicht mehr gesprochen, seit sie das abgelegene Wohnhaus des Ex-Soldaten verlasen hatten. Karina starrte durch die Windschutzscheibe, zurückgelehnt auf dem Beifahrersitz. Roland hatte die Augen fest sowohl auf die Autos vor ihm gerichtet als auch auf die Radfahrer und Fußgänger, die nicht warten konnten, bis es grün wurde oder die Ampel völlig ignorierten und die Fahrbahn einfach überquerten, wann es ihnen passte. Einige liefen wie Zombies, total in ihre Handys vertieft.

Er nahm auf seinem Telefon über die Freisprechanlage einen Anruf entgegen, während er auf der Rechtsabbiegerspur in der Frederiks Allé gegenüber von Føtex an der roten Ampel hielt. Sie lauschten der erhitzten Stimme und er beobachtete aus dem Augenwinkel, dass Karina sich aufrichtete und ihn wachsam ansah.

»Wir kommen sofort«, schloss er und bog rechts in die Bahnhofstraße ab, sobald der grüne Pfeil es erlaubte. Er fuhr an der *DUP* am Bahnhofsplatz vorbei, Richtung Busbahnhof und weiter zum Hafen.

Es war Elias' Schwester. Sie hatte von ihrem Bruder einen mysteriösen Briefumschlag bekommen. Er enthielt einen USB-Stick und sie war der Meinung, es wäre am besten, wenn sie sahen, was darauf war. Sie hatte sehr aufgewühlt geklungen.

38

Anne stand mit dem Rücken zu Sabina und Jamaal, während sie der Stimme am Telefon lauschte und versuchte, trotz der Verzerrung besondere Kennzeichnen auszumachen. Es war derselbe, der jedes Mal anrief, so viel hatte sie schon festgestellt. Es lag daran, wie er Ungläubige sagte, als ob das g wie ch ausgesprochen wurde. Der nächste Anschlag auf die Ungläubichen würde heute Abend stattfinden und dieses Mal würde es eine Behörde mit großer Bedeutung für die Stadt treffen.

»Heute Abend?! Welche Behörde?«, rief Anne wütend. »Wer bist du und warum erzählst du mir das?!«

»Darum sollst du dich nicht kümmern. Pass lieber auf deine Schwester auf – oder war es Stiefschwester?«

»Woher kennst du … hallo?«

Die Verbindung war bereits unterbrochen und auch wenn die Polizei und der *PET* sicher immer noch mithörten, hätten sie keine Chance, den Anruf zurückzuverfolgen – nicht mal, wenn er nicht über eine Prepaid-Karte erfolgt war.

»Wer war das?«, fragte Sabina erschrocken.

Anne setzte sich erschüttert auf einen von Sabinas vielen Sitzsäcken. Sie konnte kaum atmen. Der Anonyme wusste, wer Sabina war. Und wo würde der nächste Anschlag passieren? Welche Behörde in Aarhus hatten sie zum nächsten Ziel auserkoren?

Anne entschied sich, Sabina und Jamaal von den Anrufen zu erzählen, die sie von dem unbekannten Informanten vor jedem einzelnen Terroranschlag bekam.

»Das muss einer sein, der dicht an der Planung dran ist«, meinte Jamaal. Er konnte also sprechen und sogar in fehlerfreiem Dänisch.

»Hast du von jemandem gehört, der sich Saqr nennt?

»Nee. Das bedeutet Falke.«

»Warum meldet er sich ausgerechnet bei dir, Ann?«, fragte Sabina.

Anne schüttelte den Kopf. »Keine Ahnung.«

»Ann!« Sabina machte ihr Zeichen, indem sie fieberhaft unter ihr eigenes Nasenloch deutete. Anne verstand und tastete unter ihrer Nase. Blut.

»Shit, nicht schon wieder!« Sie lief in Sabinas Badezimmer, riss Klopapier von der Rolle und ging zurück ins Wohnzimmer.

»Was sagt der Arzt dazu?«, fragte Sabina besorgt.

»Dass es nicht gefährlich ist.« Anne stopfte das Nasenloch mit dem Papier. »Wie finden wir heraus, wer Saqr ist?«

»Glaubst du, er ist derjenige, der dich anruft?« Jamaal hielt immer noch Sabinas Hand.

»Ich weiß es nicht. Der Betreffende hat verraten, dass er weiß, dass ich nah an dem Terroranschlag in Kopenhagen dran war. Aber das kann ja sonst wer sein.«

Um Sabina nicht zu erschrecken, behielt sie für sich, dass auch sie erwähnt worden war.

»Er sagte, das nächste Ziel sei eine bedeutende Behörde in Aarhus.

»Wo?«, fragte Jamaal.

»Das sagt er nie, aber er ruft normalerweise noch mal an und gibt einen weiteren Hinweis, aber dann ist es in der Regel zu spät, um noch viel zu machen.«

»Ist das Rathaus nicht am naheliegendsten als Machtzentrum der Stadt?«, fragte Sabina.

Anne nickte. Selbstverständlich! Feuerlöscher in Bussen, Fässer beim Konzert im Stadion – was würden sie für das Rathaus benutzen?

Sie sah Sabina lange an, die auf dem Boden saß und Jamaals Hand drückte. Woher kannte der Anrufer ihre Stiefschwester? Und was hatte er damit gemeint, sie solle auf sie aufpassen? Wusste er, dass sie zusammen mit Jamaal entdeckt hatte, wo die Bomben fabriziert wurden? Die Panik wogte in ihr hin und her. Sie wischte sich frisches Blut von der Nase.

Die Polizei musste schleunigst über diese Werkstatt Bescheid wissen. Ein neuer Gedanke verursachte ihr plötzlich Gänsehaut. Wenn der Anrufer wusste, dass Sabina ihre Stiefschwester war, wusste er sicher auch, wo sie wohnte. Sabina und Jamaal waren hier nicht sicher, falls Sabina damit recht hatte, dass ihnen jemand das Maul stopfen wollte. War das eine Drohung gewesen?

Sie erhob sich unbeholfen aus dem Sitzsack, während sie Klopapier unter die Nase hielt.

»Ihr könnt hier nicht bleiben! Wir müssen einen sicheren Ort finden.«

Sabina, die in ihre eigenen, düsteren Gedanken vertieft war und Jamaals Hand streichelte, guckte verwundert zu ihr hoch.

»Wieso sind wir hier nicht sicher? Shadi weiß nicht, wo ich wohne.«

»Wir können nicht sicher sein, Sabina. Die Polizei muss auch erfahren, was ihr mir gerade erzählt habt. Ein weiterer Anschlag ist im Anzug und sie finden vielleicht etwas, wenn sie diese Werkstatt untersuchen. Ich war selbst dort und habe weitere Feuerlöscher in ihren Hinterzimmern gesehen.«

»Du warst dort?« Sabina starrte sie verblüfft an.

»Ja, ich habe nach dir gesucht und Jamaals Facebook-Profil gefunden. Das hat mich zum Rydevænget geführt und da habe ich Glück gehabt und zufällig Jamaals Schwester getroffen. Sie erzählte, dass ihr vielleicht in der Werkstatt wärt, wo Shadi arbeitet.«

»Du hast mit Latifa geredet? Dann weiß Shadi vielleicht, wo Sabina wohnt, denn Latifa weiß es, sie gehen ja zusammen zur Journalistenschule, und Latifa hat sie oft besucht. Er wird sie ganz sicher ausfragen.«

»Dann fahren wir. SOFORT!«

39

Endlich passierte etwas.

Niels Nyborg richtete sich auf und rüttelte Hafid leicht, der neben ihm auf dem Beifahrersitz saß und döste.

»Da kommt sie«, sagte er.

Hafid erblickte durch das Seitenfenster die Frau, die gerade aus einem Taxi gestiegen war und zügig zu dem Haus ging, das sie beobachtet hatten.

Adwoa Al Zubaidi war eine kleine, runde Frau in einem bunten Kleid und mit einem ebenso farbenreichen Hijab um den Kopf. Ihre schwarze Haut glänzte vor Schweiß. Der Koffer, den sie auf der Treppe abstellte, während sie in ihrer Handtasche nach dem Schlüssel suchte, sah schwer aus.

»Sie sieht gar nicht wie ein Hexendoktor aus«, sagte Niels gedämpft, obwohl die Frau ihn im Auto ohnehin nicht hören konnte.

»Sie haben nicht alle einen Knochen durch die Nase«, meinte Hafid, ohne den Blick von der afrikanischen Frau zu nehmen. »Bringen wir es hinter uns.«

Er öffnete die Autotür und stieg aus. Niels folgte seinem Beispiel. Die Frau entdeckte sie sofort, als wäre sie vor allen Bewegungen auf der Hut.

»Sind Sie Adwoa Al Zubaidi?«, fragte Hafid und zeigte seine Dienstmarke.

»Die Polizei? Was habe ich gemacht?«, fragte die Frau mit leichtem Akzent.

»Es geht um den Fund in Ihrem Schrebergarten. Wir wollen sehr gerne mit Ihnen sprechen.«

»Den Fund in meinem Schrebergarten? Aber der ist ja noch gar nicht instand gesetzt.«

Sie fummelte mit dem Schlüssel; er fiel runter. Hafid hob ihn von der Treppenstufe auf und reichte ihn ihr.

»Es ist sicher am besten, wenn wir drinnen darüber sprechen. Waren Sie verreist?«, erkundigte er sich.

»Ja, ich habe meine Schwester in Schweden besucht. Das ist ja wohl nicht verboten?« Ihre Augen, schwarz wie Kohlebriketts, blitzten Hafids an, die ebenso dunkel waren.

»Natürlich nicht.«

»Können wir unser … Gespräch nicht verschieben? Ich würde vorher gerne auspacken und mir den Reisestaub abwaschen. Ich bin müde, wie Sie vielleicht verstehen.« Sie machte keine Miene, die Tür aufschließen zu wollen.

»Wir können das Gespräch stattdessen auch ins Polizeipräsidium verlagern, Frau Zubaidi«, schlug Niels ein wenig drohend vor.

»Ja, das passt mir viel besser«, antwortete die afrikanische Frau überraschend, schloss die Tür auf, stellte den Koffer schnell hinein und schloss wieder ab. Sie war bereit.

Sie saß auf dem Beifahrersitz, roch nach einer scharfen Moschusseife und sagte auf dem ganzen Weg zum Polizeipräsidium kein Wort. Erst, als sie in Anker Dahls Büro, das ohnehin leer stand, auf dem Stuhl vor Hafid und Niels Platz genommen und ein Glas Wasser serviert bekommen hatte, äußerte sie, dass sie nicht ganz verstand, worüber die Polizei mit ihr reden wollte.

»Ich verkaufe nichts Illegales in meinem Laden«, beteuerte sie, als ginge sie davon aus, dass es sich bei der ganzen Sache darum drehte.

»Es geht nicht um Ihren Laden, sondern, wie gesagt, um Ihren Schrebergarten. Aber womit handeln Sie in dem Laden?«, schob Niels ein.

»Dies und das. Heilkräuter und so etwas. Nichts Illegales«, antwortete sie ausweichend und probierte vorsichtig das Wasser, als glaubte sie, es sei vergiftet.

»Wer sind Ihre Kunden?«, fragte Hafid.

»Natürlich Leute, die sich nicht gesund fühlen und Medizin brauchen.«

»Wir haben doch Ärzte und Apotheken hier in Dänemark.«

Adwoa schüttelte mit einem zweideutigen Lächeln den Kopf.

»Synthetisch hergestellte Medizin, wovon die Kranken noch kranker werden oder vielleicht sogar sterben. Meine Medizin hat nur natürliche Zutaten, die die Natur geschaffen hat. Außerdem hat eure Apotheke nicht alles, was man braucht.«

»Was meinen Sie?«, fragte Hafid.

»Es gibt zum Beispiel keine Mittel gegen Dämonen und Hexerei.«

»Was können Sie denn in diesem Bereich anbieten?«, fragte Niels spöttisch und verschränkte die Arme vor der Brust, während er sich auf dem Stuhl zurücklehnte.

»Verschiedene Dinge. Das ist sehr individuell. Erst muss man die Quelle des Bösen finden. Es gibt viele Arten, das Böse zu bekämpfen, aber ich bin mir nicht sicher, ob Sie sie verstehen würden.« Sie sah Niels kühl an.

»Bestimmt nicht. Haben Kinder etwas damit zu tun? Albinokinder zum Beispiel.«

»Kinder können leicht von Dämonen besessen sein. Albinokinder besonders. Das Böse wächst überall und muss bekämpft werden.«

Sie trank wieder, ohne ihren wachsamen Blick von Niels abzuwenden.

Hafid hatte sich ein wenig zurückgezogen und starrte, ebenfalls mit verschränkten Armen, die kleine, schwarze Frau an.

»Wofür wollen Sie das Gartenhäuschen benutzen? Warum haben Sie es gekauft?«, fragte er.

»Ja, warum kaufen Leute Schrebergärten? Mir fehlte ein Ort, um meine eigenen Kräuter zu ziehen. Aber die Erde ist ausgelaugt, daher kann es eine Weile dauern, bis ich den Garten nutzen kann.«

»Haben Sie denn vielleicht irgendeine Art *Schwarze Magie* um die Erde fruchtbar zu machen?«, fragte Niels angespannt.

»Man muss sicher Verschiedenes probieren. Erde ist lebendig und besteht aus organischen und mineralischen Partikeln, die von Dämonen besessen sein können, und ... Worauf wollen Sie mit all dem hinaus? Soll ich meinen Anwalt anrufen?«

»Das hängt davon ab, ob Sie erklären können, warum Leichenteile eines afrikanischen Albino-Babys vergraben in einem Beet in Ihrem Garten gefunden wurden?«

Niels versuchte, seine Stimme unter Kontrolle zu halten, aber sie zitterte ungezähmt. Hafid sah ihn besorgt an.

»Woher ist dieses Kind gekommen und haben Sie etwas mit der Entführung der anderen beiden Babys zu tun?«, fuhr Niels fort.

»Davon weiß ich nichts. Ich war verreist, wie Sie wissen.« Ihr Gesicht änderte seinen Ausdruck nicht, sie wirkte nicht mal entsetzt, und das stachelte Niels weiter an.

»Ist das irgendein kranker Brauch, den ihr habt?! Im Augenblick wird Ihr kleiner Laden durchsucht, also können Sie ebenso gut die Wahrheit sagen.« Niels hob beinahe vom Stuhl ab und Hafid legte beruhigend eine Hand auf seinen Arm und hielt ihn zurück.

»Davon weiß ich nichts.« Adwoa presste die Lippen zusammen und schüttelte verärgert den Kopf.

»Es ist belastend für Sie, dass der Fund in Ihrem Schrebergarten gemacht wurde, Frau Zubaidi, und während wir abwarten, was sie in Ihrem Laden finden, müssen wir Sie festnehmen. Sie können selbstverständlich einen Anwalt gestellt bekommen oder Ihren eigenen kontaktieren.«

Jetzt sah die Frau schockiert aus, sagte aber nichts, als sie den Mund aufmachte.

Niels blieb in Anker Dahls Büro sitzen und fertigte den Bericht an, während Hafid Frau Zubaidi in die Arrestzelle eskortierte.

Isabella klopfte an der Tür und kam mit einigen Unterlagen in der Hand herein. Sie setzte sich auf die Ecke des Schreibtischs.

»Könntest du dir das vorstellen?«, fragte sie kryptisch.

»Was?« Niels schaute verwirrt zu ihr auf.

»Du sitzt auf dem Chefsessel.«

»Du meinst, ob ich mir vorstellen könnte, Chef zu werden?«, fragte er und sah leicht verlegen aus. Dann zuckte er die Schultern. »Ich weiß es ehrlich gesagt nicht.«

»Warum wurdest du eigentlich nicht befördert, Niels? Hast du auch so große Höhenangst wie Roland Benito? Der kam auf der Karriereleiter auch nie weiter nach oben.«

»Wir gehören halt zu den Menschen, die lieber unterwegs arbeiten als am Schreibtisch Papierkram zu erledigen und Kontakt zur Presse und zu Politikern zu pflegen. Warum erwähnst du ausgerechnet Benito?«

»Das weiß ich nicht. Ich habe gerade daran gedacht, dass das ja sein alter Platz ist. Es war schon etwas anderes, als er hier war, oder?«

»Tja, aber dann hat er uns ja den Rücken gekehrt.«

»Meinst du das wirklich?«

»Ja, das meine ich. Guck dir nur Mikkel an. Er war ein guter Beamter, jetzt sitzt er im Rollstuhl in der Behindertenabteilung im Staatsgefängnis Ostjütland. Ich habe ihn letzte Woche besucht. Er hat auch keine besonders hohe Meinung von Benito.«

Isabella senkte den Blick auf die Papiere, die sie in der Hand hielt.

»Von mir will Mikkel keinen Besuch haben«, gab sie zu. »Ich schicke Grüße und versuche ihn anzurufen, aber man lässt mich immer wissen, dass er niemanden reden und sehen will. Nicht mal mich, seine Frau. Aber dich will er also schon sehen?«

»Er schämt sich, Isabella. Deshalb will er dich nicht sehen.«

»Schämt sich? Weshalb? Wegen dem, was er getan hat oder wegen seiner Behinderung? Mir gegenüber braucht er sich doch wegen gar nichts zu schämen!«

»Das war das, was er zu mir gesagt hat. Dass er sich schämt, dich im Stich gelassen zu haben, und dass Roland Benito, sein alter Partner, schuld sei.«

»Benito hat nur seine Arbeit gemacht.«

»Trägst du wirklich gar nichts nach?«

»Natürlich! Beiden.«

»Mikkel säße nicht im Rollstuhl, hätte sich Roland damals nicht eingemischt. Ich versteh nicht, wie du ihm vergeben kannst. Die Arbeit der *DUP* macht uns zu Jasagern, die sich nicht verteidigen dürfen, ohne dass gegen uns ermittelt und wir sicher dafür bestraft werden, egal, was wir selbst durchgemacht haben.«

»Sie ermitteln auch, ob wir unschuldig sind, wenn wir für etwas verdächtigt werden. Das ist doch wohl fair? Du kannst Roland keine Vorwürfe machen für das, was Mikkel getan hat.«

»Das, was Mikkel getan hat, war eine Reaktion auf das, dem wir ausgesetzt sind. Irgendwann haben die Leute genug, Isabella. Wenn die, die überwachen sollen, dass das Gesetz eingehalten und die Kriminalität bekämpft wird, ein Haufen Schlappschwänze werden, die sich nicht mal trauen, einen Kriminellen fest am Arm zu packen aus Furcht vor den entsprechenden Klagen und der Ermittlung einer Missbrauchssache, dann wird Selbstjustiz in der Bevölkerung immer verbreiteter werden.«

»Ich weiß, was du meinst, aber …«

»Die Leute klagen mittlerweile über alles, und die Kriminellen nutzen es aus, dass es so leicht ist, einen Prozess gegen uns zu führen. Dagegen hat Mikkel rebelliert. Mir fällt es schwer zu verstehen, dass Roland Benito dafür vergeben werden kann«, machte Niels weiter.

»Wie lief es mit dem Hexendoktor?«, fragte Isabella und wechselte das Thema.

Niels verstand, dass sie lieber über etwas anderes reden wollte.

»Sie hat nichts gesagt. Sie scheint tatsächlich nichts von dem Kindesmord zu wissen. Oder sie ist total kalt und zynisch.«

»Das muss man sein, um ein derart bestialisches Verbrechen zu begehen.«

Niels nickte. »Wurde die andere afrikanische Frau von dem Boot auch befragt?«

Isabella wedelte mit den Papieren.

»Ja, über die wollte ich mit dir sprechen. Hier ist der Bericht. Die Frau heißt Dede Assefa, wird aber nur Assefa genannt. Es war ein Dolmetscher dabei, da sie kein Wort Dänisch konnte. Sie erzählte, dass sie im Herbst hierher nach Dänemark gekommen sei. Erst war sie als Hochschwangere vor den Kämpfen zwischen Regierungstruppen und lokalen Milizen im Südsudan aus ihrem Dorf geflohen, wo sie verfolgt wurde. Sie hatte eigentlich einen hohen Status in ihrem Dorf gehabt, weil ihr Mann ein respektierter und tüchtiger Farmer war, aber dann wurde ihr erstes Kind geboren, was sich als Albino erwies. Zur selben Zeit verdorrte die Ernte aufgrund extremer Trockenheit und der Krieg kam näher. Sowohl ihr Mann als auch das Dorf gaben dem Kind die Schuld und wollten es töten. Sie floh in ein Lager in Nordafrika, wo sie in Kontakt mit einem Menschenschmuggler kam, der sich Stiffeye nannte. Sie gab ihm alles, was sie besaß, um mit auf ein Boot nach Sizilien zu kommen, und seitdem hatte er dafür gesorgt, dass sie illegal weiter nach Norden kam. Er kümmerte sich um sie. Sie meinte, er hätte sich in sie verliebt und räumte ein, das ausgenutzt zu haben, um ihr Kind in Sicherheit zu bringen. Er ließ sie auf seinem Boot im Jachthafen wohnen. Aber ihr ging schnell auf, dass sie seine Gefangene war. Sie durfte sich nicht an Deck zeigen oder mit anderen sprechen. Er war sehr interessiert an ihrem Kind. Sie entdeckte, dass er Sprengstoff an Bord hatte und er drohte, wenn sie das Boot verließe oder mit jemandem spräche, würde er ihr Kind an jemanden verkaufen, der viel Geld dafür bezahlen würde. Sie hatte große Angst vor ihm. Eines Tages war Kianga, so hieß ihre Tochter, plötzlich verschwunden. Stiffeye sagte, die Ungläubigen hätten sie in der Nacht geholt, sie solle sie von ihnen zurückstehlen. Dann erzählte er ihr, wo Kianga war und dass sie sie holen sollte – die Adressen hatte er ja sicher aus den Taufanzeigen in der Zeitung.«

»Also hat sie Josefine und Emil entführt?«

Isabella nickte. »Ja, das hat sie gestanden, ohne mit der Wimper zu zucken. Erst hat sie Josefine in ihrem Kinderwagen geholt, der im Garten der Familie stand. Stiffeye hatte ihr gesagt, es sei Kianga, aber sie entdeckte natürlich schnell, dass sie es nicht war. Er sagte dazu, dann sei er wohl falsch informiert worden und ein anderer Ungläubiger müsse sie haben. Dann bekam sie den Befehl, Emil zu holen. Wo er seitdem abgeblieben ist, weiß sie nicht. Stiffeye hat ihn genommen, sobald sie mit ihm kam, aber sie bekam die Erlaubnis, Josefine zu behalten, weil das Baby sie beruhigte. Sie hörte Stiffeye mit jemandem telefonieren, der kommen und Josefine holen sollte, aber sie wollte nicht auch noch sie verlieren. Sie vermisste ihre eigene Tochter schrecklich und das kleine Mädchen war ein Ersatz für sie, bis sie Kianga zurückbekam. Später hörte sie ein weiteres Telefonat mit an. Sie verstand, dass Stiffeye Kianga an den, mit dem er sprach, verkauft hatte. Sie war drauf und dran, den Verstand zu verlieren. Als er dann kochte und mit dem Abfall an Deck ging, wandte er ihr für einen Augenblick den Rücken zu. Sie stach ihm das Fleischmesser in den Rücken. Sie hatte Angst, dass jemand ihn so an Deck sehen könnte, daher zog sie ihn ins Steuerhaus. Sie saß da und sah ihn sterben. Dann tauchte die Fotografin Kamilla Holm auf. Stiffeye ist identifiziert. Er heißt in Wirklichkeit Muhammad Asif. Er ist dem *PET* nicht bekannt, obwohl er in vielen Terrororganisationen mitgewirkt hat. Offenbar hat er es vermocht, sich außerhalb ihres Fadenkreuzes zu halten. Bei Assefa wurde ein Mundabstrich gemacht und ihre DNA in die Gerichtsmedizin geschickt. Sie wollen untersuchen, ob das getötete Baby ihres war. Das klingt ja sehr wahrscheinlich. Wir bekommen schnell eine Antwort, haben sie versprochen.«

»An wen hat er diese Kinder verkauft? Hat diese afrikanische Hexendoktorin etwas damit zu tun? Und ist Emil noch am Leben?«

»Wir sind gerade dran, das herauszufinden. Weißt du, was mit Anker Dahl passiert?«

Niels zuckte die Schultern. »Ich hoffe, es gibt mildernde Umstände. Er hat bei neun von zehn Bomben verhindert, dass die Terroristen sie zünden konnten. Bei Siljas Byskov ist es die gleiche Situation. Meiner Meinung nach sollten beide stattdessen eine Medaille bekommen. Aber da ist Roland Benito sicher ganz anderer Ansicht.«

»Ich habe mich über etwas gewundert, als ich mit dem *PET* über Stiffeye gesprochen habe. Sie sagten, wir hätten sie bereits gefragt, ob sie ihn kennen. Anker Dahl soll sich im Herbst mal danach erkundigt haben. Warum er wohl nichts darüber gesagt hat?«

Niels nahm einen Anruf entgegen, hörte zu und nickte ein paarmal.

»Wir werden eine schnelle Antwort bekommen«, sagte er und begegnete Isabellas fragendem Blick. Kurz darauf nickte er nochmals, bedankte sich und legte das Telefon zurück in die Tasche.

»Das war die Kriminaltechnik. Sie haben Knochen und eingetrocknete Haut in einigen Halsketten von Adwoa Al Zubaidis Laden gefunden. Sie haben sie in die Gerichtsmedizin geschickt.«

40

Roland und Karina waren allein im Büro. Das Fenster war offen und der Verkehrslärm vom Bahnhofsplatz rauschte im Hintergrund. Besonders die Beschleunigung der Stadtbusse, deren Haltestelle fast direkt unter dem Fenster lag.

Sie hatten gerade die Videoaufnahme auf dem USB-Stick gesehen, den Maisa per Brief bekommen und an sie weitergegeben hatte.

»Stell dir mal vor, wenn wir dieses Wissen etwas früher gehabt hätten! Warum verdammt noch mal hat die Schwester das jetzt erst bekommen? Und wer hat es abgegeben?«

»Vielleicht findet die Kriminaltechnik Fingerabdrücke auf dem Umschlag. Es muss jemand sein, der Elias gut kennt.«

»Ja, und einer, der weiß, wo seine Schwester wohnt. Warum auf diese Weise riskieren, gesehen zu werden, statt das Video per Mail zu schicken?«

»Eine E-Mail hinterlässt mehr Spuren als ein Mensch, Karina. Die könnte man zum Absender zurückverfolgen.«

»Natürlich; Mark muss das hier sehen. Jetzt kann Anker Dahl sich nicht mehr rausreden!«

»Nein, oder Ulf Faaborg.«

»Glaubst du, Elias wurde einer Gehirnwäsche unterzogen? Oder hat er wirklich aus eigenem Willen angefangen, seine Landsleute zu bekämpfen?«

»Die Frage ist, wer für ihn seine Landsleute sind. Es ist nicht sicher, dass es die Dänen sind.«

Karina sah ihn an. »Geht es dir denn so? Ist Italien mehr deine Heimat als Dänemark? Und bist du mehr mit den Italienern verbunden als mit uns Dänen?«

Roland schüttelte leicht den Kopf. »Sowohl als auch. Ich bin Däne, aber man vergisst nie ganz seine Wurzeln. Ich liebe Italien.«

»Aber Elias war doch ein tüchtiger und pflichtbewusster Polizeiagent. Einer der besten der Kopenhagener Polizei! Seiner Akte zufolge hat er eine Menge Fälle von Drogen- und Waffenverkauf in den Bandenmilieus aufgeklärt und verhindert. Er hat auch einen geplanten Anschlag auf die *Jyllands-Posten* verhindert, als er hier in Aarhus undercover im muslimischen Milieu arbeitete. Ist es also reine Rache, dass er sich plötzlich gegen uns wendet?«

Mark kam zur Tür herein. Er hatte einen angestrengten Gesichtsausdruck.

»Elias Ali Hassan ist gerade im Krankenhaus gestorben. Er ist nie mehr zu Bewusstsein gekommen.«

»Dann hat Anker Dahl jetzt einen Mordfall am Hals«, konstatierte Karina leise.

»Ja, aber seine Suspendierung wurde gerade aufgehoben. Der Staatsanwalt legte Wert darauf, dass Dahls Handeln die Anzahl der Opfer bei dem Terroranschlag begrenzt und er den gesuchten Beamten gefunden und überwältigt hat, der an dem Terroranschlag in der Hauptstadt beteiligt war.«

Roland wollte etwas sagen, doch die Worte blieben ihm im Halse stecken.

»Dann ist er frei?!«, rief Karina aus.

»Er ist frei, ja – vielleicht bekommt er sogar eine Ehrenmedaille«, antwortete Mark und setzte sich.

»Das bezweifle ich«, sagte Roland. »Komm mal her. Das musst du sehen.«

Mark zog einen Stuhl neben Karina und nahm darauf Platz. Roland rückte ein wenig, damit alle drei vor seinem Computer sitzen konnten. Er berichtete Mark von dem Brief, der bei Elias' Schwester abgegeben worden war, und startete das Video.

Elias Ali Hassan saß auf einem Stuhl in einem dunklen Raum. Er sah nicht gesund aus. Er sprach direkt zu Maisa.

»Liebe Schwester. Wenn du dieses Video siehst, bin ich tot. Ich will, dass du verstehst, was passiert ist, und warum du nichts von mir gehört hast. Vergib mir. Wieder hat die Führung ihre Versprechen nicht gehalten. Ich sollte ja nicht als Agent in Afghanistan arbeiten, das hatten sie mir zugesichert, aber als Waffen aus dem Depot der Soldaten verschwanden, bekam ich den Befehl, der Sache auf den Grund zu gehen. Das würde das letzte Mal sein, gelobten sie. Ich fand heraus, dass einer der Soldaten die Waffen stahl und an die Taliban weiterverkaufte. Das habe ich gemeldet, aber dann sollte ich Beweise beschaffen. Ich habe den Soldaten beschattet, aber wie du sicher gehört hast, wurde das Lager angegriffen. Mehrere kamen ums Leben. Ich wurde von der Druckwelle und Fragmenten einer Bombe getroffen und verlor das Bewusstsein. Als ich übel zugerichtet aufwachte, saß ich gefesselt in einer dunklen Felsenhöhle. Es gab kein Licht und ich spürte nur die Feuchtigkeit und den unerträglichen Schmerz. Irgendwo in meinem Körper war etwas zerquetscht oder gebrochen, aber ich bekam keine Hilfe. Der Fieberwahn entfernte mich von der Wirklichkeit und ich registrierte nur verschwommen, dass jemand ab und zu nach mir sah und um mich herum Stimmen murmelten. Ich konnte ihren Schweiß und Atem riechen.«

Elias saß unbeweglich auf dem Stuhl, die Hände im Schoß, und zwinkerte fast nicht, während er mit seinen dunklen und ausdrucksvollen Augen direkt in die Kameralinse starrte.

»Nach einigen Tagen ließ das Fieber nach. Das war keine Erleichterung. Ich wünschte mir nur, wieder in diesen unwirklichen Zustand zurückzukommen. Ich wünschte mir nur noch zu sterben. Dann bekam ich Besuch. Ich war von den Taliban gefangen genommen worden. Keine Ahnung, woher sie wussten, dass ich ein dänischer Beamter war. Dass ich obendrein ein muslimischer dänischer Beamter war, machte mich nur zu einem noch größeren Feind. Ich sollte enthauptet werden, sagte der Mann mit dem langen schwarzen Bart, einem Tuch um den Kopf und einem weißen Gewand. Er hatte eine Kerze dabei, die er auf den Boden stellte. Ein Junge, der mit ihm gekommen war, gab mir trotz allem Wasser, ein Stück Brot und etwas Ziegenkäse. Doch falls ich Wert für mein ungläubiges Land hätte, das den Propheten beleidigte und auf die Muslime spuckte, könnte ich freigekauft werden. Sie drehten ein Video mit mir: Erst verprügelten sie mich, sodass ich noch übler zugerichtet war als ohnehin schon, dann zwangen sie mich, auf Englisch von einem Blatt Papier abzulesen. Ich weiß nicht, an wen das Video gesendet wurde, aber mir wurde schnell klar, dass niemand das Lösegeld bezahlen wollte. Sie würden mich einfach in meinem Gefängnisloch verrotten oder das Schwert der Taliban meinen Kopf abhauen lassen. Nach allem, was ich für sie getan hatte! In ewiger Furcht gelebt, als Agent enthüllt zu werden, weil ich meine eigenen Leute verriet. Ihr verdammtes Geheimnis bewahrt, dessen Kenntnis sie plötzlich vehement leugneten. Vielleicht wusste ich einfach zu viel.«

Elias befeuchtete die trockenen Lippen mit der Zunge.

»Ich wusste nicht, dass mein erster Auftrag weder von Gericht noch Staat gutgeheißen worden war. Das war ein Entschluss gewesen, den mein Chef bei der Kopenhagener Polizei getroffen hatte. Ich sollte Tahir Mujib im Auge behalten, einen Gast-Imam, der zu Besuch in eine Moschee in Kopenhagen kam. Gerüchten zufolge plante er einen Terroranschlag gegen Dänemark und der ganze Sinn und Zweck seines Besuchs sei, den Rest zu organisieren. Da ich Arabisch verstehe, sei ich der Richtige für den Job, ließ man mich wissen. Ich fragte, ob der *PET* nicht besser geeignete Agenten habe, aber das wies Anker Dahl zurück. Ich fand heraus, dass der Imam ein einflussreicher Sprecher war, der auch im islamischen Scharia-Rat in Stockholm saß. Er stand auf der amerikanischen Terrorliste. Ich folgte ihm während seines Aufenthalts und hörte seine Predigten. Es gab keine Enthüllungen eines Anschlags. Er sagte viele zum Nachdenken anregende Dinge, die die Muslime in Dänemark betrafen. Seine Worte berührten mich. Ich gab die Information weiter und erhielt die Nachricht, dass ich die Mission stoppen solle, aber aus Neugier folgte ich dem Imam weiter. Vor dem Hotel auf dem Weg zum Flughafen wurde er von einem schwarzen SUV eingesammelt. Ich bin ihm gefolgt.«

Elias machte die erste Pause. Er trank aus einem Glas Wasser. Die Augen immer noch starr auf die Kameralinse gerichtet. Roland war von dem Blick paralysiert. Die Augen erzählten fast mehr als seine Worte.

»Sie haben ihn getötet, Maisa! Sie sind in einen Wald gefahren und haben ihn erschossen. Ich weiß nicht, wer sie waren. Der *PET* muss Bescheid gewusst haben. Die *CIA* war involviert. Ganz nach dänischem Gesetz war das wohl auch nicht. Vielleicht haben *sie* den Imam auf dänischem Grund liquidiert. Ich habe es nicht gewagt, darüber zu sprechen. Mein Wissen war gefährlich für mich, das habe ich schnell kapiert, als ich die Überschriften in der Zeitung sah, die besagten, dass der kontroverse Imam nach seinem Besuch in Dänemark plötzlich nach kurzer Krankheit verstorben war.

Mit all diesem Wissen saß ich in meinem Gefängnisloch bei den Taliban, abgelehnt, ausrangiert und vergessen. Aber hier konnte es mein Leben retten. Ich begann mit den Taliban zusammenzuarbeiten. Erzählte ihnen alles, was ich wusste. Ich schloss Freundschaften, unter anderem mit einer hübschen Frau, Hamida. Wir verliebten uns, heirateten und zogen zusammen in ein Haus am Stadtrand von Kandahar. Sie wurde schwanger. Ich sollte Vater werden. Ich war glücklich, Maisa. Endlich fühlte ich mich wirklich so verdammt glücklich. Damals wollte ich Kontakt zu dir aufnehmen, aber …«

Elias trank wieder aus dem Glas. Seine Hand zitterte, und zum ersten Mal sah er von der Kamera weg.

»Der Bombenangriff fand mitten am Vormittag statt … Ich habe die Jagdflugzeuge nicht gesehen, aber ich hörte sie und sah den Rauch. Es traf auch einen Markt, wo Hamida einkaufte … auch an diesem Vormittag. Ich habe sie beide verloren …«

Hier verließ Elias seinen Platz vor der Kamera. Ein paar Minuten sahen sie nur den leeren Stuhl in dem dunklen Raum. Mark sah Karina und Roland fragend an, als glaubte er, die Aufnahme wäre vorbei, sie schüttelten jedoch beide den Kopf. Als sich Elias wieder auf den Stuhl setzte, waren seine Augen rot gerändert und er räusperte sich heiser, ehe er fortfuhr.

»Ich beschloss, Kandahar zu verlassen und kam in ein militärisches Trainingslager. Hier traf ich Ashraf. Stell dir mal vor, ihn dort zu treffen. Es war total unwirklich. Ich hatte unseren Schwager lange nicht gesehen. Er hat mir von dem Dschihad erzählt, den sie gegen die Ungläubigen in Dänemark planten. Er überredete mich, mit ihm zurückzukehren. Wieder mit der Familie zusammen zu sein. Ich weiß, dass du keinen Kontakt zu ihnen hast, Maisa, aber ich wünsche mir nur, dass ihr euch versöhnt. Versprich mir das. Deine Schwester spielt eine große Rolle in dem Netzwerk. Sie nennt sich Saqr. Erinnerst du dich, dass Mama sie so nannte? Es war auch wegen Mama, dass ich beschloss, mit ihnen gemeinsam zu kämpfen. Wir benutzten meine Polizeiuniformen. Ein junger Mann, den Ashraf mir vorstellte, hatte meine Größe. Der falsche Beamte. Ja, den Rest kennst du sicher. Ich weiß nicht, ob ich den nächsten Anschlag überlebe. Falls nicht, habe ich einen Freund gebeten, dieses Video bei dir abzugeben, damit du die Wahrheit kennst. Ich hoffe, du verurteilst mich nicht. Allahu A'lam.« Danach wurde der Bildschirm schwarz.

Eine Weile saßen alle drei schweigend da. Karina brach die Stille heiser.

»Wer ist Ashraf und wer ist dieser Freund, der den Brief bei Maisa abgegeben hat?«

»Ja, und so kurz nachdem ... Wann ist Elias gestorben?«, fragte Roland Mark.

»Das ist wohl nicht mehr als ein paar Stunden her«, antwortete er.

»Das muss ein Freund sein, der dicht an dem Ganzen dran ist«, schätzte Roland.

»Das kann uns doch jetzt egal sein. Elias Ali Hassan ist tot.« Karina lehnte sich verloren im Stuhl zurück und verschränkte die Hände im Nacken.

»Aber jetzt haben wir sein Geständnis ja doch bekommen«, meinte Roland.

»Dieser Ashraf hat etwas mit den Terroranschlägen zu tun. Er muss gerade hier in Dänemark sein«, überlegte Mark.

»Das hat ja nichts mit der Ermittlung gegen Elias zu tun. Die lief nur darauf hinaus zu entscheiden, ob er derjenige war, der bei dem Terroranschlag am Kopenhagener Hauptbahnhof beteiligt war. Der Fall kann jetzt geschlossen werden und die Polizei muss übernehmen«, sagte Karina.

»Oder es wird ein neuer eröffnet«, murmelte Roland.

»Was meinst du?«

»Anker Dahl war Elias' Chef bei der Kopenhagener Polizei, als er nach Afghanistan entsendet wurde, und danach hat Ulf

Faaborg übernommen. Es kann nicht sein, dass keiner von ihnen wusste, was mit diesem Imam und mit Elias Ali Hassan passiert ist. Sie müssen von der Lösegeldforderung der Taliban und der abschlägigen Antwort wissen. Sie müssen auch gewusst haben, dass Elias nicht bei dem Bombenangriff gestorben ist. Sie müssen seine Schwester belogen haben.«

Mark kratzte sich den Bart. »Vielleicht haben sie das bloß geschlussfolgert, da das Lösegeld nicht bezahlt wurde.«

»Ist das nicht eine Art Mord?«, fragte Karina.

»Die Regierung verhandelt nicht mit Terroristen.«

»Aber trotzdem, Mark. Irgendwas ist hier faul, da gebe ich Roland recht. Wie viel weiß Anker Dahl? Warum wurde verheimlicht, dass Elias von den Taliban gefangen genommen wurde?«

»Und warum weigert sich der *PET,* sich zu äußern?«, unterstützte Roland Karina.

»Hm. Das betrifft eure Ermittlung gegen Elias Ali Hassan nicht, aber meine gegen Anker Dahl. Ich habe eine gute *PET*-Freundin, die vielleicht helfen kann«, sagte Mark.

»Glaubst du wirklich? Das kann sie doch den Job kosten.«

»Sie arbeitet nicht mehr da. Sie hat gekündigt wegen der Arbeitsbedingungen, die sie nicht akzeptieren konnte. Sie war viele Jahre angestellt als Sekretärin und administrative Sachbearbeiterin und kann auch etwas mit Elias' Fall zu tun gehabt haben.«

»Ist Anker Dahls Fall jetzt nicht auch geschlossen, wenn seine Suspendierung aufgehoben wurde?«, fragte Karina.

»Jetzt sind ja anscheinend neue Informationen aufgetaucht, kann man sicher ruhig sagen«, entgegnete Mark Haldbjerg.

41

Sabina saß auf dem Rücksitz, dicht an Jamaal gelehnt. Annes Blick streifte die beiden im Rückspiegel, als sie nachschauen wollte, ob das Nasenbluten aufgehört hatte. Das hatte es zum Glück. Ihre

Stiefschwester wirkte eingeschüchterter als Anne sie je gesehen hatte. Jamaal sah sich die ganze Zeit um.

»Ganz ruhig, niemand verfolgt uns«, sagte Anne, war aber selbst erst ruhig, als sie vor dem Polizeipräsidium parkte.

Die automatische Schiebetür glitt auf und sie eilten hinein. Der neue, frische, neongrüne Look der Rezeption begrüßte sie ganz frühlingshaft.

»Wir wollen gerne mit dem Ermittlungsleiter der Terrorfälle sprechen«, sagte Anne und trommelte ungeduldig mit den Fingern auf die Empfangstheke.

»Wen darf ich melden?«, fragte die Empfangsdame mit moderner Brille und Headset freundlich. Sie war neu und kannte sie glücklicherweise nicht.

»Ich heiße Anne Larsen.«

»Haben Sie einen Termin?«

»Nein, aber es ist wirklich wichtig.«

Sie hatte das Gefühl, dass ihre Augen der Empfangsdame erzählen mussten, wie wichtig es war. Sie spürte geradezu die Panik darin brennen.

Die Empfangsdame drückte eine Nummer auf einem Telefon und sprach in ihr Headset, dass jemand an der Rezeption wartete.

»Nehmen Sie doch bitte Platz, es dauert noch einen kleinen Moment«, sagte sie mit einem Lächeln und war bereits in ein neues Gespräch vertieft.

Anne setzte sich ins Wartezimmer neben Sabina und Jamaal auf ein grünes Sofa hinter einem runden Tisch. Der lange Tisch neben ihr mit zwei hohen Stühlen davor erinnerte eher an das Interieur einer Bar. Der Umbau hatte Veränderungen mit sich gebracht. Die Idee des Architekten war zweifelsohne gewesen, den Empfangsbereich auf keinen Fall wie eine Polizeistation aussehen zu lassen.

Jamaal und Sabina schwiegen und hielten sich an der Hand. Jamaal guckte ab und zu wachsam durch die große Fensterfront in Richtung Straße und den Verkehr auf der Dynkarken. Bei der schwülen Hitze gingen nur wenige Passanten träge vorbei. Anne vermutete, dass es kugelsicheres Glas war, ohne es jedoch mit Sicherheit zu wissen.

Sie checkte Mails auf ihrem iPhone und ging ins Internet, um Nachrichten zu lesen. Die Hauptüberschrift war, dass Elias Ali Hassan, der während des Terroranschlag im Stadion eine Schussverletzung erlitten hatte, im Krankenhaus gestorben war. Von der Polizei war veröffentlicht worden, dass er Beamter und in Afghanistan stationiert gewesen war, um afghanische Beamte auszubilden. Nun war er als Terrorist nach Hause zurückgekehrt und auch an dem Anschlag in Kopenhagen beteiligt gewesen. Anne schluckte ein paarmal. Der Beamte war tot. Wie ließ das Anker Dahl dastehen? Gut oder schlecht? Der Beamte konnte nicht erzählen, was passiert war, und nun ging es um Mord. Unter den Lokalnachrichten war groß aufgemacht, dass der Ministerpräsident in die Stadt kommen und zusammen mit dem Gründer der *DFD,* Tobias Holmetoft, an einem Meeting im Rathaus teilnehmen würde. Annes Herz schlug mit einem Mal viel schneller. Natürlich! Jetzt hatte sie nicht mehr den geringsten Zweifel daran, dass das nächste Ziel das Aarhuser Rathaus war. Sie sah auf die Handyuhr. Die Zeit arbeitete gegen sie.

»Was ist los, Ann? Ist es dein Kontakt?«, fragte Sabina heiser.

Anne machte den Mund auf, um zu antworten, schwieg aber sofort, als sie Anker Dahl aus dem Aufzug kommen sah. Vor Überraschung blieb ihr der Mund offen stehen; sie hatte nicht erwartet, ihn zu sehen. Er entdeckte sie ebenfalls, ging aber zu der Empfangsdame und gab einen Umschlag ab. Anne konnte sehen, dass sie ihm etwas zuflüsterte und diskret auf sie deutete. Anne stand auf und ging zu ihm.

»Anker Dahl? Sind Sie nicht suspendiert?«

»Nicht mehr. Was ist so wichtig, Anne Larsen?«

»Wir haben einige Informationen«, sagte sie und zeigte auf Jamaal und Sabina. »Sie müssen einen sicheren Ort für meine Schwester und Jamaal finden, ihr Leben wird bedroht. Sie wissen, wo die Terrorbomben hergestellt werden. Und außerdem glaube ich, dass das nächste Ziel das Rathaus ist.«

Anker Dahl bedeutete ihr leicht widerwillig, ihm zum Aufzug zu folgen. Sie sprachen nicht miteinander auf dem Weg nach oben.

Sabina und Jamaal wurden zur Vernehmung in separate Räume geführt. Annes Telefon vibrierte in ihrer Tasche. Es war Ninnas Nummer. Für die hatte sie gerade keine Zeit.

»Was können Sie tun, um sie zu beschützen?«, fragte Anne, als sie Anker Dahl über die Situation ins Bild gesetzt hatte.

»Ich sorge dafür, dass die Autowerkstatt durchsucht wird. Im Augenblick wird untersucht, ob wir genug haben, um eine richterliche Anordnung zu bekommen. Es wurde bereits ein Streifenwagen losgeschickt, um Jamaals Bruder zur Vernehmung herzuholen. Wenn wir die, die Ihre Schwester und ihren Freund bedrohen, erwischt haben, haben sie nichts zu befürchten.«

»Nein, aber bis dahin. Können sie solange hierbleiben?«

Anker Dahl nickte und Anne begann sich etwas ruhiger zu fühlen.

»Warum befragen Sie sie nicht? Sind Sie doch noch suspendiert?«

»Nein, der Staatsanwalt meinte, ich habe nichts falsch gemacht. Wie ich es die ganze Zeit gesagt habe. Sie haben ja selbst gesehen, was passiert ist.«

»Ich habe in Wirklichkeit nicht besonders viel gesehen. Außer, dass Roland Benito Sie dazu gebracht hat, die Pistole wegzulegen. Jetzt ist der Beamte tot.«

Anker Dahl wirkte völlig ungerührt.

»Er war ein Terrorist. Sie haben ihn wiedererkannt, oder? So, wie ich das verstanden habe, haben Sie ihn doch am Bahnhof in Kopenhagen gesehen.«

»Ja, ich habe ihn wiedererkannt. Er war es ganz sicher.«

»Und ich habe verhindert, dass er noch mehr Menschen in Lebensgefahr brachte. Nur eins von zehn Fässern ist detoniert. Darauf hat der Staatsanwalt Wert gelegt. Außerdem kann ich in dieser Zeit mit Chaos und Unterbesetzung nicht entbehrt werden. Schon gar nicht auf einer so schwachen Grundlage.«

Anne zupfte am Saum ihrer Jacke und konnte Anker Dahl nicht in die Augen sehen. Nach ihrer Auffassung war Roland Benito hier der Held. Sie hatte selbst gesehen, wie er gerade noch die Spezialeinheit rufen konnte und die hatte verhindert, dass die anderen neun Fässer explodierten. Außerdem war es auch Benito, der Krankenwagen gerufen und sie aus dem Stadion gebracht hatte, ehe die Bombe hochging. Aber sie sagte nichts. Sie brauchte Anker Dahls Hilfe.

»Im Übrigen«, fuhr er fort, »wurden zusätzliche Mannschaften auf die Terrorfälle angesetzt, wir haben ja zurzeit viel zu tun.«

»Ja, wie läuft es mit der Aufklärung des Mordes an dem Albino-Baby?«, fragte Anne beiläufig.

Anker Dahl schob die Augenbrauen zusammen. »Das hier ist keine Pressekonferenz, daher werde ich mich nicht zu diesem Fall äußern, aber warum glauben Sie, dass das Rathaus das nächste Terrorziel ist?«

Ihr Handy vibrierte erneut. Es war wieder Ninna.

»Ich dachte, an dem Terrorfall wären andere dran. Sollte ich dann nicht mit denen reden?«, fragte sie spöttisch.

»Ich werde sie schon informieren, Anne Larsen. Im Augenblick sind sie ja dabei, Ihre Schwester und ihren Freund zu verhören, nicht?«

»Okay. Wird mein Telefon immer noch abgehört?«

Anker Dahl nickte. Sein kühler Blick fixierte sie.

»Ich glaube, es ist das Rathaus, weil der Informant sagte, es träfe eine Behörde, die für die Stadt von Bedeutung sei. Und wenn heute bedeutende Gäste ins Rathaus kommen, bin ich mir ganz sicher, dass es dort passieren wird. Vielleicht ruft der Informant noch einmal an, aber das ist nicht ganz sicher.«

»Wie vielen haben Sie davon erzählt?«, fragte Anker Dahl.

»Nur Sabina und Jamaal.«

»Belassen Sie es dabei, ja?«

»Aber wieso? Sollen die Leute nicht wissen, dass es wieder eine Terrordrohung gibt?«

»Es gibt keinen Grund, Panik zu schüren. Davon abgesehen bringt eine Warnung die Leute ja auch nicht dazu, drinnen zu bleiben – im Gegenteil. Sie haben selbst gesehen, wie viele die Warnung ignoriert haben und trotzdem zum Konzert ins Stadion gefahren sind.«

»Ja, und wir haben ja auch gesehen, was passiert ist. Die meinen das hier ernst, Dahl, und wenn der Ministerpräsident …«

»Der *PET* bewacht den Ministerpräsidenten, da müssen Sie sich gar keine Sorgen machen, Anne.«

42

Als Anne Anker Dahls Büro verließ, sah sie zwei Beamte, die einen protestierenden jungen Mann mitschleiften. Das war der mit der Narbe, den sie vor der Autowerkstatt getroffen hatte. Dahl hatte gesagt, dass sie Jamaals Bruder zur Vernehmung holten. War das wirklich der, mit dem sie gesprochen hatte, als sie nach Shadi und Jamaal gefragt hatte? War er ihr gefolgt, sodass er nun wusste, wo sie wohnte? Er erkannte sie auch, das sah sie deutlich an dem kurzen, glühenden Blick, den sie im Vorbeigehen wechselten. Er sah ihr lange nach, während er weiter Flüche ausstieß. Hoffentlich treffen die beiden Brüder nicht aufeinander, dachte Anne. Sabina und Jamaal sollten im Polizeipräsidium bleiben, wo jemand auf sie aufpassen würde.

Anne beschloss, zur Fernsehredaktion in Skejby zu fahren. Sie hatte dem Nachrichtenchef versprochen, Bescheid zu geben, wenn sie weitere Anrufe von der Quelle bekam, und mit einer neuen Terrordrohung gab es sicher auch Bedarf an einer zusätzlichen Mannschaft, um über das Ereignis zu berichten.

Die Primetime-Stimmung, die sie liebte, empfing sie in der Redaktion. Es war noch eine halbe Stunde bis zur Nachrichtensendung und es herrschte eine angespannte und kontrollierte Aktivität unter den Mitarbeitern. Alle wussten, was sie zu tun hatten. Sie schmiss den Rucksack gegen das Tischbein und schaltete ihren Computer an, als Flash an ihrem Tisch vorbeikam.

»Hey, ich dachte, du arbeitest heute Abend nicht«, begrüßte er sie und schlang den Riemen seiner Tasche über eine breite Schulter.

»Wollte ich eigentlich auch nicht, aber es ist etwas passiert, Flash. Ich wurde vor einem neuen Anschlag gewarnt. Im Rathaus.«

»Nee, oder?« Der Kameramann kaute Kaugummi, wie immer, wenn er keine Kippe zwischen den Lippe hatte. »Bist du sicher? Ich bin auf dem Weg dorthin, um mit Noa Marie live zu senden.«

»Ziemlich, obwohl ich natürlich auch dieses Mal keine Adresse bekommen habe. Aber wenn der Ministerpräsident und Tobias Holmetoft von der *DFD* kommen, ist es doch sicher eindeutig.«

»Weiß der Chef das?«

»Noch nicht. Ist er da drin?«

Als Flash nickte, eilte sie schnell zu der verschlossenen Tür und klopfte.

»Hereinspaziert!«, ertönte es hinter der Tür. Wie es schien, hatte der Nachrichtenchef gute Laune.

Er schaute sie über die Lesebrille hinweg überrascht an.

»Bist du das, Anne? Ich dachte nicht, dass du …«

Sie unterbrach ihn und erzählte, was passiert war.

»Und du sagst also, du bist bei der Polizei gewesen?«

»Ja, die sollen meine Schwester beschützen und ihren Freund, Jamaal. Sein Bruder wurde zur Vernehmung ins Polizeipräsidium gebracht.«

»Dann ist deine Schwester in das hier verwickelt?«

»Was heißt verwickelt. Sie war einfach mit Jamaal unterwegs, als sie die Feuerlöscher und die Fässer in der Autowerkstatt entdeckten.«

»Das hier ist eine große Sache, Anne. Das ist dir klar, oder?

Anne nickte und griff in die Tasche, als das Handy wieder vibrierte.

»Du berichtest darüber. Jytte ist heute Abend nach Seeland gefahren, irgendein Familien-Tam-Tam, glaube ich, daher ist sie nicht verfügbar.«

»Okay. Sollte sie nicht ursprünglich den Bericht über den Besuch des Ministerpräsidenten im Rathaus machen?«

»Wir waren uns einig, dass es nicht so groß ist, dass Noa Marie das nicht übernehmen könnte, aber jetzt ist das natürlich etwas anderes, wenn es obendrein eine Terrordrohung gibt.«

»Ja, aber das dürfen wir nicht bringen. Die Polizei will die Leute nicht unnötig einschüchtern, sagte Anker Dahl.«

»Anker Dahl? Ist der nicht suspendiert?«

»Offenbar nicht mehr.«

»Selbstverständlich müssen die Leute Bescheid wissen. Gewarnt werden!« Die Wangen des Nachrichtenchefs waren feuerrot geworden. »Die Polizei will bloß ihre ineffiziente Terrorabwehr kaschieren. Das ist jetzt das dritte Mal innerhalb einer Woche.«

Anne nickte wieder, während sie das Handy aus der Tasche holte.

»Das ist Ninna. Ich muss rangehen, sie hat schon mehrmals probiert«, entschuldigte sie sich und nahm das Gespräch entgegen.

»Warum gehts du nicht ans Telefon? Ich hab dich mehrfach angerufen«, sagte Ninna ein wenig aufgebracht.

»Ging gerade nicht, Ninna. Was ist denn los?«

»Ich muss mit dir reden. Wo bist du?«

»In der Redaktion, ich … gerade sitze ich beim Chef.«

»Ich komme sofort!«

Der Nachrichtenchef und Anne saßen schweigend vor Ninna, während sie eifrig erzählte.

»Das Codewort ist Saqr, das bedeutet Falke auf Arabisch. Ich habe es herausgefunden, als ich an einigen Diskussionen in dem geheimen Netzwerk teilgenommen habe«, erklärte Ninna. »Das ist reine Propaganda gegen den Westen. Ich habe mir eine glaubwürdige Geschichte ausgedacht. Ich schreibe unter dem arabischen Namen Nazaaha, das heißt Reinheit, Gerechtigkeit und Ehrlichkeit, wie mir einer von ihnen erzählte. Da habe ich fast ein schlechtes Gewissen gekriegt.« Ninna zwang ein nervöses Grinsen hervor. »Aber jetzt hasse ich also die Ungläubigen, weil sie unseren Propheten besudeln und den Amerikanern dabei helfen, unsere Brüder zu bombardieren. Ich habe über verschlüsselte Mails mit einer Frau in der Gruppe ein bisschen hin und her geschrieben und dann wurde ich zu ihrem Treffen heute Nachmittag eingeladen, daher müssen sie meine Geschichte wohl geglaubt haben. Es fand woanders statt als letztes Mal. Mir wurde erklärt, dass es Räumlichkeiten seien, die sie von der Stadt für Unterricht zur Verfügung gestellt bekommen. Je mehr wir sind, um die Botschaft zu verbreiten, desto besser, schrieb sie.« Ninna trank gierig aus einem Glas Wasser, während sie eine kleine Pause in dem Wortschwall einlegte.

»Hast du Namen aufgeschnappt?« Der Nachrichtenchef nutzte die Gelegenheit, um eine Frage einzuschieben.

Ninna schüttelte den Kopf. »Jedenfalls keinen, der sie identifizieren könnte. Sie benutzen Decknamen. Es sind nur Frauen, glaube ich jedenfalls. Sie tragen alle Niqab und schwarze Kleider wie ich, daher habe ich nur die Augen gesehen, aber die Stimmen klangen wie Frauen. Es wurde Arabisch geredet und nur wenig Dänisch, daher konnte ich nicht alles mitverfolgen. Eine der Frauen nennt sich Saqr und hat, soweit ich das mitgekriegt habe, großen Einfluss. Ihr Ex-Mann ist gerade aus einem militärischen Trainingslager nach Hause gekommen und ihr Bruder hat auch große Bedeutung für die Aktion, an der sie gerade dran sind. Saqr spricht fließend Dänisch.«

»Wenn Saqr eine Frau ist, dann kann es doch nicht sein …«, dachte Anne laut, aber Ninna und der Nachrichtenchef ignorierten sie.

»Sie haben über ihren großen Hass gegen den Westen und die Ungläubigen geredet, während die Kinder danebensaßen und spielten. Einige der Kinder sind alt genug, dass sie das meiste verstehen. Eine neue Generation mit verbissenem Hass und Wut wird in diesen Räumen geboren.«

»Die die Stadt zur Verfügung stellt«, warf Anne verärgert ein. »Was ist das für eine Aktion?«

»Das habe ich nicht herausgefunden. Die war offenbar nicht für alle Ohren bestimmt. Vier von ihnen, unter anderem Saqr, zogen sich in einen anderen Raum zurück, als sie über die letzten Details sprechen wollten. Die anderen waren dieses Prozedere offenbar gewohnt, sie gingen einfach ohne Fragen, und man ließ mich wissen, dass es zu meinem eigenem Besten sei, dass ich nichts wüsste, damit mich niemand unter Druck setzen konnte, etwas zu verraten. Das Einzige, was ich erfahren habe war, dass heute Abend etwas passieren sollte.«

»Aber nicht was?«, fragte der Nachrichtenchef noch eifriger.

»Nein, ich habe mich nicht getraut weitere Fragen zu stellen, weil Saqr anfing mich darüber auszufragen, wer ich eigentlich bin, und plötzlich einen Ausweis sehen wollte. Da habe ich zugesehen, dass ich rauskam. Ich habe dich öfter angerufen, Anne«, schloss sie vorwurfsvoll.

»Ja, Entschuldigung, Ninna, ich konnte gerade nicht rangehen«, erklärte Anne und erzählte von dem Anruf und dem Besuch im Polizeipräsidium.

»Dann ist der Anschlag also aufs Rathaus? Wenn der Ministerpräsident zu Besuch kommt?!«, sagte Ninna erschrocken und sah den Nachrichtenchef an.

»Der *PET* kümmert sich um den Ministerpräsidenten und Tobias Holmetoft. Aber was ist dann passiert, Ninna? Glaubst du, Saqr hat Verdacht gegen dich geschöpft?«, fragte Anne.

»Ich weiß es nicht. Ich habe die muslimische Kleidung im Auto ausgezogen und gewartet. Drei der Frauen gingen eine halbe Stunde später, aber als nach einer weiteren Viertelstunde Saqr immer noch nicht rausgekommen war, bin ich wieder ins Treppenhaus geschlichen um zu sehen, was sie machte. Ich habe vorsichtig die Tür zu dem Raum geöffnet. Ihr Sohn schlief in einem

Buggy. Sie hatte ihren Niqab ausgezogen und redete, während sie aufräumte. Erst dachte ich, mit dem Kind, aber dann konnte ich sehen, dass sie telefonierte.«

»Mit wem? Was hat sie gesagt?«

»Das konnte ich nicht hören, sie sprach gedämpft.«

»Wann war das?«

»Ähm, ungefähr vor einer Stunde.«

Anne schaute auf ihre Armbanduhr. »Kann sein, dass sie mich angerufen hat. Würde vom Zeitpunkt her passen.«

»Glaubst du, sie ist die Quelle? Aber wirst du nicht immer von einem Mann angerufen?«

»Das dachte ich, aber die Stimme ist ja verzerrt. Hast du gesehen, ob sie irgendwie ihre Stimme verzerren konnte?«

»Call Voice Changer«, sagte der Nachrichtenchef, der wie immer an seinem Brillengestell kaute, wenn er aufgekratzt war.

»Was?«, fragte Ninna.

»Eine Handy-App, die die Stimme verzerrt. Die kann man im Internet holen. Mein Sohn benutzt die, um mit seinen Freunden Quatsch zu machen. Du kannst deine Stimme wie alles Mögliche klingen lassen, Donald Duck, eine Frau, ein Kind – oder ein Mann.«

»Ist das wirklich so einfach?«, fragte Anne besorgt. »Bist du sicher, dass du kein einziges Wort gehört hast? Denk scharf nach, Ninna!«

»Ich habe nichts gehört. Ich bin abgehauen, als ich bemerkte, dass der kleine Junge wach war und mich anstarrte. Stell dir vor, er hat mich angestrahlt. Er war so süß.«

Ninna lächelte kurz und wurde dann wieder ernst. Eine Weile hing sie ihren eigenen Gedanken nach, dann sah sie Anne direkt an.

»Diese Saqr kam mir irgendwie bekannt vor.«

»Inwiefern?«

»Ich weiß es nicht genau, ich hab sie irgendwo schon mal gesehen, aber ich komm gerade nicht drauf, wo.«

43

Ihre Hand zitterte, als sie Fadi mit der Gabel half.

Ashraf hatte Rabir zum Essen eingeladen. Sie waren beide sehr angespannt und unterhielten sich am Tisch nervös auf Arabisch. Rabir nannte ihn Märtyrer und es wirkte überhaupt nicht, als ob er den Tod ihres Bruders betrauerte.

»Er ist jetzt an einem besseren Ort«, sagte Ashraf ernst.

Warum empfand sie es nicht so? Sie hatte geweint, als sie die Nachricht bekam. Auch wenn sie Elias nicht mehr gesehen hatte, gab es trotzdem ein starkes Band. Sie war mit ihm immer stärker verbunden gewesen als mit Rabir.

»Ein Ungläubiger hat ihn getötet«, knurrte Ashraf.

Sie sah das Glühen in seinen Augen. Glühenden Hass und Rachsucht. Sie verbarg ein Schaudern. Das war der Blick, den er damals gehabt hatte, als er sie schlug. Sie fürchtete diesen Blick. Fürchtete ihn. Aber dieses Mal war der Hass glücklicherweise nicht gegen sie gerichtet.

Ashraf hatte vor ihrer Tür gewartet, als sie nach Hause kam. Zwei große, ramponierte Koffer standen neben ihm auf der Treppe. Er wollte einziehen. Sie hatte es nicht übers Herz gebracht, ihm das zu verweigern, als sie sah, wie sehr Fadi sich darüber freute, seinen Vater zu sehen. Sie sollten auch wieder heiraten, sagte er. Ihr Vater hatte die Erlaubnis zu der Ehe gegeben, sie ihnen geradezu verordnet, damit Fadi in einer richtigen Familie aufwachsen konnte.

Aber Elias' Tod war nicht das Einzige, über das sie aufgebracht sprachen. Muhammad Asif war auf seinem Boot im Hafen erstochen worden. Sie realisierte, dass der Mann, den sie Stiffeye nannten, zur Gruppe gehörte. Dass Ashraf und Rabir ihn kannten. Wussten sie auch etwas über diese afrikanische Frau und das entführte kleine Mädchen? Wie viel hatte sie nicht erfahren, obwohl sie glaubte, gut informiert zu sein? Jetzt diskutierten sie, ob Elias und Stiffeye mit ihren jeweiligen Aufträgen fertig geworden waren und ob das Geld auf dem Konto eingegangen war. Das Schlimmste war, dass die Polizei nun an der Sache dran war, deswegen würde der Anschlag früher als geplant erfolgen. Sie wagten es nicht, noch länger zu warten.

Ihre Hand zitterte jetzt so heftig, dass ihr die Gabel herunterfiel. Fadi fing an zu weinen. Er spürte ihre Nervosität.

»Kriegst du das hin, Saqr?«, fragte Ashraf. Er hatte begonnen, sie so zu nennen, auch, wenn sie nicht in der Gruppe arbeiteten und er eigentlich ihren richtigen Namen benutzen konnte. Er fand, genau wie ihr Vater, dass der Falkenname gut zu ihr passte. Sie war clever, wachsam und schnell. Deswegen war sie gut in ihrem Job. Ashraf selbst war unter dem Namen ghazi Ashraf bekannt. Der Titel ghazi bedeutete Krieger und war eine islamische Bezeichnung für jemanden, der an religiöser Kriegsführung teilnahm, Moslem gegen Nicht-Moslems. Er hatte den Titel bekommen, als er vom Trainingslager zurückgekehrt war und nun als ein richtiger Krieger gezählt wurde. Ein Held und Meister. Wie Elias.

»Ja, natürlich«, antwortete sie und hob die Gabel auf. Fadi war zufrieden, als sie eine frische holte und ihm eine neue Ladung Reis in den Mund stopfte, der aufgesperrt war wie bei einem hungrigen Falkenküken.

»Dir ist völlig klar, was deine Aufgabe heute Abend ist, ja? Das ist sehr wichtig, das weißt du?«

»Ich weiß, was ich tun soll und wie wichtig es ist, Rabir. Wir hatten gerade die letzte Besprechung und alle kennen ihre Aufgaben. Ganz ruhig!«

Ihr Bruder sah nicht beruhigt aus. Ashraf hingegen lächelte ihr zu und nickte. Vielleicht hatte er endlich das eingesehen, wovon sie ihn zu überzeugen versucht hatte, als er herausfand, dass sie zur Schule ging, und sich scheiden lassen wollte. Sie war wichtig für sie. Er schien ihr zu vertrauen, aber sie lächelte nicht zurück. Sie war viel zu angespannt.

Sie hatte nicht von der neuen Frau erzählt, die heute beim Treffen gewesen war. Irgendetwas an ihr mochte sie nicht, aber Khadija hatte sie gutgeheißen und die irrte sich nie. Was genau sie an dieser Frau verunsicherte, konnte sie auch nicht sagen. Aber es hatte es nicht besser gemacht, dass sie das Gefühl hatte, dass jemand sie beobachtet hatte, als sie die Journalistin anrief. Fadi hatte jemanden gesehen; er hatte auf eine ganz bestimmte Weise gelächelt und zu der halb offenen Tür geschaut. Sie war sich sicher, sie geschlossen zu haben, damit niemand das Gespräch hörte.

»Sobald das Ganze überstanden ist, heiraten wir wieder. Bis dahin sind wir in unserem Kampf weitergekommen. Fadi wird in einem Land mit Rechtgläubigen ohne Sünde und Schande aufwachsen«, beruhigte Ashraf.

Er schnitt seinem Sohn eine Grimasse, die ihn vor Freude glucksen ließ, aber nicht einmal Fadis ansteckendes Lachen brachte sie zum Lächeln. Im Gegenteil, es machte sie noch ängstlicher und unsicherer. Der kleine Junge war doch zufrieden mit seinem Leben. Er liebte die Krippe und die anderen Kinder, nicht nur die anderen muslimischen Kinder, sondern auch die ungläubigen. Nach den Erziehern war er auch verrückt und sie nach ihm. Was würde aus ihm werden, falls das heute Abend schiefging? Er konnte seinen Vater und seine Mutter verlieren. Sie könnten verhaftet werden und für den Rest ihres Lebens im Gefängnis sitzen.

Oder sterben.

44

Unten auf dem Bahnhofsplatz fuhr ein Streifenwagen mit Blaulicht und Sirene vorbei. Das Geräusch zerrte an Rolands Polizisten-Gen. Er lauschte, bis es verebbte. Das war keine so ungewöhnliche Begebenheit wie auf dem Land, wo die Leute aus ihren Häusern kamen um zu sehen, was passierte, wenn sie eine Sirene hörten.

Das Polizeipräsidium war mit dem Auto von der *DUP* nur fünf Minuten entfernt, wodurch sie die Sirene mehrmals am Tag hören konnten. Aber gerade jetzt drang das Geräusch direkt in seinen Brustkorb ein. Es war lange her, dass er einen Streifenwagen mit

Sirene gehört hatte. Bei der Polizeibehörde waren Sirenen nicht nötig, daher hatten sie keine. Vermisste er seinen alten Job als Beamter, wie Irene und der Polizeipräsident insistierten? Das tat er wohl. Zog er das Angebot des Polizeipräsidenten doch in Erwägung? Das tat er vielleicht.

Roland war allein im Büro. Alle seine Kollegen waren nach Hause gefahren, nur ein paar der Juristen waren noch hier und er konnte sie weiter den Flur runter miteinander reden hören.

Er konzentrierte sich auf den Computerbildschirm. Die Information über den Halter des roten Audis war gekommen. Rabir Aziz. Er war Miteigentümer einer Autowerkstatt im Paludan-Müllers Vej. Das erklärte vielleicht das teure Auto. Sein polizeiliches Führungszeugnis war sauber. Es lag nicht viel gegen ihn vor. Nur ein paar Bußgeldbescheide für zu schnelles Fahren, aber es war sicher auch nicht leicht für einen jungen Mann, sich in einem solchen Auto an die Geschwindigkeitsbegrenzung zu halten, dachte Roland. Dänischer Staatsbürger. War nie arbeitslos gewesen und nie dem dänischen Wohlfahrtssystem, in dem die Politiker heutzutage so sehr aufgingen, zur Last gefallen. Aber worüber hatte er so heftig mit Jakaya Magufuli gestritten? Was hatte er in diesem merkwürdigen Haus, wo Roland Sylvestre abgeliefert hatte, zu tun gehabt?

Eigentlich ging es ihn nichts an, wer Rabir Aziz war, und er hatte keine gute Erklärung dafür, warum er ihn durchleuchtete. Wenn er nicht auch noch am Hafen aufgetaucht wäre, als ob er dort etwas zu erledigen gehabt hätte, und es bereute, als er die Polizeiautos sah, und wenn Anne Larsen nicht über Albino-Kinder und Hexendoktoren geredet hätte, dann wäre er mit diesen Informationen wohl zufrieden gewesen. Aber bestand ein Zusammenhang zwischen dem grausamen Mord an dem afrikanischen Baby und dem Mord an Stiff-eye? Auf jeden Fall musste dieser etwas mit den entführten Kindern zu tun gehabt haben, wenn Josefine auf seinem Boot gefunden worden war. Konnte Anne mit ihrer wahnwitzigen Schlussfolgerung recht haben?

Dieser Gedanke rumorte in ihm. War Sylvestres Onkel praktizierender Hexendoktor wie in dem alten Fall in Kopenhagen, der ihm eingefallen war? Ein afrikanischer Hexendoktor, der auch ein Marabout genannt wurde, wurde wegen Betrugs verhaftet. Er hatte zwei Jahre lang seine eigene Klinik betrieben und alternative Behandlungsmethoden für im Grunde alles, von Unfällen über Impotenz bis hin zu Gicht und Übergewicht, angeboten. Es waren die eigenen Kunden des Hexendoktors gewesen, die ihn dafür angezeigt hatten, ihnen jeweils knapp eine halben Million Kronen abgeluchst zu haben, indem er ihnen einredete, sie seien von bösen Geistern besessen und er könne den Fluch durch kostspielige Opfer von Zebras, Fohlen und Pferdeblut aufheben. Das Überraschende war, dass zu den Kunden, die anonym bleiben wollten, unter anderem der Direktor eines Aushilfsbüros für Krankenschwestern, ein Medizinstudent und ein Besitzer mehrerer Friseursalons zählten. Generell ausländische Frauen, wohnhaft in Dänemark, mit guten Ausbildungen und Stellungen. Unter den Männern, die von dem Marabout wegen Impotenz behandelt wurden, waren sowohl Ärzte als auch Chefs, es gab also Kunden für eine solche Praxis in Dänemark.

Aber wie passte Rabir Aziz in dieses Bild?

Er wohnte im Skarresøvej zwischen Thorsager und Kolind auf Djursland. Roland stutzte, als er die Adresse bei Google eingab; es war ein Falkenhof. Seine Vorurteile hatten den Kerl bereits in ein Ghetto in Aarhus West gesteckt. Unter dieser Adresse wohnte auch ein anderer Aziz. Zaahid Aziz. Sie waren sicher verwandt. Der Hof gehörte dem Falkner Wilhelm Günter, der in Deutschland wohnte. Die Homepage des Falkenhofs warb damit, dass es samstags um 15:00 Uhr eine Vorführung mit nicht weniger als neun verschiedenen Falkenarten gab: Rotfußfalke, Buntfalke, Rötelfalke, Merlin, Gerfalke, Lannerfalke, Baumfalke, Sakerfalke und Wanderfalke.

Roland schaute auf die Uhr. Dann rief er die einzige Telefonnummer an, die bei der Adresse angegeben war. Es dauerte nicht lange, bis der Anruf von einer tiefen Männerstimme entgegengenommen wurde, die in neutralem, abwartendem Ton sagte: »Falkenhof Skarresø.« Der Akzent war deutlich. Worte mit ø und å waren für die meisten Fremden schwer zu lernen.

»Mein Name ist Roland Benito. Spreche ich mit Zaahid Aziz?«

Am anderen Ende war es einen Moment lang still und die überraschte Bestätigung, die schließlich erfolgte, sagte Roland, dass Zaahid Aziz es nicht gewohnt war, dass nach *ihm* gefragt wurde.

»Eigentlich wollte ich Rabir Aziz sprechen, aber dann habe ich vielleicht die falsche Nummer?«, fragte er unschuldig.

»Mein Sohn ist nicht zu Hause. Wie war Ihr Name noch mal?«

»Sie haben nicht zufällig seine Handynummer? Ich will nur mir ihm reden.«

»Geht es um ein Auto?«

»Ähm ja, genau. Finde ich ihn vielleicht in der Werkstatt?«

»Ja, ich denke schon. Wissen Sie, wo die ist?«

»Im Paludan-Müllers Vej, oder?«

»Ja. Im Hinterhof. Falls das Gittertor zu ist, ist er nicht da.«

Roland bedankte sich, legte auf und fuhr seinen PC herunter. Bei der Autowerkstatt vorbeizuschauen passte gut, da er Irene bei der Dänischen Flüchtlingshilfe abholen sollte, das lag auf dem Weg.

Das Gittertor war zu. Trotzdem stieg Roland aus, ging hin und schaute zwischen den Stäben hindurch. Ein blaues Garagentor war offen. Drinnen stand der rote Audi. Vier Männer, die sich zügig bewegten, legten gerade etwas in den Kofferraum. Der eine war glatzköpfig mit einem Bandana um den Kopf à la Rambo. Der andere war klein und dünn. Er wirkte wie ein älterer Sylvestre mit den schwarzen, krausen Haaren und den vollen Lippen. Der dritte trug einen schwarzen Kapuzenpulli. Die Kapuze verdeckte den Großteil des Gesichts. Roland sah nur eine breite Nase wie die eines Boxers. Der Letzte war groß und breitschultrig. Er hatte einen schwarzen Vollbart und war an den Schläfen glatt rasiert. Sie schauten die ganze Zeit auf die Uhr, und die nervöse Betriebsamkeit, mit der sie agierten, brachte Roland dazu, sich hinter die Mauer zurückzuziehen, als Rambo den Blick auf das Gittertor richtete, während er eine Zigarette anzündete. Der Rauchgeruch erreichte Roland. Als die Stimmen ferner klangen, schaute er wieder in den Hof. Die Sprache verstand er nicht. Wieder ärgerte er sich darüber, nicht Arabisch gelernt zu haben. Es klang danach. Die Worte kamen in aufgebrachten Stößen, und ebenfalls aufgebracht beugte sich der Glatzköpfige mit dem Bandana vor und trat die Zigarette auf dem Asphalt kaputt, als ob er gegen seinen Willen von dem mit dem Vollbart dazu gezwungen worden war.

Roland zog sich diskret zu seinem Auto zurück, als sich drei von ihnen in den Audi setzten, während der Vierte zum Gittertor ging. Die rote Schönheit von Auto glitt auf die Straße und hielt an, bis der Mann das Tor geschlossen und auf dem Rücksitz Platz genommen hatte.

Es war noch eine ganze Stunde, bis Irene abgeholt werden sollte. Roland war bereit, dem Audi zu folgen, als er überrascht Zeuge dessen wurde, was sich blitzschnell vor der Windschutzscheibe abspielte.

Aus zwei geparkten Autos, bei denen er gar nicht gesehen hatte, dass jemand drinsaß, stiegen plötzlich jeweils zwei Männer. Er schätzte sie sofort als Beamte in Zivil ein. Die vier Beamten rissen die Türen des Audis auf, zerrten brutal jeweils einen jungen Mann heraus und schleiften sie mit zu ihren Autos. Der Bärtige befreite sich aus dem Griff und flüchtete über den Bürgersteig, aber der Beamte holte ihn sofort ein und musste einer Messerklinge ausweichen, die auf seine Kehle zugesaust kam. Schimpfworte auf Dänisch und Arabisch flogen durch die Luft. Passanten blieben stehen und schauten neugierig zu. Ehe der Beamte den Bärtigen wieder zu fassen bekam, hatte er einen Riss im Jackenärmel von dem Messer, das noch ein weiteres Mal aufblitzte. Dann knallte der junge Mann auf die Kühlerhaube des Audis.

»Jetzt beruhig dich mal, du Pavian!«, rief der Beamte, während er seinen Arm hintenüber zog, um ihn dazu zu bringen still zu liegen und das Messer loszulassen. Der Kerl schrie und sträubte sich und rief »Polizeigewalt!« und »Verficktes Rassistenschwein!« Einige auf dem Bürgersteig richteten ihre Handykameras auf den Vorfall. Diese Klage liegt sicher am Montag auf meinem Tisch, dachte Roland verbittert. Die anderen drei saßen in den Autos der Beamten und schauten aus dem Fenster, während sie Schimpfworte brüllten. Der Beamte, der gerade Rambo Handschellen angelegt und ihn ins Auto verfrachtet hatte, kam seinem Kollegen zur Hilfe, der damit kämpfte, dem auf der Kühlerhaube das Messer zu entwinden. Roland hatte die Hand am Türgriff, um auszusteigen und mitzuhelfen, als jemand gegen die Fensterscheibe klopfte.

»Kommen Sie aus dem Wagen und identifizieren Sie sich«, befahl eine Stimme.

Roland stieg aus und begrüßte Liam Eklund, der, wie er wusste, bei der *AKS* gearbeitet hatte, bevor er bei einem Schussvorfall verletzt worden war. Roland hatte gehört, dass er anschließend in die Ermittlungsabteilung für Wirtschafts- und organisierte Kriminalität versetzt worden war. Er glaubte nicht, dass Liam ihn wiedererkannte. Es war lange her, dass sich ihre Wege gekreuzt hatten, doch er irrte sich.

»Benito, was zum Teufel macht die *DUP* hier?« Dann betrachtete er den Tumult mit der Verhaftung. »Sag mal, überwacht ihr jetzt auch schon unsere Arbeit?!«, rief er entrüstet und warf Roland einen gekränkten Blick zu.

»Nein, überhaupt nicht. Natürlich nicht! Ich bin rein zufällig hier.«

»Er lag gerade vor dem Tor auf der Lauer«, sagte ein zweiter Beamter, der zu ihnen herüberkam. Roland kannte ihn nicht.

»Was machst du hier?«, wiederholte Liam Eklund und ignorierte seinen Kollegen.

»Das ist eine lange Geschichte. Ich wollte gerade fahren, und …«

»Du fährst nirgendwohin, Benito. Du kommst jetzt mit ins Präsidium und erzählst deine lange Geschichte!«

45

Er hatte Atemnot. Das sah ihm eigentlich nicht ähnlich und jetzt müsste er sich entspannen und erleichtert aufatmen. Elias konnte nichts mehr verraten. Blieb nur noch Ulf Faaborg, aber der würde sicher sein Maul halten. Das Gleiche galt für den *PET*, wenn bald überhaupt noch welche von damals übrig waren. Es gab nichts zu befürchten. Es sei denn, Ulf legte es entschieden darauf an, ihm zu schaden. Und warum sollte er? Dennoch beunruhigte es Anker Dahl, dass er seit dem Gespräch am Hafen nichts mehr von ihm gehört hatte. Er musste auch gehört haben, dass Elias tot war. Vielleicht glaubte er, er hätte ihn …

Er schluckte einen Kloß im Hals und lockerte den Hemdkragen. Elias war bereits tot gewesen, als Anker Dahl im Krankenhaus ankam.

Der Polizeipräsident hatte ihn kühl empfangen, als er zurück ins Polizeipräsidium kam, aber darum konnte er sich nicht kümmern. Die Polizeibehörde hatte ermittelt, und der Staatsanwalt war aufgrund der angespannten Situation schnell zu einer Entscheidung gekommen. Die mussten der Direktor und alle anderen einfach respektieren. Es war ja, wie er die ganze Zeit gesagt hatte. Er war ein Held und kein Verbrecher, der bestraft werden musste. Seine Abwesenheit konnten sie sich gerade nicht leisten. Im Moment spitzte sich alles zu. Das musste der Polizeipräsident doch auch einsehen.

Nach einem kurzen Update vom Terrorteam war ihm klar, dass er seine Verabredung mit Ann-Marie und Robin zum Essen im Restaurant *Flammen*, wo sie heute Abend einen Tisch reserviert hatten, nicht einhalten konnte. Das kam bei Ann-Marie nicht gut an, die ihm vorwarf, Robin wieder im Stich zu lassen. Das Restaurant lag doch direkt auf der anderen Straßenseite und der Sohn freute sich so. Anker Dahl hatte ihnen streng befohlen, zu Hause und drinnen zu bleiben, da es eine neue Terrordrohung gab. Man weiß nie, was passieren kann, schüchterte er sie ein, da sie weiterhin insistierte. Natürlich war das gegen seine eigenen Prinzipien, keine Furcht und Panik zu schüren, aber jetzt, da Anne Larsen Bescheid wusste, würde es ohnehin herauskommen. Vielleicht war das auch das Beste.

Alle Mitarbeiter waren heute Abend für Überstunden einberufen worden. Der Großteil des Polizeiaufgebots war zur Bewachung des Rathauses geschickt worden. Scharfschützen waren auf dem Dach und rund um den Rathauspark positioniert. Keiner ahnte, wann und wie der Anschlag stattfinden würde. Der *PET* hatte die Leitung übernommen. Anker Dahl schaute auf die Uhr. Der Ministerpräsident müsste jetzt eingetroffen sein.

Isabella klopfte leicht an den Türrahmen der offenen Tür.

»Ich habe gerade eine Antwort aus der Gerichtsgenetik bekommen. Haut und Knochen in den Schmuckstücken aus Adwoa Al Zubaidis Laden stammen von einem Menschen. Wirklich krank, oder?«

»Haben sie einen DNA-Test gemacht?«

»Ja, aber der passt zu niemandem in unserem DNA-Register«, sagte sie und blieb in der Tür stehen.

»Gott sei Dank. Ja, dann ist es nicht Emil, …

Nichts Neues von dem Jungen?«

»Nein, die einzige Spur ist nach wie vor sein Kinderwagen, der im Riis Wald gefunden wurde. Die Techniker haben DNA von Emil und dem afrikanischen Albino-Baby gefunden, das Assefas war. Das hat eine DNA-Probe im Vergleich mit ihrer gezeigt. Die Kinder haben sich anscheinend beide in diesem Kinderwagen befunden.«

»Wurde der Rest des Kindes gefunden?«

Isabella schüttelte den Kopf.

»Was hat die Vernehmung von Assefa ergeben?«

»Nicht besonders viel.« Isabella lehnte sich gegen den Türrahmen, die Hände in den Vordertaschen der Jeans. »Sie sagt, sie wisse nicht, wen Muhammad Asif alias Stiffeye wegen der Kinder kontaktiert hat.«

Sie wurde von Niels unterbrochen, der sich mit einigen Papieren in der Hand an ihr vorbeischlängelte, die er auf Anker Dahls Tisch legte.

»Schön, dass du wieder da bist«, sagte Niels flüchtig.

Anker Dahl nickte nur und schaute auf die Papiere. »Was ist das?«

»Der Bericht über die Vernehmung von Adwoa Al Zubaidi, der das Gartenhaus gehört. Durch die U-Haft ist sie mürbe geworden. Sie hat zugegeben, mit einem Hexendoktor zusammenzuarbeiten. Kaum zu glauben, dass es so etwas im heutigen Dänemark gibt.«

»Wir haben hier ja mittlerweile viele Kulturen«, meinte Isabella. »Also warum nicht?«

»Und wer ist dann dieser – Hexendoktor?«

»Ja, damit wollte sie nicht herausrücken. Sie brächte sich selbst in Gefahr, wenn sie etwas sagte, erklärte sie. Er soll einige Handlanger haben, ein paar junge Lümmel, vor denen sie Angst hat. Offenbar mehr als vor uns.«

»Eine Bande?«

»Vielleicht.« Niels zuckte die Schultern.

Anker Dahl blätterte ein wenig in dem Bericht. »Ich schau ihn mir an. Aber jetzt können wir sie ja dabehalten.«

»Das wird die Zeit zeigen«, seufzte Niels. »Ihr Anwalt ist aufgetaucht. Håkon Sølvsten, ob du's glaubst oder nicht. Er setzt ja seine Ehre darein, die kriminellsten Hardcore-Verbrecher zurück auf die Straße zu bringen, und leider gelingt ihm das meistens. Er verlangt, sie aufgrund der dürftigen Beweislage freizulassen.«

»Dürftige Beweislage? Sie macht Schmuck aus Menschen!«

»Der – oder die, für die sie die Körperteile kauft, um den Schmuck daraus herzustellen, müssten hier sitzen, nicht sie, sagt er.«

»Und damit könnte er ja recht haben«, pflichtete Isabella leise bei.

»Ja, damit er mehr Klienten kriegt«, knurrte Niels.

»Die Leichenteile wurden in *ihrem* Rhabarberbeet gefunden, in *ihrem* Garten bei *ihrem* Gartenhaus«, protestierte Anker Dahl.

»Das macht sie nicht schuldig. Wie Sølvsten sagt, gibt es keine Beweise dafür, dass sie das Baby getötet, zerstückelt oder die Leichenteile begraben hat.«

»Kann es dieser Hexendoktor gewesen sein?«, schlug Isabella vor.

»Schaut mal, was ihr herausfinden könnt.«

Niels nickte und verließ das Büro. Isabella blieb in der Tür stehen. »Gibt's was Neues wegen der Terrordrohung?«, fragte sie.

»Der *PET* gibt uns Bescheid. Bis dahin sollen wir uns im Hintergrund halten. Die Spezialeinheit ist beim Rathaus und die letzte Meldung ist, dass sie es unter Kontrolle haben.«

»Okay. Wo ist Hafid? Und Yazmin, hat sie frei?«

»Ja, aber sie wird auch einberufen. Sie kümmert sich um zwei junge Leute, die von Bjarke und Emily befragt wurden. Sie haben entdeckt, dass die Fässer und die Feuerlöscher in einer Autowerkstatt zu Bomben umgebaut wurden. Wir sind dabei, die Werkstatt zu durchsuchen und eine Gruppe junger Erwachsener, die ein Auto mit Sprengstoff beladen hat, wurde zur Vernehmung gebracht. Hafid hilft bei den Verhören.«

»Haben sie auch etwas mit dem bevorstehenden Anschlag aufs Rathaus zu tun?«

»Falls ja, wird das jetzt hoffentlich verhindert. Übrigens handelt es sich bei den beiden, um die Yazmin sich kümmert, um Anne Larsens Schwester und deren Freund. Der Bruder des Freundes ist einer der Festgenommenen.«

»Ach, dann habe ich deshalb die Journalistin gesehen. Ich habe mich schon gewundert, dass sie ihre nicht dabeihatte.«

Anker Dahl überkam ein Schaudern. Sie würden noch kommen. Anne Larsen, ihre Crew und all die anderen Journalisten. Er konnte nicht beschreiben, wie sehr er die Presse hasste.

Er schaute auf, als Isabella gegangen war und es wieder leicht an den Türrahmen klopfte. Viele Gedanken kreisten gleichzeitig in seinem Kopf, als er sah, wer es war.

»Ich weiß, du hast viel zu tun, Dahl. Ich habe gehört, dass es eine neue Terrordrohung gibt. Ich wollte nur Hallo sagen, da ich gerade an deiner Tür vorbeigegangen bin und gesehen habe, dass du wieder da bist«, sagte Roland und sah sich um. Er war erst einmal hier gewesen seit damals, als es sein Büro gewesen war, und es hatte sich viel verändert. Unter anderem war ein kleiner Besprechungstisch hinzugekommen und ein Whiteboard, das Roland neugierig beäugte.

Anker Dahl schloss den Bericht, den er gerade las.

»Was machst du denn hier?«, fragte er abweisend und mit bangen Ahnungen. Er wusste, dass Roland Benito nichts mit der Ermittlung gegen ihn zu tun hatte, aber er war ja dafür bekannt, oft seine eigenen Wege zu gehen.

»Ich war bei der Vernehmung. Oder zumindest so etwas Ähnlichem.«

»Weswegen?«

»Man kann sicher sagen, dass ich zur falschen Zeit am falschen Ort war.«

»Das kenne ich gut«, antwortete Anker Dahl. Es klang gleichzeitig wie Vorwurf und Verteidigung, aber Benito konnte es auffassen, wie er wollte. »Hast du bei der Autowerkstatt auf der Lauer gelegen?«

»Ich habe nicht auf der Lauer gelegen. Eigentlich wollte ich nur mit dem Miteigentümer der Werkstatt sprechen. Das ist eine Privatangelegenheit.«

Anker Dahl wollte sich nicht in Roland Benitos Privatangelegenheiten einmischen. Er sah ihn abweisend an.

»Kann ich dir sonst noch irgendwie behilflich sein?«

»Nein, wie gesagt wollte ich nur Hallo sagen. Es sei denn, du hast mir etwas zu erzählen?«

»Ich habe deinem Kollegen erzählt, was es zu erzählen gab, daher muss ich garantiert nicht noch mehr Zeit auf diese Sache vergeuden, die im Übrigen gar nicht stattgefunden hätte, wenn du mich nicht daran gehindert hättest, den Beamten zu verhaften.« Es lag ein wütendes Knurren in seiner Stimme, das er nicht unterdrücken konnte.

»Du hast auf ihn geschossen, Dahl. Und jetzt ist er seinen Verletzungen erlegen.«

»Das war ein Unfall. Zum Glück hat der Staatsanwalt durchschaut, was passiert ist.«

»Hat er das?«

Roland Benitos Augen waren schwarz – schwärzer als sonst.

»Was unterstellst du? Ich finde, du solltest jetzt gehen, Benito. Ich habe ziemlich viel zu tun, wie du dir sicher denken kannst, und du hast bestimmt auch genug damit zu tun zu kontrollieren, ob wir unsere Arbeit richtig machen.«

Roland antwortete nicht. Er starrte auf die Tafel mit den Bildern aus der Rechtsmedizin und der Kriminaltechnik. Anker Dahl ärgerte sich darüber, die Tafel nicht umgedreht zu haben, aber auf der anderen Seite hatte Roland Benito in seinem Büro nichts zu suchen.

»Wie läuft die Ermittlung?« Roland nickte Richtung Tafel.

»Das geht die Polizeibehörde sicher nichts an, es sei denn, wir sollen jetzt auch dafür bestraft werden, Verbrechen nicht schnell genug aufzuklären«, erwiderte er spöttisch.

»Dann ist also nichts Bahnbrechendes passiert, nehme ich an.«

Anker Dahl erhob sich ein wenig vom Stuhl, um Roland aufzuhalten, als er zur Tafel ging. Aber dann setzte er sich resignierend wieder.

»Ich habe so einen Schmuck schon einmal gesehen. Der hing im Ohr eines afrikanischen Heilpraktikers in Hinnerup«, sagte Roland und deutete auf das Bild des Schmucks aus dem Laden der afrikanischen Frau.

»Ich mein's ernst, Benito. Du sollst dich überhaupt nicht in unsere Ermittlung einmischen, du …«

»Kann sein, dass es nötig wird«, ertönte plötzlich die Stimme des Polizeipräsidenten von der Tür.

Anker Dahl wandte den Blick von Rolands Rücken ab und starrte seinen Chef, Birger Gudbergsen, an, der dort mit einem Beamten und Benitos *DUP*-Kollegen Mark Haldbjerg stand. Der Beamte ging zu Anker Dahl und fasste ihn am Arm.

»Was soll das? Ich …«

»Ich finde nur, du solltest mitgekommen, Dahl!«, sagte der Polizeipräsident.

»Was machst du hier in deinem alten Büro, Benito?«

Der Polizeipräsident stellte sich neben Roland vor die Tafel, als Anker Dahl abgeführt war.

»Anker Dahl wurde ja schnell verhaftet. Ich gehe davon aus, dass du das Video mit Elias Ali Hassan gesehen hast«, wich Roland aus.

»Habe ich, ja. Und dein Kollege hat auch nützliche Informationen von einem ehemaligen Mitarbeiter der *PET* bekommen. Wenn Dahl von der Liquidierung des Imams und dem Versuch, ihrem Agenten in Afghanistan das Maul zu stopfen weiß, wird es sehr ernste Konsequenzen haben.«

»Und Ulf Faaborg?«

»Der sitzt natürlich auch auf der Anklagebank. Ich befürchte, das hier landet ganz oben auf der höchsten politischen Ebene. Aber du hast nicht beantwortet, was du hier machst? Vielleicht hast du mein Angebot angenommen, ohne mich zu informieren?«

Roland verneinte und berichtete von der Vernehmung, die er hinter sich gebracht hatte, weil er sich vor der Autowerkstatt befunden hatte, als die Aktion der Polizei startete.

»Und was hast du da eigentlich gemacht?«, fragte Birger Gudbergsen mit einer hochgezogenen Augenbraue.

»Ist das hier ein neues Verhör?«

»Nee, nein. Ich überlege nur, ob dich die Polizeibehörde oder dein Polizei-Gen angetrieben hat.«

Roland räusperte sich. »Das war sicher das Polizei-Gen«, gab er zu und erklärte, wie er vor dem Tor der Werkstatt gelandet war.

»Dann hast du herausgefunden, dass dieser Rabir Aziz sowohl etwas mit dem Terrorschlag als auch mit dem Mord an dem Albino-Kind zu tun hat?«

»Das kann ich natürlich nicht beweisen. Und das ist ja auch nicht meine Aufgabe. Aber Rabir Aziz hat mit Jakaya Magufuli gestritten, der, fürchte ich, eine Praxis als Hexendoktor betreibt, genau wie bei dem Fall in Kopenhagen. Kannst du dich daran erinnern?«

»Und ob. Unheimlich, dass das in Dänemark stattfinden kann.«

Isabella kam ins Büro und starrte erst verblüfft Roland an, bevor sie dem Polizeipräsidenten Bescheid gab, dass er in seinem Büro erwartet wurde.

»Ich muss auch los, ich soll Irene abholen«, sagte Roland und schaute auf die Uhr. Irene war bestimmt schon unruhig.

»Gib Isabella vorher deine Informationen. Dieser Hexendoktor muss verhört werden«, sagte der Polizeipräsident.

»Was sind das für Informationen?«, fragte Isabella ein wenig abweisend, als sie alleine waren.

Roland hatte seit letztem Jahr nicht mehr mit ihr gesprochen, als sie versuchte, ihr und Mikkel Jensens Landhaus in Skåde zu verkaufen. Damals hatte er das Gefühl gehabt, sie hätte ihm seine Beteiligung daran, dass sein früherer Partner und ihr Mann, Mikkel Jensen, im Staatsgefängnis Ostjütland und im Rollstuhl saß, vergeben, aber jetzt wirkte sie feindlich.

Roland beschloss, nicht darüber zu sprechen, und deutete auf das Bild vom Schmuck.

»Ich habe so einen Schmuck im Ohr eines Heilpraktikers, der möglicherweise ein Hexendoktor ist, gesehen.«

»Eine DNA-Analyse hat gerade gezeigt, dass dieser Schmuck aus Menschenhaut und -knochen gemacht wurde«, sagte Isabella und starrte mit Abscheu auf das Foto.

Roland schauderte.

»Wo wohnt dieser Hexendoktor?« In Isabellas Augen lag immer noch keine Freundlichkeit, als sie ihn wieder anschaute.

Er gab ihr die Adresse in Hinnerup und wollte noch etwas sagen, als sein Handy klingelte.

Isabella kehrte ihm den Rücken und verließ das Büro, als er ranging. Es war Natalie Davidsen aus der Rechtsmedizin.

»Es geht um die Obduktion von Elias Ali Hassan. Bist du dafür zuständig, Benito?«

»Ja, aber der Fall ist eigentlich abgeschlossen, und …« Er sah wieder auf die Uhr. »Ist es wichtig?«

»Ja, ist es. Du hast nach seiner Narbe gefragt. Sie stammt von Orientbeulen. Sie gehört zu dem Typ von Tropenkrankheiten, die man Leishmaniasis nennt, sie zeigt sich bei chronischen Hautverletzungen. Man bekommt die Beulen von einem Parasiten, der auf Menschen übertragen wird, wenn sie von einer Sandfliege, auch Sandmücke genannt, gebissen werden. Die Bisse entwickeln sich zu Wunden, die ziemlich groß werden können und anschließend Narben bilden, besonders, wenn sie nicht behandelt werden. Im Augenblick sehen wir Orientbeulen besonders bei dänischen Soldaten, die aus dem Irak und aus Afghanistan wieder nach Hause kommen. Unser Opfer hat sich ja auch in Afghanistan aufgehalten.«

»Eine Fliege – oder eine Mücke? Also keine Brandwunden durch Misshandlung?«

»Mücken sind unsere gefährlichsten Feinde, Benito. Sie töten mehr Menschen als die Taliban. Aber das Opfer hat Verletzungen, die zeigen, dass es einen Unfall hatte oder vielleicht gefoltert wurde. Mehrere gebrochene Rippen und ein gebrochener Arm ist falsch zusammengewachsen, weil er nicht behandelt wurde.«

»Er wäre fast bei einem Bombenangriff getötet worden.«

»Vielleicht stammen die Verletzungen daher. Aber sie waren auf jeden Fall schmerzhaft. Aber da ist noch etwas anderes – das Wichtigste. Es geht um seine DNA. Wir haben sie in der polizeilichen DNA-Datenbank getestet, um sicher zu sein, dass es Elias Ali Hassan ist. Da er nun mal Beamter ist, in Afghanistan verschwunden war und ferner schon mal für tot erklärt wurde. Daher hat er diese zusätzliche Untersuchung bekommen. Das Auffallende hier ist, dass ein anderer Eintrag in der Datenbank fast mit seiner DNA identisch ist. Ein naher Verwandter. Eine Schwester.«

»Eine Schwester? Die bei der Polizei angestellt ist?«

»Ja. Im Polizeipräsidium in Aarhus.«

Anne fand Noa Marie da, wo sie sich am Telefon verabredet hatten. Das Rathaus und die umliegenden Gebäude waren evakuiert und der Ministerpräsident und Tobias Holmetoft in Sicherheit gebracht worden.

»Gibt es eine Bombe?«, fragte Anne.

»Ich habe nichts gehört. Der *PET* und die Polizei haben uns gebeten, uns zu entfernen. Jetzt werden wir sicher wieder weggeschickt«, sagte Noa Marie und deutete auf einen Beamten, der entschlossenen Schrittes auf sie zukam.

»Sie dürfen sich nicht hier aufhalten. Gehen Sie weiter zurück, wir sind am Absperren«, sagte er mit Panik in der Stimme.

»Wir sind von *TV2 Ostjütland.*«

»Ja, das sehe ich. Sie müssen weiter zurückgehen.«

»Können Sie uns nicht mitteilen, was sich abspielt?«

»Wir untersuchen die Umgebung mit Sprengstoffspürhunden, aber jetzt müssen Sie wirklich abschwirren.« Er schob Anne ein wenig.

Sie gingen weiter zurück.

»Wo ist Flash?«

Noa Marie zuckte die Schultern. »Bestimmt in der Kampfzone. Du kennst ihn doch.«

Kurz darauf sahen sie, wie Flash von zwei Beamten weggeschubst wurde. Er ließ beinahe die Kamera fallen und fuchtelte drohend.

»Ist Ihnen klar, was so eine Kamera kostet?«, rief er und kam erschüttert zu ihnen herüber.

»Hast du was gekriegt?«, fragte Noa Marie.

»Tolle Aufnahmen von mit Maschinenpistolen bewaffneter Polizei auf dem Dach und im Park, aber irgendwas stimmt nicht. Hier passiert ja überhaupt nichts. Der Ministerpräsident und dieser Rassist haben das Gelände verlassen und ich glaube nicht, dass ein Terroranschlag passiert. Ist wohl falscher Alarm.«

»Nein, ist es nicht«, protestierte Anne. »Es war der Gleiche, der mich angerufen hat und alle anderen Male hat es gestimmt.«

»Aber wurde das Rathaus direkt erwähnt?«, fragte Flash.

»Nein, natürlich nicht, aber …«

Anne sah hilflos auf das Rathaus von der Ecke beim *Rathauscafé,* in das sie ausgewichen waren. Die beiden dänischen Flaggen vor dem Eingang des Rathauses hingen schlaff an den Stangen. Nicht mal in denen war Leben.

»Stehen wir weit genug weg, falls eine Bombe hochgeht?«, fragte Noa Marie nervös.

»Hier gehen keine Bomben hoch«, stellte Flash fest und zündete eine Zigarette an. Anne schnorrte eine von ihm und ließ sie sich anzünden. Sie zitterte am ganzen Körper.

»Die *WPD* ist ja viel dichter dran als wir, die stehen da oben.« Flash nickte in Richtung einer Gruppe mit schwarzen Kapuzenpullovern mit dem Logo von *White Power Dänemark u*nd darunter *No reconciliation!* auf dem Rücken.

»Sie beschützen wohl ihren Helden. Ich bin mir sicher, dass sie Waffen dabeihaben. Aber Tobias Holmetoft wurde wohl in Sicherheit gebracht?«, fragte Noa Marie.

»Ja, denn die Polizei meint ja offenbar auch, dass es hier passieren wird, Flash«, sagte Anne und zog an der Zigarette.

»Weil du es ihnen erzählt hast.«

»Aber der *PET* muss doch Bescheid wissen.«

»Wenn es nicht hier passiert, wo dann?«, murmelte Noa Marie. »Wisst ihr noch von anderen großen Veranstaltungen in der Stadt?«

»Es war ja eine Behörde und keine Veranstaltung …«

»Das ist doch eine Art Veranstaltung, dass der Ministerpräsident zu Besuch kommt«, meinte Noa Marie.

»Es *muss* hier sein«, sagte Anne unsicher. »Es *sollte* hier sein. Hier ist ja das komplette Polizeiaufgebot.«

Noa Marie versuchte, einen Beamten zum Reden zu bringen, aber auch er wies sie ab. Anne sprach mit einigen von denen, die zuschauten, aber sie hatten auch nicht wirklich etwas zu erzählen.

Ihr Handy klingelte in der Tasche.

»Es ist Ninna«, sagte sie zu Noa Marie und Flash, bevor sie ranging.

Ninna sprach kurzatmig und zuerst verstand Anne überhaupt nicht, was sie faselte.

»Versuch's noch mal, Ninna. Ganz ruhig. Was ist los?«

Ninna atmete tief ein, in Annes Ohren klang es wie ein Sturm. Dann probierte sie es erneut mit etwas ruhigerer Stimme.

»Für den Bericht über die Terrordrohung gucke ich gerade im Bildarchiv Clips von früheren Vorfällen durch. Der Stadtbus, das Stadion und der Fund des Sprengstoffs auf dem Boot im Jachthafen, wo der Schleuser erstochen wurde. Da habe ich sie wiedererkannt. Ich bin mir ganz sicher, dass es Saqr ist. Ich weiß, wer der Falke ist.«

47

Roland setzt sich auf Anker Dahls Stuhl, versuchte seine Gedanken zu ordnen und herauszufinden, was die Information der Rechtsmedizinerin bedeutete.

Ein merkwürdiges Gefühl, wieder hier zu sitzen. Der Stuhl war neu. Besser als sein alter. Das Büro war verändert, hatte aber immer noch etwas Vertrautes. Der Geruch war der gleiche und das Licht, das um diese Zeit an einem Sommerabend sanft durchs Fenster fiel, auch. Dann spürte er die Panik.

Er ging ins Vorzimmer, das leer gewesen war, als er kam. Jetzt saß Kim Ansager mit dem Rücken zu ihm an seinem Computer.

»Hast du viel zu tun, Kim?«, fragte er hinter seinem Rücken.

Kim fuhr erschrocken herum und rückte die Brille schnell wieder auf ihren Platz in dem staunenden Gesicht. Der nerdige IT-Experte der Abteilung hatte sich nicht verändert.

»Roland? Was zum …?«

»Wie läuft es mit der Terrorermittlung? Hast du Saqr ausfindig gemacht?«

»Das ist sicher nicht gerade dein Gebiet … woher weißt du von Saqr?«

»Ich war nach dem ersten Terroranschlag bei der *PET*-Besprechung dabei. Der *PET* hat den Namen erwähnt.«

»Du warst dort? Was sollte denn die Polizeibehörde da? Ach ja, die beiden Beamten finden«, beantwortete Kim seine eigene Frage wie selbstverständlich.

»Ja, wir müssen zusammenarbeiten und du musst mir jetzt helfen, Kim. Es ist wichtig.«

»Ja, ich habe gehört, dass Anker Dahl wieder verhaftet wurde.«

»Es geht nicht um Anker Dahl. Ich habe nichts mit der Ermittlung gegen ihn zu tun. Es ist wegen des Terroranschlags.«

»Dem aufs Rathaus?«

»Kannst du etwas für mich überprüfen? Im System?«

»Ich weiß wirklich nicht, Roland, ich … hat das etwas mit deinem oder unserem Fall zu tun?«

»Mit beiden, fürchte ich. Du sollst nur herausfinden, wie die Beschuldigten aus der Autowerkstatt heißen. Sind sie noch hier?«

»Ja, die sind mit den Verhören wohl noch nicht ganz fertig.«

Kim drehte den Stuhl zurück, sodass er wieder frontal vor seinem Computer saß.

»Bist du jetzt wieder bei der Polizei?«, fragte er, während er tippte. Roland versuchte zu analysieren, ob in der Frage Hoffnung mitschwang oder das Gegenteil, aber Kim war wie immer neutral und nicht lesbar.

»Ich bin rein zufällig hier, Kim.«

Er berichtete von dem Vorfall bei der Autowerkstatt. Währenddessen fand Kim die Namen.

»Sind darunter ein Rabir Aziz und ein Ashraf?«, fragte Roland ungeduldig.

Kim nickte. »Ja, aber er steht hier als Rabir Aziz Hassan. Meinst du den?«

»Ganz sicher.« Roland nickte, jetzt fiel das letzte Puzzleteilchen an seinen Platz. »Ich glaube, Rabir Aziz Hassan ist Elias Ali

Hassans Bruder«, sagte er, um es in das System in seinem Kopf einzufügen.

»Der Terrorist, auf den Anker Dahl geschossen hat – bei einem Unfall natürlich? Der, der die Leute am Kopenhagener Hauptbahnhof in die Todesbusse gelotst hat und auch bei dem Anschlag im Stadion involviert war? Der, der gerade im Krankenhaus gestorben ist?«

Roland nickte. Jetzt passte auf einmal alles zusammen.

»Er hat zwei Schwestern. Die eine heißt Maisa. Sie ist mit einem Dänen verheiratet und heißt jetzt Severinsen. Sie hat von ihrem Bruder einen Brief mit einem USB-Stick bekommen, auf dem ein Video war. Die Aufnahme hat Anker Dahl zu Fall gebracht.«

»Hat Dahl auch etwas mit dem Terroristen zu tun?« Kim rümpfte die Nase. Es wirkte wie eine nervöse Angewohnheit.

»Nicht so direkt. Maisa, vermute ich, hat nichts mit den Terroranschlägen zu tun, aber … was kannst du über Ashraf herausfinden? Er ist dem Video zufolge Elias Ali Hassans Schwager und muss ja deswegen mit der einen von seinen Schwestern verheiratet sein. Maisa ist es nicht, daher …«

»Der, dem die Werkstatt gehört, ist auch beim Verhör«, teilte Kim mit.

»Ob der *PET* von ihnen weiß? Ashraf war im militärischen Trainingslager.«

»Dann muss ich den *PET* erreichen, aber mit denen arbeite ich ohnehin schon zusammen, deshalb …«

»Kontaktier sie. Es ist wichtig, dass wir herausfinden, wer Rabir und Ashraf sind. Check auch die anderen. Sieh, ob es jemand ist, den der *PET* kennt.«

Kim nickte eifrig. Roland erinnerte sich gut, wie er immer von einem Fall gepackt wurde, der mithilfe seines Computers gelöst werden konnte.

Roland ging währenddessen zum Kaffeeautomaten. Seine buchstäblich gesträubten Nackenhaare sagten ihm, dass sein Unterbewusstsein in Verteidigungshaltung gegen irgendetwas war. Aber wogegen? Die Stimmung im Polizeipräsidium bestätigte seine Unruhe nicht. Auf dem Flur zwischen den Büros herrschte nur Stille. Vielleicht, weil sich alle Beamten beim Rathaus aufhielten und der Rest der Mitarbeiter jetzt frei hatte. Er hatte gerade den Becher mit heißem Kaffee an sich genommen, als sein Telefon klingelte. Natürlich! Irene!

»Entschuldigung, Schatz«, sagte er sofort mit echtem Bedauern, aber Irene schnitt ihm erhitzt das Wort ab.

»Sylvestre ist verschwunden, Rolando! Sie können ihn nicht finden!«

»Was sagst du?! Hat sein Onkel ihn als vermisst gemeldet, oder …«

»Nein! Was ist da los? Die Polizei durchsucht sein Zuhause.«

»Wer hat dir das erzählt, Irene?«

Schmerzhafte Erinnerungen an den anderen vermissten Jungen, Rashid, der letztes Jahr auch in Irenes Obhut verschwand, drängten sich wieder auf.

»Woher weißt du, dass Sylvestre verschwunden ist?«

»Jakaya Magufuli hat bei der Dänischen Flüchtlingshilfe angerufen und sich über die Ankunft der Polizei beschwert. Er ist ja mit in unserem Programm, weil er ein Angehöriger von Sylvestre ist. Sie wollten, dass ich hinfahre, weil ich seine persönliche Betreuerin bin, aber das konnte ich ja nicht, weil du nicht gekommen bist, und … sie haben jemand anderes hingeschickt. Dann hat sie angerufen und gesagt, Sylvestre sei nicht da. Warum ist die Polizei an seinem Onkel interessiert? Wo bist du?«

Irene hatte Weinen in der Stimme und etwas in Rolands Brust zog sich zusammen. Er stützte sich an dem Kaffeeautomaten ab, plötzlich war ihm schwindelig.

»Ich bin im Polizeipräsidium. Das ist auch sehr wichtig. Ich kann jetzt nicht mehr sagen. Können nicht Rikke oder Tim dich abholen?«

»Du kommst also nicht?«

»Ich fürchte, nein. Nicht sofort. Wir sehen uns später, Irene.«

Ihm war immer noch schwindelig, als er zurück ins Büro ging, in dem Kim saß.

»Ich habe gerade eine Antwort vom *PET* bekommen«, sagte dieser, ohne aufzuschauen. »Sie wissen nichts über die Befragten. Aber ich habe Informationen über Ashraf. Er heißt Ashraf Kassem. Er ist 1981 als Fünfjähriger zusammen mit seinen Eltern als Flüchtling vor dem Bürgerkrieg im Libanon hergekommen. Keine Geschwister bekannt. Er ist gelernter Koch und arbeitete in dem libanesischen Restaurant *Raffi* in Brabrand. Er ist geschieden, hat aber einen kleinen Sohn.« Kim griff nach seinem Kaffeebecher und trank daraus, ohne die Augen vom Bildschirm zu nehmen. »Rabir Aziz Hassan ist 38 Jahre alt, kam 1984 mit seiner Familie ins Land, ebenfalls wegen des Bürgerkriegs im Libanon. Er ist gelernter Mechaniker und hat vor zwei Jahren die Autowerkstatt im Paludan-Müllers Vej gekauft, zusammen mit seinem Kumpel Mustafa Akkad, der ebenfalls einer der Verhörten ist.«

Kim fuhr mit der Aufzählung fort, während Rolands Gedanken sich in seinem Kopf überschlugen und mit einem Mal zueinander fanden. Jetzt war das Ganze glasklar. Er stoppte Kim.

»Ashraf Kassem ist mit Elias Ali Hassans anderer Schwester verheiratet, die eine große Rolle im Terrornetzwerk spielen soll. Was hast du an Informationen über sie?«, fragte er, um zu untersuchen, ob sie zu denen der Rechtsmedizinerin passten. Er beobachtete Kims Gesicht, um seine Reaktion zu sehen, als er den Namen überprüfte. Es kam, wie er erwartet hatte. Das Blut wich aus Kim Ansagers Gesicht.

»Ja, aber, das ist doch …!«, rief er. »Ist sie dann …?«

Roland stand auf.

»Ja, sie ist Saqr.«

48

»Bist du dir ganz sicher, dass sie das ist, Ninna?«, fragte Anne und sah noch mal auf die Vergrößerung der Beamtin auf der Aufnahme vom Jachthafen. Sie hatte sich nach Ninnas Anruf beeilt, zurück in die Redaktion zu kommen.

»Ganz sicher! Ich dachte doch, ich hatte sie schon einmal gesehen. Ich habe sie ja gefilmt, damals, als wir den Bericht über weibliche Beamte mit Migrationshintergrund bei der Ostjütländischen Polizei gedreht haben, erinnerst du dich nicht?«

»Doch. Kaum zu glauben, dass sie diejenige ist, die …«

Anne erhob sich vom Stuhl, die Beine waren weich wie Gummi, sie schwankte und hielt sich an Ninnas Stuhllehne fest.

»Stimmt irgendwas nicht?«, fragte Ninna und griff nach ihrem Arm.

»Niels Nyborg hat ihr Kamillas Diktiergerät gegeben, und … und sie kümmert sich im Polizeipräsidium um Sabina!«

Sie riss sich von der Stuhllehne und Ninnas Griff los und lief aus dem Schnittraum. Auf der Treppe stieß sie auf Noa Marie und Flash.

»Wo hast du gesteckt, Anne?«, wollte Noa Marie wissen.

»Du hast nichts verpasst. Die Aktion im Rathaus wurde abgeblasen. Es ist nicht das Geringste passiert, wie ich sagte. Mensch, du hast ja ein ganz schönes Tempo drauf!«, fügte Flash hinzu.

»Es ist im Polizeipräsidium!«, sagte Anne atemlos und lief an ihnen vorbei.

»Was ist im Polizeipräsidium? Der Terroranschlag?« Noa Marie sah Anne desorientiert hinterher.

»Ich fahre. Du bist sicher zu aufgeregt«, entschied Flash, drehte um und folgte ihr die Treppe hinunter.

Anne erklärte ihm den Zusammenhang und versuchte im Polizeipräsidium anzurufen, aber niemand ging ans Telefon. Dann versuchte sie es bei Roland Benito, ebenfalls ergebnislos. Als sie es erneut probieren wollte, kam ein Anruf dazwischen.

»Wo zum Teufel bist du?«, fragte der Nachrichtenchef ungehalten. »Du kannst nicht einfach so verschwinden, Anne! Anker Dahl wurde wieder verhaftet, das hast du vielleicht schon mitbekommen, da du ja auf dem Weg ins Präsidium bist. Ja, das hat Noa Marie gesagt. Ist Flash bei dir?«

»Ja, Flash ist dabei. Nein, das ist nicht das, was wir vorhaben. Wurde Anker Dahls Suspendierung denn nicht gerade aufgehoben?«

»Doch, aber das hat wohl etwas mit einer Videoaufnahme zu tun, die Elias Ali Hassan seiner Schwester geschickt hat. Ich wollte, dass du das untersuchst.«

»Darum muss sich Noa Marie oder einer der anderen kümmern. Der Terroranschlag findet im Polizeipräsidium statt. Ich habe mich geirrt, als ich dachte, es wäre das Rathaus.«

»Zur Hölle, Anne«, hörte sie den Nachrichtenchef stöhnen, ehe sie die Verbindung unterbrach.

»Glaubst du wirklich, es ist dort? An ihrem eigenen Arbeitsplatz?«

»Ich weiß es echt nicht, Flash. Aber meine Schwester ist bei ihr.«

»Wie sie das wohl bei einer Polizeistation machen wollen? Sie werden dort wohl kaum Feuerlöscher und Fässer benutzen«, murmelte Flash.

Anne hatte keine Ahnung. Sie hielt sich am Gurt fest, als Flash um einen LKW steuerte und überholte. Er fuhr viel zu schnell.

Annes Telefon klingelte wieder, und sie zerrte es irritiert aus der Tasche. »Du musst jemand anderes dafür fin…!« begann sie leicht erhitzt wegen der Stresshormone, da sie dachte, es sei wieder der Nachrichtenchef. Sie schwieg, als ihr klar wurde, dass er es nicht war.

»Hol alle Beamten zurück ins Präsidium! Es passiert nicht im Rathaus. Ruf die *AKS*. Es eilt, deine Schwester ist hier … komm nicht selbst, weil …«

Es ertönte Tumult, dann brach die Verbindung ab und es wurde still.

»Hallo! Hallo. Wer ist da?«

»Was ist los?« Flash sah sie frustriert an.

»Ich weiß nicht, wer das war. Eine Frau. Aber dieses Mal habe ich recht. Es passiert etwas im Präsidium. Ich wurde gebeten, nicht zu kommen.«

»Zu spät, jetzt sind wir da«, meinte Flash und bog vor dem Polizeipräsidium ein.

49

Rabirs Blick war noch härter und entschlossener als sonst.

»Das hier gehörte nicht zum Plan, aber jetzt ist er halt geändert. Wir waren darauf vorbereitet, dass etwas schieflaufen könnte. Jetzt haben wir ein neues Ziel«, sagte er auf Arabisch.

Yazmin schielte zu Niels, den Ashraf auf die Knie gezwungen hatte. Er hielt eine Waffe gegen seine Schläfe. Heckler & Koch, Kaliber 9×19. Eine Dienstpistole aus dem Waffenschrank des Polizeipräsidiums, den sie für sie geöffnet hatte. Rabir hatte seine Waffe in den Hosenbund gesteckt. Niels' Augen, die auf sie gerichtet waren, waren vor Angst und Verwirrung ganz versteinert. Sie mochte Niels. Er hatte sie immer mit Respekt behandelt und verteidigt, wenn sie zusammen auf Streife waren und manche Leute ihr die schlimmsten Dinge an den Kopf geworfen und nach ihr gespuckt hatten. Er hatte auch mit Rabir höflich gesprochen während der Vernehmung, mit der sie gerade zugange waren, als Ashraf mit der Pistole in der Hand hineingestürmt kam.

»Wie sind sie an die Waffe gekommen, Yazmin? Ich habe dich gebeten, sie zu filzen«, stammelte Niels. Er hatte es noch nicht kapiert.

»Kennst du nicht eure eigenen weichlichen Gesetze, Beamter? Die Polizei darf einen Beschuldigten nicht filzen. Dann hättet ihr uns festnehmen müssen und dafür gab es ja gerade keine Begründung, oder?! Wir haben bloß ganz ruhig die Werkstatt in einem Auto verlassen!«, rief Ashraf ihm ins Ohr.

»Wir müssen die anderen zusammentrommeln.« Jetzt sah er sie an, ohne dass die Augen einen milderen Ausdruck annahmen. Es waren Fadis Augen. Sie durften niemals diesen Ausdruck bekommen. Nie. Sie sollten weiterhin neugierig, fröhlich und vertrauensvoll bleiben.

»Zeig uns den Weg, Saqr.«

»Saqr? Was geht hier vor, Yazmin? Bist du ...«, rief Niels aus.

Ashraf hob die Pistole und hieb sie in seinen Nacken. Niels sackte auf den Boden.

»Hol die anderen!«, befahl Ashraf.

Yazmin zeigte Rabir die anderen Vernehmungsräume. Isabella protestierte, als er sie am Arm packte und ihr mit der Pistole drohte, mitzukommen. Auch Hafid leistete Widerstand. Sie waren dabei, Mustafa Akkad zu verhören. Er stand sofort vom Stuhl auf und half Ashraf, Hafid zum Gehorchen zu bringen.

»Komm her, du verdammter Verräter«, sagte er und zog ihn mit sich. »Ein Moslem wie du muss geköpft werden. Erinnere dich an das Gebot des Korans, dass die Gläubigen nicht die Ungläubigen zu Freunden nehmen sollen!«

Liam Eklund war als früherer Beamter der Spezialeinheit kurz davor, die Oberhand über Shadi Hussein zu gewinnen, aber als Ashraf ihm die Waffe unters Kinn hielt, spurte er.

Bjarke Svane und Emily Strand folgten. Das war ein völlig unerwarteter Überraschungsangriff. Keiner rechnete damit während eines Verhörs im Polizeipräsidium.

Schließlich waren sie alle im gleichen Raum versammelt. Niels hatte ein wenig benommen das Bewusstsein wiedererlangt. Isabella lief sofort zu ihm hin und half ihm, sich aufzurichten. Er fasste sich an den Hinterkopf.

»Wieso stehst du auf deren Seite, Yazmin?«, fragte Isabella verärgert und sah sie verwundert an.

Sie antwortete nicht, sondern starrte auf Rabirs Hand mit der Waffe, die auf ihre Kollegen zeigte, die in die Ecke gedrängt waren und gezwungen wurden auf dem Boden zu knien, die Hände im

Nacken gefaltet. Sabina und Jamaal saßen dicht zusammen hinter ihnen. Sie waren passiv, als hätten sie sich mit ihrem Schicksal abgefunden. Jamaal hatte Tränen in den Augen, die an seinen Bruder Shadi appellierten, aber sein Bruder starrte an ihm vorbei. Sie waren keine Brüder mehr.

Rabir legte einen Arm um ihren Rücken. »Saqr steht hier, weil sie meine Schwester ist und Ashraf ihr Mann und Vater ihres Sohnes.« Er deutete mit der Waffe auf Ashraf, richtete sie dann aber wieder auf die Geiseln. »Selbstverständlich ist sie mit ihrer Familie zusammen. Fehlt noch jemand?«, fragte er und zeichnete um die Gruppe einen Kreis in die Luft.

»Wo ist der Chef?«, fragte Ashraf.

Ja, wo war Anker Dahl? Ihn zu erwischen war das Wichtigste.

»Bestimmt in seinem Büro«, antwortete sie.

»Anker Dahl wurde verhaftet«, sagte Hafid.

Isabella stieß ihm mit dem Ellbogen in die Seite, was Mustafa einen Schritt nach vorn machen und die Waffe auf ihre Stirn richten ließ.

»Er wurde wieder verhaftet?«, rief Yazmin.

»Er hat unseren Bruder getötet, damit er das Maul darüber hielt, dass der Imam Mujib nach seinem Besuch in Dänemark auf dem Weg zum Flughafen heimtückisch ermordet wurde«, knurrte Rabir.

»Da kannst du sehen, unsere weichlichen Gesetze wirken also doch«, sagte Niels gedämpft und senkte den Kopf, als erwartete er einen weiteren Schlag.

»Dann sind hier also nicht noch mehr?«, fragte Ashraf auf Arabisch.

»Nicht in dieser Abteilung. Die sind alle im Rathaus, kommen aber wohl bald zurück. Sie müssen mittlerweile wissen, dass der Anschlag nicht stattfindet. Sie wissen vielleicht auch, dass ihr zur Vernehmung gebracht wurdet und euch hier befindet.«

»Wir haben's eilig«, meinte Ashraf und holte eine Tüte, die an der Wand stand. »Nimm die.«

Yazmin nahm die Tüte entgegen, die sie auf Ashrafs Anweisung mit ins Präsidium gebracht hatte. Darin lag ein Paket.

»Pack es aus und zieh das an.«

Zögernd öffnete sie das Paket. Es enthielt ihre muslimischen Kleider und eine Märtyrerweste. Verständnislos starrte sie Ashraf an.

»Du sollst nicht in diesen Klamotten in den Märtyrertod gehen«, sagte er und sah sie mit Abscheu an.

»Den Märtyrertod? Ja, aber …«

Ashraf öffnete seine Jacke, damit sie sehen konnte, dass auch er die Weste mit Sprengstoff trug.

»Wir haben die alle an, fehlst nur noch du. Wir haben uns darauf vorbereitet, dass etwas schiefgehen könnte und haben sie in der Werkstatt angezogen. Es war gut, dass sie uns nicht filzen durften.«

Sie verstand nicht, wie er so ruhig sein konnte. In seinen Augen war keine Angst, nur ein wenig Schweiß auf seiner Stirn.

»Dann sollst du … und Rabir … und ich? Was ist mit Fadi? Was ist mit unserem Sohn?«

Sie sprachen Arabisch, aber sie konnte ihren Kollegen ansehen, dass sie trotzdem sahen und hörten, wie schockiert sie war.

»Ich konnte ihn ja leider nicht mitnehmen, sodass er den Weg mit uns gehen kann. Fadi ist bei deinem Vater. Ich habe ihn dorthin gebracht, bevor wir zur Werkstatt gefahren sind. Er wird nie Not leiden, er wird aufwachsen und stolz auf seine Mutter und seinen Vater sein, die Märtyrer sind. Das wird ihm in seiner Zukunft nutzen.«

Die Verzweiflung ließ sie zittern. Ashraf legte eine Hand auf ihre Schulter. Von Krieger zu Krieger.

»Hab keine Angst, Saqr. Es wird sein, wie ein Falke an einen besseren Ort zu schweben. Ins Paradies.«

Es gab kein Paradies für sie ohne Fadi. Sie sah sein süßes, kleines Gesicht und die großen, unschuldigen, dunklen Augen vor sich mit einer Sehnsucht, die schmerzte. Die Tränen liefen ihr die Wangen hinab.

»Aber, aber … einer fehlt«, stammelte sie.

»Einer fehlt? Was meinst du? Wer?« Ashraf sah sie misstrauisch an.

»Kim. Kim Ansager ist nicht hier … sehe ich gerade. Er muss noch im Büro sitzen.«

»Okay. Finde ihn.«

Yazmin eilte hinaus und schloss schnell die Tür. Ein Stück den Gang runter brach sie zusammen und ließ gedämpft und bebend dem Weinen freien Lauf.

Anker Dahl war nicht hier. Alle waren im Rathaus. Kim würde nichts ausrichten können. Wer konnte helfen? Sie fummelte nach dem Handy und rief die Journalistin an. Dieses Mal benutzte sie den Stimmenverzerrer nicht.

»Hol alle Beamten zurück ins Präsidium! Es passiert nicht im Rathaus. Ruf die *AKS*. Es eilt, deine Schwester ist hier … komm nicht selbst, weil …«

Sie schnappte nach Luft, als ihr das Handy aus der Hand gerissen wurde. Sie hatte nicht gehört, dass Mustafa Akkad ihr gefolgt war. Natürlich hatte Ashraf sie nicht allein gehen lassen.

50

Sie schlichen zum ersten Vernehmungsraum. Hier war es still. Zu still.

Roland streckte den Arm nach hinten und hielt Kim zurück, als er von vorne Schritte hörte. Ein Mann kam wachsam und vorsichtig aus der entgegengesetzten Richtung den Flur entlang. Es war dieser Rambo-Typ mit dem Bandana. Er hatte eine Waffe in der Hand. Roland schob Kim in einen angrenzenden Raum, dessen Tür offen stand, und eilte hinterher. Sie drückten sich an die Wand.

Er war sich darüber im Klaren, dass es lange her sein musste, dass Kim bei einem Polizeieinsatz dabei gewesen war. Als

IT-Experte saß er die meiste Zeit im Büro. Aber das galt ja auch für ihn selbst. Die Waffe in seiner Hand fühlte sich schwerer an, als er in Erinnerung hatte. Er hielt sie in beiden Händen mit gestreckten Armen vor sich nach unten, bereit, sie zu heben und einen Schuss abzugeben, falls es notwendig werden sollte.

Der Waffenschrank war offen gewesen und er vermutete, dass Yazmin alle mit Waffen versorgt hatte. Es war auch eine Dienstpistole, mit der Rambo jetzt gerade vor der Tür vorbeiging. Roland spürte sein Herz wieder heftig pochen und sein Atem stockte eine Sekunde, als er die Bombenweste sah. Sie drückten sich noch dichter gegen die Mauer hinter der Tür, als Rambo mit einem scharfen, suchenden Blick ins Büro guckte. Dann ging er weiter.

Das Adrenalin schoss durchs Blut und hielt die Sinne geschärft. Aus irgendeinem Grund fielen ihm Tobias Holmetofts Worte über den Urinstinkt des Menschen ein, für sein Territorium zu kämpfen. Aber war das Polizeipräsidium sein Territorium? Er müsste bei Irene sein und ihren Kampf kämpfen.

Kim rüttelte ihn leicht.

»Sollen wir hierbleiben?«, flüsterte er.

Roland schüttelte den Kopf und lugte um den Türrahmen. Der Flur war zu beiden Seiten leer. Sie bewegten sich wieder hinaus und folgten der Wand, als könnte sie sie unsichtbar machen.

Sie drückten sich dagegen, als wieder Schritte zu hören waren, schlüpften durch die nächste offene Tür und verbargen sich hinter ihr. Das Klackern von Absätzen näherte sich. Es war deutlich jemand, der schlich, aber nicht besonders gut.

Anne Larsen glitt in sein Sichtfeld, als er einen flüchtigen Blick rauswarf. Direkt hinter ihr der Kameramann.

»Scheiße«, flüsterte er und nickte Kim zu und machte eine Kopfbewegung in Richtung Flur. Kim verstand. Sobald Anne Larsen und der Kameramann am Büro vorbei waren, schlichen sie sich von hinten an sie heran. Als sie sich erschrocken umdrehten, bereit zum Kampf, bedeutete Roland ihnen mit dem Zeigefinger an den Lippen still zu sein, und deutete in das Büro, aus dem sie gerade gekommen waren. Der Kameramann hätte Kim beinahe eine reingehauen, schaffte es aber noch, die Faust zu senken, bevor er zuschlug. Für einen Kameramann reagierte er verblüffend schnell.

»Roland? Was machst du hier? Was ist los?«, fragte Anne und er zischte wieder »Pscht!«

»Die sind alle hier. Deshalb wurde wohl nichts aus dem Anschlag im Rathaus. Es war nicht der Plan, dass sie hierher zum Verhör sollten.«

»Wer?«, flüsterte Flash.

»Die aus der Autowerkstatt.« Anne riet richtig. Falls sie riet. Sie war der Polizei immer einen kleinen Schritt voraus gewesen.

»Was wollen die? Was ist jetzt ihr Plan?«

»Keine Ahnung, aber die haben Kims Kollegen als Geiseln genommen.«

»Und Sabina! Habt ihr meine Schwester gesehen?«, fragte Anne mit großen, erschrockenen Augen.

Roland schüttelte den Kopf.

»Woher wusstet ihr …?«, fragte Kim.

»Eine Frau hat mich angerufen. Yazmin vielleicht. Sie ist Saqr, aber das wisst ihr bestimmt schon? Sie hat es wohl bereut. Sie hat mich gebeten, die Polizei und das *AKS* ins Präsidium zu holen, aber dann ist etwas passiert. Ich befürchte, sie wurde entdeckt, als sie anrief. Wenn das der Fall ist, dann …«

»Was ist euer Plan?«, unterbrach Flash.

»Wir haben keinen«, gab Roland zu. »Lasst uns hoffen, dass die anderen bald auftauchen.«

»Darauf können wir nicht warten!«, sagte Anne fest und hob dabei die Stimme. Roland ermahnte sie wieder zur Ruhe.

»Vielleicht ist es schon zu spät.«

»Anne, die rennen hier mit Bombenwesten rum. Es ist viel zu gefährlich, sich einzumischen. Wenn sie alle hier sind, sind es sechs Westen, falls Yazmin auch dabei ist. Wenn sie die gleichzeitig auslösen …«

Roland sah deutlich, wie sich Annes Kehlkopf bewegte, als sie schluckte. Aber dann bekam sie diesen entschlossenen Ausdruck in den Augen, den Roland so oft gesehen hatte und er wusste, dass das nichts Gutes verhieß.

»Ihr habt beide Waffen. Flash, du warst an den gefährlichsten Brennpunkten der Welt. Wir müssen Sabina helfen. Falls Jamaal auch in der ganzen Sache mit drinsteckt, gibt es vielleicht sieben Bombenwesten.«

»Wer ist Jamaal?«, fragte Roland.

»Jamaal Hussein ist der kleine Bruder von Shadi Hussein, dem die Werkstatt gehört, wo die Feuerlöscher und Fässer zu TATP-Bomben umgebaut wurden.« Anne erklärte schnell und flüsternd.

Rolands Hirn ratterte von den Informationen, die hereinkamen. Sein Motiv, die Werkstatt aufzusuchen, war wegen Rabir Aziz Hassans Verbindung zu Jakaya Magufuli gewesen, der vermutlich eine Praxis als Hexendoktor und vielleicht etwas mit den entführten Babys zu tun hatte – vielleicht sogar mit dem Mord an Assefas Albino-Baby. Jetzt stellte sich Rabir als Bruder der Beamtin Yazmin Karami heraus. Die der *PET* als Saqr suchte, weil sie etwas mit den Terroranschlägen zu tun hatte. Wie hing das Ganze zusammen?

»Komm schon«, sagte Anne und zog an ihm, um ihn mit auf den Flur zu bekommen, aber Flash hielt sie zurück. Jemand war auf dem Weg zu ihnen. Roland schloss die Augen und betete, dass es die Spezialeinheit war. Aber es war Rambo, der zurückkam. Dieses Mal hatte er eine schwerere Waffe dabei. Eine MP5 – eine Heckler & Koch Maschinenpistole. Roland hoffte, dass er ebenso schlechtes Training gehabt hatte sie einzusetzen wie die dänischen Beamten, denen es, wie herausgekommen war, an Unterricht gemangelt hatte. Aber so verhielt sich das ganz sicher nicht mit den Terroristen. Er ging an ihnen vorbei und weiter den Flur hinunter.

Roland griff nach Anne, die hinterherwollte, aber sie schlüpfte an ihm vorbei und schlich Rambo auf Strümpfen nach. Ihre Schuhe lagen auf dem Boden.

Anne sah den Mann durch eine Tür gehen, die er hinter sich schloss. Sie schlich dorthin und lauschte. Es wurde mit aufgebrachten Stimmen Arabisch gesprochen. Sie schaute sich um. Roland, Kim und Flash waren ihr glücklicherweise gefolgt, versuchten aber, sie zurückzuwinken. Sabina war da drin. Was hatten sie ihr angetan? Steckte Jamaal in dem Ganzen mit drin? Er war Shadis Bruder, also warum nicht? Vielleicht war es so geplant, dass sie hier im Polizeipräsidium enden sollten. Anne sah erschrocken nach unten, als sie in etwas Rotes trat. Blutstropfen landeten auf dem Boden. Mit jedem Tropfen wurde die Pfütze größer. Sie hielt sich sofort die Nase zu und schaute sich um. Wieder Nasenbluten. Ein Stückchen weiter gab es eine Tür mit einem Toilettensymbol. Sie schlich hin und huschte hinein, schloss die Tür und machte das Licht an. Im Spiegel entdeckte sie hinter sich etwas auf dem Boden und wandte sich um. Die Frau lag auf dem Bauch. Anne drehte sie um.

»Yazmin«, rief sie leise und klopfte ihr auf die Wangen. Sie waren heiß, also war sie nicht tot, aber es war viel Blut auf dem Boden. Anne konnte nicht sehen, wo es herkam. Yazmin musste sofort ins Krankenhaus. Aber wen rief man an, um einen Krankenwagen zu rufen, wenn man in einem besetzten Polizeipräsidium stand? Der Empfang war unbesetzt gewesen als sie ankamen.

»Yazmin«, rief sie nochmals. Sie bewegte sich und blinzelte, die Augen wurden schließlich zu schmalen Schlitzen, die sie offen zu halten versuchte.

»Ich bin's, Anne Larsen. Halt durch. Hilfe ist unterwegs. Sie müssen bald hier sein. Ich habe getan, was du gesagt hast.«

Yazmin griff krampfartig nach ihrem Ärmel. »Sie haben … Bombenwesten«, röchelte sie fast unhörbar.

»Schh, ja, ich weiß.«

»Fadi«, flüsterte sie. »Hilf meinem Sohn, falls … Sag, dass …«

»Schh«, wiederholte Anne, stand auf, ging zur Tür und spähte hinaus, als sie hörte, dass draußen etwas passierte. Ihre Nase tropfte immer noch. Das Blut mischte sich mit Yazmins auf dem Boden, aber jetzt achtete sie nicht darauf.

Draußen auf dem Gang wimmelte es von Polizisten in voller Montur. Roland Benito stand in der Tür zu dem Raum, in dem sich die Terroristen mit den Geiseln verschanzt hatten. Aber hatten sie die Spezialeinheit kommen hören? Würden sie nun die Selbstmordwesten auslösen? Das Feuerinferno von Kopenhagen, als die beiden Busse explodierten, zeigte sich wieder auf der Netzhaut. Sie würden nicht überleben. Sie begegnete Flashs Blick quer über den Gang, Flash zwischen schwarz gekleideten Beamten mit erhobenen Maschinenpistolen. Selbst er hatte Angst. Er würde auch nicht überleben. Keiner von ihnen.

Einer der Beamten schob die Tür zur Toilette auf und das Erste, das sie sah, war die Maschinenpistolenmündung. Roland kam lautlos angelaufen.

»Sie ist okay, sie gehört zu uns«, flüsterte er und starrte einen Augenblick auf Yazmin, die hinter ihr leblos auf dem Boden lag.

»Sie muss sofort ins Krankenhaus«, sagte Anne erregt.

»Was ist mit dir, Anne?«

»Das ist nur Nasenbluten, Roland, ich bin ok …«

Roland und sie zuckten zusammen, als Maschinengewehrsalven aus einem der Räume zu hören waren.

Die Spezialeinheit trat die Tür ein.

51

Der Gesang der Amsel auf dem Flachdach des Präsidiums wirkte gleichzeitig fehl am Platz und doch auch angemessen.

Roland schaute zu ihr hinauf, bis ihr Gesang von den Sirenen der Krankenwagen übertönt wurde, die die Verletzten holten. Es dauerte, bis er merkte, dass jemand neben ihm stand.

»Danke für die Hilfe, Benito«, sagte Liam Eklund und gab ihm einen Klaps auf die Schulter.

»Du musst nicht mir danken. Das war Anne Larsen«, er nickte in ihre Richtung. Sie sprach mit ihrer Schwester, die in Decken gehüllt war. Sie saßen auf der Bank vor dem Haupteingang des Präsidiums und versuchten, sich aus dem Blitzlichtgewitter der Journalisten herauszuhalten. Mal umgekehrt zur Abwechslung. Jamaal saß ein Stück von ihnen weg und zitterte wie Espenlaub. Stattdessen musste der Polizeipräsident in dem roten Schimmer des Sonnenuntergangs stehen und Unmengen von Fragen beantworten. Sie waren alle da, *TV2*, DR, *Media House Denmark* – und all die anderen.«

Liam sah zu ihr, nickte aber nur.

»Ohne dich hätte das sicher auch keine gutes Ende genommen«, sagte Roland zu ihm.

»Einmal *AKS*, immer *AKS*« sagte Liam und rieb sich mit einem schiefen Lächeln das Kinn.

»Was ist eigentlich passiert?«

»Ich weiß es echt nicht, Benito. Der Glatzkopf ist mit einer MP5 zurückgekommen, als ob die Bombenwesten nicht genug waren. Es brach Panik unter ihnen aus, aber ich weiß nicht genau, wieso – sie haben Arabisch gesprochen. Vielleicht war es irgendwas mit Yazmin. Es ist unfassbar, dass sie in dem Ganzen mit drinsteckte. Aber sie war ja Elias und Rabir Aziz Hassans Schwester und Ashraf Kassems Frau, oder nee, Ex-Frau. Als Mustafa ohne sie zurückkam, haben sie gestritten, ich hatte die Chance, in dem Tumult den Typen mit der MP5 zu überwältigen, und als Ashraf seinen Gürtel auslösen wollte, habe ich sie zur Sicherheit allesamt erschossen.« Liam zuckte die Schultern, als ob das nichts sei. War es für einen ehemaligen Beamten der Spezialeinheit sicher auch nicht, aber Roland konnte leicht sehen, wie erschüttert er war. Wenn die Presse von dieser Geschichte Wind bekam, würden sie sich auf ihn stürzen.

»Wie läuft es so zu Hause, Benito? Ich habe gehört, dass deine Frau für die *Dänische Flüchtlingshilfe* arbeitet. Klingt, als ob sie jetzt gut zurechtkommt.«

Es war deutlich, dass Liam zurück in die Wirklichkeit und an etwas anderes denken wollte.

Das wollte Roland auch.

52

Rikke und Tim saßen zusammen mit Irene im Wohnzimmer, als er nach Hause kam. Der Fernseher lief. *TV2* sendete live aus dem Präsidium.

Irene stand auf und humpelte ihm entgegen. Das war das Einzige, was sie nach dem Überfall noch plagte. Sie hinkte auf dem rechten Bein, aber was war das schon gegen Lähmung und Rollstuhl?

Er drückte sie fest an sich. Vergrub das Gesicht an ihrem Hals und roch das Apfelshampoo in ihren Haaren. Sie hatte geweint, aber ob seinetwegen oder wegen Sylvestres Verschwinden oder vielleicht beides, wusste er nicht. Vor Rührung blieb ihm einen Moment die Stimme weg.

»Danke, dass ihr Irene abgeholt habt. Wo ist Marianna?«, fragte er heiser, plötzlich in Sorge um seine Enkelin.

»Sie ist oben bei den Jungs in Omars Zimmer zusammen mit Angolo. Wir fanden, sie sollten nicht sehen, was im Präsidium passiert ist«, antwortete Rikke.

Roland nickte. Er war der gleichen Meinung. Er hielt Irene an ausgestreckten Armen vor sich und sah sie an. »Gibt es was Neues von Sylvestre? Haben sie ihn gefunden?«

Irene schüttelte den Kopf. »Die Frage ist, ob sie überhaupt suchen oder ob sie ihn einfach als einen weiteren verschwundenen Unbegleiteten zählen.«

»Natürlich tun sie das nicht, Irene.«

»Mal angenommen, er irrt in der Gegend umher und hat sich verlaufen. Es wird bald dunkel«, klagte Irene.

Roland sah den dichten Nadelwald in Hinnerup vor sich. Sah, wie er den kleinen, dürren Jungen mit den großen, braunen Augen verschluckte, den er in diesem seltsamen Haus zurückgelassen hatte, ohne sich zu verabschieden.

Was hatte Sylvestre zur Flucht bewogen?

»Ich fahre hin!«, entschied er.

»Ich komme mit!« Irene war auf dem Weg zur Garderobe, um ihre Jacke zu holen.

»Nein, Irene! Es ist am besten, wenn ich alleine fahre. Es ist ein unwegsames Terrain und du … Es ist besser, du bleibst zu Hause bei den Jungs und Angolo und …«

Tim stand vom Sofa auf.

»Ich komme mit dir, Rolando. Du hast heute schon genug durchgemacht.«

Irene ergab sich.

Tim war ein guter Schwiegersohn. Besser als dieser andere. Olivias Giuseppe, der den schlimmsten Job der Welt hatte. Strafverteidiger! Jedes Mal, wenn Olivia aus Rom anrief, hoffte er, dass sie es tat, um zu erzählen, dass sie von ihrem italienischen Casanova geschieden wurde. Natürlich wollte er nicht, dass die Zwillinge als Scheidungskinder aufwachsen mussten, aber vielleicht war das besser als mit einem Vater, der sie in Gefahr brachte, indem er Mafia-Bosse verteidigte. Auch wenn der Schwiegersohn sicher glaubte, dass gerade das ihn und die Familie am Leben hielt. Auf jeden Fall ermöglichte es ihnen ein luxuriöses Dasein und Olivia und den Zwillingen fehlte es an nichts. Aber das tröstete Roland nicht.

Tim war das genaue Gegenteil. Handwerker, gelernter Maschinenmeister und mit beiden Beinen auf dem Boden. Die ganz enge Verbindung zu seinem Schwiegersohn hatte er jedoch nicht. Vielleicht hatte Irene recht, dass er einfach nicht akzeptieren konnte, dass ihm andere Männer seine Töchter wegnahmen. Das war anfangs auch schwer gewesen, aber nun war er froh, solange es seinen Töchtern gut ging. Und, wie Irene ihn so oft erinnerte, ohne die beiden Schwiegersöhne würde es Marianna und die Zwillinge, Gabriella und Rinaldo, nicht geben.

Das Gespräch lief schleppend auf der Fahrt. Tim fragte nach den Ereignissen im Polizeipräsidium, doch er antwortete nur notdürftig.

»Man traut sich ja bald nicht mehr, die Familie mit zu großen Veranstaltungen zu nehmen. Es ist in letzter Zeit alles viel zu nah gekommen. Die Welt ist nicht mehr, wie sie mal war«, sagte Tim traurig.

Roland versicherte Tim, dass die Terrorgefahr überstanden sei. Die Terroristen waren getötet worden; es ging von ihnen keine Gefahr mehr aus.

Die Polizei war noch nicht damit fertig, Jakaya Magufulis Haus zu durchsuchen. Tim staunte über das Bauwerk, hatte sonst aber keine Kommentare, als Roland auf dem schwarzen Schotter ein Stück vom Auto der Kriminaltechniker entfernt parkte. Wenn sie hier waren, war etwas gefunden worden.

Er entdecke Gert Schmidt, Chef der Kriminaltechnik. Es waren also doch noch nicht alle durch frisches Blut ersetzt worden.

»Der Chef erscheint höchstpersönlich?«, grüßte er.

Gert Schmidt schaute von der Kiste auf, die er hinten ins Auto stopfte.

»Benito! Ja, es ist eine wirkliche ernste Sache, daher …«

Roland war nicht glücklich, den Ausdruck von Ekel in dem Gesicht des sonst eigentlich hartgesottenen Technikers zu sehen.

»Aber was macht denn die Polizeibehörde hier?«, fügte er mit dem üblichen Misstrauen hinzu, das zu dieser Frage gehörte.

»Tatsächlich sind es private Gründe. Habt ihr ein Kind gesehen? Einen kleinen, dunklen Jungen mit krausen Locken, ungefähr sieben Jahre alt? Er heißt Sylvestre.«

»Es waren drei Kinder in der Baracke da drüben«, sagte Gert und deutete nach hinten auf das niedrige Gebäude hinter dem Haus.

Die Umgebung wurde von starken Scheinwerfern beleuchtet.

»Wurde Jakaya Magufuli verhaftet?«

»Ja, die örtliche Polizei hält ihn und die Familie auf jeden Fall fest. Er wird des Mordes bezichtigt. Es war schwer, Leute zu erreichen. So wie ich es verstanden habe, gab es in Aarhus Probleme im Polizeipräsidium.«

»Ja, das stimmt.«, bestätigte Roland und wusste, dass Gert Schmidt so von seiner Arbeit in Anspruch genommen war, dass ihm nicht klar war, was passiert war.

»Wen soll er denn getötet haben?«

Gert Schmidt sah ihn vielsagend an. »Du weißt doch genau, dass ich dir das nicht erzählen kann, Benito. Hast du dein altes Fach völlig vergessen?« Schmidt knallte die Heckklappe zu.

»Seid ihr hier fertig?«, fragte Roland, ein wenig gekränkt durch die Anspielung, und sah nach Tim, der näher ans Haus gegangen war und allein direkt hinter dem Absperrband stand. Die Presse war sicher voll und ganz mit dem beschäftigt, was im Polizeipräsidium passierte. Nachbarn konnten hier auch keine zusammenströmen.

»Nein, das dauert sicher noch eine Weile, aber ich hab's eilig, Benito. Grüß Irene.«

Roland ging zu Tim und erschlug unterwegs eine Mücke auf seinem nackten Arm.

»Es ist etwas in dem Schuppen bei dieser Baracke passiert. Einer von denen in der Schutzkleidung hat gerade einen Ochsen in eine Folie gelegt. Er war …«, stammelte Tim heiser und hustete. Roland bekam ein schlechtes Gewissen, dass er ihn mitgenommen hatte. Er war Tatorte nicht gewohnt, aber er hatte ja keine Ahnung gehabt, dass es einer sein würde.

»Komm, Tim. Sylvestre ist nicht hier. Wir müssen im Wald suchen.«

»Im Wald?«, murmelte Tim und sah zwischen die Baumstämme, wo die Dunkelheit dicht war. Wenn Sylvestre sich da versteckt hatte, war er starr vor Schreck.

»Du kannst auch hierbleiben«, schlug Roland vor.

Tim sah wieder zu dem Schuppen und schüttelte den Kopf, dann folgte er Roland, der die Zweige zur Seite bog und spürte, wie die Schuhe in den weichen, braunen Tannennadeln auf dem Waldboden versanken.

»Woher weiß du, dass er ausgerechnet diesen Weg hier gegangen ist?«, fragte Tim.

»Das weiß ich auch nicht, aber wenn er zur Vordertür hinaus ist, wie wir annehmen müssen, dann ist das hier der schnellste Weg vom Haus weg.«

»Ob er wohl vor diesem Ochsen geflüchtet ist? An dem war Blut, Rolando, ich habe es deutlich im Licht gesehen.«

Roland antwortete nicht. Er schärfte den Blick und alle Sinne, um Geräusche und Spuren aufzufangen, die von einem kleinen Jungen hinterlassen worden sein konnten. Sie gingen weiter und schließlich waren sie nur von den Bäumen und der langsam zunehmenden Dunkelheit umgeben.

»Was, wenn wir uns jetzt selbst verlaufen?«, nörgelte Tim.

»Schh«, sagte Roland und ging weiter.

Irgendwo in der Ferne rief eine Eule und Roland hatte eine Idee. Er hielt die Hände wie einen Trichter vor den Mund und pfiff. Dann lauschte er. Jetzt war es ganz still im Wald.

»Was machst du?«, fragte Tim verwundert.

Roland wiederholte den Pfiff, dieses Mal lauter. Vielleicht war Sylvestre gar nicht hier. Konnte er die Straße gefunden haben und vielleicht von einem Auto mitgenommen geworden sein? Aber dann hörte er es. Das Rufen eines Nektarvogels. Es klang weit weg. Er wiederholte sein Pfeifen und kurz darauf wurde es wieder beantwortet.

»Komm«, forderte er Tim auf und pfiff weiter, während er auf das Geräusch zuging.

Es dauerte ein wenig, bis er die kleine Gestalt entdeckte, die ihnen zwischen den Baumstämmen entgegenkam. Er hatte Schrammen an den nackten Beinen und das Gesicht war verweint. Roland hob ihn hoch. Sylvestre sagte nichts. Er wurde schlaff, als er seine Arme um Rolands Hals und den Kopf an seine Schulter legte und sich tragen ließ. Er wurde zu schwer. Rolands Beine gaben unter ihm nach. Tim bot an zu helfen, aber Roland ging einfach weiter. Jetzt wollte er nach Hause. Das Einzige, was er brauchte, war Schlaf. Was in diesem Haus passiert war, konnte er jetzt gerade nicht fassen und es war auch nichts, worum er sich kümmern sollte. Trotzdem guckte er hinüber zu den Arbeiten unter den grellen Scheinwerfern, als er mit dem Auto zurücksetzte, weg von diesem mutmaßlichen Tatort.

53

Ein Geräusch holte ihn aus einem traumlosen Schlaf. Er öffnete die Augen halb und beobachtete den Schatten eines Schmetterlings, der hinter der dünnen Gardine gegen das Fenster flog. Ein hoffnungsloser Kampf.

Da war es auch für Roland Zeit, das Bett zu verlassen. Mühsam stand er auf. Der Körper tat ihm überall weh, besonders die Beine schmerzten, als wäre er einen Marathon gelaufen, obwohl er nicht direkt wusste, wie sich das anfühlen musste. Er machte das Fenster auf. Eine Spinnwebe mit einer Fülle kleiner Insektenkörperteile musste weichen. Er schaute dem Schmetterling nach, der in den blauen Himmel verschwand. Ein weiterer heißer Sommertag wartete. Omar und Majak spielten zusammen mit Angolo Ball auf dem Rasen. Sylvestre war nicht da.

Er roch Kaffee und warme Brötchen unten aus der Küche, als er den Flur entlang ins Bad ging. Die gestrigen Erlebnisse erschienen nur wie ein böser, unwirklicher Traum.

»Guten Morgen, Schatz«, sagte Irene, als er mit nassen Haaren in die Küche kam. Sie saß am Tisch und las Zeitung. Die Jungen hatten schon gefrühstückt.

Er küsste sie auf die Haare und holte die Kanne aus der Kaffeemaschine.

»Warum hast du mich nicht geweckt?«

»Es ist doch Samstag. Du hast verdient, so lange zu schlafen wie du konntest.«

»Schläft Sylvestre noch?«

Sie nickte und lehnte sich ein Stück zur Seite, damit er ihr Kaffee nachschenken konnte.

»Er ist wohl okay?«

»Ja, ich habe ein paarmal nach ihm geschaut. Er schläft wie ein Stein. Dazu ist ja nichts zu sagen. Ein Junge in seinem Alter dürfte nicht so viele schreckliche Dinge erlebt haben wie er es hat.«

Der Dolmetscher war gestern am späten Abend angekommen, als sie aus Hinnerup zurück waren. Es war wichtig, dass Sylvestre sofort über seine Erlebnisse sprach, sagte der Kinderpsychologe. Das Gleiche meinte die Polizei, die auch aufgetaucht war, trotz der späten Stunde und des Chaos im Präsidium. Zwei Beamte, die Roland nicht kannte. Keiner von ihnen erwähnte die Ereignisse im Präsidium und Roland sagte auch nichts. Soweit er wusste, war seine Teilnahme an dem Vorfall nicht an die Öffentlichkeit gelangt und ihm war es am liebsten, wenn es so bliebe.

Langsam hatten der Dolmetscher und der Psychologe Sylvestre dazu gebracht zu erzählen, obwohl er zum Umfallen müde war. Er war mit Jakaya Magufulis drei Kindern in der Baracke untergebracht worden. Er mochte die Frau nicht, die er jetzt Mama nennen sollte. Sie schlug ihm fest auf den Nacken, wenn er beim Essen kleckerte. Er mochte auch ihr Essen nicht. Es gab einen Schuppen, in den sie nicht gehen durften. Es waren Vorhängeschlösser an der Tür. Da stellte Jakaya Magufuli seine heilende Medizin her und es waren böse Geister darin, ließ man die Kinder wissen, aber Sylvestre fürchtete sich als einziges Kind nicht vor bösen Geistern. Nur vor denen, die nachts kamen. Klein und dürr wie er war, gelang es ihm, durch ein gekipptes Fenster hineinzugreifen, dass er das daneben vorsichtig öffnen konnte. Er hatte die vielen spannenden Dinge betrachtet. Es gab Pflanzen in Gewächshäusern und verschiedene Insekten – lebende und tote – in Gläsern und weiße Knochen von kleinen und großen Tieren. Dann war er in etwas Klebriges getreten, das getrocknetem Blut ähnelte, und hatte den Ochsen entdeckt. Plötzlich war sein Onkel reingekommen und hatte ihn hart am Nacken gepackt. Seine drei Kinder standen hinter ihm; sie hatten gepetzt. Es war Sylvestre gelungen freizukommen, indem er seinen Onkel biss, schlug und trat, und dann war er in den Wald geflohen. Der Onkel war ihm nachgelaufen und hatte gedroht, ihn umzubringen. Er hatte sich zwischen den Nadelbäumen versteckt. Da hatte er gesessen, ängstlich und allein mit Blut unter den Schuhsohlen. Es war dunkel geworden, aber er hatte die Polizeiautos kommen sehen.

»Bist *du* okay, Rolando?«, fragte Irene und riss ihn aus den Vorstellungen, welche Angst Sylvestre gehabt haben musste. Sie hatte den Blick von der Zeitung gehoben und sah ihn an.

»Ja, mir geht's gut«, antwortete er und nahm ein Brötchen, während er ihr ein flüchtiges Lächeln zuwarf.

Sie wandte ihre Aufmerksamkeit wieder der Zeitung zu.

»Die Journalisten haben letzte Nacht sicher Überstunden gemacht. Hier steht eine Menge über die Geiselnahme im Polizeipräsidium und den Terroranschlag, der verhindert wurde.«

Roland las die Überschrift auf dem Kopf: *Terroranschlag im Polizeipräsidium in Aarhus verhindert!* und darunter, in kleineren Buchstaben: *Beamte von Terroristen mit Bombenwesten als Geiseln genommen.*

»Warum wirst du nicht erwähnt?«, fragte Irene.

»Ich habe ja nichts gemacht, Irene. Ich war ja nur da, um befragt zu werden. Anne Larsen hingegen …«

»Ja, die wird auch erwähnt.« Irene las vor: »*Anne Larsen, Journalistin bei* TV2 Ostjütland, *rief die Spezialeinheit hinzu, die zum Aarhuser Rathaus, dem eigentlichen Terrorziel, geschickt worden war. ›Yazmin Karami hat mich angerufen und gebeten, die Spezialeinheit zurück ins Polizeipräsidium zu beordern‹, erklärte Anne Larsen der* Århus Stifts-tidende. *Die Schwester der Journalistin war unter den Geiseln.* Verteidigt sie wirklich diese Beamtin?«

Roland zuckte die Schultern. Irene las weiter vor: »*Yazmin Karami ist die einzige Beamtin mit Migrationshintergrund in der Mordkommission. Sie war mit Ashraf Kassem verheiratet, mit dem sie Sohn Fadi hat, und ist die Schwester von Rabir Aziz Hassan und Elias Ali Hassan. Letztgenannter wirkte bei dem Terroranschlag am Hauptbahnhof in Kopenhagen mit, wo er zusammen mit einem falschen Beamten nichts ahnende und eingeschüchterte Passagiere in die Todesbusse führte ...«*

»Es ärgert mich«, unterbrach Roland, während er sein Brötchen schmierte, »dass ich diese Liste mit den Namen der Familienmitglieder, die Yazmins Schwester Maisa uns gegeben hat, nicht mit Priorität behandelt habe. Ich dachte, Karina wäre sie durchgegangen, aber ... und dann ist plötzlich so viel passiert. Aber dann hätten wir etwas früher entdeckt, dass Yazmin Elias' Schwester war.«

»Und was hätte das geholfen, Rolando? Mach dir jetzt keine Vorwürfe. Du hast getan, was du konntest.«

Irene lächelte und las weiter: *»Ashraf Kassem und Rabir Aziz Hassan sind unter den umgekommenen Terroristen. Liam Eklund, einem ehemaligem Mitglied der Spezialeinheit, ist es gelungen, sie zu überwältigen und zu töten, bevor sie es schafften, die Selbstmordwesten auszulösen. Wir hatten nicht die Möglichkeit, mit Yazmin Karami persönlich zu reden, aber Anne Larsen hat mit ihr im Krankenhaus gesprochen, in das Yazmin gebracht wurde, nachdem sie von einem der Terroristen niedergeschlagen worden war, der entdeckt hatte, dass sie Anne Larsen anrief. Sie kann berichten, dass Yazmin sie kontaktierte, als ihr Mann ihr befahl, eine Bombenweste anzuziehen und mit ihnen in den Tod zu gehen. Sie konnte ihren kleinen Sohn nicht allein in dieser Welt zurücklassen, und das war auch überhaupt nicht das Ziel, das sie sich vorgestellt hatte. Der geplante Terroranschlag im Rathaus, der während des Besuchs des Ministerpräsidenten und des DFD-Gründers Tobias Holmetoft erfolgen sollte, wurde dadurch vereitelt, dass die Terrorgruppe festgenommen wurde, als sie die Werkstatt verließ. In dieser Werkstatt waren, wie sich herausstellte, die Bomben für die Feuerlöscher und die Bierfässer hergestellt worden. Die Gruppe wurde zur Vernehmung ins Polizeipräsidium gebracht. Die Werkstatt war Zulieferer für einen Busreparaturbetrieb, der die Busse von* Aarhus Sporveje *instand setzte, und hatte damit die Möglichkeit, den Feuerlöscher mit der Bombe im Bus zu platzieren. Ashraf Kassem und Elias Ali Hassan waren beide im militärischen Trainingslager in Afghanistan.*

Yazmin Karami spielte eine wichtige Rolle in der Gruppe, indem sie Frauen zum Kampf rekrutierte und über ein geheimes Netzwerk Propaganda verbreitete. Außerdem war sie diejenige, die Anne Larsen anrief und sie über bevorstehende Terroranschläge informierte. Warum sie das tat, konnte Anne Larsen nicht in Erfahrung bringen, aber sie meint, es sei sicher in der Hoffnung geschehen, dass sie als Fernsehjournalistin, die Botschaft verbreiten und die Drohung intensivieren würde. Rache für den Mord an ihrem Bruder habe den Hass sicher verstärkt und weiter motiviert, erklärt Anne Larsen. Allen Geiseln geht es gut«, schloss Irene.

»Wird Anker Dahl überhaupt nicht erwähnt?«

»Mit keiner Silbe. Da steht auch nicht, wer das Video, das ihn entlarvt hat, bei Elias Ali Hassans Schwester abgegeben hat.«

»Weil wir es nicht wissen, Irene. Es gab keine Fingerabdrücke oder DNA auf dem Umschlag. Ein Zeuge hat gesehen, wie ein Bote auf einem Mofa ihn in Maisa Severinsens Briefkasten warf, aber er – oder sie – hatte einen Helm auf, daher konnte der Zeuge keine Personenbeschreibung geben.«

»Mysteriös.« Irene blätterte um. »Aber hier steht etwas über die Verhaftung des Hexendoktors oder *Marabout*, wie die Zeitung ihn nennt. Offenbar hatte er auch etwas mit den Terroranschlägen zu tun.«

Roland streckte die Hand aus und Irene gab ihm die Zeitung.

Die Einnahmen von Jakaya Magufulis Verkauf von Hexenmedizin, wie die Zeitung schrieb, flossen in den Kauf von Sprengstoff. Das erklärte Rabir Aziz Hassans Ankunft in dem roten Audi. Aber worüber hatten sie gestritten? Rolands Nackenhaare sträubten sich, als er weiterlas. Der Araber Muhammad Asif, mit dem Spitznamen Stiffeye, der auf seinem Boot im Aarhuser Jachthafen gefunden wurde, erstochen von Dede Assefa, der Mutter des zerstückelten Albino-Babys, hatte weiße Babys gekidnappt, die er aus der Zeitung aus Fotos von Täuflingen auswählte. Die westlichen, weißen Babys dienten als Albinos, die bei Hexendoktoren hoch im Kurs standen, hatte die Journalistin geschlussfolgert. Die entführten Babys wurden an Jakaya Magufuli geliefert, der dann die widerwärtige Handlung ausführte und die Leichenteile weiterverkaufte. Die Kriminaltechniker hatten Blut im Schuppen und an dem Ochsen in seinem Zuhause gefunden. Die DNA zeigte, dass es zu dem zerstückelten Albino-Baby gehörte, das in einem Schrebergarten im Riis Wald gefunden worden war. Adwoa Al Zubaidi, eine afrikanische Frau, die gerade das Gartenhäuschen erworben hatte, kaufte von dem Marabout Medizin und Knochen für ihren Laden in Hadsten. Sie hatte bei der Vernehmung bei der Polizei gestanden, dass sie von Jakaya Magufuli Körperteile gekauft hatte, um die Erde ihres Gartens fruchtbarer zu machen. Die Frau war jetzt verhaftet wegen unschicklichen Umgangs mit Leichen. Der Rest der Leiche war noch nicht gefunden.

Roland sah Irene erschüttert an. »Hast du das gelesen?«

Sie nickte. »Das ist so unheimlich, kaum zu fassen, dass es wahr ist.« Irene schüttelte sich. »Überleg mal, dass wir Sylvestre einem so geisteskranken Menschen überlassen haben.«

»Das konnte ja keiner wissen. Er ist der Onkel des Jungen«, erinnerte Roland sie.

»Ja, das macht es ja nicht besser. Ich kaufe nie mehr Schmuck aus Knochen oder Leder«, beschloss Irene.

Roland schaute aus dem Fenster. Omar und Majak spielten nicht mehr Ball. Omar saß mit seiner Gitarre im Gras und spielte, während Majak und Angolo neben ihm lagen und zuhörten. Angolos Zunge hing ihm nach dem Spiel aus dem Maul. Roland stand auf und öffnete das Fenster, sodass er die Gitarrenmusik in der Küche hören konnte. Er brauchte etwas Beruhigendes.

»Aber was ist aus dem kleinen Jungen geworden, der auch entführt wurde? Emil. Ist er auch in diesem Schuppen geendet …«

»Das hoffe ich wirklich nicht, Irene. Sie haben dort anscheinend seine DNA nicht gefunden oder sie wollen es nicht veröffentlichen. Gut, dass Kamilla Holm Josefine gefunden hat, bevor Jakaya Magufuli sie in die Finger bekam. Das war wohl das, worüber er mit Rabir gestritten hat. Dass sie herausgefunden hatten, dass

Stiffeye tot war und dass die Terrorgruppe eine Einnahmequelle verlor.«

»Was meinst du, Rolando?«

»Nichts«, antwortete er. Er hatte ihr nichts erzählt von dem roten Audi und dem Streit, den er mitgehört hatte, als er Sylvestre abgeliefert hatte. »Merkwürdig, dass Sylvestre noch schläft. Omars Gitarrenmusik muss ihn doch wecken. Ich gehe mal hoch und sehe nach ihm.«

»Mach das, Rolando.« Irene faltete die Zeitung zusammen und fing an, den Tisch abzuräumen.

In Sylvestres Zimmer war es dunkel. Roland zog die Gardinen auf, ohne dass der Junge aufwachte. Er bewegte sich nur ein bisschen. Roland machte das Nachtlämpchen aus, das nicht mehr notwendig war, und setzte sich auf den Stuhl, der am Schreibtisch stand. Das war Olivias altes Zimmer. Roland machte sich Sorgen um Sylvestre. Flüchtete er, indem er sich in sich selbst einschloss? Hatte er entschieden weiterzuschlafen, um der Wirklichkeit zu entgehen? Er hatte die schrecklichsten Dinge erlebt, daher wäre das eine natürliche Reaktion. Aber er atmete ruhig. Er schlief sicher nur fest. Roland überlegte, wie der Nektarvogel zu pfeifen, brachte es aber doch nicht übers Herz. Er schaute auf die Uhr. Es war halb zehn. Er beschloss, ihn so lange schlafen zu lassen wie er konnte.

Er stand auf, um zu gehen, bemerkte aber etwas Blaues, das ein bisschen aus der Tasche von Sylvestres Shorts herausragte, die auf dem Boden lagen. Die hatte er gestern angehabt und sie waren dreckig. Er beugte sich nach unten und zog daran. Es war ein breites, blaues Seidenband. Warum lief Sylvestre mit einem blauen Seidenband in der Tasche herum? War das eine Art Ritual? Dann entdeckte er etwas, das im Licht glänzte. Er breitete das Band vor sich aus, sodass er es in voller Länge sah. Der Name Emil war mit Silberfaden auf das Band gestickt. Er sah wieder zu Sylvestre, der mit dem Rücken zu ihm lag. Die schwarzen, krausen Locken waren das Einzige, was über der Decke herausguckte. Er musste das Band im Haus seines Onkels gefunden haben. Vielleicht im Schuppen. Roland drückte das Band in seiner geballten Faust. Eine Welle der Übelkeit stieg in der Kehle auf und brannte im Hals.

Gerade, als er die Tür zu Sylvestres Zimmer hinter sich geschlossen hatte, brummte und vibrierte sein Handy in der Hosentasche. Er eilte in sein altes Arbeitszimmer, das Irene nun für ihre Arbeit für die *Dänische Flüchtlingshilfe* übernommen hatte. Er setzte sich auf den Bürostuhl und ging ran.

»Ich wollte dir nur für deinen Einsatz gestern danken«, sagte der Polizeipräsident.

»Ich habe ja nicht viel gemacht, Birger. Ich war nur zur Befragung da, wie du weißt«

»Jetzt mal nicht so bescheiden, Benito. Du hast die Zusammenhänge erkannt. Keiner von uns hat damit gerechnet, dass jemand von uns, Yazmin Karami, Saqr war. Alle sind schockiert darüber.«

»Hatte ihr Vater auch etwas damit zu tun?«

»Wir haben ihn gerade zur Vernehmung geholt. Er war auf dem Weg nach Deutschland zur Falkenjagd. Er war sehr berührt vom Tod seines Sohnes und dem Zustand seiner Tochter, aber es wirkte nicht, als wüsste er, was seine Kinder getrieben haben. Er meinte, sie hätten es getan, um den Tod ihrer Mutter zu rächen. Sie wurde bei einem amerikanischen Militärangriff getötet, als sie klein waren, und selbstverständlich hat die Behandlung ihres Bruders ihren Hass nicht vermindert.«

»Nein, natürlich nicht«, antwortete Roland, während er überlegte, was Birger Gudbergsens wirkliches Anliegen war.

»Ja, jetzt habt ihr in der Polizeibehörde ja einen neuen Fall gegen Vizepolizeidirektor Anker Dahl.«

»Ja, aber ich bin ja nicht derjenige, der …«

»Nein, das weiß ich, Benito. Ich frage mich … Hast du über mein Angebot bezüglich der Stellung als Hauptkommissar nachgedacht?«

»Ja«, antwortete er mit fester Stimme. »Ich habe mich entschieden.«

Danksagung der Autorin

Falkenjagd ist Fiktion und sowohl die Figuren als auch die Handlung sind frei erfunden. Namen, die denen real existierender Personen ähneln könnten, sind reiner Zufall.

Der Roman ist wie immer auch mit wahren Begebenheiten gewürzt. Das Thema des Buchs ist Terror, der leider ein Übel geworden ist, das wir mittlerweile auch hier in Dänemark spüren, und während ich geschrieben habe, haben weitere schreckliche Anschläge Europa getroffen. Ich habe auch überlegt, ob das Thema zu ernst für einen Krimi ist, aber Falkenjagd ist in dem Punkt weder politisch noch gesellschaftskritisch. Ich schreibe immer noch nur, um die Leser mit einer spannenden Geschichte zu unterhalten und Rolando Benito vor neue Herausforderungen zu stellen.

Währenddessen musste ich bei Experten um Hilfe bitten, die etwas über das Thema wissen. Ohne sie wäre die Handlung nicht die gleiche geworden und ich möchte ihnen gerne danken, weil sie sich die Zeit genommen haben, mir zu helfen. Tausend Dank an:

Anna Louise Tranæs Didriksen, Journalistin und Moderatorin bei *TV2 Ostjütland*. Louise Vedel und Flemming Salomonsen, *Falkenzentrum Samsø*. René Nielsen von *Missing People Denmark*. Ermittlungschef Niels Raasted, Die *Unabhängige Polizeibehörde*. Rechtsmediziner Markil Gregersen. Einen Sprengstoffexperten, der nicht namentlich genannt werden möchte.

Einen besonders großen Dank an meinen Lektor Peter Vinum für die gute Zusammenarbeit und fantastische Hilfe beim Korrekturlesen und Redigieren.

Danke an den Lindhardt und Ringhof Verlag für die tolle Zusammenarbeit bei den Hörbüchern der Serie und das Publizieren auf dem deutschen Markt und ebenfalls Danke an meinen deutschen Verlag, den Osburg Verlag.

Danke an den Dänischen Supermarkt Bucheinkauf für die gute Zusammenarbeit und die fantastischen Kampagnen.

Danke an Nørhaven in Viborg für den effektiven, präzisen und schnellen Druck und Lieferung der dänischen Bücher.

Tausend Dank an Per dafür, immer in der Nähe zu sein für alle Formen von Unterstützung und für die geduldige Hilfe während Vorträgen und Messen, egal wo im Land – oder Ausland – sie stattfinden. Danke für den Rückhalt beim Schreibprozess und die detailorientierte und konstruktiv kritische Durchsicht des Manuskripts.

Aber den allergrößten Dank schulde ich Ihnen, den Lesern. Sie allein sind der Grund dafür, dass die Serie fortgeführt werden kann, weil Sie ihr folgen. Danke für die vielen schönen Mails und all die Kommentare auf Facebook. Sie tragen dazu bei, Rolando am Leben und meinen Mut und meine Motivation aufrechtzuerhalten.

Inger Gammelgaard Madsen

Pressestimmen

Der Schrei der Kröte

»... noch eine potenzielle Krimiprinzessin. Herzlich willkommen, wir werden sehen, wie sich das Ganze entwickelt.«
DBC lektørudtalelse

»Das Buch wird nie langweilig oder durchschaubar und man kann sich auch nicht gleich denken, wer der Mörder ist. Parallel zu dem Verbrechen und seiner Aufklärung verfolgen wir die Geschichte einer aufkeimenden Liebe. Einer Liebe, die hübsch und verdient sein könnte, von der man als Leser jedoch Bauschmerzen bekommt, weil man weiß, dass sie dazu verurteilt ist, katastrophal zu enden!«
Krimifan

»Gut geschrieben, enthält gute Figurenbeschreibungen und ein sehr aktuelles Thema. Ich hoffe sehr, mehr von der Debütantin zu lesen.«
Rundtombogen.dk

»Man kann Inger Gammelgaard Madsen zu einem vorzüglichen und hochwertigen Krimidebüt gratulieren.«
Kochs Krimier

Mord auf Antrag

Die Bibliothek empfiehlt:
»Ausgezeichneter Krimi für einen dunklen Abend. Ein spannendes Buch, das schwer aus der Hand zu legen ist.«
Mariager Fjord Bibliotekerne

»Der Plot ist kompliziert und gut und es gibt sowohl in Rolands Ermittlungen als auch in Annes Recherchen viele originelle Ideen.«
Kochs Krimier

»In einigen der Kapitel wird langsam aufgerollt, was den Mörder zu seinen Handlungen getrieben hat … ein spannender und mitreißender Krimi, bevölkert mit feinen Milieu- und Figurenbeschreibungen.«
Krimi-Cirklen

»Spannender Krimi aus Aarhus in einem wohlbekannten und bewährten Stil. Es werden bereits einige Spuren für eine willkommene Fortsetzung gelegt.«
DBC lektørudtalelse

Letzte Umarmung

Die Bibliothek empfiehlt:
»Ein spannender dänischer Krimi, der einen nicht loslässt – ein Krimi der Sonderklasse. Das Buch ist wirklich spannend und gut geschrieben. Die Figuren sind so charakterisiert, dass es einem als Leser nicht schwerfällt, sich in ihre Situation und oft harten Schicksale hineinzuversetzen. Man wird von Anfang bis Ende gut unterhalten.«
Egedal Bibliotekerne

»… ein weiteres Mal serviert Inger Gammelgaard Madsen ein wohlkonstruiertes Krimirätsel mit einem großartigen und gut durchdachten Plot.«
Krimi-Cirklen

»… traditionelle unterhaltende Spannung für unersättliche Leser nordischer Krimis.«
DBC lektørudtalelse

Die Beichte

»Die Beichte ist plotmäßig sowohl spannend als auch interessant und die verschiedenen Milieus sind gut und messerscharf gezeichnet. Wohl der beste der bisher vier Krimis von Inger Gammelgaard Madsen.«
Krimi-Cirklen

»Diesen speziellen Aarhuser Lokalkolorit findet man auch bei Autorinnen wie Elsebeth Egholm und Inger Wolf, und im Übrigen werden sich die Leser von Sara Blædel und Liza
Marklund von diesem Krimi gut unterhalten fühlen.«
DBC lektørudtalelse

Gestohlene Identität

»Gut geschrieben und spannend bis zum Schluss mit viel Drive und einem durchdachten Plot. Man bleibt mit einem Gefühl von Betroffenheit zurück mit der Erkenntnis, wie leicht es ist, die Identität eines anderen zu stehlen und dessen Leben vollständig zu zerstören.«
DBC lektørudtalelse

»Zum fünften Mal zeigt Inger Gammelgaard Madsen, dass sie sowohl eine spannende Geschichte als auch einen realistischen Plot konstruieren kann. Sie schreibt sich klammheimlich in die Elite der dänischen Kriminalliteratur. Das steht eindeutig fest!«
Krimi-Cirklen

»Ein wirklich gutes und spannendes Buch, das Stoff zum Nachdenken gibt, darüber, wie viel man selbst mit Facebook zu tun hat und was man über sich hochlädt. Ein Buch, das man schwer aus

der Hand legen kann, auch weil man unbedingt wissen will, was eigentlich mit Sara passiert.«
Krimifan.

Leichen bluten nicht

»Ein Krimi mit aktuellen Themen und Fakten als Hintergrund für einen spannenden Plot …«
*DBC lektør*udtalelse

»Wieder hat Inger Gammelgaard Madsen einen gut durchdachten und realistischen Plot geschaffen, der den Leser durchweg in Atem hält. Trotz der Sommerhitze erschaudert man unwillkürlich.«
Krimi-Cirklen

Schlangengift

»Gammelgaard Madsen schreibt gut und hat offensichtlich Ahnung von Recherche … Ein guter und fundiert recherchierter Krimi in einer Serie, die sich qualitativ entwickelt.«
*DBC lektør*udtalelse

»Warnung: Wenn Sie an Arachnophobie leiden, sollten Sie sich vor dem Take-off gut anschnallen, denn dieses Buch ist kribbelnd.«
*F*øtex Mood Magasinet

»Wenn man ein neues Buch von Inger Gammelgaard Madsen erwischt, ist immer gediegene, spannende Unterhaltung garantiert. Und ihre einzigartigen Beschreibungen von Figuren und Milieus machen die Geschichte glaubwürdig und authentisch.«
Krimi-Cirklen

Richter und Henker

»… allmählich nimmt das Ganze Form an und entwickelt sich zu einer schlüssigen Geschichte mit moralischen/ethischen Dilemmas. Kann man Selbstjustiz in einigen Fällen rechtfertigen? Das Buch wird von interessanten Themen, Figuren und Milieus getragen, ein sinnvoller und schnell gelesener Krimi …«
*DBC lektør*udtalelse

»In *Richter und Henker* – dem achten Buch mit dem in Italien geborenen Kriminalkommissar Rolando Benito – fährt Gammelgaard Madsen damit fort, Fiktion aus der Wirklichkeit zu erschaffen (Kinderkriminalität, Polizeigewalt, Selbstjustiz). Ein so eigener Drive im Erzählstil, dass sie die nächste große, internationale Krimiautorin aus Dänemark werden kann.«
Media I Morron I Dag, Schweden

»Super Krimi mit Action … Seien Sie jedoch gewarnt: Sie werden Lust bekommen, all die vorhergehenden Bücher zu lesen.«
*F*øtex Mood Magasinet

»Tipptopp gediegene Unterhaltung von der ersten bis zu letzten Seite.«
Krimi-Cirklen

Blutstaub

»Gut geschriebener Krimi aus Aarhus mit aktuellen Problemstellungen und einem durchdachten und gut funktionierenden Handlungsverlauf. Für die, die einen guten Krimi mögen.«
*DBC lekt*ørudtalelse

»*Blutstaub* ist absolut einer der allerbesten Krimis von Inger Gammelgaard Madsen. Auf eine authentische, spannende und realistische Weise lässt sie das ganze Puzzlespiel erneut aufgehen. Wir können *Blutstaub* nur wärmstens empfehlen.«
Krimi-Cirklen

»Die Sprache ist wie immer flüssig und blumig. Inger Gammelgaard Madsen hat eine herrlich unnachahmliche Art zu schreiben. Die Figuren sind vertraut und wohlbekannt, obwohl man Rolando als Kriminalkommissar vermisst. Die Polizeibeamten und die anderen festen Charaktere füllen gerade genug, dass man das Gefühl hat, sie zu kennen und sich freut, mehr über ihr Leben zu lesen, aber nicht so viel, dass es den Fokus von den Fällen und der Aufklärungsarbeit nimmt. Eine wirklich tolle Gewichtung.«
Litteratursiden

Weitere Bücher der Autorin (Benito-Serie):

Der Schrei der Kröte
Mord auf Antrag
Letzte Umarmung
Die Beichte
Gestohlene Identität
Leichen bluten nicht
Schlangengift
Richter und Henker
Blutstaub

Bücher außerhalb der Benito-Serie:

Der Reiniger

Die Bücher können unabhängig voneinander gelesen werden, aber natürlich ist es – wie immer bei einer Serie – von Vorteil, sie in der richtigen Reihenfolge zu lesen, da sich das Leben der Figuren von Buch zu Buch weiterentwickelt.

Die Roland Benito-Reihe

Band 1 der Reihe

Inger Madsen
Der Schrei der Kröte
Kriminalroman
Aus dem Dänischen
von Hanne Olsen
Deutsche Originalausgabe
354 Seiten
Broschur
ISBN 978-3-95510-106-0

In einem Abfallcontainer in Aarhus wird die Leiche eines zehnjährigen Mädchens gefunden. Polizeikommissar Roland Benito stößt bei seinen Ermittlungen auf einen Zeitungsartikel der Reporterin Anne Larsen, der erste Hinweise liefert. Das Mädchen hat sich offenbar in Chatrooms zu freizügigen Fotos hinreißen lassen. Bald häufen sich die Verdachtsmomente. Als ein weiteres Kind verschwindet, beginnt für Benito und Larsen ein Wettlauf gegen die Zeit.

Spannung aus der dänischen Erfolgsschmiede! Auftakt für ein außergewöhnliches Ermittlerduo.

Band 2 der Reihe

Inger Madsen
Mord auf Antrag
Kriminalroman
Aus dem Dänischen
von Kirsten Krause
Deutsche Originalausgabe
317 Seiten
Broschur
ISBN 978-3-95510-107-7

Kommissar Roland Benito wird auf einen schwierigen Fall angesetzt: Zwei Jungen finden in einem Moor bei Mundelstrup eine Frauenleiche. Den gerichtsmedizinischen Untersuchungen zufolge liegt der Mord bereits zwanzig Jahre zurück. Während bei der Aarhuser Polizei erste Spuren nach Afrika führen, klingelt bei Anne Larsen, Journalistin der Dagens Nyheder, das Telefon. Ein anonymer Anrufer behauptet, die Identität des Opfers zu kennen. Und er prophezeit weitere Morde.

Band 3 der Reihe

Inger Madsen
Letzte Umarmung
Kriminalroman
Aus dem Dänischen
von Kirsten Krause
Deutsche Originalausgabe
333 Seiten
Broschur
ISBN 978-3-95510-118-3

Es sieht nach einem der üblichen Einbrüche in ein Landhaus aus, doch diesmal findet man einen Bewohner bestialisch erschlagen auf dem Küchenfußboden. Zur gleichen Zeit, in der Roland Benito seine Untersuchungen aufnimmt, wird die Journalistin Anne Larsen arbeitslos, da das Tageblatt in der Finanzkrise schließen muss. Als ein Obdachloser tot aufgefunden wird, beginnt sie, auf eigene Faust Nachforschungen anzustellen. Diese führen sie bis in die Wikingerzeit zurück und zu einer kleinen Schar von Anhängern des Asenglaubens.

Band 4 der Reihe

Inger Madsen
Die Beichte
Kriminalroman
Aus dem Dänischen
von Kirsten Krause
Deutsche Originalausgabe
339 Seiten
Broschur
ISBN 978-3-95510-119-0

Nach einem Partyabend mit Freunden im Nachtleben von Aarhus verschwindet ein junger Mann spurlos. Bei seinen Untersuchungen stößt Inspektor Roland Benito in der Familie des Gesuchten auf grausige Geheimnisse. Benito kommt in diesen Ermittlungen zunächst nicht voran, bis eine junge Frau unter unheimlichen Umständen in einem Kloster tot aufgefunden wird. Auch privat hat Benito mit Dämonen zu kämpfen. Seine Frau wird im Sozialamt von einem Klienten bedroht, ein Fall, in den auch die Journalistin Anne Larsen verwickelt wird.

Band 5 der Reihe

Inger Madsen
Gestohlene Identität
Kriminalroman
Aus dem Dänischen
von Kirsten Krause
Deutsche Originalausgabe
370 Seiten
Broschur
ISBN 978-3-95510-132-9

Eine Karnevalsreise nach Venedig endet für Sara Dupont und ihren Freund unerfreulich: Ihre Tasche wird gestohlen und am nächsten Morgen wird im Kanal vor ihrem Hotel eine junge Dänin tot aufgefunden. Ein Jahr später flieht eine junge Frau, die wegen Mordes einsitzt, aus der Gerichtspsychiatrie in Risskov und ermordet auf der Flucht eine Krankenschwester. Schnell stellt sich für Roland Benito die Frage, ob beide Fälle zusammenhängen. Und nicht nur für ihn. Auch die Journalistin Anne Larsen, die sich mit ihrem früheren Praktikanten Nicolaj selbständig gemacht hat, begibt sich auf die Spur der Mörderin.

Band 6 der Reihe

Inger Madsen
Leichen bluten nicht
Kriminalroman
Aus dem Dänischen von
Kirsten Krause
Deutsche Originalausgabe
411 Seiten
Broschur
ISBN 978-3-95510-131-2

Roland Benito wird zu einem Tatort auf den Westfriedhof gerufen. In der Nacht wurde ein Grab geöffnet und der Grabschänder liegt tot auf dem leeren Sarg. Ein weiterer Fall für Benito und sein Team, die gerade mit der Aufklärung einiger Vergewaltigungen und Morde an jungen Frauen in Aarhus befasst sind. Zu genau dieser Zeit übernimmt Andreas Spang das Bestattungsunternehmen seines Vaters. Dabei stößt er auf einige mysteriöse Zusammenhänge und versucht herauszufinden, wie sein Vater gestorben ist. Das bringt ihn in eine gefährliche Situation, in die auch Roland Benito und dessen Ehefrau Irene verwickelt werden.

Band 7 der Reihe

Inger Madsen
Schlangengift
Kriminalroman
Aus dem Dänischen
von Kirsten Krause
Deutsche Originalausgabe
327 Seiten
Broschur
€ 12,00 (D) / € 12,40 (A)
ISBN 978-3-95510-144-2

Kriminalkommissar Roland Benito macht mit seiner Familie Urlaub in Italien, als ihn in einem Café ein ihm unbekannter Däne anspricht. Der Mann sucht nach seiner Tochter: Sie ist auf einer Tauchreise verschwunden, und der Fremde bittet ihn um Hilfe. Benito hat genug damit zu tun, seiner eigenen Tochter zu helfen, die ebenfalls in Gefahr ist. Doch ehe er sich versieht, wird er in einen Fall verwickelt, der ihn mit längst verdrängten Ereignissen konfrontiert. Dabei muss er sich nicht nur mit seiner eigenen, sondern auch mit der Vergangenheit seines ermordeten Vaters auseinandersetzen. Roland Benito bekommt das Gift der Schlangen zu spüren und muss erfahren, dass die Mafia nie vergisst.

Band 8 der Reihe

Inger Madsen
Richter und Henker
Kriminalroman
Aus dem Dänischen von
Julia Pfeiffer
387 Seiten
Broschur
€ 12,00 (D) / € 12,40 (A)
ISBN 978-3-95510-145-9

Drei Jungen werden erhängt in einer stillgelegten Fabrik aufgefunden. Gehören diese Todesfälle zu der Selbstmordwelle, die in Aarhus für Aufsehen sorgt? Auffällig ist, dass einer der Jungen eine Schussverletzung aufweist. Stammt die Kugel etwa aus der Waffe eines Polizisten, der während eines Überfalls auf Diebe gefeuert hatte und gegen den intern ermittelt wird? Zur gleichen Zeit wird ein Häftling aus der Strafanstalt Ostjütland entlassen, der wie besessen auf Rache sinnt. Für Kommissar Roland Benito stellt sich in all diesen Fällen schon bald die Frage, wer denn eigentlich Richter und wer Henker ist?

Band 9
der Reihe

Inger Madsen
Blutstaub
Kriminalroman
Aus dem Dänischen
von Kirsten Vesper
Deutsche Originalausgabe
385 Seiten
Broschur
€ 12,00 (D) / € 12,40 (A)
ISBN 978-3-95510-179-1

Eine junge Frau reist zu einem Flüchtlingslager in Nordafrika, wo sie für »Ärzte ohne Grenzen« arbeiten will. Ihr wahres Ziel bei dieser Reise aber ist es, ihren Spendervater zu finden, den sie dort vermutet. In Aarhus arbeitet Benito als interner Ermittler an dem Fall eines Beamten, der die Bande Black Swan bestohlen haben soll und nun selbst in großen Schwierigkeiten steckt. Und die Rückkehr eines Mörders aus einem alten, ungelösten Fall erfordert seine Aufmerksamkeit, wie auch die von Anne Larsen, die jetzt als Journalistin bei TV2 Ostjütland im Einsatz ist.